全新彩色版

华文史大观

中华神话故事

金敬梅 主编

 世界图书出版公司

U0508265

目 录

中华神话故事·目录

中华神话故事·目录

从文学的角度来说，神话是一种文学形式，它借助想象，以故事的形式来表现远古时代人民对自然现象、社会现象的认识和愿望。由于远古时代生产力水平十分低下，人们对自然界的认识极其有限，不能科学地解释世界起源、自然现象及社会生活的矛盾、变化，于是借助幻想，把自然界的一切神化，并赋予了灵性，神话也就由此产生了。

神话往往表现了古代人民对自然力的斗争和对理想的追求，具有纯朴、天真、幼稚的特点，艺术想象力丰富，不乏历史感。比如，《精卫填海》反映了远古人民征服大海的愿望、信心和勇气；《大禹治水》反映了古代人民战胜洪水灾害，赞颂了他们不屈不挠地与大自然斗争的精神。

作为具有悠久历史文明的国度，中国古代有着丰富的神话，可惜散佚很多，保留下来的大多保存在《山海经》《楚辞》《穆天子传》《吕氏春秋》《国语》《淮南子》等古籍中。这些神话大多以开天辟地、为民造福、除暴安良、追求光明等为内容，体现了中华民族博大的气概和坚韧的精神。

《中华神话故事》一书所选入的这些故事，不仅注重情节的丰富性，而且在语言上将通俗性和生动性有机结合，具有雅俗共赏的特点。通过这些神话故事，你不仅可以看出古代人民的智慧勇敢，还能够从中体会到我国的历史文化和人文风貌。

当然，由于历史和认识的局限性，有些神话故事不可避免地存在一些迷信甚至糟粕之处，需要我们运用马克思主义唯论的认识论加以鉴别，取其精华，去其糟粕，让这些古代文明之花绽放出 绚丽的色彩。

第一章　创世神话

天高地厚，乾坤朗朗

盘古开天

天地玄黄，宇宙洪荒。

在非常非常久远的年代，天和地还没有分开。宇宙的景象就只是黑暗混沌的一团，如同一个硕大的鸡蛋。在这个鸡蛋里面，万事万物都混和在一起，混沌一片，是一个杂乱无章的状态。就在这个鸡蛋里面，不知道经过了多少年之后，产生了创世之神、人类的先祖——盘古。他在这个大鸡蛋中成长着，酣睡着，就这样一直睡了一万八千年。

突然有一天，身体蜷曲在鸡蛋里面的盘古睡醒了，当他睁开眼睛时，发现周围一片漆黑，身处在一团黏糊混沌之中，非常憋闷。他对自己所处的境况极其不满，不能忍受这与生俱来的黑暗、压抑和混沌的状态，他使出积蓄了一万八千年的力量，振臂挥舞，将束缚自己的鸡蛋壳上下一撑，只听见山崩地裂似的一声轰然巨响，如大鸡蛋一般的黑暗混沌突然破裂开来。然后更加令人头晕目眩的事情发生了：天地开始旋转起来，宇宙中所有轻盈而又清澈的东西逐渐上升，慢慢汇集在一起，变成了飘在天空的云朵；那些沉重而浑浊的东西逐渐向下面沉积，慢慢变成了广袤的大地。

这个时候，盘古终于可以顶天立地、自由地舒展四肢并且顺畅地呼吸了。放眼望去，一片豁然开朗，澄清透明，盘古心里十分舒畅，辽阔空旷的新天地使得盘古体会到了前所未有的轻松愉快。他信步漫游，忽然想到：要是天地再次结合，我岂不是又要生活在一片混沌之中？想到这里，盘古就想办法保护自己的劳动成果。后来，他站在地上，用手托着天，以防止二者再度结合在一起。

盘古站在天地之间，随着它们的变化而变化。天每升高一丈，地每加厚一丈，盘古的身子也跟着变化自己的身高。他站在天地之间，智慧超过天，能力超过地。这样又过了一万八千年，天升得高极了，地变得厚极了，盘古的身子也长极了。巍峨的巨人盘古就

像一根柱子一样矗立在天地当中，以免它们重新变回混沌的原始状态。

天在不断地变高，地在不断地变厚，就这样，在盘古三万六千岁的时候，天已经高不见顶，地也变得厚不可测。

这是一个毫无生机的世界，孤独的巨人就这样擎天踏地，一直站立着。不知又过了多少时间，天地都停止了变化，它们的结构基本定型了，盘古也随着它们而停止了变化。他历经千辛万苦，此时已是老态龙钟了，一旦停止了他那顶天立地的伟大的事业，他也就走到了生命的尽头了，他已经非常辛劳疲倦。终于有一天，盘古倒下来死去了。

就在盘古伟岸的身材即将轰然倒下的一霎那，他的整个身体发生了令人惊奇的巨大变化：他口里呼出的气变成了清风和云朵，他的声音变成了轰隆的雷霆和霹雳，他眼里的闪光变成了闪电，他的左眼变成了光芒四射的太阳，他的右眼变成了皎洁明亮的月亮，他的手脚变成了支撑天空的四根天柱，他的五脏变成了五方的名山，他的血液变成了川流不息的江河湖海，他的筋脉变成了大地的框架轮廓以及道路，他的肌肉变成了田地里的沃土，他的头发和髭须变成了天上数不尽的繁星，他的皮肤和汗毛变成了花草树木，他的牙齿、骨头、骨髓等等，分别变成了闪光的金属、坚硬的石头、圆亮的珍珠和温润的玉石，成为大地的宝藏。就连他身上的汗水，也变成了雨露和甘霖。

一句话，盘古已经融入到天地之间。这位伟大的创世英雄，以毕生的精力开创了天地，死后又把身躯的每一部分都奉献给了这个世界，完成了生命历程的最后一次升华。

盘古以自己的天生神力和坚强意志开创了天地，又贡献了自己的一切，使这个新诞生的世界丰富而美丽。虽然盘古孤独地来到这个世界，又寂寞地离开了他所开创的世界，但他给后来的人类留下了幸福的家园。

◎ 拓展阅读

宇宙的起源

宇宙是如何起源的？目前学术界影响较大的"大爆炸宇宙论"，是1927年由比利时数学家勒梅特提出的，他认为最初宇宙的物质集中在一个超原子的"宇宙蛋"里，在一次无与伦比的大爆炸中分裂成无数碎片，形成了今天的宇宙。1948年，俄裔美籍物理学家伽莫夫等人，又详细勾画出宇宙由一个致密炽热的奇点于150亿年前一次大爆炸后，经一系列元素演化到最后形成星球、星系的整个膨胀演化过程的图像。但是，伽莫夫等人的理论存在许多使人迷惑之处。

女娲造人

女娲是中华民族传说中的人类之母，她是上古的一位女性天神，她毕生的功业就在于创造人类和炼石补天。

当宇宙由混沌而渐渐廓清，轻清的物质上浮，重浊的物质下降，天上仅有太阳月亮，地上仅有草木山川，世间寂静而又荒凉。时光流淌了不知多少年多少代，天神女娲才从沉睡中醒来。

盘古开天辟地之后，又把自己死后的身体变成了花草树木、山川河流、风雨雷电。这样，天地间有了流动的风、灿烂的阳光、绚丽的花草、震耳的雷声等等，天地间就有了欣欣向荣的景象。女神女娲就在这里徜徉徘徊，沐浴着春风雨露，观赏着瑰丽美景。突然，有那么一天，女娲感觉到这个世界上似乎还缺少什么。到底是什么呢？她在静谧沉寂的大地上行走着，百思不得其解。可是这世界为什么仍然是寂寞的呢？这种毫无生机的安静使女娲感到非常寂寞。不久，女娲恍然大悟：因为它缺少了万物之灵——人类。女娲不愿意像盘古那样孤独到老，想创造一种新的生命。

一个十分偶然的机会，女娲来到一处水池边。清澈碧透的池水，倒映出女娲那秀美的身影。于是她抓起了地上的黄土，按照自己映在水中的形貌，捏成一个娃娃形状的小东西。说来也很奇异，当女娲把这个泥娃娃放到地面上时，这个小东西就有了生命，眼睛

○ 品画鉴宝　女娲娘娘木刻像·明

睁开了，嘴巴张开了，手舞足蹈，活蹦乱跳。女娲看着自己的劳动成果，异常欣慰，给他取名叫作"人"。人的身体虽然很小，但他是天神女娲亲手创造的，因此天生就具有一种与众不同的能力和气度，在飞禽走兽之上，有着与生俱来的控制权。女娲对自己的作品非常满意，她自然而然地兴奋起来，不断地找来黄土和池水，继续她伟大的造人工程。她要造许许多多的、不计其数的人，使这个寂寞了好久的世界不再寂寞。就这样，她用黄泥捏造了许多男男女女。

这些可爱的人们围绕在自己母亲的身边，跳跃欢呼着，表达对女娲赋予他们生命的敬爱和感激。然后或单独或成群地散开了，分布在广阔无垠的原野的各个地方。女娲继续着她的工作，一个接一个的活生生的人从她手中来到这世界，地上的人越来越多，随时都可以听到周围热闹的人声喧嚣。女娲心里充满了惊讶和快乐，她再也不觉得孤单寂寞了，因为这世间已经有了她的儿女。

但是用手捏人毕竟速度太慢，而且世界是那么大，那么宽广。女娲工作了很久，大地上的人类还是不够多。疲惫不堪的她顺手拉下了山崖上的一根藤枝，搅拌上深黄的泥浆，向地面挥洒。结果泥点溅落的地方，也都变出一个个活蹦乱跳的人。地上的人越来越多，最终变得熙熙攘攘，大地上一片生机，再也没有往日的空旷和寂寞，到处都有了人类活动的踪迹。

刚来到这世间的人类就像初生的婴儿一样懵懂天真，他们一会儿感觉自己像驰骋的骏马一样洒脱自如，一会儿又像悠闲自如的小鹿一样自在自得。他们不知道织布裁衣，就赤着身体；他们不知道取火煮食，就尽情地享受大地丰富的物产；他们不知道建屋筑房，就栖息在林间或山洞里。这些生活的知识还要等到别的天神来教导。

女娲考虑得最多的是人类的繁衍问题。人类是要死亡的，女娲不可能永不停息地造人。因此她让人类男女相配，来生育后代，担负抚育婴儿的责任，一代一代地延续。从此人类在这片土地上生活繁衍，生生不息。春夏秋冬四时交替，树木开花结果，鸟儿随季迁徙，人类无忧无虑。为了让人类更愉快地生活，女娲还造了一种名叫"笙簧"的乐器，使人们有了音乐作娱乐。

许多年过去了，人类一直过着快乐幸福的生活。也许，不经过风雨，就难以看见彩虹；也许是天地初生，必定要经过几番风雨，才会最后稳定；也许是上天的安排，人类注定要经过劫难的洗礼，才会走向成熟。总之，在人们经过一段美好的时光之后，天地间发生了开天辟地以来最剧烈的一次大变动——天塌地陷的灾难降临到人们的头上。这场突如其来的变故几乎给人类带来了灭顶之灾。也许是神国出了动乱，也许是新开辟的天地还有薄弱之处，支撑着苍茫天穹东南西北四个边角的四根天柱折断了，天空突然坍塌下来，崩开一条巨大的裂口，大地也裂开了口，露出幽深的沟谷。天不再完全覆盖整个世界，地不能承载起众多的生灵。熊熊的烈火在猛烈燃烧，肆虐的洪水在到处泛滥。各种猛兽、恶禽、怪蟒纷纷窜出来危害人类，夺走了他们的生命。人类陷入了前所未有的悲惨遭遇中。女娲看见自己的孩子遭受这样惨烈的灭顶之灾，就义不容辞地开始了拯救人类于水深火热之中的又一项伟大的工作——补修天地。

女娲从四方拔取芦柴，搬运到天的裂口下面，使柴堆积如山，高与天齐。接着她去寻找与天一色的青石，由于地上没那么多青石，她又在大江大河中挑选出许多五颜六色的石子，所有的石头都堆放在芦柴上。女娲用一棵带火的大树点燃芦柴，火焰忽地窜起，照亮了整个宇宙，那五色石都被烧得通红。女娲一共炼了九九八十一天，炼了整整三千六百五十万块石头，全部把它们补在天上。待到芦柴成灰，烟火散尽，天空已经是青碧一色，仿佛从未破损过。女娲用剩下的芦灰阻塞了横流的洪水，大地也恢复了原貌。天上的漏洞和地上的窟窿虽然补好了，可是，由于失去了原来的四根支柱，天空变得摇摇晃晃，时时都有再次坍塌的危险。女娲苦思冥想，终于想到了一个好办法。她找到一只巨大龟，杀了它，并且砍下它的四只脚竖在大地的四方，把天空重新支撑起来，天地终于又恢复了以前的稳定状态。然后她杀死了凶恶的黑龙，赶走了各种恶禽猛兽，从此灾难得以平息。女娲保护了盘古开天辟地的既有成果，也拯救了自己创造的家园。从此以后，天地再也没有发生重大的变化，人类也不断繁衍生息，绵延到今天。

宇宙的秩序重新恢复，人世间又有了欣欣向荣的景象。女娲此时才感觉真累了，她抹一抹如瀑布般奔流的汗水，顾不上休息，弯腰去捧芦灰，填在地上裂开的大沟大壑里。天修复了，地填平了，女娲也用尽了力气，她躺下了，躺在日月星辰之下，躺在青山绿水之上，从此就再也没有站起来。这位有着奇异神通而又辛勤劳作的女神，所做的一切，都充满了对人类的慈爱之情。

关于女娲最后的踪迹有两种说法：一种说女娲补天后因为过于劳累就躺下了再没有起来，她的肠子化为十个神人，守卫在西方大荒漠的道路中央。既然肠子都化为了神人在守卫平安，那么，女娲身体的作用，也就可想而知了。另一种说女娲为人类做完这些事情后，想着人间不会再有麻烦了，她就离开了人类让他们独立生活，乘着雷车，驾着巨龙，前面有白螭开路，后面有腾蛇跟随，登上了九天。她向天帝汇报了自己的工作，没有炫耀自己的事迹，也不再表彰自己的功德，更没有为自己的功劳而沾沾自喜，认为自己所做的一切都不过是顺应天地的自然规律而已。

正是因为这样，后世的人们对女娲都世代歌颂，人们在缅怀她的业绩的时候，都认为她的恩德是上及九天，下到黄泉。

◎ 拓展阅读

现代人的起源

对于现代人的起源，目前很多科学家支持"非洲起源说"，即非洲是现代人的故乡。较早提出现代人非洲起源说的是美国的两位科学家华莱士和威尔逊，他们在1987年分别带领两个实验室，通过检测细胞线粒体内的遗传物质脱氧核糖核酸发现，现代人的祖先可追溯到大约15万年前非洲的一个女人"夏娃"。"夏娃"的后裔开始由非洲大陆向世界其他各洲迁移。至于其他各洲的原始人，有一些科学家推断他们或被冰川严寒全部自然消灭，或被夏娃的后裔征服并取代。

○ 品画鉴宝 女娲补天图·清·任颐

9

太昊伏羲生于成
纪风姓木德王都
陈立百十五年

○ 伏羲像　作为中华民族的人文始祖，伏羲根据天地万物的变化，创造了八卦。又结绳为网，用来捕鸟打猎，并教会了人们渔猎的方法。他还发明了瑟，创作了曲子《驾辨》。他的活动，标志着中华文明的起始。

人类的出现使这个世界生机勃勃，同时大地上的神灵也越来越多。因为人是天神女娲创造的，她给了他们生命，赋予他们万物之灵的尊贵地位，所以别的神祇也都十分关注人类的生活。在这些神祇中，人类特别尊崇的是"三皇五帝"。关于"三皇五帝"有各种不同的说法，流传最广的一种是说始祖伏羲、炎帝神农氏、黄帝轩辕氏是"三皇"，少昊、颛顼、高辛、尧、舜是"五帝"。

传说在距中国西北几千万里处，有一片极乐世界，那里有一个华胥国。这是一个充满神秘色彩的国度，就当时人的体力来说，不论你是坐车还是乘船，你都没有办法到达那里。只有神灵，因为他们拥有神异的超常能力，才能够去那么遥远的地方。华胥国没有国王和任何一级的官员，大家都顺其自然地生活在一起。华胥国人没有贪婪的私欲，生活快乐自足，都过着乐天知命、率性而为的生活。他们不会因为活着而沾沾自喜，也不会为了死亡而忧心忡忡，所以每个人的寿命都很长。由于华胥国的人们都能以一种天然纯朴的方式安身立命、待人接物，真正做到了心无杂念地生活，所以，他们同周围的环境以及大自然达到了水乳交融的境界。而且他们都有超越常人的能力，能自由来去水火中，不会被溺死、烧死。他们在天空行走如履平地，云雾不能阻碍他们的视线，雷鸣电闪不能干扰他们的视听。

伏羲的母亲是华胥国的女子，名叫华胥氏。华胥氏从小就生活在条件优越的国度里，因而有着雍容华贵的气质和无尽的魅力。她每天都在天地之间游历名山大川，欣赏奇妙瑰丽的自然风光。

有一次，她去东方一个名叫"雷泽"的大沼泽游玩，偶然看见沼泽边有一个巨人的脚印，由于这个脚印大得出奇，华胥氏觉得很有意思，就好奇地将自己的脚踩了上去。谁知她刚一踩下，身子忽然有一种异样的感觉，腹中悸动了一下，后来经过十月怀胎之后，就分娩出一个儿子，取名叫作伏羲。

伏羲的父亲就是那个留下巨大脚印的神。他是"雷泽"的主人，人头龙身，半人半兽。伏羲天生异相，长有人的头，蛇的身子，从小就很有神力。这种神力就源自于他的父亲。伏羲很小的时候就能沿着天梯自由来去天上和人间。

连接神和人的天梯其实就在高峻巍峨的昆仑山顶上。有一株名叫"建木"的大树，这株树不知有多高，紫褐色的树干直插九霄。这棵树也十分神奇，它长在西南的都广之野，据说那里是天地的中心，一年四季生长着各种粮食、果实，各种祥瑞的飞禽走兽都聚集在一起，"建木"是其中最引人注目的。它细长的枝干笔直地升入云霄，两旁没有多余的枝丫，只在树的顶端生出了如同伞盖一样的、相互缠绕的枝条。如果轻轻拉一拉它的枝条，就会有绵软的树皮掉下来，像缨带又像黄蛇。这位于天地中央的"建木"，就是诸位天帝或上天或入地的梯子。

伏羲长大后当了东方的天帝。既然是万民之王，他就理所当然地要为天下黎民苍生谋取福利，为改善人民的生存条件而体现自己的王者智慧了。那个时候，人们都是靠打猎、捕鱼和采集野果为生的，那么，大自然的四季变换和恶劣的自然环境，使得人们不能每时每刻都可以获得稳定的食物来源，因此伏羲就开始为人们寻求出路了。他试着捻草为绳，将绳子交叉打结，渐渐形成了一个网状的东西，用它在水里捕鱼，效率大大地提高了。伏羲又触类旁通地把它运用到捕鸟上面。

就这样，人们扩大了食物的来源并且丰富了食物的种类。在食物的来源相对稳定之后，伏羲又发明了新的烹饪方法，改变了人们的饮食习惯，使得食物更易于被人体吸收和消化。

伏羲既是一位圣明的天帝，也是一位了不起的文化始祖。他上知天文、下晓地理，学习神明的德行，熟悉人间万物的自然法则。他发明了八卦，以乾这种符号代表天，坤代表地，坎代表水，离代表火，艮代表山，震代表雷，巽代表风，兑代表泽。伏羲教人民用这几种符号记载万事万物，代替以前的结绳记事，让人民利用八卦进行占卜吉凶，希望得到神意的显示。除此之外，他还与女娲共同发明琴瑟，创作乐曲，以用于礼仪、宗教、占卜、巫术等活动；制定姓氏，将人们分为不同的氏族，他自姓为风氏。他的众多举措开启了人类最早的文化活动，使先民从蛮荒进入了早期文明。诸如此类，都可以说明，我们的始祖伏羲对人类所作的贡献，不仅仅局限于生存的物质层面，他同样也对人类的精神文明的进程，做出过不可磨灭的贡献。

作为第一个替天牧民的帝王，伏羲在他年老之后，主动禅让王位给后来的有能力的人。他也成为东方的天帝，同木神句芒一起治理着东方方圆一万二千里的地方，掌管着一年四季中繁花似锦的春天。另外，伏羲集中了当时人们喜爱的几种动物的特征，创造了综合马头、鹿角、蛇身、鱼鳞、鹰爪、鱼尾等许多动物特征的综合体，称之为"龙"，并自称"龙师"。从此龙成为华夏族图腾，中华民族也自称为龙的传人。

◎ **拓展阅读**

毛泽东、朱德祭黄帝陵

中华民国二十六年四月五日（1937年4月5日），
苏维埃政府主席毛泽东，人民抗日红军总司令
朱德，敬遣代表林祖涵，以鲜花时果之仪致祭
于中华民族之始祖轩辕黄帝之陵，而致词曰：

赫赫始祖，吾华肇造；胄衍祀锦，岳峨河浩。
聪明睿智，光披遐荒；建此伟业，雄立东方。
世变沧桑，中更蹉跌；越数千年，强邻蔑德。
琉台不守，三韩为墟；辽海燕冀，汉奸何多！
以地事敌，敌欲岂足？人执笞绳，我为奴辱。
懿维我祖，命世之英；涿鹿奋战，区宇以宁。
岂其苗裔，不武如斯；泱泱大国，让其沦胥。
东等不才，剑屦俱奋；万里崎岖，为国效命。
频年苦斗，备历险夷；匈奴未灭，何以为家。
各党各界，团结坚固；不论军民，不分贫富。
民族阵线，救国良方；四万万众，坚决抵抗。
民主共和，改革内政；亿兆一心，战则必胜。
还我河山，卫我国权；此物此志，永矢勿谖。
经武整军，昭告列祖；实鉴临之，皇天后土。
尚飨！

很久很久以前，在很远很远的西方洪荒的地方，有一个国家，名字叫作遂明国。这个地方因为太僻远荒芜，以至于太阳的光芒和月亮的银辉都普照不到，可以说是不见天日，不分昼夜。

在遂明国，有一棵大树，名叫"遂木"。这棵树真是异常之大，它的树枝很高很长，仅仅树冠的面积就达一万顷，伸展到了几十里以外的地方，而且整个大树看起来，就像是一片茂密的森林。按理说遂明国本来就是见不到日月之光，暗无天日的，再加上有这么大的树木遮蔽，必然是黝黑一团、漆黑一片的。其实并非如此，大树下到处闪耀着美丽的火光，犹如珍珠生辉、宝石发亮，把四下里照耀得明明亮亮，如同白昼。不见天日的遂明国百姓，就在这种灿烂美丽的火光中，躬耕劳作，怡然自得，悠哉游哉，靠这种火光生活。

其实，火的现象自然界早就有了：火山爆发，有火；打雷闪电的时候，树林里也会起火。人们后来偶尔捡到被火烧死的野兽，拿来一尝，味道挺香。经过多少次的试验，人们渐渐学会用火烧东西吃，并且想法子把火种保存下来，使它长年不灭。过去，东西都是生吃的，生吃植物果实还不算，就是打来的野兽，也多半是生吞活剥，连毛带血一块儿吃了，因为找不到火来进行烹饪。因此在遂明国里，人们还不知道如何生火。

人们发现火能帮助人们御寒，抵御野兽的伤害和烧熟食物，让人们可免于挨饿及受冻，所以火在他们日常生活中扮演着非常重要的角色。有很长很长的一段时间，人们为了火种不能久存而困苦，因此保护火种，是一件非常重要的事。万一没有了火种，真不知道会发生什么可怕的事。因为，没有了火，就等于没有了光明，人们就不能够正常生活，不但要生吃很多味道很不好的食物，而且还会经常受到野兽猛禽的袭击。

为了保存火种，大家就轮流值日看守火种，长年累月，没有尽头。可是保存火种非常之难，有许许多多的不利因素，常常使得他们的生活处于没有火的状态。有个聪明智慧的人一想到自己国家的人民的痛苦状态，就发誓要把这个难题解决。

有一天，这个聪明智慧的人周游天下，走得很远很远，远到连日月星辰都不见了，终于来到遂明国。他见到此地的奇异景象，感到十分奇怪，决心把火光的来源弄个明白。

经过了好多天的仔细观察，有一天，他终于发现这里有一种大鸟，橘红色的嘴巴、漆黑的脊背、雪白的肚皮，长着鹗爪似的坚硬利爪，在大树上跳来跳去找虫吃，不时像啄木鸟似的用长长的硬喙啄树干，每一啄，就发出璀璨夺目的火光。

这个聪明人见了这种景象受到启发，想到了取得火种的办法。他于是捡了一根硬木枝,在遂木上钻起来,结果真的也发出火光。可惜用这种树木钻出来的火,只发光,没有火头。

他回到自己的国家后,继续用别的树木作试验,虽然钻起来很费劲,但终于钻出火来。他无私地把这个钻木取火的办法教给人民,从此人类就不再靠天然的雷电来点燃火种,也不必小心翼翼地天天看守着已点燃的火堆,唯恐火种熄灭了。有了取火的方法,火的用途也就大为扩展了,而且聪明的人类又改变了取火的方法。又过了相当长的时期,人们把坚硬而尖锐的木头,在另一块硬木头上使劲地钻,钻出火星来;也有的把燧石敲敲打打,敲出火来。如此这般,人们最终掌握了人工取火的方法。正因为他的功劳,让人们享受到光明,让人们无须生活在黑暗中,真是太伟大了。他的事迹是对人类最初征服火的一曲颂歌。人征服了火,火磨炼了人,人成了星际间的万物之灵。

这个聪明人发明了钻木取火的方法,受到后人敬仰,被尊称为"燧人氏",就是取火者的意思。由于发明钻木取火,燧人氏被黄帝封为司徒,主管南方事务。他住于衡山,葬于衡山。人们为了纪念他的重大贡献,将衡山的最高峰命名为祝融峰。

○ 品画鉴宝　彩陶鱼纹圆底盆·仰韶文化

◎ **拓展阅读**

火神

在我国北方信奉萨满教的各民族中,火神是一位古老的女性,被称为火神母、火婆、火姑娘、火灵、火源等。满族神话传说,少年英雄托阿从天火库盗来一葫芦火种,把石块凿出洞,然后把火种一一装入石块,带回人间,并告诉人们用碰磕石块的办法从中取火。就这样,人间有了火种。从此,人们称托阿为火神。西南少数民族大多把燃烧的火焰视为火神的化身(或把锅庄石、火塘灶等视为火神的象征),并奉其为恩赐光明和财富,使家族繁衍兴旺的保护神。

炎帝是我们中华民族的始祖之一，现在所称的"炎黄"，即指炎帝神农氏和黄帝轩辕氏。炎帝神农氏是一位伟大的人物，为缔造中华古国最早的文明，为发展社会生产力，为中华民族的繁荣昌盛做出了不可磨灭的贡献。他是与农、工、商、医、文等各领域的发明创造分不开的一位神祇，因而一直受到历朝历代炎黄子孙的敬仰和祭祀。他继女娲后为天下共主，自他以后中国进入农耕社会。

在伏羲制定姓氏后，人们就分为不同的氏族。盘古开天辟地之后，女娲造人补天，又轮转了不计其数的春秋寒暑。在一个普通黄昏，西边残阳如血，东边皎洁的圆月已悄悄爬上了柳梢，一个叫任姒的女郎仍在姜水岸边踯躅。古今中外，年轻漂亮、多情善感的女子都一样，她们的心思谁也猜不透。

突然，一道红光自碧波深处激射而出，任姒猛一抬头，见一条赤髯神龙升至半空，双目发出两道神光，与她的目光交接。四目相交的刹那间，任姒只觉心灵悸动，似有所感，她用手拭一拭眼睛，定一定神，再定睛望去，但见暮色渐合，波澜不惊。天空河水都黑幽幽的，哪有什么神龙呵！神龙见首不见尾，任姒却就此怀孕了，足月产下一子，牛首人身，即以姜水之姜为姓。这个孩子就是日后的南方火德之帝，故号炎帝。

这位既是太阳神又兼农业之神的炎帝，刚刚诞生的时候，身边的大地上就涌出了九眼井。这九眼井的水彼此相连，如果汲取其中一口井的水，那么其他八口井的水都会跟着波动起来。

上古的时候，没有农业，人们靠打猎、捕鱼、采摘野果为生，挨饿、受冻、遇险，过着原始游牧生活。禽兽、果实自然生长的脚步怎赶得上人类繁育的速度？一旦野生的动植物都被人吃完了，天下黎民岂不要饥饿而死？因为民以食为天呀。炎帝是极仁慈、极具爱心的大神，他见人口日趋繁多，自然资源渐渐匮乏，顿生忧患意识。于是炎帝不辞辛苦，冒着生命危险，走遍了名山大河，尝尽了千辛万苦，终于在南方一个山清水秀的地方，找到了适合人类食用的谷种。他吩咐百姓春天播种在开垦过的土里，经常施肥灌溉，拔除芜草，到秋天时就能获得丰收。他见人民耕作栽插十分辛苦，就断木作耜，揉木作耒，创制农具。炎帝又叫太阳发出足够的光和热来，使五谷苗壮生长；并委任仙人赤松子为雨师，观测气象，调节晴雨。于是年年五谷丰登，民众鼓腹而歌，感念炎帝的功德，尊称他为"神农"。

炎帝不单单是农业神，同时也是医药神。炎帝教会了人们农业技术，保证了生活的物资来源，又创立了医药学，保证了人们的生命和健康。他巡视四方，看见百姓大多面部黄肿，有风湿之病，或者老弱病残，身受疾病之苦，心中十分不安，就踏遍三山五岳，采集天下异草。传说炎帝有一条神鞭，叫作"赭鞭"，世间的各种植物，一经赭鞭抽打，无论有毒无毒，或寒或热，各种性质都会呈现出来。他就依据药草的不同药性，给病人治病。

为了进一步辨识药物的性味和功能，更好地救死扶伤，炎帝又亲自尝百草。相传他的身体玲珑透明，从外面即可看清五脏六腑，因此以身试药，看着草药在身体里如何发挥作用。炎帝做好两个口袋带在身边，打算将好吃的放在左边的袋子里作食物，不好吃而有特殊功效的，则放在右边的袋子里作药用。他准备妥当后，就开始尝百草。首先，他尝了一片鲜嫩的小绿叶，小绿叶一落进肚子里，上下来回清洗肠胃，把肚子里各部分都洗擦得清清爽爽，让人十分舒畅！因为小绿叶在肚子里上上下下，就像来回巡查一样，炎帝称之为"查"。他认为"查"有益可吃，就收到左边的袋子里，后来人不知怎么却写成了"茶"。

他接着尝了一朵蝴蝶样的淡红小花，叶儿像羽毛，样子很美。拿起来香味扑鼻，吃在嘴里甜丝丝的，这就是后人所称的"甘草"。神农觉得甘草好吃极了，于是也放到左边的袋子里。

随后尝了一种别致的小绿花，花朵像禾穗一样挂在茎上，椭圆的叶子有小小的尖端。拿来尝一尝，又苦又酸，果实上还有刺。这东西在肚子里一下接一下顶撞不止，竟然连炎帝的膝头都弄得肿起来，肿得像牛膝盖。炎帝知道不妙，赶忙吞下一把茶叶才解了毒。这种东西后来叫作"牛膝"，是放在神农右边袋子里的。

他就这样把百草一一尝遍，有时候中了毒，就吞下一把茶叶。平均一天之内，中毒十多次，更有甚者，一天中毒七十次。幸亏他能够马上知道中毒部位，找到解救的方法。炎帝尝试完了百草的药性，将温、凉、寒、热的药物各置一处，按照君臣佐使之义，撰写成医书、药方，以造福人类。医学一科，至此方始建立。

炎帝神农氏对中华民族的生存繁衍和发展做出了重要贡献：制造耒耜，种植五谷；尝遍百草，开设医药；设立市廛，首辟市场；治麻为布，民着衣裳；做五弦琴，以乐百姓；削木为弓，以威天下；制作陶器，改善生活；立历日，立星辰，分昼夜，定日月；教民猎兽、健身，教民音乐、舞蹈，还教民智德。可见，炎帝时期，德、智、体、美得到了全面的重视和发展。炎帝就这样不断地运用自己的智慧，改善人民的生活，改进人民的生存模式，取得了令人瞩目的成就。

然而，到了晚年，炎帝的创造力发挥得差不多了，他同父异母的弟弟，另一个伟大的领袖——黄帝开始崛起，而黄帝也是一位锐意进取的、很有能力的领袖，他们的处世方式产生了矛盾。矛盾如此之激烈，以至于只能通过战争的

方法来解决。最后，他们二人在阪泉之野展开战斗。炎帝是太阳神，手下又有火神祝融，就采用火攻。黄帝是雷雨之神，就用水攻。你来我去几个回合，不分上下。黄帝统率十万神兵、十万人众、十万鬼卒，以翱翔天穹的鹰、雕、鹫、鹞等凶禽作旗帜，以驰骋原野的虎、豹、熊、罴等猛兽作前驱，与炎帝展开决战。两军交锋，杀声震天，白刃耀日，战争异常残酷和激烈，战场上血流成河，使那些木质的武器都漂浮了起来。结果，战争以年富力强的黄帝的胜利而告终。

阪泉之战后，炎帝意识到自己的时代已经结束了，他就顺应潮流，急流勇退。他来到了偏僻的南方，做了掌管南方的天神，和火神祝融一起，齐心协力治理着南方一万二千里的地方，掌管着一年四季中的夏季。

炎帝的夫人是赤水氏之女听沃，她与炎帝所生的男孩名叫炎居。炎居生节并，节并生戏器，戏器生火神祝融。祝融被贬谪到长江流域，生下了后来怒触不周山的水神共工。共工的儿子术器生有异相，他的头顶平整如削；另外一个儿子叫后土，是土地之神。土神后土生下时间神噎鸣，噎鸣有十二个孩子，他们是困敦（子年）、赤奋若（丑年）、摄提格（寅年）等十二太岁神。后土还有位孙儿，即逐日的夸父。

炎帝有四个女儿，这四个女儿的命运各不相同。

其中一个命运最好。炎帝手下有个掌雨官，名叫赤松子。这个人喜欢炼丹药，常常服食一种"水玉"，也就是水晶。日子久了，他的身体就起了变化，最后跳进大火中，让身体焚烧，结果脱胎换骨，成了神仙。炎帝的这位女儿自幼十分信服赤松子，在赤松子得道后，跟着赤松子到昆仑山，在西王母住过的石屋中修仙，最后经过服食水晶和焚烧，也脱了凡胎，修成神仙，一直随赤松子云游四海。

炎帝还有一个女儿，学道成了仙，住在南阳愕山的桑树上，她的身躯有时候化为白鹊，有时候仍然保持女人的姿态。炎帝看见她如此奇怪的举动，悲痛万分，千方百计想把她引诱下来，可是绞尽脑汁都没有成功。后来，炎帝干脆让人在树下放一把火，企图迫胁她下来，可是，在万丈火焰中，年轻美貌的姑娘反倒蜕化了血肉的身躯，冉冉升上了天空。此后，人们每年都拿这棵树上的雀巢烧成灰，调和水，来喂蚕，据说，如此这般，孵化出来的蚕可以多吐丝，吐好丝。

炎帝另一个女儿名叫瑶姬。她是个多情少女，可惜刚到出嫁的年龄就死了。她的一缕芳魂飘到姑瑶山上，变作一棵瑶草，开出美丽的黄花，结成像菟丝子一样的果实，吃了这种果实的人，会人见人爱。天帝哀怜她早死，就封她做巫山的云雨神。早晨她化作美丽的朝云，在山谷间飘游，黄昏又变作潇潇的暮雨，倾泻满腔哀怨。她始终是那么多情，等待着知心的人……

炎帝还有一个女儿叫女娃，她的事迹最悲壮。

据说有一次她到东海去游玩，海上忽然起了风暴，她不幸淹死在海中。她的灵魂不散，化成了一只花头、白嘴、红足的"精卫鸟"。她深怨大海吞没了她年轻的生命，发誓要把大海填平，因此不断去衔西山的石子和树枝去填海，精神真可和愚公媲美。民间又把这种鸟叫作帝女雀。晋代诗人陶渊明曾有"精卫衔微木，将以填沧海"的诗句，歌颂的就是这种锲而不舍的精神。

◎ 拓展阅读

炎帝行宫

炎帝行宫位于山西省高平市东北14.5千米的故关村。该宫建于村中偏南，创建年代不详，至迟在明代已有。座北面南，单进院。现有正殿、午台、圣贤殿等。正殿三间，进深六椽，前殿悬山顶。院内现存明、清碑四通。据明成化十一年（1475年）"重修炎帝行宫碑"记载："神农炎帝行宫磐基在故关里村前，肇基太古，无文考验，祠在换马村东南，现存坟冢，木栏绕护，然祠与宫相去几百余步也。"

　　三皇五帝中最重要的是黄帝，他不仅是统领宇宙的中央天帝，也是华夏始祖。中华民族自称"炎黄子孙"，就是认为自己是上古炎帝和黄帝的后代。

　　黄帝与炎帝同族，也是少典氏的后代，母亲名叫附宝。附宝结婚多年没有生育，心里非常焦虑。忧心忡忡的她晚上不能入睡，出门仰观天象，向上苍祈祷。忽然北斗七星的第一颗天枢星周围出现了一道巨大的电光，四射的光芒十分耀眼。附宝一阵头晕目眩，竟然感应而怀胎，整整两年后才生下了黄帝。黄帝从小有奇异之相，似乎是注定要做中央天帝的。

　　他天生四张面孔，能同时注意东南西北四方动静，天上人间的任何事情，都逃不过他的眼睛。炎帝因为仁慈，受到越来越多民众的拥戴，势力逐渐扩大。炎帝所在的姜水流域和黄帝所在的姬水流域相距不远，虽然是同族兄弟，但是水火不容，终于在阪泉之野爆发了大战。结果以炎帝败退南方告终。但战争并没有到此结束，炎帝的后裔和属下先后奋起，为他们心中的偶像、崇敬的君主复仇，虽九死而不悔。在成为中央天帝前，黄帝先后和炎帝、蚩尤、刑天发生了激烈的战争，最终打败了对手，统领了宇宙。

　　率先兴兵讨伐黄帝的是炎帝的苗裔战神蚩尤。蚩尤是个勇猛异常的人物，他是南方的巨人族，家里兄弟八十一个，个个身高数丈，铜头铁额，头上生有坚利的角，耳边长有剑一般的毛发，坚利胜过铁枪铜戟，一头抵来，神鬼莫挡。蚩尤善于制造各种兵器，锐利的长矛、牢固的盾牌、轻巧的刀剑、沉重的斧钺、强劲的弓弩，都出自他的巧手。

　　当初炎黄之战时，蚩尤作为炎帝的武将随军听用。战事失利后，不幸被俘，做了黄帝的臣仆，他也趁机打探黄帝的实力，以图东山再起。蚩尤通过一段时间的观察，认为黄帝只是好大喜功，并没有什么实力。在新结交的好朋友风伯、雨师的帮助下，他偷偷回到南方，劝说炎帝重整旗鼓，报仇雪耻。炎帝沉默了许久，说："我为人间播撒五谷，又遍尝百草，就是想让人民摆脱饥饿、病痛，过上幸福的生活。可是阪泉一战，死伤无数，我再不愿意让天下百姓受战火之灾了！"他并没有采纳蚩尤的意见。

　　蚩尤见炎帝已无斗志，便聚拢来摩拳擦掌的兄弟，收编了山林水泽的魑魅魍魉，又去发动骁勇善战的三苗之民。

　　一切准备就绪，蚩尤就假借炎帝名号，正式举起反抗大旗，指挥军队，杀向黄帝。黄帝急忙调集四方鬼神、各种野兽及中原一些部族迎战，两军战于涿鹿。

　　蚩尤来势汹汹，黄帝匆忙应战，九战九败。

　　蚩尤变化多端，征风召雨，吹烟喷雾，曾把黄帝军队团团围在大雾之中。青天白日转瞬化作漫天迷雾，五步之外，不见人影，更不用说分辨东西南北了。蚩尤兄弟忽隐忽现，横冲直撞，三苗之民时出时没，左劈右砍，魑魅魍魉以怪声迷惑人，使人失去知觉。黄帝的部队被打得七零八落。混乱中，惨叫声、兵刃相击声不绝于耳。

这样的大雾弥漫了三天，如果不是黄帝的臣子风后通过北斗七星的启发制作了指南车，那么黄帝很可能就会在蚩尤的迷雾中全军覆没。黄帝军队借此冲出大雾的包围，摆脱了蚩尤的追杀。

在冲出蚩尤的迷雾后，黄帝喘息未定，急忙升帐，发号施令：追风使者速往凶犁土丘召应龙，逐电使者速往中央天庭召天女魃；十八神行太保奉圣旨分投三界，命天上、人间、幽冥的各路诸侯迅速增援。力牧率五千将士昼夜巡逻，布岗放哨，谨防偷营劫寨；风后领一万兵卒深掘沟堑，高筑壁垒固守，以待援军。他先后让应龙和自己的女儿天女魃迎战蚩尤，取得了暂时性的胜利。可是蚩尤一日不除，黄帝心里边总是忐忑不安。

后来，天上下来一位人面燕形的女子，她自称九天玄女，要传授给黄帝兵法战术。黄帝虚心求学，将玄女神奇奥妙的兵法一一记在心里。玄女告诉黄帝："蚩尤神力变幻，不是普通兵器能降伏的。你要战胜蚩尤，光靠兵法还不够，还需要神剑和神鼓。神剑用来杀敌，神鼓用来振奋士气。这些宝贝就不是我能给你的了！"说完之后就翩然升天，无影无踪。

黄帝于是四处求宝剑，不久得到了一柄以赤铜铸造的青锋宝剑，但是神鼓却遍寻不着。后来他想到了离东海岸七千里远的流波山上，住着一头叫作"夔"的神兽。夔的形貌似牛却没有角，身体是苍灰色的，并且只有一只脚。它目光如日月辉映，声音似雷霆轰鸣。黄帝派他的儿子东海神禺号将夔捕来，剥下皮晾干，制成了一面战鼓。

什么鼓配什么槌，黄帝又打起了雷神的主意。雷神是雷泽中的大神，从前华胥氏在雷泽边踩着了巨大的足迹，生下了伏羲，那个大脚印就是雷神留下的。雷神人首龙身，长了大大的肚子，平时无事时就快快活活地拍打自己的大肚子玩耍。他每拍一下肚子，便放出一个响雷。黄帝看中了他的如雷声响，夜袭雷泽，把雷神不由分说地抓来杀了，抽出两根大腿骨当做鼓槌。

战鼓有了，鼓槌也有了，黄帝用雷神骨头做的鼓槌，来敲打夔皮蒙的战鼓，两件响东西碰在一起，发出的声音响彻云霄，五百里以内震耳欲聋。

黄帝以玄女兵法操练军队，摆下十面埋伏之阵。雷神骨槌、夔神皮鼓果然不同凡响，三通鼓罢，三苗之民面无人色；六通鼓罢，魑魅魍魉魂飞魄散；九通鼓结束，蚩尤兄弟手颤足麻，无法跳跃飞腾。黄帝的将士们在鼓声的激励下士气大振，蜂拥而上，争先杀敌；黄帝把青锋宝剑使得车轮儿似的飞旋，青色剑锋喷射出赤色光焰，削落蚩尤兄弟的铁额铜头，轻巧得如同切菜砍瓜；应龙展开一对金色翅膀翱翔空中，张牙舞爪，嘎嘎怪叫，在他投下的快速移动的庞大阴影里，堆满了魑魅魍魉、三苗之民破碎的尸首。最后蚩尤全军覆没，他孤身浴血奋战，终于再遭生擒，被黄帝当即斩首。

黄帝和蚩尤的战争是最激烈的一场。在蚩尤死后，另一个炎帝的部下刑天又跳出来为蚩尤报仇。

刑天本来是炎帝手下酷爱音乐的臣子，曾经作过乐曲《扶犁》、诗歌《丰年》来赞颂当时太平的生活。当黄帝打仗时，他忍气吞声，和炎帝退守南方。后来听说蚩尤被杀，他就再也忍不住了，一手握了盾，一手拿了斧头，一路杀向中央天庭。他与黄帝开始了一场激战，两人在云端你来我往、剑斧相向，一时间天昏地暗。激战中，黄帝看准机会一剑向刑天脖颈砍去，刑天那颗巨大的头颅就被砍落下来，一直滚到了山脚。

刑天头被砍落，心里有点发慌，于是腾出一只手来在地上四处乱摸，想把头重新安回颈上。黄帝唯恐刑天摸到了头，战斗会无穷无尽，就赶紧提起宝剑，向常羊山劈了下去。一座大山立刻一分为二，巨人的头颅顺着沟谷滚进了山中，大山又合拢了，将刑天的头颅永远地埋在其中。

无头巨人一下子愣住了，他愈加震怒，毫不示弱，把两只乳头当作眼睛，肚脐当作嘴巴，挥舞武器，继续呐喊战斗。

黄帝见刑天只能空舞兵器，再没有什么威胁，就回天庭去了。这无头的巨人就一直在常羊山挥舞着武器，他并不认为自己失败了，他还有战斗的勇气和力量，他还在寻找他的对手，还在无尽的黑暗中寻找胜利的曙光。

黄帝战胜了炎帝的大军，斩落了蚩尤、刑天的头颅，又东讨西伐，南征北战，消灭了数十股大大小小的武装反抗力量，换来了天下的持久太平，明确了自己天下领袖的地位，直辖中部八十一个诸侯国，东南西北四方各有一个天帝镇守。

东方的天帝是伏羲，又称为太皞，辅佐他的是木神句芒。句芒手里拿了一个圆规，和东方天帝伏羲共同管理着春天。

南方的天帝是炎帝，辅佐他的是火神祝融，手里拿了一个秤杆，掌管夏天。

西方天帝是少昊，辅佐他的是金神蓐收，手里拿了一把曲尺，掌管秋天。

北方天帝是颛顼，辅佐他的是水神玄冥，也就是海神兼风神的禺强，手里拿了一个秤锤，掌管冬天。

分封完毕东、南、西、北四方大神，黄帝接下来委派人面鸟身、耳垂两条黄蛇、脚踩两条黄蛇的禺号任东海王，禺号之子禺京与人头鸟身、耳垂青蛇、脚踩赤蛇的不廷胡余、贪兹分别担任北海王、南海王、西海王。三界四方的新秩序建立起来了，黄帝非常高兴，嘱咐乐官伶伦作了一部威武雄壮的庆功乐曲。黄帝坐在殿上观舞听曲，接受来自四面八方、天上人间的神、鬼、人、兽的祝贺，一时踌躇满志。

这之后，黄帝就可以充分地发挥自己的聪明才智，来治理国家了。我们日常生活中许许多多的用品都和黄帝有着密切的关系。现在我们戴的帽子、做饭的锅都是他发明的。又因为他发明了有轮子的车子，所以又号轩辕氏。此外，文字的发明也和黄帝有着密切的关系。传说，为了方便人们在水路上的交通，他还发明了船。

一个秋天的傍晚，黄帝干完了活，同大伙坐在河畔休息。他看到水面上漂着许多树叶，其中有一片树叶上还爬着一只蚂蚁，虽然河水很深，蚂蚁在上面却安然自若。黄帝指着那片树叶，高兴地对大家说："你们看，蚂蚁爬在树叶上，就能在河里浮着沉不下去。如果有像树叶一样能浮在水面的东西，人呆在上面，不是也同样能在水面上行动吗？"大家听了，都觉得有道理。第二天，他们就找来一根很粗很粗的树干，把它放在河里。可是，由于树干是圆的，人一爬上去，它就滚动起来，人根本呆不住。怎么办呢？他们又一起出主意，终于想出了一个好办

○ 品画鉴宝
彩陶回形网纹高低耳壶·马家窑文化

法：把树干中间的一段挖空，人坐在中间。哈！果然能坐稳了。后来，他们又用木头做了桨，从此，人就能在水面上自由行动了。这就是我国最早的船，当时人们把它叫作"舟"。这是世界造船史上最早的船。

仓颉是黄帝的史官，他专心地创造新的符号，经过认真仔细地观察万事万物，发明了最初的文字。文字的发明是一个民族文化成熟定型的重要标志，所以炎黄子孙才以黄帝的时代作为中华文化的成熟时期。黄帝在医学上也有重要的贡献，其中最著名的要数《黄帝内经》了。直到今天，《黄帝内经》仍然是学习中医的必读教材。

黄帝晚年，用顺其自然、无为而治的理念，使三界大治，功成名就，于是产生退隐之心。黄帝常常带着风后和常伯，到各地去云游，把天庭的事务交给曾孙北方天帝颛顼去管理，自己乘龙飞往九重天外，随他同行的朝中大臣、后宫夫人共有七十多位。据说下方的一些小首领和百姓以及其余大臣都见过黄帝乘龙升天。

◎ 拓展阅读

黄帝城

黄帝城即涿鹿故城，亦称轩辕城，位于河北涿鹿县矾山镇三堡村北50米处。据《史记》记载，黄帝杀死蚩尤，归服炎帝后，"邑于涿鹿之阿"，即建都城于涿鹿山下的平地之上。据传，黄帝城即黄帝所建的华夏都城。黄帝城为不规则方形夯土城，东西宽450～500米，南北长510～540米，残存城墙高5～10米，底厚约10米，顶厚3米左右。遗址内陆续发现了大量陶器、石器，均以距今5000年左右的仰韶文化和龙山文化为典型，与黄帝所处时代相一致。

少昊是中国古代神话中的西方天神。他的父亲是太白金星，他的母亲是天山的仙女皇娥。少昊，己姓，名挚，号金天氏，又称"朱帝""白帝""西皇""穷桑氏"，在位84年，寿百岁崩，被后人尊为祖先神帝。少昊之所以被称为"穷桑氏"，是因为少昊的母亲在天上织布，在筋疲力尽的时候，常常到西海之滨的一棵大桑树下休憩玩耍。也正是在这棵树下面，她认识了太白金星。关于二人的相遇，这里还有一个美丽动人的故事呢。

聪明美丽的皇娥每天在天宫中用五颜六色的彩丝织布，常常到深夜也不知疲倦。有时为了轻松一下，她便乘着木筏，荡漾在浩瀚的银河中自娱自乐。

有一天，皇娥又乘木筏，沿着银河溯流而上，最后来到西海边的穷桑树下，把木筏停下。此树高达万丈，根深叶茂，繁花似锦。叶子是红的，果实是紫色的。据说，这棵树一万年才结一次果实，吃了这种果实，寿命比天还高。

当皇娥正在穷桑树下浮想联翩的时候，忽然看见一位英俊的小伙子从天上徐徐而降。她好奇地打量着小伙子，见小伙子面如满月，眼如晨星，浑身上下隐隐发着光亮，十分潇洒，禁不住看得呆了。小伙子潇洒地来到皇娥跟前，深施一礼，道："皇娥仙女你好！我是白帝的儿子，愿和你交个朋友。"

皇娥惊奇地道："啊，你就是启明星？也叫金星？原来就是你呀！我常常坐在这里，仰望东方天空的启明星，心里说，这颗星多亮、多美、多勤快呀，每天都把白天带给人间。"她说到这里，耳热心跳，连忙收住话头，羞红了脸。

启明星的脸微微一红，动情地说："我也是这样！我升到天空时，常常第一眼就看到你，觉得你太美丽了。我向别的星星一打听，才知道你就是心灵手巧的皇娥。你织的七彩锦和你自己一样美。我每天夜里都听到你的织布声，悦耳动听的声音使我夜不能寐。每日早上，我都盼你出现在银河边。"

启明星一口气敞露了心扉，发觉自己太激动了，连忙收住了话头，红着脸不好意思地看着皇娥。皇娥害羞地低下了头，双手拂弄着垂下的黑发，掩饰着心房的狂跳。启明星微笑着，将手一伸，召来了一把银光闪闪的琴。他双手抱琴，倚着穷桑树，弹奏出美妙的乐曲。皇娥立刻被这琴声给吸引住了，情不自禁地跟着启明星的乐曲轻轻地唱起了歌。启明星的琴声在情切切地向皇娥倾吐着爱慕之意，皇娥的歌声也在意绵绵地向启明星诉说着倾慕之情。歌声、琴音婉转悠扬，吸引着鱼儿成群结队地浮游在水面上，激动得花儿竞相开放。凤凰飞来了，在空中翩翩起舞。百灵鸟飞来了，放开歌喉为皇娥和启明星伴唱。他们的心越贴越近，双双走上了木筏，并用桂树的枝条做筏桅，用芳香的薰草拴在桂树树头上当做旌旗，还刻了一只叫玉鸠的鸟，摆放在桅顶，以辨别方向。

木筏在银河里漂荡。皇娥伴着悠扬缠绵的琴声，情不自禁地吟唱，美妙的琴声和优美的歌声融为一体。皇娥和启明星依偎在一起，沉浸在爱情的幸福中。鱼儿撒欢追逐在木筏旁边，凤凰在幸福情侣的欢笑中飞翔。皇娥和启明星就这样尽兴地漂游着，不久，他们的爱情结晶——儿子少昊诞生了。

在少昊诞生的时候，天空有五只凤凰，颜色各异，是按五方的颜色红、黄、青、白、玄而生成的，飞落在少昊氏的院里，因此他又称凤鸟氏。少昊开始时以玄鸟，即燕子作为本部的图腾，后在继大联盟首领位时，有凤鸟飞来，大喜，于是改以凤鸟为族神，崇拜凤鸟图腾。不久迁都曲阜，并让所辖部族以鸟为名，有凤鸟氏、玄鸟氏、青鸟氏，共二十四个氏族，形成一个庞大的以凤鸟为图腾的完整的氏族部落社会。

少昊在父母的精心培育下，具有神奇的禀赋和超凡的本领。少昊长大后，成为本氏族的首领，后又成为整个东夷部落的首领。他先在东海之滨建立一个国家，并且建立了一套奇异的制度：以各种各样的鸟儿作为文武百官。具体的分工则是根据不同鸟类的特点来进行。凤凰总管百鸟，然后再由燕子掌管春天，伯劳掌管夏天，鹨雀掌管秋天，锦鸡掌管冬天。除此之外，他又派了五种鸟来管理日常事务。孝顺的鹁鸪掌管教育，凶猛的鸷鸟掌管军事，公平的布谷掌管建筑，威严的雄鹰掌管法律，善辩的斑鸠掌管言论。另外有九种扈鸟掌管农业，使人民不至于淫逸放荡。五种野鸡分别掌管木工、漆工、陶工、染工、皮工五个工种，一句话，各种各样的鸟儿都鸟尽其材，物尽其用，各司其职，协调活动。因此，一到开会的时间，百鸟齐鸣，一时间，莺歌燕语，嘈嘈杂杂。有轻盈灵巧的麻雀，有五彩斑斓的凤凰，有普普通通的喜鹊，也有引人注目的孔雀。而一国之君少昊就根据诸鸟的汇报，来论功行赏，论过行罚，一切都显得那么井井有条。百鸟无不感激少昊的慈爱和德政，无不佩服少昊的智能和才华。

少昊见百鸟之国到处呈现繁荣向上的景象，十分欣慰。他为了百鸟之国更加兴旺发达，便请来年幼聪敏、很有才干的侄儿颛顼帮助料理朝政。颛顼不负众望，干得很出色，深得叔父的赏识。少昊见侄子常常累得嫩脸上挂着汗珠，于心不忍，就将父亲传下来的那张琴搬出来，手把手教颛顼弹奏，以便使侄子提神和娱乐。

颛顼聪慧好学，很快就成为抚琴高手。他的精湛琴艺，赢得了百鸟的齐声喝彩，自然而然地超过了叔父少昊。几年后，颛顼长大成人，便要回到自己的国家，最后他成为了北方的天帝。颛顼一离开，少昊便觉得空荡荡的，心里别提有多寂寞了。每当看到那琴，只能给他增添思念和烦恼。他觉得物在人已去，离愁难消。于是，他便把琴扔进了东海。从此，每当更深夜静、月朗星稀的时候，那平静的海面便飘荡着婉转悠扬、凄凄切切的琴声，让人流连忘返，惊叹不已。

少昊有好几个儿子，他的这些后代的外貌、性格、品德、才能等各方面都有很大的差异。

其中一个名字叫重。他有着人的面孔，鸟的身体，而且更令人惊讶的是，重的脸是四四方方的，经常穿着白色的衣服。出行的时候，驾驭着两条飞龙。由于他的非凡才干，所以受到东方天帝伏羲的器重和垂青，成为神话中的木神，和伏羲共同掌管着春天，人们一般称之为句芒。春天是万物复苏的季节，繁花似锦，莺歌燕舞，小草偷偷地探出头，树木也轻轻地伸腰，鱼儿在水中游来游去，鸭子也在河水里嬉戏，整个世界都是一派生机盎然、欣欣向荣的景象，到处是欢歌笑语，到处是歌舞升平。木神就拿着一个圆规一样的东西，掌管着此时大地上的万物和生命。圆规是他权力的象征，人们叫他句芒，就包含着弯弯曲曲的意思，和春天草木初生时刻弯曲柔软的样子很相近。句芒还兼任着生命之神，如果某人多行善事，对国家的发展做出了突出的贡献，句芒就会给他增加寿命。

少昊的另一个儿子叫该。该有着老虎的爪子，人的脸，浑身到处都是白毛。他是父亲少昊的部下，人们一般叫他蓐收，他就是神话中的金神，和父亲少昊一起共同掌管着西方一万二千里的地方。他们分工负责，少昊的工作是查看夕阳反射到东边的光辉是否正常，该的工作和父亲大同小异，就是查看太阳落山的时候，西边的霞光是否正常。除此之外，蓐收还掌管着天上的刑罚，如果有人做了坏事，危害了国家的利益，他就会对此人进行惩罚，轻则减少寿命，重则剥夺生命，和他的哥哥句芒的工作恰恰相反。

他还有一个儿子穷奇，长相有一点像老虎，肋下生有一对翅膀，能够在天空自由地翱翔。而且他有一个奇异的本领，就是能够听懂天下各地的语言。他是个颠倒黑白、是非不分的家伙，而且喜欢恶作剧，比如，他看见两个人打架，就把正直有理的那个人吃掉，而让凶恶闹事的无赖逍遥法外。不过，他有时候也做好事，比如每年十二月初八，他和他的伙伴们就到处寻找吃人的害虫，把他们赶跑或吃掉。

他还有一个儿子般，发明了弓和箭，使得人们战胜野兽的能力大大提高了。他的另外一个叫作倍伐的儿子，被贬到南方，成为缗渊的主神。少昊的一个后代昧，担任水官，被称为玄冥师。昧的儿子台骀，因为治水有功，被封在汾川。此外，帝尧时候帮助尧治理国家的皋陶，大禹时候帮助大禹治理洪水的伯益，都是少昊的子孙。他的后代中，有一个在遥远的北方的"一目国"，这里的人只有一只眼睛，长在脸的中间部位，也是十分的神奇。

少昊在位期间，因修太昊之法，故称少昊。设工正、农正，分别管理手工业和农业，以发展生产。同时还"正度量"，即制定度量标准，并观测天象，制定历法，发明乐器，创作乐曲。同时，还与炎黄集团建立了密切的交流关系，比如他收留、养育了黄帝的孙子颛顼接任自己东夷部族联盟首领的职务。

◎ **拓展阅读**

启明星

天亮前后，东方地平线上有时会看到一颗特别明亮的"晨星"，人们叫它"启明星"，即金星。金星的半径约为6073千米，只比地球半径小300千米，体积是地球的88%，质量为地球的4/5；平均密度略小于地球。金星周围有浓密的大气和云层。金星大气中，二氧化碳最多，占97%以上。同时还有一层厚20~30千米的由浓硫酸组成的浓云。金星表面温度高465~485℃，大气压约为地球的90倍。

在黄帝族所繁衍的众多子族中，颛顼与帝喾是时代较早的、最著名的两支。颛顼，是黄帝的曾孙，是少昊的侄子。他的父亲叫韩流。韩流的相貌也是十分的奇特：修长的脖子，小小的耳朵，猪的嘴巴，麒麟的躯干，而且两条腿是连在一起的。颛顼的长相和他父亲差不多。他的母亲母女枢因为看见瑶光之星穿过月亮，像一道美丽的彩虹，心有所感，后来就有了身孕，生下了颛顼。颛顼非常聪明能干，深得叔父少昊的喜爱。后来，他长大成人之后，就做了北方的天帝，和他的属下海神禺强共同掌管着白雪皑皑、天寒地冻的一万二千里的原野。中央的天帝本来是黄帝，可是由于年事已高，再加上颛顼非常有才干，有时候就让他代使皇权，所以，颛顼又做过一段时间的神国的最高统治者。

颛顼上台执政后，自然是新官上任三把火，厉行改革。他所做的第一件事就是派遣天神重和黎把天和地之间的通道截断。

自从盘古开天地以来，虽然天和地相距九万里，遥遥相望，可是人们还是可以沿着天梯一步一步登天，天上的神仙也可以由天梯下到人间。但是要知道什么地方直通天庭，也不是一件简单的事，即使知道了，还得有爬上去的本领。比如昆仑山，谁都知道是天帝的"下都"，最高处直达天庭，可是山下绿水环绕，四周火焰缭绕，等闲人是上不去的。

昆仑山周围不知几千万里，住着许多神仙，像西王母居于西北隅的玉山，西王母之夫东王公则住在东北隅，都只是一隅之地。昆仑山上的奇花异卉、异兽珍禽，多得不可胜数。群山中有一座极大极高的山，映着日光，金光灿烂，矗立天中，山顶固然看不到，两旁也不知伸展到什么地方为止，几乎半个天都被这座大山遮去了。这就是"天柱"，周围三千里，位于昆仑山北部正面，四周浑圆。

山下有一座房屋，叫作"回房"，广一百丈，归仙人九府治理。山上面有一只大鸟，名叫"希有"，朝着南方，此鸟张开右翼，可盖住西王母之地，张开左翼，可盖住东王公之地。"希有"背上有一块小小的地方，没长羽毛，有人算出有一万九千里。据说西王母和东王公正是借这只大鸟的翼作一年一度相会之地。

从昆仑山东隅登山，迎面是一座大城，进城就见两种奇树。一种叫沙棠树，它的形状像海棠，开着黄色的花朵，结红色的果实，果实无核而味道像李子，非常甘美；一种叫琅玕树，高大绝伦，枝、叶、花三项都是玉生成的，青葱可爱，微风吹起，枝叶相击，所发之声，清脆悦耳。

据说昆仑山五方，有着五方各有特点的树。东面是沙棠、琅玕两种，西面有株树、玉树、璇树、不死树四种，南面有绛树一种，北面有碧树、瑶树两种，中央有木禾一种，高三十五尺，粗五围。

昆仑山东面的大城名叫增城，共有九重，重重上去，高一万一千里零一百又十四步，还零二尺六寸。最上重的那一座城，有四百四十个城门，每个城门广约四里，其宏伟可想而知。

城中最大的宫殿足足有一百里，名叫倾宫。还有一个宫殿，处处以玉装成，极其华丽，而且有机关，可以使它旋转，要它朝东就朝东，要它朝西就朝西，所以名叫旋室，又叫璇室。四百多个城门之中，有一个名叫阊阖门，就是西门。内有一个蔬圃，是天帝的菜圃，四面围以黄水，黄水绕流三周，仍归回原处，自古以来不增不减。此水又名丹水，凡人饮它一勺，就可以长生不死。西王母的不死之药，就是用丹水配制的。

从第九重增城上去，再高一万一千里零一百十四步二尺六寸，就是凉风之山了。人能登到这座山上，不必服什么药，即可以长生。再上去高一万一千里零一百十四步二尺六寸，就是悬圃山。人若登上此山，不但长生不死，而且具有神通，能呼风唤雨。从悬圃山再上去一万一千里零一百十四步二尺六寸，名叫上天，是天帝的住所，不是神仙不能到此。

由天梯上天虽然困难重重，但古时天地间的距离还不算太远，因此天上人间偶然也有往来。神可以随便到地上来，人也可以到天上去。并且神和人的语言是可以相通的，可以互相交流。后来由于天梯上下方便，天上的恶神蚩尤，乘机偷偷到下方来，蛊惑煽动苗民造反作乱，并且对不合作的无辜民众肆意加以残酷的迫害。黄帝为了保护善良的人民，便和蚩尤展开了一场规模巨大、历时长久的战斗。虽然结果是以黄帝的胜利而告终，可是，黄帝却也损失惨重、大伤元气，并且由此对战争和政事都感到厌倦，索性把皇权交予颛顼，自己游山玩水去了。

前车之鉴，后世之师。颛顼接受了蚩尤变乱的教训，觉得神和人不分出界限，混居在一起，总是弊多利少的，于是命重、黎两人把天地间的通路隔断，叫人上不了天，叫神也不能再随便下地了。重和黎遵命行事，各伸出一只毛茸茸的、硕大无比的手臂，一个把天托起来，尽力往上推；一个把地按住，努力朝下压。这样一来，本来相隔不远的天地，从此就相隔得老远。自从隔断了天和地的道路，天上的神偶然还可以私下凡间，地上的人却再也没有法子上天去了。

天地分开之后，颛顼就命令天神重专门管理天，而命令天神黎专门管理地。黎后来有一个儿子叫作噎，他协助父亲管理日月星辰的运行顺序，以免错乱。后来，噎也就自然而然地成为了神话中的时间之神。

在颛顼执政期间发生的第二件大事就是他和共工为了争夺天帝的位置，打了一场大规模的战争。整个战斗过程曲折动人，我们下面将要详细介绍。

颛顼在绝地通天的同时，也在创造着一种新神，这就是政治权威的绝对性和它的象征符号——龙。他把各部落、氏族的图腾毁灭了，使先民们失去了各自原有的依赖和信仰；他又把这些图腾利用起来，从每一图腾中选取代表特征，拼凑了一个庞大的、威猛的、什么都是又什么都不是的新图腾——龙。龙作为中华民族大一统的图腾，是一种政治化的象征物，本质上是世俗的。但是颛顼却借用了龙的神性，还强行制定了男尊女卑、兄妹不为婚的世俗法律。

颛顼是一位开创性的统治者。这种开创性的意义有二：一是他的政治治理之功——将他祖父黄帝的军事征服成功地转换为政治控制；二是他的文化革命之功——为达到人统治人、北方统治南方的政治目的。即位后，除了进行政治改革，颛顼又进行了一次重要的宗教改革。被黄帝征服的九黎族，到颛顼时，仍信奉巫教，杂拜鬼神。颛顼禁绝巫教，强令他们顺从黄帝族的教化，促进了民族和民族之间的融合。

颛顼是位沉静、博识、有谋略的人，能根据不同地域条件发展生产，聚集财物，又观察天象，按日月运行而规定一年的四季。他还命重和黎二人编制历法，后人称"颛顼历"，开始将一年定为360天。颛顼的地域异常广大，北边一直到幽灵之地，南边一直到交趾之国，西边一直到流沙之滨，东边一直到蟠木之属，都在他的辖区范围之内。不管是动物还是植物，还是能力大小不一的神灵，一句话，凡是沐浴在日光月华之下的东西，都是属于颛顼的。

颛顼在位七十八年，死时九十多岁。他死后不久，凛冽的北风吹来，地下的泉水被吹得溢出了地面，这个时候，蛇就会出来，变成鱼。死后的颛顼就会乘机附在鱼的身上。死而复生之后的颛顼，半边身体是鱼，半边身体是人，人们都叫他"鱼妇"。

颛顼子孙很多，伟大的诗人屈原就自称是颛顼的后裔。他有一个儿子叫作梼杌，梼杌的身材比老虎大一点，身上长着长长的毛发，有着野猪的牙齿，老虎的爪子，并且身后还拖着一条一丈八尺长的大尾巴。他经常在旷野里为非作歹，几乎没有人可以制伏他。

颛顼有一个女儿，叫九头鸟。九头鸟，顾名思义，就是有九个脑袋。她白天一般不出来，只有在夜幕降临之后，才出来活动。她如果披上羽毛，就可以凭风翱翔；如果她不披羽毛，就会变成女人。

颛顼还有一个儿子，叫作穷禅，也就是人们家里的灶神。到了每年的腊月二十三，就要到天上报告人间的各种事情。人们怕他说坏话，就供奉他各种各样的水果、鱼肉等美味佳肴，希望他在报告的时候，只说好话，不说坏话。

颛顼的子孙后代，非常繁盛，他们分布在辽阔的大江南北：草长莺飞的江南，白雪飘飘的塞北，到处都有他们的足迹。他们中的一支后来发展为南方的楚国，在战国时期成为国力最为强盛的国家之一。

◎ **拓展阅读**

颛顼历

《颛顼历》完成于秦献公十九年（公元前366年）。该历以夏正十月为岁首，闰置于九月之后，以该年正月初一日刚好立春为节气的计算起点。它以365又1/4为回归年长度，十九年七闰。汉武帝时，公孙卿、壶遂、司马迁等受命议造汉历；最后，在18种改历方案中选定了邓平所造的八十一分律历，称太初历。太初历以365又385/1539日为回归年长度。西汉末年，刘歆修订太初历并将其更名为三统历。

帝喾，姓姬，为上古五帝之一。他是黄帝的孙子，少昊的儿子。帝喾出生的时候，有着天然的神异之处，可以说出自己的名字。他的相貌也非常奇特，他长着鸟类一样的头，可是在头上又多出来两只角。他的身体像猴子，全身都是毛发，可是，他只有一只脚，所以常常拄着拐棍，这儿一拐那儿一拐地蹒跚行走。十五岁时，因辅佐颛顼帝有功，被封于高辛。帝喾三十岁时，就代替颛顼为帝。帝喾治理国家，就好像是流水之灌溉万物，公正严谨，不偏不倚，福利遍于天下。他在位七十年，天下政通人和，人民安居乐业。

帝喾一共有三个妻子，一个妻子名字叫娥皇。他和娥皇的孩子，也奇特无比：他们只有一个头，却有三个身子。他们的看家本领就是驯化凶猛的野兽，像老虎、狮子、大黑熊这些最凶猛的野兽都乖乖地听他们指挥。不但如此，他们还让这些动物驾车带他们四处游逛，而且让它们帮自己干粗笨的体力活。

帝喾另一个妻子的名字叫作羲和。他和羲和一共生下十个儿子，他们就是十个太阳，而羲和的任务就是每天赶着车子，带着孩子，在天上轮流值班。

每一天，羲和都要带着她的十个孩子在东海边上的一个名叫汤谷的地方洗澡。所谓"汤谷"，顾名思义，就是这里面的水是热乎乎的。在汤谷的旁边，有一棵几千丈高的扶桑树。每天，十个孩子洗澡过后，都要爬到树上玩耍，但是，只有一个孩子才可以爬到大树的顶端去玩，而其余的九个孩子就只能在低一些的树枝上嬉闹。在大树顶端的孩子第二天要值班，母亲羲和驾着有六条龙拉着的马车护送他，因此人们在地上看见的太阳就只有一个，虽然说一共有十个太阳。

可是，要是这个孩子睡觉睡过了头，那么第二天岂不是人们就没有太阳了？怎么办呢？不要担心，在扶桑的最顶端，有一只玉鸡在值班。它会在夜幕将逝、黎明即将到来的时候，伸长脖子，扇动翅膀，喔喔地叫起来。这样，离它最近的那个太阳理所当然地第一个先被叫醒了。随着玉鸡的第一声啼叫，天下的雄鸡也就跟着叫起来，这个时候，天就真的要亮了。

睡眼惺忪的太阳，到海里洗了一把脸，立刻变得容光焕发起来，红彤彤的脸庞随即染红了东边的天空，海面上也荡漾着万道霞光。随着他慢慢地升高，他的眼睛也睁开了，道道金光撒向大地，山川、河流、房屋、树木、建筑、行人，一切都开始显现出了轮廓。他坐在妈妈羲和的车子上，不紧不慢地走着，风儿温柔地吹着，白云悠闲地飘着，欢欣的人们，袅袅的炊烟，一切都是那么和美、幸福、安康。他真想停下来，仔仔细细看个够，可是，妈妈不让，因为他们在值班呢。羲和说："一寸光阴一寸金，可不能白白地浪费时间。"

十个孩子就这么被妈妈羲和护卫着，日复一日，年复一年地轮流在天空值班，给人们带来了光明和快乐。不过，也许是儿童顽皮爱闹的天性使然，有一天，这十个小家伙竟然同时出现在天空，闯下了大祸，也就引出了我们下面要讲述的后羿射日和嫦娥奔月的神话。

帝喾的第三个妻子是月亮女神，名字叫作常羲。她和帝喾一共生下了十二个美丽的女儿。她们不但性情非常温和，而且十分爱干净，所以常羲经常带她们到西方荒野上一个碧波荡漾的湖水里去洗澡。这十个女孩子都很文静、听话，从来没有为父母惹过什么麻烦。

帝喾还有两个儿子，一个名字叫阏伯，另外一个名字叫实沉。不知道什么原因，兄弟俩一见面，就要动手打架，并且不断寻衅厮杀。帝喾多次教育这两个儿子，要他们互帮互爱，和平相处。可是阏伯和实沉对父亲的话语充耳不闻，依旧我行我素。父亲只要一离开，他们就要寻机闹事，如水火不容。帝喾为他们伤透了脑筋，后来，实在是没有办法，只得把他们俩分开。

帝喾派阏伯往商丘去，让他主管东方的商星，又派实沉去大夏主管西方的参星。参和商在天空中恰好遥遥相对，一个升起，另外一个就会落到地平线以下，他俩从此此起彼落，再也不能见面了。

由于德行高尚，聪明的帝喾一直活到105岁。帝喾身边有八个善良贤明的人物，来辅佐他管理国家大事，史书上称他们为"八元"。传说帝喾能操纵辰星，掌握观察时间和节气的方法，以指导生产。而且帝喾非常喜爱音乐，他叫乐师咸黑制作了九招、六列、六英等歌曲，又命乐垂作鼙鼓、钟、盘等乐器，让六十四名舞女，穿着五彩衣裳，随歌跳舞。在音乐响起之后，凤凰、大翟等名贵仙鸟也都云集殿堂，翩跹起舞。帝喾好巡游，他到过巍峨耸立的泰山，畅游过磅礴澎湃的东海。一句话，他几乎游遍了中国的名山大川，参观过女娲、少昊、黄帝等先人的遗迹。我们也可以想象他执政的时候，地域是多么的辽阔，国力是何等的强大。

◎ **拓展阅读**

帝喾陵

帝喾陵位于商丘市睢阳区南25千米的高辛集。现存墓地为一高丘，长200余米，宽100余米。陵前原有帝喾祠、沐浴室、更衣亭、禅门等古建筑，院中有大量碑刻。现仅存明代碑刻一通。帝喾祠修建于汉。在元、明又经多次修复。其殿宇雄伟壮观，松柏苍郁，碑碣林立。庙堂内中央有一口古井。庙内梁上绘有彩龙，彩龙映入井中，栩栩如生。相传大旱之年求雨多有灵验，所以被人们誉为"灵井"。

尧舜二帝

天神的战争结束了，人类的世界也迎来了推崇道德和礼仪的时代。黄帝以后，先后出了三个很有名的、具有很高道德水准的部落联盟首领，他们的名字分别叫尧、舜和禹。他们原来都是一个部落的首领，后来被推选为部落联盟的首领。那时候，做部落联盟首领的，有什么大事，都要找各部落首领一起商量。他们之间的帝位传递是通过选贤举能来实现的，称为"禅让"。

尧做人间的国王时，以节俭、朴素出名，是一个非常关心百姓、注重民生疾苦的国君。传说他住在用参差不齐的茅草盖的房屋里，屋子里的柱子和梁都是用山下砍伐下来的粗糙木头随便架起来的。他喝的是野菜汤，吃的是糙米饭，身上穿的是一种用叫作"葛"的植物织成的麻布衣服，天气冷了就往身上披一件鹿皮来御寒，使用的器皿都是一些土碗、土盆。他的生活水平连一个普通的小官都不如。

尧自己过着这样艰苦的生活，却丝毫不以为苦，他的心里常常想的是百姓的生活。如果国家有一个人肚子饿，没有吃饱，那么尧就必然会觉得是自己使那个人饿了肚子；如果有一个人没有衣服穿，在寒风里受冻，那么尧就会想全是自己的过错才让那个人挨冻；如果有一个人犯了罪，要受到惩罚，那么尧就一定会深深地自责，认为是自己管理无方，才让那个人陷入罪

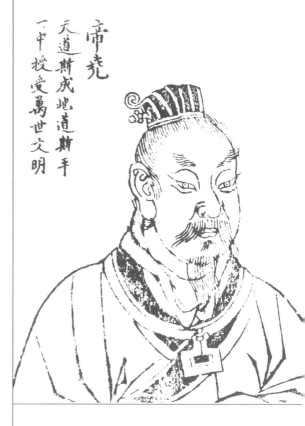

帝尧
天道斯成地道斯平
中授受万世文明

帝舜
禅授光明心学切要九官公忠万世六寿

恶的泥淖中。

尧就是这样的一个国君，把一切的责任都担在自己身上，因而得到了人民的爱戴。

不仅尧本人品质高尚，他身边的大臣也都以贤德著称。例如司徒舜、司马契、农师后稷、乐官夔、工师倕、大理官皋陶等。因此尧在位的时候，虽然又闹旱灾，又发洪水的，但是老百姓都没有埋怨，大家共同克服困难。

因为尧的贤德，天帝十分感动，于是在尧所居住的茅屋里突然出现了十种吉祥的征兆，来表示上天对他的嘉奖。比如说喂马的饲料变成了禾谷，传说中的百鸟之王凤凰飞来，栖息在他的庭院中等等。一种叫"蓂荚"的草也长在了庭院中，这种草十分奇特，从每月初一开始长出一个豆荚，以后每天长一个，长到十五个时就停止了，然后每天掉一个，等到豆荚掉光的时候，刚好是一个月的时间。因为它非常有规律，因此就被用作国家里举行活动时的日历。另一种草叫作"蒲"，叶子非常宽大，生长在摆放碗盆的柜子里，天气热的时候就会自动地摆来摆去，好像一把扇子。当尧做国君的第三十年，在西海出现了一个巨大的、漂浮着的"槎"。槎上有柔和的光芒，晚上的时候在海上亮如明珠，白天的时候光芒就消失了。这个浮槎有时大有时小，常常围绕着四海漂浮，绕完四海刚好是十二年，如此周而复始，人们称为"贯月槎"。通过这些神奇的迹象，尧声名远播，成为人们心中的圣贤。

尧年老的时候，自觉年迈体衰，不宜再承担繁重的政务，开始考虑王位继承人的问题。

尧有一个儿子叫丹朱，品质一点也不像父亲，为人骄傲暴虐，喜欢带着诸多的随从到各地游玩，稍微有点不如意就大发脾气。尧虽然很疼爱自己的孩子，但是他也知道丹朱脾气太差，能力不强，不适合当国君。于是就教丹朱下棋，希望通过棋道来改变他的性格，但是一点效果也没有。

有一次，他又把四方部落首领找来商量，要大家推荐。到会的一致推荐舜。尧点点头说："哦！我也听说这个人挺好。你们能不能把他的事迹详细说说？"大家便把舜的情况说开了：舜的父亲是个糊涂透顶的人，人们叫他瞽叟，也就是瞎老头儿的意思。舜的生母早死，后母很坏。后母生的弟弟名叫象，傲慢得没法说，瞽叟却很宠爱他。舜生活在这样一个家庭里，待他的父母、弟弟还都挺好。所以，大家认为舜是个德行好的人。

尧以天下为重，没有因为私心和偏袒将王位传给自己那不孝顺的儿子。尧听大家都夸奖舜，挺高兴，决定先对舜考察一下。他把自己的两个女儿娥皇、女英嫁给舜，又叫自己的九个儿子和舜一块儿工作，想先对舜进行一段时间的考察。

他担心丹朱不同意自己的做法，就把丹朱派到遥远的南方去做诸侯。南方有苗部落听说尧要传位给舜，就怂恿丹朱用武力夺取王位。父子俩在丹水边进行了一场战争，百姓纷纷站在尧这边，丹朱的计划失败了，最后不知所终。后来丹朱的后代迁徙到了南海边，建立了一个国家，叫作驩朱国。这个国家的人长相很特别，都是人头鸟嘴，还有一对不能飞的翅膀。

关于舜的故事，史书上记载，舜的父亲瞽叟有天晚上忽然做了个奇怪的梦，梦见一只凤凰，嘴里衔了稻米来喂他，并且告诉他，它的名字叫作"鸡"，是来给他做子孙的。瞽叟醒来，觉得很诧异，不明白是什么意思。

后来他生了个儿子，取名叫舜。这个托梦而生的舜，眼睛长得很特别，每只眼睛里有两个瞳孔，所以又叫重华。重华生长在妫水，除了每只眼睛里有两个瞳孔的奇特相貌以外，就是一个普通的青年。他中等个头，因为常常在外面劳动，所以皮肤晒得黑黝黝的。

舜的母亲不久得病去世了，瞽叟又娶了一个妻子，这个后妻也生了个男孩，叫作象。后母因为偏袒自己的孩子，所以把舜视为眼中钉。象在母亲的影响下，变得自私贪婪、目无兄长。舜的父亲听信了后母的谗言，认为舜不是个孝顺的孩子，也看他不顺眼。

舜处在这样的家庭里，处境艰难，心情也不快乐。但是他却以德报怨，处处尊敬、孝顺父母，尽心尽力地为人子、为人兄。于是他孝顺的名声在乡间四处传扬开了。虽说这样，可是心肠狠毒的后母，还常常想把舜杀死才称心如意。自私的象和糊涂的瞽叟就做了她的帮凶。

舜在家里实在待不下去了，只好一个人单独搬到外面去住。他在附近的山脚下，用茅草简单地盖了一间小屋子，在山坡上开了一小块荒地。日子虽然艰难一些，但是心情却好了起来。

舜好像天生就有感化影响别人的能力。他在历山耕种，没有多久，历山的农人受了他德行的感化，都争着让起田界

三官大帝像　他们是早期道教尊奉的三位天神。《道经》有『天官赐福、地官赦罪、水官解厄』的说法。

来；舜又到雷泽去打鱼，不久雷泽的渔夫也争着让起渔场来；舜又到河边去做陶器，没有多久，说也奇怪，河滨陶工做的陶器就都又精美又耐用了。

人人都知道舜是这样的一个好人，于是都愿意和他做邻居。舜所居住的地方，一年之内就会变成小小的村庄，再过一年就会变成较大的城镇，到第三年简直就是一个热闹的大城市，真可谓是难以理解的奇迹。

结婚后，舜似乎忘记了从前父母和弟弟是如何对待他的，高高兴兴地带着妻子去看望家人，送给他们礼物，和他们和好如初。他对待家里人，还是和从前一样孝顺友爱，并不因为富贵就骄傲起来；他的两个妻子也丝毫没有一点公主的架子，操持家务，侍奉公婆，

即使是这样，后母和弟弟的恶毒心肠并没有改变，反而更贪心了，想把舜的一切都据为己有。

娥皇和女英的美貌让象垂涎万分，按照当时的风俗习惯，弟兄死了，各人都可以占有对方的妻子。于是阴险恶毒的象，天天挖空心思在想怎么能把舜害死。象的母亲当然没话可说，完全同意儿子的打算，干掉那个不是自己亲生儿子的、讨厌的舜，本来也是自己老早就有的愿望。糊涂的瞽叟，对于舜素来没有好感，又羡慕舜的财产，也同意设法干掉舜，吞并他的财产。他们先后两次设计阴谋陷害舜，可是由于娥皇和女英的神力保护，他们的阴谋并没有得逞，舜一直安然无恙地生活着。

天性笃厚的舜，虽然经过两次事故，对待父母和弟弟，还是像先前一样地孝顺和友爱，并没有有所改变。

可是象并没有因为哥哥的宽容而悔改，又想了一个计谋，对舜说，父母因为以前的事情很对不住，特地准备了酒菜，向舜表示歉意，让舜明天过去。象走了以后，舜又开始发愁，娥皇和女英对他说："去吧，不要紧。"一边说一边拿出一包药来，递给舜，让他用这包药洗个澡。舜按照妻子们的话做了，安心地去赴宴。

象和后母拼命地给舜灌酒，只等他醉了就用斧头砍死他。可是无论喝多少酒，舜还是好好地坐在那里，一点醉意也没有。最后，酒都喝光了，菜肴也已经吃完了，舜很有礼貌地向父母告辞，然后扬长而去。

娥皇和女英把所有的事情都告诉了尧，尧认为舜的确如传说中那样既孝顺又有才干，可以传给他天子的位置。传位以前，还需要经过一些政治上的学习和锻炼，于是又让舜做了各种各样的官，他都很称职地完成了。

44

到最后，尧决定要把天子的位置传给舜，但为了慎重起见，还对他作了一番考试。

这考试就是把他放到一个大山林里面去，这个大山林终年雷雨不断。舜走在山林里，因为心里坦荡，没有一点恐惧，没有猛兽敢侵害他。暴风雨来了，森林里一片漆黑，四周都是妖怪一样的大树，简直分不出东南西北。可是勇敢智慧的舜，在雷雨交加的森林里行走着，丝毫也不迷惑，最后，他终于沿着来时的道路，走出了这片山林，见到了在森林外面等候着他的人们。

舜高尚的道德品质不仅为自己赢得了王位，也终于感动了自己的父母兄弟。象来到舜的面前忏悔，舜不计前嫌，把他封为有鼻的诸侯。

舜在位几十年，就像尧一样是个明君。到了退位的时候，也像尧一样，把王位禅让给了治理洪水有功的大禹。

舜晚年的时候，九嶷山一带发生战乱。舜不顾年老体弱，想到那里视察一下实情。舜把这想法告诉了娥皇、女英，两位夫人想到舜年老体衰，争着要和舜一块去。舜考虑到山高林密，道路曲折，于是，只带了几个随从，悄悄地离去。娥皇、女英知道舜已走的消息，立即起程。当她们追到扬子江边时，遇到了大风，一位渔夫就把她们送上了洞庭山。

娥皇、女英在洞庭山上时，舜已经不幸病逝于南方的苍梧之野，埋在九嶷山下。噩耗传来，娥皇、女英肝肠寸断，泪如雨下，抛洒在竹林间，竹子上沾满了斑斑泪痕。从此，南方就有了斑竹，也叫湘妃竹。后来，她俩投湘水而亡，成了湘水之神，后人称为湘君、湘夫人。

◎ 拓展阅读

湖南宁远舜帝陵

舜帝陵位于舜陵景区，是我国最古老的陵墓。舜帝陵陵区由陵山（舜源峰）、舜陵庙、神道及陵园组成，占地40余公顷。陵山舜源峰上小下大，呈覆斗状，气势恢宏。山北麓建有陵庙，陵庙坐南向北，规模宏大，占地24 644平方米。分为前后两重院落，五进建筑。陵庙内建有庄严肃穆的山门、午门、拜殿、正殿、寝殿、厢房。陵庙外有长200米的神道。附近有娥皇峰、女英峰、美大峰、梳子峰、舜峰（三分石）、萧韶峰、斑竹岩、舜池、舜溪，皆与舜帝奏九韶之乐及二妃洒泪斑竹的传说有关。

第二章　英雄神话

民族精神，荡气回肠

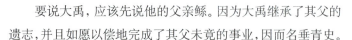

大禹治水

要说大禹，应该先说他的父亲鲧。因为大禹继承了其父的遗志，并且如愿以偿地完成了其父未竟的事业，因而名垂青史。

鲧是黄帝众多子孙中的一个，他生活在尧的时代。尧在位的时候，发生了巨大的洪水灾害，天下洪水泛滥。大水铺天盖地，老百姓有的在树梢上像鸟儿一样筑巢，有的在山顶洞里像野兽一样穴居，有的干脆在木筏上安家，随着水流东漂西荡。所有这些简陋的住所在风雨之中，随时都有倾覆和被淹没的危险。飞禽走兽也无处藏身，来和人争抢地盘。由于洪水长期不消退，滋生了大量的野草。而人们赖以生存的庄稼却无法生长，食物也越来越少。衰弱的灾民既要忍受饥饿、疾病和寒冷的折磨，还要随时随地提防毒蛇猛兽的侵害，那悲惨绝望的日子，是多么可怕啊。

这个时候，仁慈而圣明的尧开始为人们处于这样的困境而忧虑不安起来，他召集有文治武略的大臣，来商讨如何对付如此泛滥的洪水。天上众神，对于天下万民所遭受的苦难都无计可施，唯有鲧真心哀怜难民。

鲧和防风是好朋友。防风是一个巨人，站立的时候好像山那样高，躺下的时候好像河那样长。鲧则刚好相反，他的身体非常小，长三寸，重六两。当两人站在一起时，大小对比十分明显，常常令人发笑。

鲧对防风说，我们两应该为苍生百姓去治理洪水。于是向地皇请命，地皇答应了他们的请求。

他俩听说在天帝那里有一种名叫"息壤"的东西，那是一团能无限膨胀、生长不息的泥土。碰到水就会不停地生长，可以用来治理洪水。两人打算去天庭偷取宝贝。

巨人防风身高百丈，站在山顶上，伸手可以触到天庭，他用手托着鲧，把鲧送上了天庭。鲧借着自己身材微小不容易被人发现的优点，在天宫里来去自由，如入无人之境。息壤藏在天帝的宝座下面，鲧悄悄地来到帝座后面，很顺利地取回了东西，然后防风用手把鲧接下了天庭。

鲧和防风两人互相配合，防风用手托着鲧，让他投下息壤，然后微微地跨出一小步，来到另一个地方，鲧再投下息壤治水。

如此这般，神奇的息壤化作万里长堤，汹涌澎湃的洪水被挡在堤外，不能再肆意逞凶，堤内的积水也在泥土中干涸。一大片起伏的原野出现在人们面前。本来已经绝望的百姓纷纷从藏身之处走出来，心里充满了新的希望。

江河上游的水被制止住了，下游的水就畅通无阻地流进了大海，人民自然就免于洪水之灾了。百姓感激鲧的大恩大德，都在商量要推立鲧为王。地界的呼声越来越高，惊动了天庭里的天帝，这时他才知道息壤被偷了，于是十分震怒，将息壤全部收回。

这样一来，江河上游被暂时堵住的水又倾泄而来，平旷的田地顷刻间被洪水吞没，大地变成了一片泽国。看到这种情形，地皇又担心又害怕，担心洪水无法控制，害怕天帝责怪自己，于是把一切责任都推到鲧和防风身上，要将他们斩首问罪。

防风因为身体庞大，难以诛杀。鲧细小如蝼蚁，很轻易地就被戮杀了。鲧死前对天长叹："我因为身小被杀，希望我的儿子如防风一样高大。"

鲧虽然肉身被杀了，但是他的精魂因为抱有很深的冤情而久久没有散去。借着精魂的力量，鲧的尸体三年没有腐烂。而且他细小的身体越来越大，肚子里似乎孕育了一个新的生命，他希望新生命去完成自己未竟的事业。新的生命在父亲腹中生长、变化，啜吸着父亲的心血和精魂，他的能量已远远超过了父亲。

鲧死而不腐的秘密让虎首人身、四蹄长胫、衔蛇操蛇的强良发现，他疾赴天庭向天帝汇报。天帝很担心将来会后患无穷，就派了一个天神，带了一把名叫"吴刀"的宝刀再去砍杀鲧肚子里的新生命。

天神来到羽山，看准了就一刀砍下。刀锋所及之处，鲧的肚子突然裂开，从里面蹦出了一条细小的鱼，见风就长，越变越大，最后化身为龙，盘曲腾跃，飞上了天空。这条龙就是大禹，他继承了父亲的遗志继续治理洪水。

新生的大禹挺立在天地之间，他的光芒照亮了三界，他身上散发出一种奇异的力量，比元气更充沛，比罡气更猛烈，比剑气更锐利，比正气更刚硬。那高高端坐在天国御座上的天帝，也被大禹的力量所震撼，主动任命他为治理洪水的总指挥。

此后，大禹在打败了兴风作浪的水神共工的后代，战胜了一个蛇身九头的怪物相繇，又降伏了人脸虎躯、八首八尾八脚的水怪天昊及各路河妖洪魔以后，才真正地开始了他伟大的治水工作。

开始的时候，大禹学习父亲鲧，也是采取填埋堵塞的方法，但仍难以遏止汹涌的洪水。于是大禹才改用疏导的方法。

大禹让一只大黑龟把息壤驮在背上，跟着自己。一路上用它来填平深渊。曾经帮助黄帝打仗的应龙，在前面开路，用尾巴划地。百姓则在应龙尾巴划过的地方挖掘河道，把洪水引导到江海。

大禹治理洪水的时候，曾经三次到了桐柏山，可是那个地方总是刮风下雨，雷声轰鸣，树木发出呼呼的响声，使治水的工作无法进行。大禹知道一定有妖怪作乱，于是召集天下群神，叫他们想办法除掉妖怪。

一些神仙觉得事不关己，不愿意出力，大禹就把他们拘禁起来。其他的神仙这才团结一致，在淮水边设法擒服水怪无支祁。

这无支祁形状像猿猴，长着白脑袋、青身体，眼睛里放着灼灼的光芒。它的身躯小巧灵活，力气大得胜过九头大象，整日横蹦竖跳，没一刻安静，使得那地方总是刮风打雷。大禹拿它没有办法，就叫天神童律去制服它，童律制服不了，又让乌木去，乌木也不行，最后庚辰把无支祁制服了。

当无支祁被制服的时候，各种山精水怪聚集起来奔走号呼，想要帮助无支祁。庚辰拿了一把极大的戟赶走了怪物们，周围才安静下来。

大禹用大铁锁锁住无支祁的脖子，又在它的鼻孔上穿上金铃，把它压在龟山下面。从此他的治水工作进行得很顺利。

为了彻底解除洪涝威胁，大禹开掘了三百条大河，三千条支流，不计其数的小沟渠，用以沟通四夷九州、五湖四海。为疏通水路，禹不辞辛劳，到处观察河道、地形。他向东走到海边，向南走到羽人裸民之乡，向西走到三危之国，向北走到犬戎国。他和手下神将太章、竖亥从东极一步一步量到西极，从南极一步一步量到北极，得到的长度都是五亿十万九千八百步。

大禹按照山川形势，运用堵塞与疏导相结合的方法，领导人民抵御洪水，重建家园。洪水平息，大功告成。大禹平治洪水，使天下人民安居乐业。

这时候，尧早已逝世，舜也已老迈，大家都拥戴大禹继承帝位。舜对大禹说："完成治水大业是你的大功，谦虚、勤奋、节俭是你的大德。我褒扬你的大德，赞美你的大功，帝位相继相承的次序应在你身上，你终当晋升为帝。"

于是舜就将帝位让给了大禹，还送给他一块叫作玄圭的、上方下圆的玉石。天帝为了表彰大禹的功劳，也赏赐给他两匹神马。

大禹当了天子。九州的地方官送来许多铜，禹就叫工匠铸成九只宝鼎。鼎上刻绘着各种毒虫害兽和妖魔鬼怪的图像，使人预先对这些东西有所提防。人民感念禹的恩德，就叫宝鼎为"禹鼎"，以后又把禹鼎作为辨认奸邪的代名词。

传说为了治水，大禹身先士卒，常年跋涉于沼泽地带，劳累和浸泡使大腿无肉，小腿无毛，腰背伛偻，以至后人将弯腰驼背的走法称为"禹步"。他整天奔波忙碌，树枝挂住了帽子也不顾，泥泞粘了布鞋也不管，在治水过程的十三年中曾经三过家门而不入。大禹的妻子女娇感觉非常孤独，曾坚决要求陪伴大禹治水。

那时，河渠修至偃师，被形势险峻、路径盘曲的缳辕山挡住去路。大禹见此山岩石峥嵘，极难开凿，就吩咐阿娇："我在山崖边挂一面鼓，你切记，听见鼓声方可送饭。"他目送女娇远去，摇身一变，化作一头力大无穷的巨熊，嘴拱爪扒，硬是在坚固的岩石上挖出一条深沟。禹正忙得不亦乐乎，一不小心，后腿踩落一块碎石，不偏不倚，咚的一声，砸在崖边挂着的鼓面上。大禹由于聚精会神地劳作，没有听到响声。

女娇听到鼓声，兴冲冲地提着饭篮来找丈夫。她转过山崖，猛然看见一头巨熊在拼命地拱呀扒呀，吓得大声尖叫。大禹被妻子的尖叫声惊醒，换回人形，刚想解释，女娇早扭头拔足狂奔而去。

女娇又吃惊又惭愧，她想不到，至善至美的丈夫原来是一头熊变的，当她回头看时，后面紧追不舍的还是头熊。羞愧之下，她的身躯化成一座冰冷的石像。大禹尾随赶来，追至嵩山，见妻子已成石像，不禁又急又气，他冲着石像大喊："还我儿子！"石像颤动，裂开一道口子，从里面滑出一个婴孩，那就是启。

大禹也是一个大有作为的国君。他把天下分成九州，即冀州、兖州、青州、徐州、扬州、荆州、豫州、梁州、雍州。所以我们中国有时候又叫作"九州"。在他闲暇的晚年，他还和手下编写《山海经》一书，记录天下的地理风物和神话传说。

禹归天后，生前选定的接班人伯益继承帝位。伯益懂得鸟兽语言，曾经在舜帝朝中担任管理山泽的官员。他发明了捕兽的陷阱、发明了水井。禹治洪水，他始终追随左右，是最得力的助手。

心高气傲的启不甘心王权旁落，他利用父亲的崇高威望，凭借家族的雄厚势力，驱逐伯益，夺回帝位，将公天下一变而为家天下。启用武力废除尧传下来的禅让制，实行以父子相传为特征的世袭制，创建了中国历史上第一个朝代——夏朝。启，名副其实，他开启了一个新时代。

◎ **拓展阅读**

大禹陵

大禹陵位于浙江省绍兴市东南的会稽山。古书记载称："禹因病亡死，葬会稽。"大禹陵区由禹陵、禹庙、禹祠三大部分组成。禹陵面临禹池，前有石构牌坊，过百米甬道，有"大禹陵"碑亭，字体敦厚隽永，为明嘉靖年间绍兴知府南大吉手笔。禹庙在禹陵的东北面，坐北朝南，是一处宫殿式建筑，始建于南朝梁初，其中轴线建筑自南而北依次为：照壁、岣嵝碑亭、午门、拜厅、大殿。禹祠位于禹陵左侧，为二进三开间平屋，祠前一泓清池，悠然如镜，曰"放生池"。

日月星辰为什么会东升西落？大地上的江河为什么都向东流入大海？传说是水神共工和颛顼开战，共工失败后撞断天柱的缘故。

自从女娲把天和地修补好之后，宇宙又有很长一段时间太平无事。可是，好景不长，天神之间，又发生了一场惊天动地的战争。交战的一方，就是我们要讲述的主人公——英雄共工。

水神共工，本是炎帝后裔火神祝融的儿子。他长着人的脸，蛇的身子，红色的头发。当时，天下是陆地占十分之三，而水面占了十分之七，英雄水神共工掌管海洋、江湖、河泽、池沼等世界十分之七的领域。在黄帝和炎帝的一次大战中，共工曾用水帮助他的祖上炎帝作战。

女娲修补好天以后，日月星辰的运行都很正常，天地四方都均等地享受阳光、雨露、星辰。但是继承黄帝、进而当了主宰神的颛顼，却鬼使神差地做了一件莫名其妙的事情。

天帝颛顼接掌宇宙统治权后，不仅毫不顾惜人类，同时也用强权压制其他派系的天神。颛顼将原本不停运转的太阳、月亮和星星都牢牢拴在天穹的北边，固定在北方上空，这样一来，原先他所管理的北方三十六国永远光辉灿烂。相反地，东、南、西方诸国则永远漆黑一团。百姓怨声载道，但是又无可奈何。

横暴的颛顼，不但用他严酷的专制压迫着大地上的人类，也压迫着天上一部分他所不满意的神。共工，这个在炎黄之战中败北的炎帝的后裔，自然也是被压迫者。以至于天上人间，怨声鼎沸。哪里有压迫，哪里就有反抗。共工与黄帝家族本来就矛盾重重。共工，这个在炎、黄大战中败北的炎帝的后裔，再也受不了颛顼的肆意压迫了，他勇敢地站出来为百姓说话。一意孤行的颛顼根本听不进去，反而怪共工多事，而且对共工敢于挑战天帝的权威感到很不满。后来，共工再也忍受不了颛顼的威压，又受到祖辈炎帝失败耻辱的刺激，就暗中联络天上同受压迫的众神，以自己为盟主，统领着炎帝的残部，起来推翻颛顼的统治。于是两人之间就爆发了战争。

颛顼闻变，倒也不甚惊惶，他一面点燃七十二座烽火台，召四方诸侯疾速支援；一面点齐护卫京畿的兵马，亲自挂帅，前去迎战。

一场酷烈的战斗展开了，两股人马从天上厮杀到凡界，再从凡界厮杀到天上，几个来回过去，颛顼的部众越杀越多，人形虎尾的泰逢驾万道祥光由和山赶至，龙头人身的计蒙挟疾风骤雨由光山赶至，长着两个蜂窝脑袋的骄虫领毒蜂、毒蝎由平逢山赶至；共工的部众越杀越少，柜比的脖子被砍得只连一层皮，披头散发，一只断臂也不知丢到哪儿去了，王子夜的双手双脚、头颅胸腹甚至牙齿全被砍断，七零八落地散了一地。

这场战争牵连者众，共工的臣子如相柳和浮游，以及颛顼的几个鬼儿子和他的属神禺强等都投入了这场战争。他们从天上打到凡间，一直打到西北方，来到不周山的脚下，双方在这里鏖战不息。

这不周山，山形最是奇崛突兀。它就像一根巨大的柱子，直上云霄，不见顶端。山上也不长什么苍松翠柏，全是一层层堆垒上去的黄色的岩石。不周山就是女娲时代用以撑天的四只大乌龟足中的一足所变化的，因此它本来就是一根撑天的柱子，也是身为天帝的颛顼维持他宇宙统治的主要凭借之一。

双方的军队在这根天柱下面打得难解难分，不分胜负。共工见一时不能取胜，陡然怒气发作，火冒三丈，一个狮子甩头，猛地一头向支撑天地的巨柱——不周山撞去。只听得轰隆隆、泼喇喇的一声惊天动地的巨响，这位在神国素来以身长力大闻名天下的大力士，刹时间便把这根撑天柱子拦腰碰断，横坍下来，不周山倒了。这下子可了不得了，天上立刻塌了一个大窟窿，地的一角也陷下去了，一时"天残地缺"。

天柱既经碰断，整个宇宙就随之又发生了一场大变动。西北的天空失去支撑，倾斜下来，使本来被拴系而固定在北方天空的太阳、月亮和星星再也不能在它们原来的位置上站住脚，都不由自主地纷纷挣断束缚，朝着倾斜的西天跑。

共工这一撞，无意中为百姓解除了白天永远是白天、黑夜永远是黑夜的苦难，也使日月星辰变成了今天我们所见的运行方式。

另外一方面，东南的大地受了山崩的剧烈震动，向东南倾斜。从此大川小河的水，也都不由自主地顺着地势往那儿奔流去，就成了今天我们所见的海洋。

颛顼所统治的宇宙，就这么给共工的一怒所摧毁，整个世界顿然为之改观了。这虽然结束了女娲时代的和平宁静，却也打破了颛顼统治时期的死气沉沉。从此以后，残破的天地就没有听说再有神人去修复，一直是这个样子。

古书记载，不周山下，由两头像老虎一样的野兽看守着。有一条发源自山上的河流叫寒暑水，一半冷一半热的。河流的西边有湿山，河流的东边有幕山。不周山原来不叫这个名字，因为共工一怒之下撞坏了这座山，山的形体残坏，才取名"不周"。

人们为了纪念共工，曾在大荒北野和北方海外各修建了一座台，叫作共工台。大荒北野的共工台，在系昆山上，黄帝的女儿天女旱魃曾经在这里住过。北方海外的共工台，在禹杀相繇的东边、深目国的西边，台是四方形的，每个角落都有一条蛇守卫在那里，蛇头冲向南方。两座台都位居北方，凡是射箭的人都不敢朝着北方射，因为害怕共工的威严，从此可见共工在人们心目中的地位。

共工有两个臣子，一个名叫相柳，也叫相繇，长得人脸蛇身，浑身青色，共有九个脑袋，九个脑袋需要同时吃九座山上的食物。另一个名叫浮游，他生前的相貌是怎样，我们已经不知道了，只知道他死后曾经化做一头红熊，跑到晋平公的屋子里去，躲在屏风后面，探头缩脑地向屋里窥看，结果把晋平公吓出一场大病。共工的一个儿子，在冬至的时候死了，之后变成了厉鬼，扰乱人间。他什么都不怕，就是怕红豆。聪明的人们就拿红豆来驱除他。共工还有一个儿子叫修，性情恬淡，酷爱漫游名山大川，他死后，人们就奉祭他为祖神。祖神，就是旅游之神。人们一般都会在出门的时候拜祭他，希冀获得神灵的保佑，一路平安。

○ 品画鉴宝　长江万里图·明·吴伟

◎ 拓展阅读

古籍中有关不周山的记载

《山海经·西山经》："又西北百七十里曰不周之山。"郭注："此山形有缺，不周帀处，因名云。"《楚辞·离骚》："路不周以左转兮"。王逸注："不周，山名，在昆仑西北。"《山海经·大荒西经》云："西北海之外，大荒之隅，有山而不合，名曰不周（原"不周"下有"负子"二字，系衍文从郝懿行校删）。"郭璞注："《淮南子》曰：'昔者共工与颛顼争帝，怒而触周之山，天维绝，地柱折（今本《淮南子·天文篇》作"天柱折、地维绝"）。'故今此山缺坏不周帀也。"

夸父逐日

远古时，在无边无际的荒野中，有一座大山叫成都载天，山中住着一位顶天立地的巨人叫夸父。炎帝神农氏生后土，后土生信，信生夸父。夸父不愧是炎帝的后代，不仅身材魁伟，眉目英武，而且有胆有识，因此受到部落里所有人的尊敬和爱戴。

他身披虎皮袍，足蹬马皮靴，两只大耳朵上各挂着一条黄蛇，两手也各握着一条黄蛇。这蛇使他更显威武，而且他曾用蛇毒治好了部落里许多人的病。虽然看着很吓人，但是夸父的性情却并不暴躁，反而很天真，富于幻想。夸父自幼求仙访道，得异人传授，学会一种善走之法，走起路来，逐电追风四个字都不足以形容。因为他跑起来健步如飞，两足生风，因此人们称他为夸父。

　　夸父部族以农业生产为主,他们已经认识到了阳光决定了季节,决定了农业以及其他的生产活动,那么,在太阳落下的禺谷里,阳光是最充足的,对于因资源不足而面临困境的夸父族人,迁移到那里去是一个最好的选择。而且夸父可能从靠近黄海、渤海的部族那里知道:东面,就是大海,太阳从海中升起。至于西面,尽头是禺谷——太阳落下的地方。

　　他一直在考虑几个有关太阳的大问题:其一,太阳落入禺谷,黑夜便要降临;如果能拉住太阳,让他永远停留在天上,那就能让人间光明永在。其二,太阳的圆脸上,沾染了不少黑斑。如果能把那些黑斑擦掉,那么太阳会更明媚,更透亮。其三,太阳在夏天喷吐了过多的光和热,到了冬天却毫无威力,懒洋洋的。如果能把这些情况告诉太阳,让他平均分配光和热,那么就会四季如春,没有酷暑也没有严寒。

　　夸父想了许久,立下宏愿,决心去追赶太阳,做出一番惊天动地的事业来。于是,随身携带着一根手杖,就出发了。

　　太阳升起了,夸父仰天长啸,如离弦之箭,两腿生风,向着西斜的太阳追去。他迈开双腿,像一阵风似的跑起来,眨眼之间就奔出了几百里。太阳对于夸父来说，是鲜红的、滚热的、跳动的能源和力量，是伟大和辉煌的权力和智慧，是希望和未来。太阳就是一切，追到太阳就追到了一切，浑浑然宇宙间，茫茫然天地间，寂寂戈壁里，恢恢大漠中，鳞鳞黄沙上，猛地生出一个夸父！脚踏在黄沙上，抬头就看见那红的日。鲜红的血，滚热的心，血管在跳动，肌肉在膨胀，正如那赤热的太阳！万里黄沙卷起一阵烟土，大地呻吟，大海颤栗。

太阳坐在车上悠然西行，猝然看见一个巨人像一座大山一样压来，不由惊呼："妈呀！快跑，巨人来啦！"羲和在空中炸雷也似甩了个响鞭，六条蛟龙抖擞精神，风驰电掣般朝前飞窜。夸父大吼一声："跑什么？"脚下用劲，瞬息间越过了千山万水。

太阳坐在车上西行，夸父在地上执着地追赶。可是无论他怎么用力跑，他和太阳的距离永远是不近不远。

龙车驰至悲泉，太阳一滚而下直趋虞渊。这巨人已经越过了千山万水。他一路没有休息，慢慢地离太阳越来越近。他追赶太阳到禺谷。太阳落到这里洗浴后，就在巨大无比的若木上休息，到第二天再升起来。这时，夸父已跨入光影，处在大光明的包围中，他的眼前是一团极大极亮的火球。夸父兴奋地张开双臂，想拥抱太阳，可是，可是怎么了？怎么如此的焦渴难熬？哦，夸父奔跑了半天，洒尽了浑身的汗水，他怎么能不渴？夸父追近太阳，经受着火球的燎烤，他怎么能不渴？

夸父蹒跚着、踉跄着来到黄河边，伏下身子一口气喝干了黄河水。但是这样显然对夸父的干渴之感完全无济于事，他依然口渴难忍。于是夸父挣扎着、踉踉跄跄地跑到河边转过身，又连着将渭河的水喝干。但是焦渴的感觉，仍旧是那样凶猛，那样暴烈。

夸父挣扎着转身向北海跑去，想去喝大泽里的水。大泽又称瀚海，在雁门山北边，是鸟雀繁衍后代和更换羽毛的地方，那里方圆千里，碧波荡漾，是取之不尽、用之不竭的水源，是解渴的好去处。可是夸父还没有达到目的地就死了，像一座大山一样倒了下来。

夸父倒下去了，犹如山崩地裂，江河大地为之轰然作响，行将坠入禺谷的太阳也肃然起敬，把金色的余晖洒在夸父脸上。但见他长叹一声，把手杖奋力往前一掷，化作了绿叶茂盛、鲜果累累的桃树林。夸父遗憾地闭上双眼，在倒下的时候，夸父仰天大笑几声，魁伟的身躯便沉重地倒在了黄褐色的土地上，两条黄蛇仍挂在他的耳际，他依然威严无比！夸父的尸体变成了一座大山，后人称为夸父山。他用自己的血汗膏脂肥沃土壤，生发出方圆数千里的一大片果树林子，姹紫

○ 品画鉴宝　溪山无尽图·金　画中山石树木多次皴擦渲染，墨色浓厚，其间有微妙的深浅变化和明暗对比，将山川的茂密、滋润、明媚、深远的特征充分地表现出来。

嫣红、硕果累累，称为邓林。在邓林里，树木枝繁叶茂，果子鲜美甜润，让天下追求光明的人们在漫漫长路中，遮阳避雨、充饥解渴、奋然前行。

◎ 拓展阅读

"夸父计划"

2006年7月20日，中国科学院院士、北京大学教授涂传诒在于北京举行的第36届世界空间科学大会上透露，"夸父计划"有望在2012年实施。如果按期实施，该计划将是世界上唯一一个系统的日地空间探测计划。"夸父计划"由三颗卫星组成，其中A星设置在距地球150万千米的日地连线上，用来全天候监测太阳活动的发生及其伴生现象。另两颗卫星B1和B2在地球极轨大椭圆轨道上运行，用来监测太阳活动导致的地球近地空间环境的变化。

后羿射日

最早的时候，天上的太阳一共有十个，他们是帝喾和太阳女神羲和的儿子们，这十个太阳住在东方海外的汤谷。汤谷是东洋大海中的一块水域，因为太阳天天在此洗浴而滚热如沸水，因此叫了这个名字。汤谷内有一株同根生、树干互相依倚的扶桑树。十个太阳九个泡在树下的水里，一个登上扶桑树，轮流上岗。一个太阳回来了，另一个太阳才出去。所以太阳共有十个，每天和人们会面的却只有一个。这大约是他们的爸妈帝喾与羲和给他们安排好的秩序。

太阳出来的光景真是庄严而又美丽。据说，在扶桑树的最高处，终年站着一只玉鸡，当黑夜快要消逝，黎明快要到来的时候，玉鸡就张开它的翅膀，喔喔地鸣叫起来。玉鸡一叫，桃都山大桃树上的金鸡也跟着鸣叫起来。金鸡一叫，各处名山胜水的石鸡也跟着叫，石鸡一开口，天下的公鸡都一齐打鸣，人们就知道太阳要出来了。这时，澎湃的海潮就应和着喔喔的鸡鸣声轰然地鸣响起来，那一轮鲜洁的红太阳就在澎湃的海潮和满天的霞光中涌现出来了。

每次出勤，都是由太阳女神羲和驾驭六条蛟龙牵引的太阳车，载着太阳儿子由东向西运行。当太阳在汤谷里洗完了澡，升上扶桑树时，叫作晨明；升至扶桑树顶，登上妈妈预备好的太阳车，将要出发时，叫作拙明；行至曲阿这个地方，叫作旦明；行至曾泉这个地方，叫作早食；以后每经过一个重要地方，都有一个代表时间的名目。羲和一直将儿子送到悲泉，剩下的一小段路要让太阳自己行走了。可是妈妈总不放心，一定要坐在车上，看着心爱的孩子走向虞渊，进入禺谷，等到最后几缕阳光洒上了禺谷水滨的桑树梢、榆树梢，她才驾驭空车，伴着清凉的夜风，穿过繁星和浮云，回归东方的汤谷，准备伴送第二天出勤的儿子，再开始新一天的行程。

十个太阳儿子，每天便由妈妈这么伴送着，照着严格规定的路线和程序，轮流出去值班。这样一个制度，起初实行起来还好，大家都感觉着母爱的温暖，可是日子久了，千百万年都是这么轮流值班巡行，实在未免有些乏味。于是有那么一天晚上，太阳儿子们就聚在扶桑树的枝条上交头接耳地议论起来，大家商量定了，便在第二天早晨轰的一声一齐飞跑出来，谁也不去坐那由妈妈驾驭的乏味的车子，而是欢喜地跳着、蹦着，四散在广阔无垠的天空中。急得妈妈站在车上大声呼唤，可是顽皮而恶作剧的孩子们哪里还理睬慈母徒劳的呼声。帝喾与羲和虽也想管教孩子，让他们守规矩，但孩子们顽劣成性，全然不睬父母的忠告，第二天依然我行我素。做父母的难免溺爱儿女，即使天帝也不例外，帝喾对这十个不听话的小太阳实在没有办法。

十个太阳自从这么一结伴出来，尝到了天马行空自由无限的乐趣之后，他们

就为自己定下了一个新的制度，每天都这么结伴一同出来，再也不想分开了。十个太阳齐照的大地，是多么的光明灿烂啊！也许他们的心里，还误以为这光明灿烂的大地在向他们表示欢迎。

这样的事情发生在尧当政的时候。十个太阳一齐出现在天空，给人类带来了严重的旱灾。土地烤得直冒烟，禾苗全都枯干，甚至铜铁沙石也晒得快要熔化了。人民更是不好受，血液在体内仿佛在沸腾。怪禽猛兽纷纷从要燃起火焰般的森林、沸汤般的江湖里跑出来伤害人民，弄得人民苦上加苦。

又热又饥饿的人们，对于每天出现在紫红色天空中的这十个狰狞可怕的太阳发出的光芒，简直是忍受不了，他们没有别的办法，于是想到了用女巫求雨的方法。

按照当时的风俗习惯，如果大旱不雨，那么只要把一个女巫抬到山顶上暴晒，让女巫和天神互通信息，天神怜悯，就会降水。人们选来选去，选中了一个叫女丑的著名女巫。

这个叫女丑的女巫有很大的神通，她经常骑了一只独角龙鱼巡行在九州的原野。这龙鱼，又叫鳖鱼、陵鱼，四条腿，头上有一只角，形状有点像独角鲸，或者是一般人所说的"娃娃鱼"，但比娃娃鱼要大得多，凶猛得多。龙鱼原来是生长在海里的大鱼，但又能居住在陆地上，是水陆两栖的动物。它巨大无比，据说能把船吞下肚子去。它的背脊上和肚子上又长有三角形的尖刺，是它和敌人作战的最厉害的武器，它一出现在海面上，就有大风大浪伴随而来。女丑骑了这种怪鱼，乘云驾雾，飞腾天空。除此以外，她还有一只大蟹，这大蟹生长在北海，它那背脊有千里宽，也是随时听候着女丑的役使和差遣的。

一大群求雨若渴的人，奔跑在强烈阳光照射下的平原上，擎着旗幡，敲着钟盘，簇拥着一乘用树枝和藤罗编成的彩轿，蜂拥着向王城附近的一座小山跑去。女丑穿了一身青颜色衣服，扮做旱魃的模样，端坐在彩轿里面，她仰着她那冒着汗珠的黄瘦而油亮的脸孔，举目望天，嘴里喃喃地祈祷着。从她那颤抖的声音和不安的眼神里，可以知道这时她心里交织着希望和疑虑、恐惧的感情。

人们到了小山坡上，跳着，嚷着，敲打着，做过一些法事之后，就把那装扮做旱魃的女巫抬来放在山头的草地上，让她单独去晒那精光光的太阳，人们则四散开去，躲在附近的岩洞或树穴里，等候着奇迹的发生，并且监视着那个女巫，防着她受不了太阳的暴晒拔腿逃跑。

一个时辰过去了，两个时辰过去了，天空中除了十个逞威的太阳之外，竟连一丝儿云影也没有。那跪坐在草地上晒太阳的女巫，似乎也不起什么作用。女丑起初还跪在那里喃喃自语，似乎是在念咒语，随后就只见她伸着脖子，半张着嘴巴大口大口地喘气，再后就只见她举起两只膀臂来，用她那宽大的袍袖蒙着头和脸。人们正想去劝告她叫她放下袍袖，说这样做不合于求雨的规矩时，却只见那女巫像喝醉了酒似的，身子向左向右晃了几晃，忽地一个仰身倒在地上，抽搐了两下，然后就不动弹了。人们跑上前去一看，原来这个著名的女巫女丑，已经被十个凶恶的太阳晒死了。她死的时候，还用她的袍袖遮着脸，表示她实在熬受不住太阳的毒焰。

女丑被杀使人民几乎濒于绝望，大家对于天空中的那十个横暴可恶的太阳除了听其逞威之外，简直想不出对付的办法。人民的苦难还不仅是十个太阳造成的旱灾，而且因为气候酷热之故，凿齿、九婴、大风、封豨、修蛇这些怪禽猛兽，都纷纷从火焰般的森林或沸汤般的江湖里跑出来，逞着它们暴烈的性情，在各个地方残害人民，弄得原本就已经生活不下去的人民叫苦连天，更加感觉生活不下去。

住在简陋的茅草屋里，平日吃糙米饭、喝野菜汤的尧，心里非常痛苦，因为他也和人民一样，对于天上这一群恶毒的太阳，丝毫没有办法，只能眼睁睁看着百姓受苦。除了祷告天帝，向天帝呼吁以外，他一点办法也没有。而女巫的被杀又加重了他心灵上的负担，因此他烦愁、难过极了。

尧帝的祷告，当然每天都传达到做天帝的帝喾的耳朵里，连天神也感到不满了，神国也有了些骚动的现象。帝喾实在不能不理睬人间的苦难和贤德的尧的祈祷。但他又心疼自己的孩子，于是想出了一个折中的办法。

他找来天神中的神箭手后羿，赐给他一把红色的弓和十支白色的箭，让他去吓唬吓唬那不听话的十个儿子，想法给这些坏孩子吃一点苦头，让他们乖乖地回到汤谷，并且帮助尧解决国内种种艰难困苦的事情。

后羿，又称"夷羿"，善于射箭。他生得面若冠玉，目若朗星，虎背猿臂，豹腹狼腰。他一身结实肌肉，迅捷的步伐踩在发烫的平野之上，激起漫天的沙尘。他的背后背着一大把奇形怪状的东西，手上却握着一张极粗极大的弓，一支白亮耀眼的长箭，几乎要和他的人一样长，箭身极粗，箭镞还闪着亮闪闪的金黄色光芒。

神射手后羿挟弓策马，驰骋原野，明晃晃的日光耀得他睁不开眼，千里焦土、遍地枯骨又令他怒火中烧。十个太阳却有恃无恐，根本不理会盘马弯弓、作势欲射的后羿，依旧在天上嘻嘻哈哈、打打闹闹。后羿心里本来就十分不满十个太阳任性妄为的做法，于是拿出了自己的真本事："你们既然怙恶不悛，我就替天行道了！"

后羿的弓是柄色彩鲜红的长弓，此刻他将白箭搭上红色巨弓，一个马步蹲身，弓弦发出一阵清亮悠长的龙吟之声后，便生生地把那柄巨弓拉满。后羿拉满了长弓，使

出平生绝艺连环箭法，左手如托泰山，右手似抱婴儿，弓开如满月，缓缓将箭头指向远方，再慢慢地举高，那箭头对准的，正是天上的十颗太阳。"铮"的一声清响，那白亮的巨箭应声飞向天际，发出刺耳的咻咻声，直冲向云霄。那支白色巨箭像是带着众人心思似的，在天际逐渐消失了身影，最后，也被高热的阳光淹没。然后，天空传来一阵深远刺耳的悲鸣，那声音悲惨非常，响彻云霄。随着悲鸣声的出现，十颗太阳中，有一颗突地黯淡下来，像是瘪掉的气球一般，迅速变黑变瘪，然后像重物一般，砰然下落。良久之后，才在远方传来"噗"的一声闷响。这时候，空气中仿佛立刻凉爽了几分，而且天上的太阳果然只剩下九颗，人们不由得齐声喝彩。

这使羿受到极大的鼓舞，他不顾别的，连连发箭，只见天空中的火球一个个破裂开来，满天是流火。后羿九箭连发，九日一个接着一个地落下了。太阳的碎壳流浆都落在了东洋大海，凝结成方圆四万里、厚四万里的大炭团沃焦，海水流经沃焦，一下子就被蒸发为云气，升腾上天，化作霖雨，复洒入江河，所以，大江小河的水日夜不息，永远流不尽，大海也永远不会涨溢。

天上只剩下最后一个太阳了，那个太阳早吓得脸色昏黄。天气明显转凉了，凉风拂面，站在祭坛上观看的尧顿时清醒，他见后羿轻舒猿臂，从箭囊中抽出一支羽箭，急忙制止："万物生长离不开太阳；没了太阳，天下的百姓要遭受黑夜的痛苦了！"总算将唯一的太阳保留了下来。

解除了十日并出的灾难，后羿马不停蹄，日夜兼程，去捕猎肆虐人间的怪兽。中原地区，以窫窳、封豨危害最烈。窫窳本是黄帝辖下的一国诸侯，不幸被贰负和危暗杀了。黄帝怜悯他无辜丧命，请巫彭、巫抵、巫阳、巫履、巫凡、巫相六大神医上昆仑山会诊，研制出不死神药使他死而复生。窫窳的命是捡回来了，却完全迷失了本性，刚一醒来，就连滚带爬地窜下山，一头扎进弱水，变成了一条龙首虎爪、号声如婴儿啼哭的吃人怪兽。后羿深入窫窳巢穴，仅一箭，就令它死了第二回，这一回是死有余辜。

在中原的桑林中还有一头獠牙如戟、力胜百牛、铁骨铜皮的大野猪封豨。封豨横冲直撞，拱毁庄稼、村落，所经之地顿成废墟。后羿左右施箭，射瞎野猪双睛，将它生擒活捉。诛杀窒窳、捕获封稀之后，后羿转战南方，在寿华之野追及凿齿。凿齿人身兽脸，它的杀人利器是突出嘴外的两根五六尺长、形似凿子的牙齿，为了应付弓箭，它特地带上一面巨大而坚固的盾牌。它至死也没弄清楚，后羿的神箭是如何穿透盾牌，扎进它心窝的。

修蛇盘据洞庭湖，掀波作浪，覆舟无数，吃人无数。它风闻神射手后羿已至南方，便潜伏湖底，销声匿迹。万顷波涛掩盖妖踪，后羿的神奇射技也就没有了用武之地。他毅然舍弓持剑，跃入深不可测的大湖，历千险万难，终于在滔天白浪中剑断长蛇；洞庭湖水，竟给蛇血染红了一半。

北方，九头怪九婴仍在凶水一带喷火吐水，淹乡焚城；东方，巨型鸟大风仍在青丘之泽掀起狂风，毁屋拔树。后羿东征青丘泽，用青丝绳系于箭尾，一箭射中闪电式飞掠的大风。那大风力大善飞，尚欲带伤逃生，无奈箭上系绳，只能像一只风筝一样被后羿收回。九头怪九婴自恃有九颗脑袋、九条命，丝毫不惧北伐的后羿，它九口齐张，喷吐出一道道毒焰、一股股浊流，交织成一张凶险的水火网，企图将后羿困住。后羿知道九婴有九条命，射中一个头，它非但不会死，而且能很快痊愈，故再使连环箭法，九支箭几乎同一时刻插到了九婴的九颗头上，九婴的九条性命一条也没留下。

上射九日、下除六害，尧和普天下的人民感激不已，颂扬后羿的歌谣在民间四处传唱，但是，后羿的心头却沉甸甸的，自己毕竟射杀了天帝的九个太阳儿子，不知道天帝能否原谅。后羿特地宰了在桑林捕获的大野猪，把猪肉剁得细细的，制成肉膏，恭恭敬敬地端上天庭奉献给帝喾。帝喾看也不看猪肉膏，闷闷不乐："我不愿再看见杀生的事，也不愿再看见你。你和你的妻子住到下界去吧。"

后羿从此被贬为凡人，但他射日的故事永远流传了下来。

◎ **拓展阅读**

太阳

在银河系内一千多亿颗恒星中，太阳只是普通的一员，它位于银河系的对称平面附近，距离银河系中心约26 000光年，在银道面以北约26光年。它一方面绕着银心以每秒250千米的速度旋转，另一方面又相对于周围恒星以每秒19.7千米的速度朝着织女星附近方向运动。太阳的年龄约为46亿年，它还可以继续燃烧约50亿年。在其存在的最后阶段，太阳中的氦将转变成重元素，太阳的体积也将开始不断膨胀，直至将地球吞没。

精卫填海

炎帝神农氏有四个女儿，其中最小的一个女儿叫女娃。女娃娇美活泼，长得最美丽，也最受炎帝的宠爱。虽然女娃的模样长得纤秀，性格却很倔强。她对水上运动，游泳划船，跳水冲浪，无一不喜，无一不好。

女娃天生一张叫人忘忧的脸，无论谁有多么烦恼的事情，看见她就心情豁然开朗，所以家里人人喜爱她；但也人人担忧她，因为她爱做的事，常常是出人意料的。姐妹们都喜欢打扮，唯独她酷爱四处游玩。有时她一溜烟，就不知跑哪儿去了，害得炎帝到处找不到她。

有一回，女娃无意间跑出了家附近的森林，惊奇地发现一片望不着边际的大海。

她被那一片一望无垠的蔚蓝色吸引，禁不住往大海的方向走。慢慢地，山丘、树林都被女娃抛在身后；打在岸边的浪花，则看得越来越清楚了。

女娃面对着这片深蓝色的海洋，深深地着迷了。她似乎没注意到低沉的浪涛声里，有一股庞大而神秘的力量；那迎面而来的海风，除了有点咸咸的湿气以外，还带着一股特别腥膻的味道。

女娃双脚踩在细细软软的沙地上，很快就开心地玩起来了。她有时候追逐海浪，有时候堆砌沙子，完全忘了时间，也没发觉海水越来越向她靠近。

到后来她还踏上了一条小船，在海上轻轻荡漾。海风微微地吹拂，海浪柔柔地起伏，带着小舟往大洋深处漂去。年轻单纯的女孩，哪知道世道险恶，仍陶醉在蓝色的温柔里。

霎时间，平静的大海变脸了，微笑的太阳不见了，轻轻的海风变得比刀刃还锐利，软软的海浪变得比铁锤还刚硬，发出激烈狂野的声音。女娃开始还能劈波斩浪，左避右挡，与大海周旋。时间一分钟一分钟地过去，一小时一小时地过去，大海的浪涛越来越高，女娃的力气越来越弱。

夜幕降临了，天地间一片黑暗，星星们闭上了眼睛，不忍目睹惨剧的发生：小舟被巨浪击成了碎片，女娃被漩涡吸入了深渊，喧嚣的涛声盖住了女孩求救的呼叫，她永远也不能回去见她慈祥的父亲了。

女娃挣扎得再也没有力气了，可是她还是不死心："我要回去！"她不停地在心中呐喊。就在她只剩下最后一丝气息的时候，她仿佛看到了炎帝就在她面前，于是她放声大喊，好像得到了一股巨大的力量。霎那间，女娃被吞没了。

几天过后，一只小鸟在女娃沉溺的水域破浪而出，它的模样像乌鸦，长了一身黑羽毛；不同的是它的头顶带着花纹，口喙是白的，脚趾则是红的。它的名字叫精卫，是女娃不屈的冤魂化就的。这只鸟，飞翔在一望无际的海面上，看起来只是一个小小的黑点。但是，当海潮轰隆隆地冲上岸时，几乎所有声音都给掩盖

了，只有这只黑鸟的叫声，不但没有消失，反而可以传得很远，而且听得清楚。

"啾——啾——"

精卫栖身于布满枳木林的发鸠山上，它天天从发鸠山衔起小石子，或者小树枝什么的，展翅高飞，直至东海，把石子或树枝投下去。不管春夏秋冬，酷暑严寒，不管是赤日炎炎还是雨雪霏霏，不死鸟精卫飞翔在波涛汹涌、浩瀚无垠的大海上空，投下颗颗碎石、根根断枝，它不间断地叫着"精卫、精卫"，以激励自己的斗志，它要以锲而不舍的精神，将东海填平，使它不再兴风作浪危害人类。

东海恼怒了，东海咆哮了，浪涛喧哗，白沫四溅："你为什么要把我填平？你为什么恨我这么深？"

天空中传来精卫鸟仇恨的啼鸣："因为你夺走了我年轻的生命，因为你还将夺走千千万万的年轻的生命。"

"算了吧，小鸟儿！你就是填一千年，一万年，也填不平我呀！"东海用轰隆隆的大笑声来掩饰自己的窘态。

"我要填的！我要填的！我要一千万年、一万万年地填下去，哪怕填到世界末日，宇宙终结。"不死鸟精卫悲啸着，飞翔着，从发鸠山至东海，循环往复，衔石投海，永无休止。

日复一日，年复一年，精卫始终在西边的山林和东边的大海之间来回，一颗一颗地把小石子投入海中。它黑色的身影，在一望无际的海面上，显得十分渺小。但是，每当大海示威似的发出咆哮的声音，将海浪掀得山一样高时，精卫也毫不示弱地发出它"啾——啾——"的叫声，划破了海浪，传得好远。

◎ **拓展阅读**

《精卫》

万事有不平，尔何空自苦？

长将一寸身，衔木到终古。

我愿平东海，身沉心不改。

大海无平期，我心无绝时。

呜呼！君不见西山衔木众鸟多，鹊来燕去自成窠！

评析：顾炎武是明末清初的思想家、文学家和爱国志士。这首诗是他在36岁时根据《山海经》中关于精卫鸟的故事写成的。顾炎武把自己比喻为精卫鸟，决心以精卫鸟填海的精神，实现自己抗清复明和编写巨著的大业。这首诗表达了他坚持气节，不向清王朝屈服的决心。

在山西省境内，耸立着太行和王屋两座大山，它们占地七百多里，高度超过一万丈，传说是从冀州与河阳之间迁徙而来的。而这两座大山的迁徙据说与一个九十多岁的老人有关系。

中国神话传说中的人物，他们的想法，在现代人看来是极其富于幻想和不切实际的。除了那不自量力、追逐太阳而渴死的夸父，还有一个人叫作愚公，他也做了一件在旁人看来很不可思议的事情。和夸父不同的是，愚公最后取得了成功。

很久以前，在北山有个老头子叫作愚公，年纪已经九十岁了。按常理，在他这个年纪的人，就应该每天晒晒太阳、享享清福，不需多做什么了，可是愚公偏偏对自己家门口的两座大山动上了脑筋。

愚公每天在家门口看着这两座山，心里越看越不痛快。他感觉住在两山之中，进出都需要绕来绕去，非常不方便。

于是他就召集了家里人来商量：“两座大山挡在我们家的门口，真是可恶，让我们进出都非常不方便。”子孙们恭敬地问：“爷爷有什么想法吗？”愚公说：“不如我们把它们搬到别的地方，好不好？”

愚公的妻子一听，以为自己的老伴年纪大了，人也糊涂了，就说：“老头子，你真是糊涂呀！我们都在这里住了这么久了，现在才去搬它。九十年都过去了，你也不是年轻小伙子了。像你这把年纪，恐怕连魁父那样小小的山坡都动不了，还想去搬动太行、王屋两座大山？你还是每天坐在门口晒太阳、看风景比较好。”

虽然被妻子嘲讽了一番，但是愚公坚决的心意一点也没有动摇。他那些慈厚得略带傻气的子孙，也都十分听从他的意见，于是一家人齐心协力开始做这项浩大的工程。

说干就干，大家动手，用最简单的锄头、簸箕开始搬运两座山。这时候，又有人提问了：“我们搬下来的泥土应该放在什么地方呢？那么多土，不能堆在家门口吧！”一个孙子说：“不用担心，我们把土担到渤海边去倒掉就行了。”

于是所有的问题都解决了。大家挖土的挖土，搬石的搬石，集中起来的泥土和石块就成群结队地运到渤海去，一时之间，热闹非凡。

愚公的邻居是一个从京城搬过来的寡妇，她有一个孩子，刚刚到换牙齿的年纪，看见大家在干活，就蹦蹦跳跳地过来帮忙。

那些搬运了泥土去渤海倒土的人，因为路途遥远，在路上就花了大半年的时间，一去一回，夏天已经变成了冬天。在这段时间里，他们只挖了太行、王屋这两座山很小的一个角。

有个住在河曲的老头，非常聪明，别人都叫他河曲智叟。他觉得愚公这种举

○ 品画鉴宝　青绿山水图·明·张宏

动非常愚蠢，就特意跑来对愚公进行劝说："你歇口气吧！像你这样风烛残年的人，不知道什么时候就离开人世了，又能把太行、王屋怎么样呢？到头来还不是白费力气。"

愚公瞪着眼睛对他说："你怎么能这么说？我看你的见识，连寡妇和小孩子都不如。你难道不知道，就算我死了，我还有儿子，儿子死了，还有孙子，孙子又会生儿子，我们子子孙孙无穷无尽，然而这山是不会改变的，它不会增加高度，也不会增加范围。我不相信，就我们这样世世代代地挖下去，哪里有搬不了这两座山的道理？"

河曲智叟被他说得哑口无言，根本找不出话来反驳，于是悻悻地离开了。

两个老头的对话，被一个手里握蛇的天神听见了，他担心愚公真的会这样傻干，于是赶快报告了天帝。

天帝感念愚公的坚定和挚诚，就派了夸娥氏的两个巨人儿子去搬运大山。巨人把太行山和王屋山背负在自己身上，一座放在朔方的东部，一座放在雍州的南部。本来连在一起的两座山，从此天南地北，相隔很远。

而愚公的心愿也终于达成了，他和子孙们终于可以在家门前享受宽广的视野和方便地进出了。

◎ **拓展阅读**

太行山

太行山又名五行山、王母山、女娲山，中国东部地区的重要山脉和地理分界线。耸于北京、河北、山西、河南4省市间。北起北京西山，南达豫北黄河北崖，西接山西高原，东临华北平原，绵延400余千米，为山西东部、东南部与河北、河南两省的天然界山。太行山北高南低，大部分海拔在1200米以上。太行山山势东陡西缓，西翼连接山西高原，东翼由中山、低山、丘陵过渡到平原。山中多雄关，著名的有位于河北的紫荆关，山西的娘子关、虹梯关、壶关、天井关等。

沉香救母

有一年，王母娘娘寿诞，大摆蟠桃会，天上的各路神仙都来赴宴、拜寿。玉皇大帝的小女儿三圣母和殿前的金童也来了。拜寿期间，他俩由于以前认识，就客气地互相笑了一下。可是，那是等级森严的天庭呀，庄严的蟠桃会上怎容得这种轻薄的行为？众仙议论纷纷。玉帝知道后，大发雷霆，把三圣母贬到了凡间。

到凡间后，人们都亲切地称三圣母为三娘娘。她聪明美丽，心地善良，华美典雅，雍容大方。天旱，她招风唤雨；遇涝，她施力排除。乡亲们有了难处前来求她，皆有求必应，抽签问卜无不灵验。在她的关照下，她所在的那里风和雨顺，五谷丰登。百姓们十分感激她，都尊称她为"华岳山娘娘"。百姓们为了报答她的恩德，便合计给她修一座庙宇。消息一传出，各方工匠都自告奋勇地前来修庙。然而谁也拿不出个施工方案来，大家正在发愁之际，忽觉天昏地暗，寒风呼啸，大雪纷飞。就在此刻，不知何处跑出一只玉兔，在雪地上玩耍，大家纷纷前来捕拿这只玉兔，可也奇怪，那兔子忽然不见了。而在它跑过的地方却留下一幅清晰的宫殿图样。于是，工匠就按此图修建了雄伟的庙宇，起名"华岳庙"，修三圣母雕像于庙内的雪映宫，从此百姓在三圣母像前求签问卜，异常灵验，宫内一年四季香火甚隆。

有年春天，一位姓刘名玺字彦昌的举子进京赶考，路过华阴。听说华岳庙里的三娘娘慈怀普度，非常灵验，就恭恭敬敬地走进庙来。在雪映宫的香案前，他备办了一些香表，理容整衣，诚惶诚恐地上了一炷香，叩了三个头。殿内香雾缭绕，三圣母的雕像盘坐在供台上，端庄秀丽，栩栩如生，他不觉肃然起敬。然而不巧的是刘彦连抽三签都是空签。想到十载的寒窗苦读，九载的心灵煎熬，前程未卜，功名无望，他不由悲从心生，便把一腔怨恨信口吟成一首打油诗，题在雪映宫的墙壁上。诗是这样写的："刘玺提笔怒满腔，怨乃圣母三娘娘。安居神龛心如铁，枉受香火在一方。"题罢，刘彦昌好像是出了一口气，就拂了拂衣袖上的尘灰，昂首挺胸，扬长而去。

三圣母驾着祥云回到宫中，听看门的侍童将刚才发生的事情诉说一遍，又看了墙上的题诗，又羞又恼。随身丫环灵芝更是义愤填膺，忙安慰三圣母说："公主且莫生气，想那狂生去了没有多远，我一定给他点颜色看看，为公主报这侮谩之仇。"于是主仆二人驾起云头，唤来风伯雨师雷公电母，命令他们即刻作法。

刘彦昌正在赶路。晴朗朗的天空突然间阴云密布，狂风大作，电闪雷鸣，暴雨如注，就是平常人也会跟跟跄跄、站立不住的，何况是手无缚鸡之力的一介书生？还没有等他想出个所以然来，就被淋成了落汤鸡。可怜他没挣扎几步，就跌倒在泥泞中。

三圣母怨恨已扫，心中大快，一边令四位仙师收去云雨，一边站在云头向下

三聖妙

沈香

二郎神

仔细观望，这才发现倒在地上的竟是一位眉清目秀、弱不禁风的白面书生。只见他蓝衫上沾满泥水，书箱一旁倾翻，文房四宝散落一地，一看就是位赴京应试的举子。一想到这场风雨说不定会断送这位书生的前程，一丝怜悯、几分爱慕油然而生。她与侍女灵芝把昏迷不醒的刘彦昌搀进了茅屋，煎药熬汤，沏茶煮饭，照料得十分周到。她见刘彦昌衣衫单薄，就把自己披的红纱盖在他的身上。朦胧中，刘彦昌觉得浑身温暖，醒来一看，美丽的三圣母就在眼前，他真是又惊又喜。

人们看出了三圣母和刘彦昌的心意，就又说又笑地把他们拥到一起，摆酒祝贺，为他们举行了婚礼。

人常说天下没有不透风的墙，这段故事很快传进天庭，玉帝恼羞成怒，立即派二郎神杨戬去捉拿三圣母。三圣母见哥哥来势很凶，急忙施礼问安，端茶让座。杨戬劈头就问是否婚配凡人刘彦昌之事。三圣母怎敢承认？这时，杨戬拿出闪闪发光、寒气逼人的宝刀，要求三圣母在宝刀上吹一口气，三圣母吓得颤巍巍地吹了一下。杨戬一看，果然怀了孕，大骂三圣母不知羞耻，私配凡人，违犯天条，有失仙体，罪责难赦。三圣母却表示，宁可仙籍除名，也要与刘彦昌两情相伴。二郎神恼羞成怒，命令天兵们拥上来要把刘彦昌抓走，三圣母连忙上前阻拦。二郎神斥责她犯了大罪，命令天兵把三圣母也一起抓起来。紧急之中，三圣母急忙拿出她的宝物宝莲灯。宝莲灯金光四射，把天兵们照得东倒西歪，一个个丢盔弃甲地逃走了。

后来，三圣母生下一个男孩，他们夫妇二人真是高兴极了。好心的霹雳大仙得知消息后前来探望，还给孩子起了个名字叫沉香。仙女们和山里的孔雀、梅花鹿、小白兔、喜鹊和小猴子也赶来祝贺。

就在大家又唱又跳祝贺沉香诞生的时候，二郎神派哮天犬偷偷溜进三圣母的家里偷走了宝莲灯。三圣母发现宝莲灯不见了，大惊失色。她抬起头来，看见远处飘来一片黄云，知道是二郎神又来了，连忙和刘彦昌抱起沉香，一家人刚要逃走，二郎神已杀气腾腾地赶到门前。三圣母求二郎神看在兄妹的情份上，不要动刀动枪，二郎神却不由分说举枪就刺。三圣母只好举起宝剑，与二郎神大战起来。

不久，哮天犬从刘彦昌怀里抢夺小沉香，刘彦昌抓住沉香的红纱死不放手，二郎神一剑砍断了红纱，刘彦昌重重地倒在地上，昏了过去。

二郎神打不败三圣母，命令哮天犬拿出宝莲灯来。宝莲灯一照，三圣母浑身没有了力量，被二郎神抓住，压在了华山下面。之后，哮天犬恶狠狠地举起沉香，正要向山崖下摔去，霹雳大仙赶来了。他用拂尘一挥，赶走了哮天犬，又用拂尘轻扫了一下昏倒在地的刘彦昌后，飘然而去。

十五年之后，沉香长成了一个英俊的少年。他在霹雳大仙的指导下，练就了一身好武艺。一天秦国舅的儿子讥笑沉香没有亲娘，是个私生子。沉香大怒，失手打死了他。他跑回家去，向父亲说了闯祸的根源，刘彦昌只得讲出真实情况。沉香听后，匆匆逃出洛州，决心到华山救出母亲。

那日，吕祖正在蒲团上闭目静坐，忽觉心中翻腾，屈指一算，沉香要来华山救母，心想这是一桩义事，我要助他一举成功。吕祖便亲自前往山下等候。沉香来到山下，见了一位道长，急忙施礼：“请问道长，这山可是华山？”

“问华山做什么？”

“救我母亲。”

“你母亲是何人，现在哪里？”

“我母亲是玉帝小女儿三圣母，被舅舅二郎神杨戬压在华山的石头下，故到此来救。”

“去不得！去不得！二郎神杨戬乃是天上凶神，心毒手狠，武艺高强，你小小年纪，岂是他的对手，劝你罢了此念！”

沉香大瞪两眼，说：“为了救我母亲，哪怕粉身碎骨，也要和他较量一番。”

“有志气！”

吕祖接着向沉香说：“如不嫌弃，我愿给你传授武艺，不知你意下如何？”

沉香听罢，满心欢喜，急忙上前跪拜师父。从此，便在吕祖门下学艺。他每天起早贪黑精心学练，十八般武艺，样样精通。

一天，吕祖外出，嘱咐沉香在家好好习艺。沉香闭了庙门舞枪弄棒，用心练习，该吃午饭时，不见师父回来，他又练了起来，一直练到太阳偏西，肚子实在饿得不行了，才去厨房做饭。他进了厨房，发现笼里有用面做的九头牛和两只虎，觉得有些奇怪，但饥饿难忍，顾不得许多，就吃完九牛二虎，之后马上觉得力大无比。来到院中拿起平时用的武器，轻飘飘的不应手。他东张西望，见墙角放一碗口粗、八尺长的铁杵，用手一抓，不轻不重便挥舞起来。

正在这时，吕祖回来了，他哈哈大笑，说：“好了！好了！”沉香收起铁杵，双膝跪下，吕祖对他说：“你的武艺学成，可以上山救母了。开山钥匙在你舅父杨戬那儿放着，他有一犬一鹰，十分厉害。我赐你药丸两枚，圆的伏犬，长的伏鹰，到时自有用处。”沉香听罢，便提着铁杵，去找杨戬。

他到了天门，看到许多天将簇拥着一位威风凛凛、傲气十足的大神，便打躬说道：“我叫沉香，前来救母，找我舅父要开山钥匙。”

杨戬听了，双眉竖起，大瞪两眼，吼道：“大胆畜生，竟敢放肆，早早滚开，免你一死！”

沉香看他那股神气，料是杨戬，便先礼后兵地说：“请你把开山钥匙给我，以便放我母亲出来”。

“孽种！不给你点颜色，怎知我神威！”杨戬拿出三尖两刃刀，朝着沉香的脑袋就劈下来。沉香举起铁杵，奋力一扬，只听"咔嚓"一声，那把刀断为两截，上半截朝天空飞去。二郎神杨戬又气又急，一声咆哮，叫来了哮天犬。哮天犬张着血盆大口，腾空扑来。沉香抛出圆形药丸，哮天犬张口吞下，霎时牙关紧闭，躺在地上打滚。杨戬见哮天犬死去，又放出神鹰。神鹰双翅一展，遮天掩地，两只利爪，犹如尖刀。沉香又抛出长形药丸，把那神鹰的两只翅膀都定在空中，上也上不得，下也下不来。这时，威风一世的二郎神杨戬满脸紫青，头疼身软，坐在一块石头上。沉香向前，索要开山钥匙，他只得命天将取出。沉香一看，原来是一柄闪闪发光的月牙斧。

沉香举着神斧来到华山，看见满山巨石林立，不知母亲到底压在哪块石下，急得放声大哭。直哭得天昏地暗，日月无光，连山神也被感动了，忙出来指点说："孝顺的孩子啊，你娘就在莲花峰头。"并且把沉香的身世从头到尾讲了一遍。想起母亲正在受苦，沉香心中悲痛万分，他决心立刻救出母亲。

沉香急急忙忙地向前赶路，忽然，一只斑斓猛虎向他扑来，沉香三拳两脚就把猛虎打倒在地。奇怪的是，老虎竟然变成了一只面虎。沉香肚子正饿，一口气把面虎吞下肚去，顿时感到力大无比，又迈开双腿大步向前赶去。正走着，一条飞龙又向他飞来，沉香挥拳搏斗，把飞龙抓到了手里，突然，一道亮光闪过，飞龙变成了一把宝斧，沉香心里高兴极了，更增强了救母的信心。

沉香来到圣母庙里，看见一个人正在圣母像前献花，那人身边也带着一截儿红纱。沉香认出这人就是自己的父亲。刘彦昌见了儿子，激动地大喊一声："沉香，我的儿子！"就抱住沉香痛哭起来。

他听说沉香是来搭救母亲的，心中十分高兴，就指着华山的高峰告诉沉香："你母亲就压在那里。"这时，梅花鹿、白猿、孔雀、小白兔受霹雳大仙之托，都跑来帮助沉香，白猿对沉香说："你在山前和二郎神开战，我趁机盗出宝莲灯，一定能把你的母亲救出来。"

二郎神一战输给沉香，并不罢休，他再次赶来，举刀就砍。沉香忍无可忍，举斧回杀，刀来斧往，直打得天昏地暗。梅花鹿、白猿、孔雀都来助战，小猴子也找回了宝莲灯。二郎神抵挡不住，只好逃跑了。

沉香呼喊着妈妈，举起神斧，腾空而起，朝着峰顶上奋力劈下。只见金光一闪，霹雳之声震天，天摇地动，山峰被劈成两半，三圣母满面笑容地出现在鲜花丛中。她见到了丈夫和儿子，悲喜交加，激动万分。

母子相认，痛哭失声时，华山上百鸟齐鸣，百花盛开，大家都来祝贺沉香取得的胜利，祝贺他们一家人终得团圆。

○ 品画鉴宝　华岳十二景图·清·戴本孝

◎ 拓展阅读

目莲救母

目莲救母故事出自《大藏经》。根据《大藏经》的记载，目莲在阴间地府经历千辛万苦后，见到他死去的母亲刘氏四娘受一群饿鬼折磨，他用钵盆装菜饭给她吃，菜饭却被饿鬼夺走。目莲向佛祖求救，佛祖被目莲的孝心感动，授予盂兰盆经。目莲按照指示，于七月十五日用盂兰盆盛珍果素斋供奉母亲，挨饿的母亲终于得到食物。为了纪念目莲的孝心，佛教徒每年都有盛大的"盂兰盆会"。

干将莫邪

干将、莫邪是吴越时代的著名剑师，和欧冶子同门。后来欧冶子变成了铸剑的一代宗师，但是这干将、莫邪夫妻二人铸剑的功夫，却比欧冶子还要高。他们采来五座山的金铁之精，候天伺地，阴阳同光，铸剑的时候连鬼神都被惊动，还来看他们铸剑的情景呢！

吴国的国王吴王命令干将、莫邪夫妻二人为他搜集天下珍宝，铸造一把天下无敌的宝剑。二人费尽了千辛万苦，终于找到了一块纯青透明的铁。它寒气逼人，异彩晃眼。整整三天三夜，无论莫邪如何添柴，无论干将如何鼓风，它在炼炉里躺着仍然丝毫不化。干将静静地看着这块青铁。他的面色越来越凝重。他抬头看着远方，声音沉稳冷静。他说，这是异宝，非鲜血无以熔。然后他挥剑割破自己的手腕。他的鲜血缓缓滴入炉膛。莫邪也割破自己的手腕，当他们的鲜血在炉中相溶时，炉中寒气顿失，有紫烟袅袅生起。青铁终于慢慢熔化。他们用了整整三年的时间来铸炼这把剑，废寝忘食地打造，因为他们知道这将是他们一生中铸造的最好的剑，只有它能够融合他们的鲜血和全部的精力。于是他们花了九年九个月零九天时间，铸出了一对举世无双的雌雄双剑。

炉盖开启的刹那，天地忽然变色，风起云涌。从滚烫的炉膛中腾起一道白色蒸气，那道蒸气缓缓升到半空便散开变成白云，将山谷完全笼罩，然后渐渐转现绯红，一瞬间如有无数桃花遍地盛开。山头现出氤氲的幻光，萦绕不散。在冷却了的漆黑的炼炉里，躺着通红的两把剑。

干将用从后山取来的井水慢慢地淬火，水滴到剑锋上冒出丝丝的蒸气，眼看着剑身慢慢转成了青色。他这样连续七天七夜地淬火，剑沉浸在炉底里，终于变成最初纯青的颜色，是冰一样的透明晶莹。干将给雄剑取他自己的名字叫干将，雌剑取他妻子的名字叫莫邪。

可是，飞鸟尽，良弓藏，狡兔死，走狗烹，自古皆然。兔子抓到了，猎犬没有用了，也就连狗一起杀了。帮吴王炼完剑之后，吴王怕他们也去帮别的国家炼剑，便准备找个理由把干将杀了。干将的妻子当时怀孕就要生孩子了，丈夫便对妻子诉说道："我替吴王铸造宝剑，好多年才获得成功，吴王为此发怒，我要前去送剑给他的话，他必杀死我。你如果生下的孩子是男孩的话，等他长大成人，告诉他说，走出家门看到南山，一棵松树生长在一块巨石上，我留下的另一把剑就藏在巨石的背后面。"随后就拿着一把雌剑前去进见吴王。吴王非常愤怒，命令人来察看宝剑，发现剑原有两把，一把雄的，一把雌的，雌剑被送呈上来，而雄剑却没有送来。吴王暴怒，立即把铸剑的干将杀死了

莫邪的儿子名叫赤。他的相貌非常的奇特，两眉之间的距离有一尺宽，人们

都叫他眉间尺。等到他后来长大成人了，就向自己的母亲询问道："我的父亲究竟在哪里呀？"母亲说："你的父亲给吴王制作宝剑，用了好几年才铸成，可是吴王却发怒，杀死了他。他离开时曾嘱咐我，让我告诉你，出家门后看到南山，一棵松树生长在一块巨石上，宝剑就藏在石头的背后面。"

于是，儿子走出家门向南望去，不曾看见有什么山，只是看到屋堂前面松木柱子下边的石块，就用斧子击破它的背后面，并且一锄一锄地向松树的根挖去。那天，月光似皎银一样地倾泻。松树轰然倒下的刹那间，眉间尺看到了那把埋藏了十七年的剑。当覆在它表面的泥土一掀开，就有寒冷凛人的气息扑面而来，它发出青幽冰凉的寒光，满天的星光骤然失色，整个世界只余下这样溶溶的清光，那剑便似消散在其中一般。从此以后，儿子便日思夜想地要向吴王报仇。

终于有一天，眉间尺义愤填膺，为了替父报仇，为民除害，他毅然背负父亲遗留下来的雄剑到国都去了。

一天，吴王在梦中恍惚看到一个男儿，双眉之间有一尺宽的距离，相貌出奇，并说一定要为父亲报仇。他连忙叫人画了他的像，到处张榜贴文，重金悬赏捉拿这个奇怪的孩子。眉间尺听到这种情况，逃亡而去，躲入深山。想到父亲的仇还没有报，他心中悲痛极了。

后来出现了一个身材细长的黑衣剑客，头上简单地戴了个斗笠，背上负了柄寻常的青铜剑。黑衣剑客听到了眉间尺的悲歌，那声音极响极亮，哭声极为悲切，像是有了人生中最不得已的冤屈。转过山窝，那哭声越来越悲切，只见在山脚下有个小小个头的人影伏在那儿，看样子便是大声号哭的那人。黑衣剑客有点恻然地走过去，想要问问他有什么伤心事。走近些之后，才发现那哭声相当的稚嫩，听起来居然像是小孩子的哭泣声。

这悲泣之人果然是个小孩，但是却是天底下长相最奇怪的小孩。只见他小小的身躯，却有一个大得异常的额头，转过头来，哭得满脸涕泪的脸长得更是奇怪。这孩子的个头虽小，五官却长得诡异至极，两眉相距极开，几乎隔了有一尺上下。他的神情虽然童稚可喜，但是也是风尘满面，形貌枯槁，显然赶路多日以来，体力已经消耗到了极限。

黑衣剑客知道这就是吴王悬赏捉拿的眉间尺了。他说："你知不知道吴王出了一千金要买你的头？你还想不想为你的父亲报仇？"

眉间尺年纪虽然幼小，但是他的个性却极为坚毅，只见他不加思索地大声说道："我一定要为父亲报仇！"黑衣剑客若有所思地直视着他，不放松地问道："吴王得之而后快的干将宝剑，难道已经让你找到了？"

眉间尺点点头，从身后一个锦袋中取出一个剑匣。剑匣一出，明明是烈日骄阳的好天气，却没来由地出现了丝丝冷气。这传说中有名的神兵利器，果然未出匣便已经不同凡响。

黑衣剑客看见眉间尺取出了宝剑干将，哈哈大笑："极好！极好！我听得吴王说，只要送上你的头，再找来雄剑，便是千金的奖赏，拿你的头和剑来，我便为你去报仇！"

眉间尺点点头，说："多谢侠客成全。"言犹在耳，只见冷冷的青光一闪，也不晓得他从什么地方抄出一柄短剑，"唰"的一声便将自己的头颅无声无息地斩下。只见他偌大的头骨碌碌地掉了下来，巧妙地掉在自己的手上，此刻眉间尺小小的身子双手平举，捧住了剑匣，也捧住

○ 品画鉴宝　吴王夫差矛

青铜铸造，长29.5厘米，两面脊部均有凹槽，凹槽基部有铺首装饰，铺首有孔可系绦，骹部中空，器身遍饰精美的几何形花纹，上錾错金铭文八字："吴王夫差自乍（作）自甬（用）"。

了自己的头，整个身体便僵直地立在那儿，顿时死亡。

黑衣剑客的眼神中透出极深沉的悲痛，静静地跪倒在地，对眉间尺死而不倒的无头尸身拜了几拜，说："好孩子！我绝不辜负你的期望，一定完成你未竟的心愿！"

而在俯拜的过程中，他的眼泪像是泉水一样奔流不止，不住滴落在地，显然悲伤至极。黑衣剑客在眉间尺的尸身前拜了几拜，眉间尺僵直的身躯这才泄了气一般，缓缓软倒，手上的头颅、剑匣也顺势滚入了黑衣剑客的手中。

黑衣剑客拿着男孩儿的头前去进见吴王，吴王非常欣喜。黑衣剑客说："这就是勇士的头，应当在热水锅中烧煮它。"吴王依照黑衣剑客的话，烧煮头颅，三天三夜竟煮不烂。眉间尺的头忽然跳出热水锅中，瞪大眼睛非常愤怒的样子。黑衣剑客说："这男孩儿的头煮不烂，希望吴王亲自前去靠近察看它，这样头必然会烂的。"吴王随即靠近那头。黑衣剑客趁机用雄剑砍吴王，吴王的头随之落在热水锅中。

之后，眉间尺的头立刻咬住了楚王的耳朵，两颗头你咬我扑，一时难分胜负。这时，黑衣剑客忙割下自己的头，帮眉间尺去斗楚王。经过七天七夜，眉间尺终于胜利了。三颗头颅被煮得稀烂，分不清你我了。最后，人们只得把锅中之物分成三份，葬在三个地方，修了坟墓，通称"三王墓"。

◎ **拓展阅读**

搜神记

《搜神记》由东晋干宝编撰，是一部记录古代民间传说中神奇怪异故事的小说集。《晋书·干宝传》说干宝有感于生死之事，"遂撰集古今神祇灵异人物变化，名为《搜神记》。"《搜神记》原本已散失。今本系后人缀辑增益而成，20卷，共有大小故事454个。所记多为神灵怪异之事，也有一部分属于民间传说。其中《干将莫邪》《吴王小女》《董永》等暴露统治阶级的残酷，歌颂反抗者斗争的故事，常为后人称引。

第三章　世俗神话

芸芸众生，儿女情长

嫦娥奔月

　　嫦娥是帝喾的女儿，也称姮娥。她美貌非凡，是射日英雄后羿的妻子。

　　后羿上射九日、下除六害，尧和普天之下的人民感激不已，颂扬他的歌谣在民间四处传唱。但是，后羿的心头却沉甸甸的，自己毕竟射杀了天帝的九个太阳儿子，不知道天帝能否原谅。后羿特地宰了在桑林捕获的大野猪，把猪肉剁得细细的，制成肉膏，恭恭敬敬地端上天庭奉献给帝喾，想看一看帝喾对他的态度改变了没有，是否对他依旧亲密，依旧信任。但是，帝喾由于失去了九个儿子，闷闷不乐，就把后羿贬到了凡间。

　　后羿谪居下界，当然是和嫦娥一块儿去的。他的妻子嫦娥本来是天上的神女，跟着丈夫一起来到凡间。夫妻俩成了凡人，渐渐地也要经历凡人的生老病死，嫦娥美丽的容颜也在时间无情的流逝中慢慢变得憔悴。因此嫦娥经常埋怨后羿当年做了愚蠢的事情，害得自己和他一起受苦。后羿觉得特别对不起妻子。有一年，后羿得了大病，病愈后精力大不如前，颇有衰弱之趋势。后羿想到自古以来人人难免一死，心里慌乱起来，就想找一个长生不死之法，可以和妻子永远在一起。他毅然出外云游，求仙访道，奔走了数年，得到高人指点，知道昆仑山旁的玉山上有个西王母，是与天同寿的活神仙，藏有不死之药。但凡夫俗子都上不去，如果能够上去，向西王母讨些不死药吃，就可以长生了。后羿忖量一番，那条路他从前攻打共工氏时走过，现在自己虽是凡夫俗子，试试倒也无妨，于是决定只身前去。

　　他上山之前与嫦娥商议："天上等级森严，在人间倒也逍遥自在。不过凡人终将一死，若要长生，就必须渡弱水，翻火山，登上昆仑，去向西王母求取不死灵药。"不料嫦娥知道了这个主意后，缠着他一定要同去。后羿担心嫦娥的安全，竭力劝阻，说万里迢迢，一个弱女子如何能去得。但嫦娥不理，一定要同去，还说："路途虽远，总是走得完的，岂有不可去之理。你我是夫妻，生则同衾，死则同穴。现在你要做神仙了，剩我一个人在这里孤苦老死，你如何过意得去？"

　　后羿虽然几番劝阻，但是嫦娥执意要去，他平日本就宠爱嫦娥，只得和她同去。

　　西王母原来住在西方玉山的山顶洞穴里，有三只红脑袋、黑眼睛的青鸟轮番外出给她寻找食物，她长着老虎的牙齿、豹子的尾巴，披头散发，却佩戴玉簪，每当晨昏，踞于山头狂嘶猛吼。她掌管天灾、瘟疫、刑罚，也炼制、收藏不死灵药。黄帝退隐九重天外，西王母便迁居昆仑山，这时的她已化身为雍容华贵、仪态端庄的贵夫人。

　　昆仑山下有弱水环绕，弱水非但不能载舟，一片鸟羽落下也会沉没。弱水外又有炎火之山，山上的火焰昼夜不熄。后羿凭着盖世神力、超人意志，越过炎山、弱水，攀上一万三千一百一十三步二尺六寸高的悬崖峭壁，在昆仑山巅的宫殿里

嫦娥

拜见了西王母。

西王母知道后羿来寻她，又钦佩后羿的作为，同情后羿的遭遇，所以分外优待，赐酒赐果。后羿看见西王母如此善待，就说明来意，想讨一点不死之药。西王母取药慷慨相赠："不死药是用不死树结的不死果炼制的。不死树三千年开一次花，三千年结一次果，炼制成药又需三千年。我收藏的药丸仅剩一颗了。"听到西王母这么一说，嫦娥十分惶恐，觉得两人中只有一个能长生了。

西王母微微一笑："两人分享俱可长生不老，一人独食即能升天成仙。"嫦娥听到这话，心里的石头落地了，后羿丝毫没有发现妻子的心情转变，高高兴兴地拿了那颗灵丹。西王母又向两人说明吃药之法，并且说要用稷泽的白玉膏作药引，方才有效。

后羿如愿以偿，欢喜无限。谢了西王母，带着妻子下了昆仑山，渡过弱水，到稷泽地方住下。后羿向嫦娥说："你在此守住灵药，我去取白玉膏来。"不料从早至暮寻了一日，路跑了几十里，白玉膏总寻不到，只得回到屋子，待第二天再说。

后羿回到旅舍，却见嫦娥正和一个男子窃窃私语，不知在讲什么。后羿隐忍不发，等那个男子走后才向嫦娥盘问，嫦娥轻描淡写地回答："是个卜卦先生，名字叫有黄。"后羿听了不以为意，次日一早，依旧去寻白玉膏，好不容易才寻找到许多。

后羿十分欢喜地回到旅舍，想要和嫦娥分做药引。但是找来找去，找不到嫦娥的身影。他到处寻觅，终无下落，再寻那颗灵药，也不知所终。

后羿想到，也许嫦娥已经把药都吃了，深恨自己有眼无珠，受她愚弄。后来他转念一想，都是自己连累嫦娥变成了凡人，本是天女的嫦娥也许实在是受不了人间的苦难。想到这里，他也体谅了嫦娥的行为。再仔细想想，她没有白玉膏，偷

○ 品画鉴宝　嫦娥扇面·清

了药去吃也没有什么作用。况且万里之处举目无亲，山高水长，跋涉不易，她即使要偷药逃走，恐怕也没有这样大的胆量。或者她见我昨天找不到白玉膏，想帮我找，出去迷了路，也未可知。想到这里，后羿心中的气渐渐平下来，倒反替她担忧。

天黑了，后羿放心不下，出门去寻嫦娥，一出门就遇见卜卦先生有黄。

后羿想起昨天他与嫦娥谈话的情形，心中不禁生疑，就抓住有黄，向他要人。有黄问："那位女子是尊夫人么？"后羿答："是。"

有黄这才一五一十，将情形说了："我在此地以卜卦为生，并不认识尊夫人，昨天上午，尊夫人向我询问取白玉膏的地方。这白玉膏是此地特产，远近闻名，现在虽很难寻到，但我以卜卦为业，既承尊夫人下问，就卜了一卦，叫她向某处去寻。尊夫人听了，立即出门而去，究竟寻到没有，不得而知。到了傍晚，就是您老先生将要回来的前一刻，尊夫人又来找我，说就要远行，叫我再卜一卦，问问向哪个方向走好。我又给她卜了一卦，却是大吉，有五句繇辞，我还记下在这里。"说着就从身边取出，递与后羿看，上面写着："翩翩归妹，独将西行，逢天晦芒，无恐无惊，后且大昌。"

后羿看了繇辞，有点莫名其妙，有黄便解释说："照这个繇辞看起来，是向西走的好，尊夫人一定是往西去了。我看您老先生还是赶快向西方去追才是，抓住我有黄有何用处！我哪里晓得你们夫妻俩到底发生了什么事呀。"后羿一听，觉得有黄的话有理，是自己的妻子狠心偷了药，与别人无关。他本想立刻去追，但天已昏黑，不能行路，只好在旅舍中再住一夜。他心中越想越气，一夜都睡不着！捱到天明，即刻起身，向西方追去。

后羿沿途访查，果然都说有一个年轻美貌女子刚经过那里。但是追了一个月，总是追不上。后来追到一处，也不知道是什么地方，忽然遇到一个人，交给后羿一封信，说是三天前一个女子留下，要他转交给一个来追寻她的男子。那人见后羿到处打探，知道是寻女子的人，就将这信交与他。后羿看信面笔迹，果然是妻子所写，等看完信，他也彻底绝望了。嫦娥果然已经偷吃了灵丹，她让后羿不要再找她了。

再说那天嫦娥背着自己的丈夫，偷吃了西王母的药，奇迹果真发生了。嫦娥渐觉身子失重，双脚离地，不由自主地飘出窗户，冉冉飘升。上哪儿去呢？她按着有黄先生的占卜，向着西方昆仑飞去，在半道上想起来，自己和丈夫一起向西王母求药，现在背弃了丈夫，天庭诸神一定会责备我，嘲笑我，不如投奔月亮女神常羲，在月宫暂且安身。嫦娥由于牵挂着丈夫，便飞落到离人间最近的月亮上成了仙。

她到了月宫，才发现那儿出奇的冷清，空无一人。她在漫漫长夜中品尝着孤独、悔恨的滋味，慢慢地竟化成了月精。嫦娥住在凄清冷漠的广寒宫内，思念着后羿，她的心境和生活令不少文人骚客感慨、遐想。其中唐代诗人李商隐的《嫦娥》诗深刻表现了她的寂寞和悔恨："云母屏风烛影深，长河渐落晓星沉。嫦娥应悔偷灵药，碧海青天夜夜心。"大意是说，云母制成的屏风染上一层幽深黯淡的烛影，银河逐渐低斜下落，启明星也已下沉。广寒宫的嫦娥想必后悔当初偷吃不死药，如今落得独处于碧海青天而夜夜寒心。

每当八月十五的晚上，一轮圆圆的明月挂在天空，把她温柔的银辉洒向人间的时候，就让人想起美丽的嫦娥站在月宫的桂树下，遥望人间，想念着她的丈夫后羿。

◎ **拓展阅读**

嫦娥一号

嫦娥一号是中国的首颗绕月人造卫星，由中国空间技术研究院承担研制，主要用于获取月球表面三维影像、分析月球表面有关物质元素的分布特点、探测月壤厚度、探测地月空间环境等。嫦娥一号星体为一个2米×1.72米×2.2米的长方体，两侧各有一个太阳能电池帆板，完全展开后最大跨度达18.1米，重2350千克。有效载荷包括CCD立体相机、成像光谱仪、太阳宇宙射线监测器和低能粒子探测器等科学探测仪器。

周穆王名叫姬满，父亲是周昭王，母亲是房太后。昭王南巡时死在途中，就立穆王为周朝的国君。当时穆王已经五十岁了，他在位五十四年，一共活了一百零四岁。

穆王年轻时就喜欢修炼成仙的道术，比他的父亲还喜欢玩耍作乐和到处巡游，常常幻想着学黄帝那样乘车马游遍天下的名山大川。

那时从西方极远的国度，来了一个变戏法的人，叫作化人。这人本领很大，能够在火焰中来去自如，毫发不伤，能站在半空中不掉下来，能把一座城市从东方搬到西方，又能毫无阻挡地穿墙进壁等等。

穆王极其敬佩化人的本领，几乎把他看成是天神下凡，无微不至地招待他。可是这个古怪的化人，对于那些华丽的卧室、精美的佳肴、动听的音乐、娇艳的美女等等，一点也没有兴趣，在他看来，人间的东西都太鄙陋了。

一天，他邀请穆王到他那里玩玩，好奇的穆王就答应了。

化人伸出自己的一只衣袖，让穆王拉住了，然后腾空上升，一直到了半天云里，才停止下来。穆王由化人导引着，走到他居住的宫殿。化人的宫殿真是金碧辉煌，庄严华丽，到处装饰着璀璨的珍珠和温润的美玉。看到这样的宫殿，再和自己的比一比，穆王觉得十分惭愧。

后来化人又请穆王再到一处，没有别的东西，只看见各种各样美丽的光影和色彩，把眼睛都看花了。又听见各种各样的音乐，把心思都震荡得迷乱了。这些色彩和音乐都非人间所有。

穆王不敢久留，请求化人带他回去，化人甩手把穆王一推，穆王就从半空中坠落下来，一下子就醒了。睁开眼睛一看，原来还好端端地坐在宫殿上，左右的侍从都是刚才见过的那些人，案上刚斟的酒里还冒着小泡沫，才端上的菜正冒着热气。穆王问侍从自己刚才在哪里？侍从们都十分惶恐，说天子并没到哪里去，只不过打了一个盹。

旁边坐着的化人也说，我和您只是去仙界神游了一趟，实际上身体并没有移动。

这一来更惹得穆王游兴大发，心想神游都这么有趣，那么真到各处去游玩一番，岂不是更有趣。于是就想效法黄帝，乘车马游遍天下的名山大川。

穆王遍寻天下好马和驾车者。这时，有一个叫造父的人，献给穆王八匹骏马。这八匹马来历不凡，它们原来是夸父山上的野马，是武王伐纣定了天下后，放在夸父山的战马的后代子孙，所以在野性中还保留着祖先的英武气概。

造父在夸父山捕获了它们，加以驯养并且给它们取了名字，分别是：骅骝、绿耳、赤骥、白牺、渠黄、逾辉、盗骊、山子。它们有的奔跑起来能足不践土，有的则比飞鸟还快，有的一个晚上能跑万里，有的背上还生有翅膀，能在天空飞行等等。

造父把八匹骏马献给周穆王以后，周穆王就叫人把这些马在东海岛的龙川附近养着。那里有一种草，名叫"龙刍"，普通马吃了这种草，一天都有望跑一千里，更何况神奇的骏马。古语说"一株龙刍，化为龙驹"，就是指东海岛的这种神奇的草而言的。

造父不但善于养马，还善于驾车。他的驾车本领，是从他的老师泰豆那里学来的。泰豆先在空地上竖立了一些木桩，木桩与木桩之间的距离，刚刚能放下一只脚，泰豆就叫造父在这些木桩之间穿花似的或走或跑，或来或往，要做到完全不摔倒甚至连触都不触动它们一下。造父学了三天，就学会了。泰豆自愧不如，将自己的绝技——驾驭八匹骏马的车，也传授给了造父。

从此穆王坐着八匹骏马拉的车，由当时最有名的驭手造父驾车，到各地游玩。在路上，穆王得到一只白狐狸和一只黑貉子，用它们祭祀了河神。

英俊的穆王欲周游天下，命人驾着八匹骏马，带着随从，向东进发。至孟津，渡黄河，沿太行山西麓向北挺进，直达阴山脚下；转而长途西行，绕河套，溯河源，登上祁连山；再西行数千里，来到西王母之国、西方的极地——昆仑。当他的车驶到弱水时，河里的鱼、龟、鳄鱼等自动为他搭起了浮桥。接着穆王登上了昆仑山，在天界的瑶池上拜见了西王母。穆王手持白圭玄璧，而且为了表示友好，还赠送白色丝绦一百匹、彩色丝绦一百匹。

西王母再三拜谢，接受了礼物。因为早已知道穆王要来，她早就准备了丰盛的酒席，盛情地款待穆王。一时间，鼓乐齐鸣，歌女们跳起了动人的舞蹈。他们喝的是蜂山石缝中的甘泉，吃的是玉树上的果实。在酒席上，西王母唱道："天上飘着悠悠白云，道路啊漫长得无穷无尽。无数的高山大河把我们阻隔，从此一别将难通音信。然而你将长生不老，相信以后还能重逢。"

穆王唱和说："我回到神州故土以后，将使华夏各国都能和睦相处，使万民都过上平等富足的生活，到那时我会再来看望你。不会过三年时间，我就会再来到你的郊野看望你。"

西王母说："自从我来到西方国土，就居住在这荒郊野外。和老虎豹子为伴，和乌鸦喜鹊共处。我恪守着为善之道，因为我是天帝的女儿呀。但是为什么百姓却要和你相分离呢？在一阵阵喧闹的鼓乐声中，我的心情却起伏荡漾。百姓的子孙后代，只有寄希望于青天了。"

歌声真挚，琴声悠扬，周穆王也落下了几滴惜别之泪。

辞别了西王母，周穆王就登上日落之处的弇兹山。把和西王母的会见记录下来，铭刻在弇兹山的石头上。石刻竖立在一棵大槐树旁边，题额为"西王母之山"。

西王母和穆王在这美丽的天山脚下演绎了一场缠绵隽永的故事。但是，和天下所有悲情故事的结局一样，多情终为薄情负。穆天子口口声声答应西王母一定会回来看她，结果却杳如黄鹤一去不复返，再没了音讯，害得西王母在瑶池边望穿秋水，饮恨终生。于是就有了唐朝诗人的这首挽歌："瑶池阿姆倚窗开，黄竹歌声动地哀。八骏日行三万里，穆王何事不重来。"

也许是因为西王母因怀恨穆王的负情而嫉妒天下所有的男欢女爱，所以才会狠毒地拆散《天仙配》里的董永和七仙女，用银河隔断相爱的牛郎和织女。总之是使有情人不能成眷属。

后来祭父从郑圃赶来拜见穆王，报告说徐偃造反作乱，穆王才又回到国里平息了作乱，使社稷平安。穆王登昆仑山时，喝的是蜂山石缝中的甘泉，吃的是玉树上的果实，又登上西王母居住的昆仑山，得到了腾云飞升的道术。他之所以还以凡人的形象在世间出现，是想现身说道，告诉人们修炼的结果。而且，穆王喝过玉石制成的膏浆，吃过昆仑山上的甜雪，还有素莲、黑枣、碧藕、白橘等仙果，因此他能健康长寿，活了一百多岁。

◎ **拓展阅读**

白居易《八骏图》

穆王八骏天马驹，后人爱之写为图。

背如龙兮颈如象，骨竦筋高脂肉壮。

日行万里速如飞，穆王独乘何所之？

四荒八极踏欲遍，三十二蹄无歇时。

属车轴折趁不及，黄屋草生弃若遗。

瑶池西赴王母宴，七庙经年不亲荐。

璧台南与盛姬游，明堂不复朝诸侯。

《白云》《黄竹》歌声动，一人荒乐万人愁。

周从后稷至文武，积德累功世勤苦。

岂知才及四代孙，心轻王业如灰土。

由来尤物不在大，能荡君心则为害。

文帝却之不肯乘，千里马去汉道兴。

穆王得之不为戒，八骏驹来周室坏。至今此物世称珍，

不知房星之精下为怪。八骏图，君莫爱。

吴刚伐桂

　　静静的夜晚，当我们遥望苍穹，那皎洁的明月，便会勾起人们无限的遐思。多少年来，它激起人们无数神奇的幻想和美好的情感。如果你仔细看看，就会发现美丽的嫦娥在富丽堂皇的月宫里翩翩起舞；宫前那棵五百丈高的桂树下，强壮的吴刚在树下畅饮着桂花酒，还有一只蹦蹦跳跳的兔子和一只动作拙笨的蟾蜍陪伴着他们哩！

　　曾射落九个太阳的后羿为了长生不死，从西王母那里讨了长生不老药，想留着同妻子嫦娥共享，哪知嫦娥偷偷独吞，然后奔到月宫。那么吴刚又是为了什么而跑到了月宫，并且不断地砍伐桂树呢？这里面，也有一个美丽的神话故事。

　　吴刚，也叫吴权，是汉朝河西人。吴刚本来是个庸俗的、无所事事的游手好闲之徒，每天闲得难受，吃喝玩乐，生活很堕落。有一天从外面胡闹回来，忽然茶不思，饭不想，枯坐了半日。他的妻子缘妇来唤他吃饭，他却一拍大腿，神使鬼差地说想到名山大川去学仙。说干就干，吴刚马上简单地收拾了行囊，带了不多的盘缠，扬长而去。

　　吴刚到处寻求高士名僧，拜师学艺。然而经过数载的寻访，依然是一事无成，他心灰意冷，就裹了一腰树叶，光着脚，蓬头垢面地打道回府了。然而，俗话说得好："山中

○ 品画鉴宝　嫦娥执桂图·明·唐寅

一日，俗世一年。"家里会发生多少变化呢？他心里忐忑不安，也许是"近乡情更怯，不敢问来人"吧。经过多日的长途跋涉，吴刚面容憔悴，出现在自家门口。

可悲的是，他的妻子缘妇，在苦苦守候吴刚多年之后，感觉没有了希望，就和乡里的伯陵相好上了，并且生下了三个孩子。他们已是一个和和美美的幸福家庭。

吴刚推门进院，被眼前的景象吓呆了：三个不大不小的孩子在庭院里玩耍嬉戏，缘妇在织布机前织布，伯陵呢，在吭哧吭哧地劈柴呢，一副其乐融融的样子。在震惊之余，吴刚感到了羞辱，自己的老婆竟然和别人生了三个孩子！

不知道哪里来的一股力量，吴刚夺过伯陵劈柴的斧头，老鹰抓小鸡一般，就把那伯陵拎了起来，又一脚踢翻，迫其"雉颈"，使他死状极惨。再看看活蹦乱跳的三个孩子，想想他们是无辜的，就颓然放下斧头，茫然四顾。之后他虽然很生缘妇的气，但还是打算和她消停地过日子。

然而炎帝很快就来找吴刚了，不是请他做神仙，而是问他罪。原来吴刚杀死的奸夫伯陵不是别人，正是炎帝的孙子。为了惩罚吴刚，天帝把他流放到了静寂无人的月亮上面。

吴刚到了月亮上之后，感到寒意彻骨。有的地方飘着几丝冷气，地上是圆的突起，仿佛人间的树墩，一个挨着一个，连绵不尽，一直到远方。这月亮，看上去很荒凉。吴刚到月亮不久就发现，他住地旁边有一座宫殿，宫殿里住了一个美丽的姑娘。有一天他恍然大悟，宫殿不就是人家说的广寒宫，姑娘不就是人家说的嫦娥吗。

被流放到月亮上的第一年，风平浪静，波澜不惊。负责监管吴刚的神仙给了他一把斧子，叫他去砍树，砍倒月桂的时候就可以回到人间。吴刚仰头看了看那棵五百丈高的桂树，顿时产生一阵眩晕感，虽然吴刚是学过仙术的人，也望不到它的顶梢。吴刚叹了口气，把斧子扔在一旁，找块干净地方睡觉去了。

第二天，一觉起来，吴刚感觉精力充沛，他的气刚好运行了一个小周天。吴刚哦了一声后，又沉吟片刻，回去拾了斧子，走到月桂面前抬手便砍了一斧。当斧头从月桂伤口处抽出来的同时，斧痕发出奇异的白光，旋即愈合。愚公移山的故事，吴刚也是知道的。他想：千里长堤，溃于蚁穴。我一天哪怕只是砍下去一点点，那么即使是再粗大的桂树，也总有被砍倒的一天。这样他一边想一边砍，一天、一个月、一年，又一年。他一斧下去，树的皮和干应之豁然而开，而未等斧头再举，口子已倏然而合。

那棵高五百丈的树无疑象征着不可抗拒、不可推翻的权威、秩序和传统。这样一来，吴刚老是不断地砍，桂树老是不断地愈合，吴刚就只好日夜不停地、无休止地在月中伐桂了。吴刚虽年轻力壮，但伐倒桂树却遥遥无期。吴刚开始很气愤，同时心里痛苦得要死。心理学家说：如果人长时间地处在痛苦之中，而这种痛苦又无法改变，那么他就会爱上这种痛苦。这话也许是有道理的吧。铁斧挥劈，树创随合，吴刚渐渐从中体会到许多乐趣，悟出了好些哲理。这也许就是苦中作乐吧。他常常自娱自乐，唱到：

"铿铿，铿铿，且伐且乐……"

"铿铿，铿铿，且乐且歌……"

吴刚每天伐树不止，千万年过去了，那棵神奇的桂树依然如故，生机勃勃，每临中秋，馨香四溢。吴刚知道，在人间还没有桂树，他就把桂树传到人间。

那时候在杭州的两英山下，住着一个卖山葡萄酒的寡妇，她为人豪爽善良，酿出的酒，味醇甘美，人们尊敬她，称她仙酒娘子。一年冬天，冰封雪冻，清晨，仙酒娘子刚开大门，忽见门外躺着一个骨瘦如柴、衣不遮体的中年汉子，看样子是个乞丐。仙酒娘子摸摸那人的鼻口，还有点气息，就慈心大发，也不管别人怎么议论她，把他背回家里，先灌热汤，又喂了半杯酒，那汉子慢慢苏醒过来，激动地说，"谢谢娘子救命之恩。我是个瘫痪人，出去不是冻死，也得饿死，你行行好，再收留我几天吧。"仙酒娘子为难了，因为常言说"寡妇门前是非多"，像这样的汉子住在家里，别人会说闲话的。可是再想想，总不能看着他活活冻死、饿死啊！终于点头答应，留他暂住。

果不出所料，关于仙酒娘子的闲话很快传开，大家对她疏远了，到酒店来买酒的一天比一天少了。但仙酒娘子忍着痛苦，尽心尽力照顾那汉子。后来，人家都不来买酒，她实在无法维持，那汉子也就不辞而别，不知所踪。仙酒娘子放心不下，到处去找，在山坡上遇到一位白发老人，挑着一担干柴，吃力地走着。仙酒娘子正想去帮忙，那老人突然跌倒，干柴散了满地。老人就闭着双目，嘴唇颤动，微弱地喊着："水，水……"荒山坡上哪来水呢？仙酒娘子咬破中指，顿时，鲜血直流。她把手指伸到老人嘴边，老人忽然不见了。一阵清风，天上飞来一个黄布袋，袋中贮满许许多多小黄纸包，另有一张黄纸条，上面写着："月宫赐桂子，奖赏善人家。福高桂树碧，寿高满树花。采花酿桂酒，先送爹和妈。吴刚助善者，降灾奸诈滑。"仙酒娘子这才明白，原来这瘫汉子和担柴老人，都是吴刚变的。这事一传开，远近的人们都来索要桂子。善良的人把桂子种下，很快长出桂树，开出桂花，满院香甜，无限荣光；心术不正的人，种下的桂子就是不生根发芽，使他感到难堪，从此洗心向善。大家都很感激仙酒娘子，是她的善行，感动了月宫里管理桂树的吴刚大仙，吴刚大仙才把桂子撒向人间，从此人间才有了桂花与桂花酒。

当年，吴刚的妻子缘妇由于内心负疚，便让三个儿子——一个叫鼓、一个叫延、一个叫殳，飞往月亮，以便陪伴他们名义上的爸爸，度过那漫长无尽的清冷岁月。他们一个变成"蟾蜍"，一个变成"兔"，一个不详。而且，鼓、延还制造了钟、磬，制作乐曲的章法。所以寂寞的广寒宫时常仙乐飘飘。唐明皇漫游月宫的时候把这些乐曲记录下来，回到人间，创作了《霓裳曲》。传说唐明皇漫游月宫的时候，吴刚还接见了他呢！只不过当时他面容疲倦，他的斧头已经生满了黑锈，破旧的衣袖也因为没有人缝补而破烂不堪。

◎ **拓展阅读**

桂花树

桂花树属木犀科，木犀榄属。桂花为常绿阔叶乔木，高可达 15 米，树冠可覆盖 400 平方米，桂花实生苗有明显的主根，根系深长。桂花可生长于亚热带气候的广大地区。性喜温暖，湿润。桂花有的结果，有的不结果。一般第二年 4－5 月核果成熟，用其播种，一般要 5～6 年才开花。无性繁殖用枝条扦插、嫁接、压条，可以当年开花。桂花对有害气体二氧化硫、氟化氢有一定的抗性，是一种绿化工矿区的好花木。

牛郎织女

织女是天帝的孙女，王母娘娘的外孙女。她能用一种神奇的丝，织出层层叠叠、璀璨夺目的美丽云彩，而且这云彩又能随着时间和季节变换它们的颜色。她织的是"天衣"，就是给天做的衣裳。虽然碧蓝如洗的天空很美丽，但是天空和人一样，也是要穿衣服的，它穿上了衣服就更美丽。相传天衣是没有缝的，因为它是天上的神仙织出来的。做这种工作，除了织女而外，还有别的六位年轻的仙女，都是织女的姐妹，也都是天上的织造能手。织女在他们当中，是最心灵手巧、最勤勉的一个。

在人间，有一个叫牛郎的男子。他的父母很早死了，他从小和哥哥嫂子住在一起。哥哥嫂子自私冷淡，看他不顺眼，常常虐待他。哥嫂叫他吃剩饭，穿破衣裳，夜里在牛棚里睡，牛棚里没被褥，他就睡在干草上。他每天放牛，那头牛跟他很亲密，常用温和的眼睛看着他，有时候还伸出舌头舔舔他的手，怪有意思。哥哥嫂子见着牛郎总是爱理不理的，仿佛他一在眼前，就满身不舒服。两下一比较，牛郎也乐得跟牛一块儿出去，一块儿睡。牛郎照看那头牛挺周到的，简直就像对待自己的亲人一样，一来是牛跟他亲密，他们两个是如影随形的伴侣；二来呢，他想，牛那么勤勤恳恳、不辞劳苦地干活，不好好照看它，怎么对得起它呢？他总是挑很好的、青翠碧绿的草地，让牛吃又肥又嫩的青草。即便是在家里吃的干草，也要筛得一点儿土也没有，淘洗得干干净净的。牛渴了，他就牵着它到小溪的上游，让它喝干净的水。夏天天气热，有牛虻的时候，牛郎就亲自拿着蒲扇，给牛打飞虫，并且让它在树林里休息；冬天天气冷，就放牛在山坡上晒太阳。他把牛身上刷得干干净净，不让有一点儿草叶土粒。牛棚也打扫得干干净净。在干干净净的地方住，牛也舒服，自己也舒服。

牛郎会随口哼几支小曲儿，没有人在他的跟前听他唱，可是牛摇摇耳朵闭闭眼，好像听得有滋有味。牛郎心里想什么，嘴里就说出来，没人听他的，可是牛咧开嘴，笑嘻嘻的，好像明白他的意思。他常常把看见的事、听见的事告诉牛，有时候还跟它商量一些事。牛好像全了解，虽然没说话，可是眉开眼笑的，他也就满意了。自然，有时候牛郎还是觉得美中不足，心里想：要是牛能说话，把它知道的和了解的万事万物都一五一十地说出来，那该多好呀！

靠了老牛的帮助和自己的努力劳动，牛郎在荒野地上披荆斩棘，耕田种地，盖房建屋。一两年后，居然营建了个小小的家，勉强可以维持生活。可是除了那头不会说话的老牛而外，冷清的家里只有他一个人，日子过得相当寂寞。

一天，老牛忽然口吐人言，开口说："牛郎，你年纪也不小了，一个人过日子太寂寞，应该找个妻子。"

牛郎十分吃惊，他说："原来你真的通人性？还会说话？"

"我看你一个人孤孤单单，心里十分不忍。明天在南山的小河里，会有七个美丽的女子来游玩，她们是天上的仙女。你一定要抓住机会，只要你拿了她们的衣服，仙女就会留下来做你的妻子。"说完这些话，老牛又扭过头继续吃草。

牛郎就按照老牛的话去做，第二天悄悄到河岸边的芦苇丛里躲着。

由于王母娘娘需要的彩锦多，就叫织女成天成夜地织，一会儿也不许休息。织女身子老在机房里，手老在梭上，劳累不用说，自由没有了，等于关在监狱里，实在难受。她常常想，人人说天上好，天上好，天上有什么好呢？没有自由，又看不见什么。她总想离开天上，到人间去，哪怕是一天半天呢，也可以见识一下人间的景物。她把这个想头跟别的仙女说了，别的仙女也都说早有这种想法。那天下午，王母娘娘喝酿造千年的葡萄美酒时，多喝了点儿，靠在宝座上直打瞌睡，看样子不见得马上就醒。仙女们见机会难得，就你拉我、我拉你，偷偷地溜出来，一齐飞到人间。她们飞到湖边，看见湖水清得可爱，就跳下澄清见底的湖水里洗澡。她们在水边嬉水，脱下轻罗衣裳，纵身跃入清流，顷刻之间，绿波荡漾的水面上就好像绽开了朵朵白莲。美女们个个容貌艳丽，婀娜多姿。牛郎看得目不转睛，惊艳不已。

牛郎觉得七个仙女里面最漂亮的是最小的那个，也就是织女。于是他从芦苇里跑出来，从青草岸上仙女们的衣裳堆里取了织女的衣裳。惊骇的仙女们看见他，乱纷纷地急忙穿上自己的衣裳，像飞鸟般地四下逃散，河里就只剩下那个没有办法逃走的、可怜的织女。

牛郎向她说，她要答应做他的妻子，他才能还给她衣裳。事实上，终年在天庭劳作的织女心里很向往人间的生活，牛郎言语稳重，一表人才，便引起了织女的爱慕之心。她又见姐妹们早已走了，天门也已关上，没法子只得含羞点头。

就这样，她真的做了牛郎的妻子。他们结婚以后，相亲相爱，生活过得非常美满幸福。乡亲们获悉牛郎成了家，都赶来贺喜。织女把她从天上带来的天蚕分给众人，教大家养蚕、抽丝、织锦。于是，全村的人都知道牛郎娶了贤妻，能养

織女

史記四
星在危南
匏瓜牽牛為
犧牲其北織女
織女天女孫也天
官星占曰匏瓜一
名天雞在河鼓東
牽牛一名天鼓
不與織女值者陰
陽不和曹植九詠
注牽牛為夫織女
為婦織女牽牛
二星各處河鼓之
旁七月七日乃得
一會

友如

蚕，会抽丝，还能织出又光又亮的绸缎。而且，人们都说织女的织布机是从天上带来的，织出来的绸缎做成衣，冬暖夏凉。这消息传了出去，引来了山南海北的丝绸商人，都争着前来争购南阳绸。这事轰动了白河两岸，伏牛山区的千家万户都送自家的姑娘来学织。织女心地善良，乐于教人，不到两年，家家户户都学会了养蚕、抽丝、织绸缎。

从此牛郎在地里耕种，织女在家里纺织。有时候，织女也帮助牛郎干些地里的活。两个人你勤我俭，不怕劳累，日子过得越来越好。转眼间两三个年头过去，他们生了一个男孩，一个女孩。他们给男孩子起名字叫金童，给女孩子起名字叫玉女。到孩子能说话的时候，晚上得空，织女就指着星星，给孩子讲些天上的故事。天上虽然富丽堂皇，可是等级森严，清规戒律太多了，没有自由，也没有幸福，所以她不喜欢。她喜欢人间平平常常的生活，她喜欢跟牛郎一块儿到田野里躬耕劳作，她喜欢逗着兄妹俩嬉戏玩耍，她喜欢看门前小溪的水潺潺地流过，她喜欢听调皮的风儿轻轻地、唰唰地吹过树林……所有的这一切，都是织女在天庭所没有经历过的。和牛郎、孩子们享受天伦之乐，织女感觉到从未有过的幸福和快乐，可是有时候也发愁。愁什么呢？她没告诉牛郎。她怕外祖母知道她在这儿会来找她，并且抓她回天庭。

在天庭，仙女们溜到人间洗澡的事到底让王母娘娘知道了。王母娘娘罚她们，把她们关在黑屋子里。她尤其恨织女，竟敢留在人间不回来，简直是有意败坏她的门风。她发誓要把织女捉回来，哪怕藏在泰山底下的石缝里，大海中心的珊瑚礁上，也一定要抓回来，给她最厉害的惩罚。

王母娘娘派了好些天兵天将到人间察访，察访了好久，才知道织女在牛郎家里，跟牛郎做了夫妻。王母娘娘怕天神办事疏虞，就亲自跟来观察动静。一天，她亲自到牛郎家里，可巧牛郎在地里干活，她就一把抓住织女往外走。织女的儿子见那老太婆怒气冲冲地拉着妈妈走，就跑过来拉住妈妈的衣裳。王母娘娘狠狠地一推，孩子倒了，她就带着织女一齐飞起来。织女心里恨极了，望着两个可爱的儿女，一时说不出话来，只喊了一句："快去找爸爸。"

牛郎赶到家里，只见梭放在织了半截的布匹上，灶上的饭正冒热气，女孩坐在门前呜呜痛哭。牛郎想："不行，我不能让妻子就这样离我而去，我不能让孩子就这样失去母亲，我要去找她，我一定要把织女找回来！"他决定上天去追，把织女救回来。牛郎出门一看，四顾茫然。天上人间，仙凡异路，怎么能相通，怎么能上天呢？

这时，老牛在牛圈里又说："牛郎，牛郎，王母带了天神抓走了织女。别着急，我已经快不行了，等我死了，你剥下我的皮披在身上，就可以上天庭去。"老牛说完话，马上倒地死去。牛郎说什么也不愿意这样对待这个陪伴了自己数十年的伙伴，但又没有别的办法，只得忍着痛、含着泪照它的话去做了。

牛郎心里痛惜，他又失去了一个亲人，但是找回织女要紧。他就披了老牛的皮，用箩筐挑着一对儿女，追上天去。

牛郎到了天上，风一样地穿行在灿烂的群星之间，那银河，已经遥遥在望，隔河的织女，也仿佛可以看见。牛郎大喜过望，孩子们招着小手儿齐声呼喊妈妈。

哪知道刚跑到银河，正想要涉过那清浅的小河时，从更高的天空中忽然伸下来一只女人的大手。原来是王母娘娘着急了，拔下她头上的金簪，沿着银河这么一划，清浅的银河马上变成波涛滚滚的天河。

牛郎和织女隔河相望，近在咫尺，却不能靠近。悲痛欲绝的牛郎放下两个孩子，用箩筐去舀那天河的水。箩筐滴滴答答地漏水，但牛郎执着地舀着。他舀得倦乏了，儿女们又合力用他们稚弱的小手来帮爸爸。织女因为终日哭泣，憔悴不堪，王母娘娘见到也于心不忍，于是王母娘娘就去觐见天帝，为织女说情。天帝恩准织女与牛郎每年七月初七见面一次。相见的时候，由喜鹊来替他们搭桥。夫妻俩就在鹊桥上相会，诉说衷情。据说，这一天晚上夜深人静的时候，如果你坐在葡萄架下，还能听到他们小声说话的声音呢。织女见了牛郎，免不得悲哀哭泣，这时大地上往往就是一阵细雨纷纷。

牛郎和他的儿女从此就住在天上，隔着一道天河，和爱妻织女相望，他们就是地上人们看到的牵牛星和织女星。和牵牛星并列成直线的有两颗小星，是他俩的小儿女。稍远的地方有四颗像平行四边形的小星，据说就是织女投掷给牛郎的织布梭。距织女星不远有三颗小星，像等腰三角形，据说就是牛郎投掷给织女的牛拐子。他俩把书信缚在梭和牛拐子上，借以传递相思之情。

◎ 拓展阅读

银河系

银河系是地球和太阳所属的星系，约有2000多亿颗恒星。银河系侧看像一个中心略鼓的大圆盘，整个圆盘的直径约为10万光年，太阳位于据银河中心2.3万光年处。鼓起处为银心，是恒心密集区。银河系共有4条旋臂，整体作较差自转，太阳处自转速度约220千米／秒，太阳绕银心运转一周约2.5亿年。银河系的目视绝对星等为－20.5等，银河系的总质量大约是太阳质量的1万亿倍，大致10倍于银河系全部恒星质量的总和。银河系的年龄大概在145亿岁左右，上下误差各有20多亿年。

汉代有个非常孝顺的男子，叫董永。他的父亲死了，没有钱安葬，董永就自卖为奴，用卖身的钱来安葬父亲。主人知道他品德好，给他一千万钱让他回家好好安葬父亲，以后再做工还钱。

董永站在父母的坟冢前，想到自己做了多年的游乡货郎，手里不知卖掉了多少棉花和布匹，却未曾想到给母亲置一件新衣。想到这里，他的心里一阵酸楚，一滴眼泪挂在了他年轻的脸颊上。悲伤了好大一会儿，董永拍了拍身上的尘土，朝老榆树下走去，他的货郎担就放在老榆树底下。

董永突然发现，老榆树底下站着一个有着沉鱼落雁之貌、闭花羞月之容的女子。这个女子他从未见过，但董永分明看见她以长袖掩面，遮住了一个妩媚魅人的脸庞。

"小姐，你从哪儿来？"董永结结巴巴地问。

这个女子幽幽地发出一声叹息，说："董永呀董永，你忘了小时候听过的故事了，王母娘娘的天宫里不是有七个仙女吗？我就是七仙女呀。你小时候不是常对你母亲说，你长大了要娶七仙女吗，我就是七仙女呀！"

这个女子就是天上的七仙女。玉皇大帝有七个宝贝女儿，在天庭过着荣华富贵、衣食无忧的生活。但天庭毕竟不同人间，环境冷清了许多，人情也淡漠了许多。七仙女因感天宫孤独寂寞而思慕人间生活。这一天，她随着六位姐姐往凌虚台游玩，偶见下界卖身葬父的青年农民董永，被他的忠厚老实所打动而萌发爱慕之情。大姐看穿小妹的心事，不顾天宫戒律森严，助其下凡。

这个女子羞答答地对他说："我愿意做你的妻子，你的意思呢？"

董永除了傻乐之外，就是不住地点头。他们俩就托土地主婚，请老槐树为媒，在槐荫下面成了婚配。

七仙女与董永一起到主人家。为了帮助丈夫赎身，七仙女就和董永一块儿去傅员外家做工。

可是主人看见董永带了妻子来做工，心里不愿意，因为卖身文契上原写着"无牵无挂"，如今凭空多添了个女人，主人不肯收留。在董永的再三请求下，主人限定董永夫妻在当天晚上织成云锦十匹，如果七仙女织出来，三年长工改为百日，如果七仙女织不出，三年之后再加三年。七仙女马上答应了，董永却非常发愁。

当天晚上，七仙女劝烦闷的董永先去睡了，自己取出了一炷香。这香叫作"难香"，是当初她下凡时姐姐们送的，约定如果有难，就烧香帮忙。顷刻之间，天上的众仙女闻到香气，知道小妹遇到了麻烦。听了小妹妹的倾诉，大家马上一齐动手。这些灵巧的姑娘，都是天庭的织造能手，果然就在一夜之间织出了布满了花鸟的、绚烂的云锦十匹。

第二天夫妻俩便把这云锦送给主人，主人大为惊异。到了百日期满，他们就欢喜地去辞别主人，回他们自己的家。因为有约在先，主人无法留住，只好让他们回去。

董永刚刚回到他的茅屋，叔叔一家人和村里的乡亲都跟来了。他们看见了坐在灶前吹火的那个女子，像仙女一样美丽干净。有的人不敢相信自己的眼睛，他们的嘴里发出啧啧之声，两只手却不停地揉搓自己的眼睛，因为他们从来没有见过这么美丽的女子呀！难怪不敢相信自己的眼睛了。

自从娶了七仙女以后，董永就不做游乡货郎了。因为七仙女不能忍受与董永的别离，即便是从太阳升起到太阳落山的短短一天。

七仙女对董永说："董永呀，我在天上看人间都是男耕女织，为什么你不去耕田呢？"

董永说："可是，我不会耕田呀。"

七仙女说："你从小聪慧灵秀，耕田之类的事情，肯定一学就会了，我来帮你吧。"

董永说："可是我要是去耕田，你还是一个人在家呀！"

七仙女莞尔一笑说："我把纺车搬到田边，我一边纺线一边看你耕地，那我们就没有别离了。"

董永果然是伶俐过人，什么农活是一学就会。在七仙女的帮助下，到了秋天，董永的庄稼获得了意想不到的好收成。收割的时候他请来叔叔一家帮忙，叔叔捏了捏董永的玉米，又把董永的稻穗放到嘴里品尝着，难以置信地说："你又不会种地，庄稼怎么会长得这么好？别是让七仙女施了什么妖法吧？"

董永说："她是下凡的仙女，又不是妖魔，哪来什么妖法？你不要胡思乱想！"他们收割的时候七仙女也来了，她像一个标准的农妇似的，放下男人们的午饭就转身离去。她走起路来像风拂杨柳，她的裙裾在乡间的泥浆粪土中拖曳

而过，裙裾上却总是一尘不染。

他们就这样建立一个小家，过着男耕女织的生活。七仙女私自下凡的事终于被王母娘娘知道了，她怒气冲冲，立即召集天兵天将，准备下凡来捉拿七仙女。七仙女在天上时常常到天河浣纱，因而同河里的神龟是好朋友。神龟听了这件事，急忙来给七仙女报信。神龟走路很慢，刚见到七仙女，天兵天将也赶来了，把七仙女躲进的山洞围得水泄不通。神龟一急，把头往前一拱，拱出一条明洞、一条暗洞。七仙女就从暗洞中逃走，神龟却被天兵天将打死了。

天兵天将没找到七仙女，王母娘娘急忙派出二郎神，带着哮天犬赶来助阵。这哮天犬的前半个身体钻入岩石中搜寻。但是它只知道七仙女顺着暗洞跑了，不知道藏在什么地方。二郎神火了，一巴掌劈了下来。这一掌非同小可，地也塌了，山也崩了，两头神龟赶来帮助七仙女，也被挂在半空中。七仙女见势不妙，连忙抛出一支纺锤，化成一根柱子，把山顶住了。

二郎神和天兵天将没能捉回七仙女，王母娘娘自己出马了。她从头上拔出一根玉簪，往天河里一划，划出个决口，天河水哗哗哗地泻下来，形成一堵水墙，挡住七仙女的去路。玉帝闻讯大怒，即令天兵天将捉拿七仙女并将她打入天牢。从此七仙女与董永，一个在天上，一个在地上，相望不可见，生死两茫茫。

只是每当夜晚明月当空的时候，董永抬头望着月亮，便想起七仙女，常常控制不住自己的眼泪。好多个夜晚，他喃喃自语："娘子，你在哪里？我好想你。"以后，董永经常来到当初遇见妻子的地方，向老槐树诉说自己的痛苦。

一年过去了，董永每天都来槐树下，希望能再见到七仙女。枝叶繁茂的树下没有妻子的身影，却多了一个小小的襁褓。那是七仙女送回人间的孩子。董永便把这个孩子抚养成人。据说他儿子成年后，还考上状元了呢。

◎ 拓展阅读

黄梅戏

黄梅戏原名"黄梅调"，是18世纪后期在皖、鄂、赣三省毗邻地区形成的一种民间小戏。其中一支逐渐东移到以安徽省安庆市为中心的安庆地区，与当地民间艺术相结合，用当地语言歌唱、说白，形成了自己的特点，被称为"怀腔"或"黄梅调"。这就是今日黄梅戏的前身。在民国十年(1921年)出版的《宿松县志》中，第一次正式提出"黄梅戏"这个名称。黄梅戏大多表现的是当时人民对阶级压迫、贫富悬殊的现实的不满和对自由美好生活的向往。

白蛇传奇

有一年的三月三，西湖边柳枝儿飘舞，桃花儿招展，游人如织。八仙之一的吕洞宾，也变成个白头发白胡须的老头儿，挑了一副担子，到西湖边来卖汤团，凑热闹。

吕洞宾把担子歇在断桥旁边的一株大柳树下。他看看锅里的汤团浮起来了，便拉开嗓门叫起来："吃汤团啰，吃汤团啰！大汤团一个铜钱买三个，小汤团三个铜钱买一个！"

人们听吕洞宾的叫卖声都朝他的汤团担子围拢过来，你掏一个钱，我掏一个钱，都买他的大汤团吃。

这时，有个五十来岁的老人，怀里抱个小孩，也挤进人堆里来。小孩看别人吃汤团，就吵着也要吃。但是大汤团卖光了，就向吕洞宾买个小汤团。可是，小孩吃了汤团以后，三天三夜不吃东西。他的父亲着急得要命，就抱他到断桥旁边大柳树下来寻那卖汤团的人。

吕洞宾听了哈哈一笑，就把小孩子抱上断桥，猛不防抓住他的双脚倒拎起来，喝起："出来！"那三天前吞进去的小汤团，竟原个儿从他小嘴巴里吐出来。小汤团落在断桥上，咕碌碌滚下西湖去了。

也真是很巧，当时，在断桥的下边，有一条白蛇在修炼。正巧看见那个小汤团从断桥上滚下来，便接在嘴里，咕噜吞进肚子里去了。

一天大清早，断桥边冒起一股白烟，湖底钻出一个穿着白闪闪轻纱衫的姑娘。原来那个小汤团是颗仙丸，白蛇吃了后就添了五百年修行。白蛇有了千年修行，现化成人了。她给自己起了个名字，叫白素贞，别人管她叫白娘子。

王母娘娘生日那一天，各路神仙都去赴蟠桃会。白娘子也上天去祝寿，遇见了南极仙翁，就问他："我怎样才能找着多年前的那个小孩子呢？我要谢谢他呀。"

"你现在下去，到西湖边去找，那个最高又最矮的人就是他。"南极仙翁讲完话，便笑呵呵地踏着云朵走了。

白娘子离开南天门，降落到西湖苏堤。她走到映波桥边，看见有个人手里拎着一条小青蛇。那小青蛇见了白娘子，摆头甩尾的，眼睛里还滚下泪珠来。白娘子觉得它怪可怜的，就买下了青蛇，把它捧到湖边，放进水里。湖上忽然冒起一阵青烟，青烟里走出一个青衣青裙的小姑娘。白娘子就叫她小青，让她与自己做伴。

这天，正逢清明节，天气很好。靠近断桥这一带地方，游人更多。白娘子和小青在人群中穿来穿去，寻找那最高又最矮的人。小青这边看看，那边望望，猛地叫起来："姐姐，姐姐，我寻着那个最高又最矮的人了！你看！"小青朝那大柳树上一指。原来树丫子上坐着个年纪轻轻的后生，在聚精会神的看戏呢。

白娘子朝那小后生看看，说："他个儿不高呀！"

"他高高地蹲在树上，人家来来往往都从他胯下走过，这不是最高的人吗？他人影落在地下，人家来来往往都从他头顶踏过，这不是最矮的人吗？"

"对呀，对呀，一定是他！"白娘子心里暗暗地说。

白娘子见他生得眉目清秀，相貌厚道，不觉又惊又喜。只是怎样让他下来呢？小青想个巧法子，叫白娘子暗地作起法来。一会儿，天上飘来了乌云，雷声隆隆，落大雨啦。马戏班子匆匆忙忙地收场了，围着看把戏的人群自然散了。小后生也从大柳树上爬下来，跑到西湖边，喊了一只小船，叫船老大划到清波门去。

小船还没离岸，白娘子便在岸上喊起来："划船的公公呀，给我们搭个便船吧！"小后生从船舱里探出头来望望，见两个姑娘站在岸边，被雨淋得像落汤鸡似的，就叫船老大靠岸，让她们上船。

她俩一上船，就向小后生道谢。小青问小后生叫什么名字。小后生说："我姓许，小时候在断桥旁边遇见过神仙，所以父亲就给我取名叫许仙。现在寄住在清波门姐姐家里。"

小青听了，拍着巴掌笑道："这可巧了！我姐姐和你一样，也是个无依无靠，到处飘零的人哩！这样说来，你们两人倒是天生一对啊！"说得许仙红了脸，白娘子低下了头。

白娘子和许仙在西湖小船上认识以后，你喜欢我，我喜欢你，过不几天，两个人便结了亲。许仙既然成家立业了，就搬到镇江去，开一家"保和堂"药店，自己立个门户。日子过得甚是红火。

转眼之间，端午节到了。一大清早，小青到山里去躲避了，白蛇仗着有千年修行，就没有走。吃午饭时候，许仙看看小青还没有回来，就自己到厨房里去，热了两个粽子，烫了一壶老酒，酒里和了雄黄，端到楼上来。

许仙劝白蛇喝酒，白蛇说："酒里有雄黄，我怀着身孕的人怕吃不得呢！"

许仙听了，便哈哈大笑起来："这雄黄酒能驱恶辟邪，定胎安神，你还该多吃两盏哩！"

白娘子怕许仙起疑心，就硬着头皮喝了一口雄黄酒。哪晓得酒刚落肚，便马上发作起来。白娘子只觉头疼脑涨，浑身瘫软，就爬到床上，和衣躺下。

许仙弄不清是怎么回事，便赶到床前，撩起帐子一看，白娘子已经无影无踪，只见床上卧着一条白蛇，吓得他大叫一声："啊呀！"向后一仰，一头栽倒在地上。

　　小青躲在深山里，心里惦念着白娘子。于是她悄悄回家来，走上楼一看，啊！许仙死在床前，白娘子还没醒呢！小青急忙把白娘子推醒。

　　白娘子见许仙死了，就大哭起来："都怪我不小心现了原形，把官人吓死了！"她摸摸许仙心口，还有一丝儿热气，就说："凡间的药草是救不活的了，我到昆仑山盗仙草去！"说着，双脚一跺，便驾起一朵白云，飘出窗户，向昆仑山飞去。

　　只一刻工夫，白娘子就飞到了昆仑山顶上。昆仑山是座仙山，满山都是仙树仙花。山顶上，有几棵紫郁郁的、能起死回生的灵芝仙草。白娘子弯下腰，悄悄采一棵衔在嘴里，正想驾起白云飞走，可是，看守灵芝仙草的白鹤哪里肯饶放？它展开大翅膀，伸出长喙就要啄白娘子。这时候，忽然从后面伸来一根弯头拐仗，把白鹤的长颈钩住了。白娘子转过身来一看，眼前站着一个胡须白花花的老人，原来是南极仙翁。南极仙翁答应送白蛇一棵灵芝，以救治许仙。

　　白娘子谢过南极仙翁，衔着灵芝仙草，急忙驾起白云，飞回家来。她把灵芝仙草熬成药汁，灌进许仙嘴里。过一会儿，许仙就复活过来了。

　　许仙朝白娘子看看，心里好害怕，一转身跑下楼去，躲在账房里。整整三日三夜，许仙不敢踏上楼梯一步。白娘子就问他为什么，许仙才支支吾吾地说看见一条蛇。

　　白娘子听了，皱皱眉头，说："我好好的一个人，怎么会变成白蛇呢？必定是你眼花看错了。"

小青插嘴道："相公没有看错,我也看见的。那天,我出门看龙舟回来,听见相公在喊叫,等我奔上楼去,相公已经昏倒在地上了。我看见一条白闪闪的东西,又像蛇,又像是龙,从床上立起来,飞出窗外就不见了。"

白娘子也笑着说:"哦,原来是这样呀!原来是苍龙现形了,那正好说明我家生意兴旺、添子加孙。可惜我那个时辰睡觉了,要不然,一定要点上香烛拜拜它哩!"

许仙听她们讲得认真,仔细想想也不错,心里的疑团一下子化掉了。

那时,在西天有一只乌龟,躲在如来佛莲座底下听经。乌龟听了几年经,也学到一些法术,乘如来佛讲经歇下来打瞌睡那一会儿,便偷了他三样宝贝:袈裟、金钵、青龙禅杖,跑到凡间来了。

乌龟在地面上翻个斤斗,变成一个又黑又壮的和尚。他想想自己法术强,本领大,就起名叫法海。

有一天,法海和尚走到保和堂药店门前,朝里面一看,见夫妻两个正忙着配方撮药。他再仔细看看那穿着白闪闪轻纱衣衫的媳妇,啊呀!原来这不是凡人,而是白蛇变的哩!

他抽空见白娘子已上楼去,就敲起木鱼,大模大样地进店里来,朝许仙合起巴掌,说:"施主,你店里的生意好兴隆呀,给我化个缘吧。"

许仙问他化的什么缘。法海说:"七月十五金山寺要做盂兰盆会,请你结个善缘,到时候来烧炷香,求菩萨保佑你多福多寿,四季平安。"许仙听他讲的这么好,就给他一串铜钱,在化缘簿上写下了名字。

日子过得好快,七月十五转眼就到了。这一天,许仙独个来到金山寺。他刚刚跨进山门,就被法海和尚一把拉到禅房里。法海和尚对许仙说:"施主呀,你来得正好,今天我从实告诉你:你女人是个妖精啊!"

许仙一听生了气:"我娘子好端端的人,怎么会是妖精!你不要乱说。"

法海和尚假慈悲地笑笑,说道:"这也难怪你不信我的话,施主你已被妖气迷住了。老僧看出她是白蛇变化的!你不要回家去了,拜我做师父吧,有我佛法保护,就不怕她害你了!"

许仙听了法海的话,想:娘子对我的情义比海还深,即使她是白蛇,也不会害我的;如今还有了身孕,我怎能丢下她出家做和尚呢?这样一想,他无论如何也不肯出家。法海和尚见许仙不答应,便不管三七二十一,把他关了起来。

白娘子在家里等许仙,一直等不到,便和小青划着小舢板,到金山寺去寻找。法海和尚见了白娘子,就嘿嘿一阵冷笑,说道:"大胆妖蛇,竟敢入世迷人,破我法术!如今许仙已拜我做师父了。要知道'苦海无边,回头是岸'。老僧慈悲为本,放你一条生路，趁早回去修炼正果。如若再不回头，那就休怪老僧无情了！"

白娘子按住心头之火，好声好气地央告："你我井水不犯河水，何苦硬要和我做对头呢？求你放我官人回家吧！"法海和尚哪里听得进去，举起手里的青龙禅杖，朝白娘子打来。白娘子只得迎上去挡架，小青也来助战。青龙禅杖一记泰山压顶，白娘子有孕在身，渐渐支持不住，只得败下阵来。

她们退到金山下，白娘子从头上拔下一根金钗，迎风一晃，变成一面小令旗，旗上绣着水纹波浪。小青接过令旗，举上头顶摇三摇。一霎时，滔天大水滚滚而来，虾兵蟹将成群结队，一齐涌上金山去。大水漫到金山寺门前，法海和尚着了慌，连忙脱下身上袈裟，往寺门外一遮。忽地一道金光闪过，袈裟变成一堵长堤，把滔天大水拦在外边。大水涨一尺，长堤就高一尺，大水涨一丈，长堤就高一丈，任凭你波浪怎样大，总是漫不过去。白娘子看看胜不了法海和尚，只得叫小青收了兵。她们又回到西湖去修炼，等待机会报仇。

许仙被关在金山寺里，死活也不肯做和尚。关了半月，终于找着个机会，逃了出去。他回到保和堂药店，白娘子和小青都不在了，人去楼空，徒生伤心。他只得收拾起一点东西，回杭州来。

说来也巧，白蛇和小青也在西湖底下练功呢，夫妻两人又在断桥相会了！他们谈谈别后情形，真是又难过又高兴，说着说着不禁都流下泪来。之后三人仍旧寄住在许仙姐姐的家里。

日子过得很快，转眼过了新年。元宵节下，白娘子生下一个白白胖胖的娃娃，许仙乐得整天合不拢嘴。孩子满月那一天，许仙家里要做汤饼会，办满月酒，许仙姐姐和小青忙着里外张罗。白娘子清早起身，在房内梳妆打扮，许仙在一旁看着自己的妻子，见她红粉粉的脸，乌光光的头，比以前更好看了。他看着看着，忽然想起：今天娘子要抱儿了出去跟长辈亲友们见面，订个彩头，可惜她头上戴的首饰都丢在镇江没带来……

这时，忽听得大门外弄堂里有个货郎在叫喊："卖金凤冠啰，卖金凤冠啰！"许仙出门一看，见卖的金凤冠金光闪闪，越看越中意，便把它买下来拿进房里，对白娘子说："娘子，我给你买来一顶金凤冠，你戴上去试试，看看合不合适。"

白娘子看看那金光闪闪的金凤冠，心里很欢喜，就让许仙把它戴到自己刚梳好的头上去。不料这金凤冠一戴到头上，就脱不下来了。它越箍越紧，越箍越紧……白娘子一时只觉得头重脑疼，眼前金星乱冒，便一头倒在地上昏过去了。

原来那卖金凤冠的货郎就是法海和尚变的。这时，法海和尚见许仙气急败坏地奔出来，面色都变青了，料想已经上了圈套，便大踏步闯进房里来，朝白娘子

头上吹口气，金凤冠就变成金钵。金钵射出万道金光，把白娘子团团罩住。白娘子泪流满面，她的身体在金光下面渐渐变成了条小白蛇，被法海和尚收进金钵里。法海和尚收了白蛇，在南屏净慈寺前的雷峰顶上造了一座雷峰塔，砌进金钵，把白蛇镇压在塔下，自己便在净慈寺里住下来看守。小青知道自己现在斗不过法海，就跑到深山里修炼武功去了。

小青在深山里练功夫，也不知练了多少年，看看自己的本事练得差不多了，就赶回杭州来，寻找法海和尚，为白娘子报仇。他们打了三日三夜，小青越战越猛，法海和尚累得气喘吁吁的。两人从净慈寺前打到雷峰塔下，小青挥起一剑，只听轰隆隆一声巨响，雷峰塔倒坍了，白娘子从塔里跳出来，和小青一道围打法海和尚。法海和尚本来就已支撑不住，如今再添了个白娘子，哪里还敌得过！只好且战且退，想找个机会逃走。他慌忙地退到西湖边，没防一脚踏了空，"扑通！"跌进西湖里去了。可是他东躲西藏，找不着一个稳当的地方。最后，看见螃蟹的肚脐下有一丝缝隙，便一头钻了进去。螃蟹把肚脐一缩，法海和尚就被关在里面了。

法海和尚被关在螃蟹肚子里，从此再也出不来了。本来，螃蟹是直着走路的，自从肚子里钻进了那横行霸道的法海和尚，就再也直走不得，只好横着爬行了。直到今天，我们吃螃蟹的时候，揭开它的背壳，还能在里面找到一个躲着的"秃头和尚"哩！

◎ **拓展阅读**

雷峰塔

雷峰塔原建造在雷峰上，位于杭州西湖南岸南屏山日慧峰下的净慈寺前。相传是吴越王为庆祝黄妃得子而建的，故初名"黄妃塔"。在民间，因塔在雷峰之上，均呼之为雷峰塔。原塔共七层，重檐飞栋，窗户洞达，十分壮观。雷峰塔曾是西湖的标志性景点，每当夕阳西下，塔影横空，别有一番景色，故被称为"雷峰夕照"。明朝嘉靖年间，塔外部楼廊被倭寇烧毁。后来塔基砖又被迷信者盗窃，致使塔于1924年9月25日倾圮。

古时候有个叫殷天官的人，家在历城，从小家里很贫困。他胆子特别大，别人不敢做的事情他都敢去尝试。

他所在的地方有一处废弃的旧宅，大概有十亩地方，楼宇相互连接，非常气派。但是这个宅第时常有怪事发生，主人被吓得不敢再住，因此就抛弃不要了。因为房子很久没有人住，渐渐地院子里长满了蓬蒿，看起来十分阴森恐怖，即使白天也没有人敢进去。

有一天，殷天官与一些朋友喝酒。有人和他开玩笑，说："如果有谁敢在那个旧宅子住一个晚上，我就做东请大家的客。"殷天官立刻回答说："这有什么难的，我这就去。"

于是他就带了一点酒和菜，各位朋友把他送到宅子的大门口就停步了。他们嬉笑着说："我们就在这里等你，如果看见什么奇怪的东西，就大声喊我们吧。"殷天官笑着说："如果我看见有鬼狐，一定会捉回来当证据的。"说完，就径直迈步进去了。他的朋友有的替他捏把汗，有的摇头叹息，有的等着看好戏。

殷天官进去一看，只见长长的莎草遮蔽了小径，蒿艾疯长如同乱麻。当时正好是上弦月，月色昏黄，借着暗淡的光线依稀可以辨别门户。他摸索着进去，找到了楼梯，就登上了后院的楼阁。

月光投在楼台上，光洁可爱。殷天官觉得景色十分美丽，就坐下来欣赏月色。只见月亮偏斜，似乎快要接上远山。他坐了很长时间，一点都不觉得有什么怪异的动静，心里暗暗嘲笑传说的不真实。于是就席地躺下，以石头为枕头，卧看牛郎织女星。

到了一更，他恍恍惚惚想要睡觉。忽然听见楼下传来脚步声。殷天官就假装睡着了，想看看到底怎么回事。

不久，只见一个青衣人，挑着莲灯，走上楼来。看见殷天官吓了一跳，赶紧对后面跟着的人说："这里有生人。"楼下的人问："是谁在那儿？"青衣人回答说："我不认识。"

过了一会儿，上来一个老翁，走到殷天官身边仔细看了看，说："他是殷尚书，已经睡得很香了。没关系，我们办自己的事情吧。先生是个潇洒倜傥的人，不会以此为怪的。"说完后就让后面的人都上楼来。

楼门大大地敞开，来来往往的人很多。楼上灯火辉煌如同白昼。殷天官稍稍转身，假装喷嚏咳嗽。老翁听见他的动静，知道醒了，就赶紧过来。

老翁十分恭敬地跪下来，说："小人有个女儿，今天成婚。没想到打扰了先生您，希望您不要怪罪我们。"殷天官起身，把老翁扶起来说："我不知道今天你家有这么大的事情，可惜没有什么贺礼能够送给你。"

老翁连连摇手，说："您是贵人，今天您光临寒舍，就已经是我们莫大的荣幸了，替我们消除了凶煞，我们觉得十分荣耀。"殷天官听他这么一说，心里很高兴，就和老翁一起进到房间里。

房间陈设的物品都很精致漂亮，一个四十多岁的妇人出来拜见客人。老翁说这是他的妻子。殷天官就见过了礼。

稍后就听见一阵笙乐，有人跑上来通报说："来了来了！"老翁赶紧小跑出去迎接，殷天官也站了起来。

新郎先进来，年纪大约十七八，神采奕奕，风流潇洒。老翁让他先见过贵客。新郎就来拜过殷天官，然后再拜自己的岳父。

侍从们打扮得漂漂亮亮，捧出了美味佳肴，桌上用的碗和杯都是用玉器或者金子做的，它们的光亮辉映着大厅。老翁叫女奴请小姐来。女奴答应了进去，可是过了很久都不出来。老翁就亲自起来，牵着帷幕催促。

○ 品画鉴宝　仕女图·清·改琦

　　终于，一群侍女簇拥着新娘出来了，新娘浑身散发着麝兰香馥，戴着玉佩。新娘拜了殷天官就坐到了母亲的身边。殷天官偷偷看了她一眼，觉得容颜秀丽，光彩照人。

　　过了一会儿，新娘为贵客斟酒，斟酒用的杯子是用金子做的，大得可以装下数斗酒。殷天官觉得这个东西可以当作今晚奇遇的证物，回去展示给朋友看，于是乘人不备藏在衣袖中，然后假装自己喝醉了，就伏倒在小几上。

　　大家都说客人喝醉了，新婚夫妇一见这个情形，也就告辞要离开。音乐声又响起来，大家纷纷下楼去送新郎新娘。

　　当侍从们收拾酒具餐具时，发现少了一个酒杯，找来找去找不到，于是就小声议论是客人拿了酒杯。老翁急忙呵斥他们，担心客人听见侍从们的窃窃私语。

又过了些时候，屋里屋外都没有了声音，殷天官这才起来，发现周围一片漆黑，灯火全都没有了，只有空气里留着一些脂粉和陈酒的香气。

东方渐渐发白，殷天官很从容地走了出来，伸手往袖子里一摸，酒杯好好的。等他到门口，那些朋友早就等在那儿了。他们担心殷天官趁夜色逃脱，所以早早就来等他。

大家看见他好端端的，都很惊讶，急忙问他昨天晚上的情形。殷天官就一五一十地说了，并且把金杯拿出来给大家看。大家都知道殷天官很穷，决不可能有这么贵重的东西，就相信了他的话。

后来殷天官考中了进士，在肥丘当官。那里有个姓朱的富豪世家，一次主人请殷天官去做客，喝酒的时候让仆人去取巨觥，仆人去了很久也没有回来。

后来，另一个仆人过来悄悄对主人耳语，主人脸上带有怒色，等取了金杯就劝客人喝酒。殷天官手捧金杯仔细地看了看，款式雕文，与他从老翁那里拿来的那只没有什么区别，就十分吃惊，赶紧询问是谁做的。

主人回答说，金杯一共有八只，是自己先祖在京城做官的时候，寻觅了最好的工匠专门做的。后来一直作为传家宝，十分珍贵。这次有贵客来了，才拿出来让客人用的。可是刚才打开箱子，才发现只剩七只杯子，怀疑是家里的仆人偷了一只。但是箱子封存在那里十年没有动过，封印也好好的，所以不明白到底是怎么回事。

殷天官笑着说："金杯也许会羽化升天吧，可是您家世代相传的宝贝不能丢失，我这里倒是有一个跟你家金杯很像的金杯，我愿意把它赠送给您。"

等宴会结束，殷天官回到官府，找出了金杯就送给了朱姓富豪，他看了金杯，十分惊讶，亲自登门拜访感谢，并且询问殷天官从哪里得到的。

殷天官就告诉他自己的经历，才知道那晚遇到的就是狐仙，他们能千里取物。狐仙的东西他也不敢留在身边，一直想物归原主，如今终于达成所愿了。

◎ **拓展阅读**

聊斋志异

《聊斋志异》，清代短篇小说集，是蒲松龄的代表作。"聊斋"是他的书屋名称，"志"是记述的意思，"异"指奇异的故事。全书有短篇小说491篇。题材非常广泛，内容极其丰富。多数作品通过谈狐说鬼的手法，对当时社会的腐败、黑暗进行了有力的批判，在一定程度上揭露了社会矛盾，表达了人民的愿望。

唐代仪凤年间，有一位书生柳毅，到京城长安应考不中，准备转道回湘水边上的家乡去。他记起有个同乡人旅居在泾阳，就跑去辞行。

他在泾水边骑马走了六七里，有一群鸟突然飞起来，马儿受了惊吓，飞快地脱缰跑出去，一口气跑了六七里，才停了下来。

柳毅也不知道自己在什么地方，只见不远处有个女子在路旁牧羊。他觉得很奇怪，仔细打量了一番，发现牧羊的女子非常美丽，可是她双眉微皱，面带愁容，穿戴也很破旧，出神地站着，满腹心事，好像在等待什么。

柳毅是个有侠义心肠的人，就忍不住问她："你有什么痛苦，把自己委屈到这个地步？"

女子见有人问话，脸上露出悲伤的神情，向柳毅道谢，接着又哭了起来，回答说，"我是个不幸的人，今天蒙您关怀下问，很不敢当。本来我是不应该把我的怨恨说给您听的，但是我的怨恨铭心刻骨，即便自感惭愧也不能不说了，希望您听一听。"

原来这牧羊的女子是洞庭龙王的小女儿，父母把她嫁给泾川龙王的二儿子。她的丈夫只知道放荡取乐，再加上受到了奴仆们的蒙蔽，一天天地厌弃龙女。龙女一开始还向公婆诉苦，但是公婆光知道溺爱自己的儿子，管不住他。诉说的次数多了，又得罪了公婆。他们就把龙女放逐到荒野，弄成现在这个样子。

龙女说到这儿，又勾起了心里的苦楚，抽泣流泪，难受极了。

接着龙女又说："洞庭离这里好远啊！我抬头望望，只看到无边无际的天空，没法传达音信。眼睛盼得酸了，心里的希望快断了，家里的人不知道我的悲苦。现在听说您要回到南方老家去，您的家乡靠近洞庭，我想拜托您捎一封信，不知道能够答应吗？"

柳毅听了龙女诉说自己的遭遇，已经愤愤不平了，心里非常激动，恨不得身上长出翅膀，飞到洞庭那边去。他答应了龙女的请求，但转而一想，洞庭湖又广又深，自己是个凡人，只能在人世间来往，怎能到龙宫里去送信？只怕人世和仙境道路不通，辜负了龙女热忱的嘱托。

于是他问龙女有什么好办法给他引路，龙女一边哭泣，一边道谢，说："承您答应了我的请求，希望千万保重，感谢的话不用再说了。要是有了回音，我就是死了，也要结草衔环感谢您。"

龙女还指点柳毅，洞庭的龙宫跟人世的京城并没有什么不同。在洞庭湖的南岸，有一棵大橘树，当地人称它叫"社橘"。到了那边，就解下腰带，缚上一点东西，在树干上敲打三下，就有人出来招呼，带着来访者去龙宫。

龙女又叮嘱："希望您除了捎信之外，把我当面告诉您的话，全都说给我家里的人听听，千万不要忘了！"

柳毅诚恳地接受了她的叮嘱，于是龙女就从衣襟里拿出信来，向柳毅拜了又拜，郑重地把信交给了他。这时候她望着东方，又掉下泪来，心中难过极了。柳毅也忍不住为她伤心。

他把信放在行囊里，又问龙女说："我不知道你牧羊有什么用处，神灵难道还要宰杀牲口吗？"

龙女说："这些并不是羊，是'雨工'啊。就像雷神、电神一样，他们是掌管下雨的神仙。"柳毅回头看看，只见羊个个都昂头大步，喝水吃草的样子很特别，可是身体的大小和身上的毛、头上的角，跟羊并没有不同。

柳毅又对龙女说，"如今我给你做了捎信的使者，将来你回到洞庭，可别避开我不见面啊。"

龙女说："不光不避开，还该像亲戚一般招待呢。"说完，两人就告别了。等柳毅走出不到几十步，回头一望，龙女和羊都不见了。

这天傍晚，柳毅到泾阳跟朋友会了面，然后告辞回乡。

一个多月后，柳毅回到家乡，就去洞庭访问。果然在洞庭湖的南岸，找到了那棵社橘。他就解下腰带绑上块石头，在树干上敲打了三下，等待动静。

一会儿，有个武士从波浪中跳出来，向柳毅行了个礼，问道："贵客是从什么地方来的？"柳毅并没有直接告诉他自己的来意，只是说："我特地来拜见大王。"武士伸手一指，水里就分开一条路来。他带着柳毅前进，吩咐说："请您闭上眼睛，很快就可以到了。"柳毅依照他的话，很快便到了龙宫。

到了龙宫，只见高楼大殿一座连着一座，一道道门户数也数不清，院子里栽着奇花异木，各式各样，无所不有。武士叫柳毅在殿角里停留一下，说："请贵客在这里等着吧。"柳毅问："这里是什么地方？"武士说："这里叫灵虚殿。"柳毅仔细一看，觉得世界上的珍宝全在这里了。

柳毅发现这里的殿柱是用白璧琢成的，台阶是用青玉铺砌的，坐床是用珊瑚镶制的，帘子是用水晶串成的，绿色的门楣上镶嵌着琉璃，彩虹似的屋梁上装饰着琥珀山……一片奇丽幽深的光景，真是人间所无。

等了很久，龙王也没出来。柳毅担心有负龙女的托付，就询问洞庭龙王在哪里？武士请他再耐心等等，说龙王正在玄珠阁，跟太阳道士谈论《火经》。

柳毅问："什么叫《火经》？"

武士说，"我们主君是龙，龙依靠着水来显示神通，拿一滴水就可以把丘陵山

谷淹没干净。太阳道士是人，人使用火来表现本领，用一盏灯火就可以把阿房宫烧成焦土。水火的作用不同，变化也不一样。太阳道士精通人间的道理，所以我们的大王请他来，听听他的议论。"

才说完话，宫门大开，黑压压一大群侍从簇拥着一位身穿紫袍、手执青玉的人出来了。武士跳起身来说："这就是我们大王！"立刻上前报告有客来访。

洞庭龙王打量着柳毅，知道他是凡间来的人，就互相行礼，请柳毅坐下。

洞庭龙王谦虚地说："水底的宫殿隔绝人世，我又很愚昧，先生不怕路远来到这里，可有什么见教？"

柳毅说："我是大王的同乡，生长在湘水岸边，到长安去求功名。前些日子没有考上，偶然经过泾水岸边，看见大王的爱女在郊野牧羊，抛头露面，听任风吹雨打，憔悴得不像样子，叫人看了十分难受。我就问她为什么会这样。她告诉我说，丈夫虐待她，公婆又一点也不体谅，因此弄到这个地步。她哭得很伤心，实在使人同情。她托我捎封家信，我答应了，才赶到这里来。"说着，拿出信来交给了洞庭龙王。

洞庭龙王把信看完，禁不住用袖子遮着脸哭泣起来，说："这是我做父亲的过错。我不察看和探听外面的情况，使得自己像聋子、瞎子一样，连闺中弱女在远方受到迫害也不知道。您是个不相关的路人，却能仗义救急，这种大恩大德，我怎敢忘记。"

说完，洞庭龙王又悲叹了好久，连旁边的人也感动得流泪。这时，有个太监贴身站在一旁，洞庭龙王便把信交给他送进宫去。过了一会，听到宫里发出一片哭声。洞庭龙王慌忙吩咐侍从："快去告诉宫里，别哭出声来，免得让钱塘君知道了。"

柳毅问："钱塘君是谁啊？"

洞庭龙王说："是我的爱弟，以前做过钱塘龙君，如今已经被罢官免职了。因为他勇猛过人，发起脾气来十分吓人。早先唐尧时代闹过九年洪水，就是他发怒的缘故。最近他跟天将吵架，又发大水把五座大山都包围了。天帝因为我历来有些功德，才宽恕了我弟弟的罪过，但还是把他拘禁在这里，钱塘的人一直在等待他回去。"

才说到这里，忽听得天崩地裂一声响，连宫殿都给震得摇动，一阵阵的烟气云雾直往上冲。只见出现一条赤龙，身长百多丈，有着闪电似的目光，血红的舌头，鳞甲像朱砂，鬃毛像火焰，脖子上套着金链，链子系在玉柱上，霹雳和闪电盘绕着它的全身，雨雪和冰雹同时纷纷落下，不久它就冲破长空直飞而去。

柳毅吓得扑倒在地上。洞庭龙王忙亲自把他扶起，说："不用害怕，不要紧的。"柳毅好一会才镇定下来，就告辞说："我希望能活着回去，免得碰上他再来。"洞庭君说："一定不会这样了。他去的时候很可怕，回来的时候就不同了。希望您留在这里，可以让我略表心意。"就吩咐摆开宴席，互相举杯敬酒，礼节十分周到。

过了些时候，忽然吹起了微微的暖风，涌现了朵朵的彩云。在一片和乐的气氛里，首先出现了精巧的仪仗队，跟着是乐队吹奏着动听的乐曲。无数的侍女有说有笑，陪伴着一位容颜绝世的美人，她身上佩带着明珠串成的装饰品，绸衣迎着风，轻轻飘动。

柳毅走近一看，原来就是托他捎信的那个女子。可是她看上去又欢喜又悲伤，眼泪断断续续地掉下来。很短的时间里，红烟紫云就遮蔽在她的周围，香风袅绕。转眼间，她已经到宫里去了。

洞庭龙王笑着对柳毅说："在泾水受苦的人儿回来了。"说完，他向柳毅辞别，也走进宫去。接着，又听到里面有抱怨和诉苦的声音，久久没有停止。

又一会儿，洞庭龙王重新出来，继续陪伴柳毅喝酒。跟着他一起出来的还有一个人，披着紫袍，拿着青玉，容貌出众，精神饱满，站在洞庭龙王的左边。

洞庭龙王向柳毅介绍说："这位就是钱塘君。"柳毅起身上前，向钱塘君行礼。钱塘君也很有礼貌地回拜，说道："侄女不幸，受到那个坏小子虐待。幸得您仗义守信，把她在远方受苦的消息带到这里。要不然的话，她怕要葬身在泾陵了。我们全家感激您的恩德，实在难以用言语表达出来。"

柳毅谦逊地表示不敢当，只是连声答应。

钱塘君又回头对他的哥哥说："我方才辰刻从灵虚殿出发，已刻到达泾阳，午刻在那边战斗，未刻又回到这里。中间曾经赶到九重天上向天帝报告，天帝知道侄女的冤屈，便原谅了我的过错，还赦免了我以前的责罚。但是我方才激于义愤，走的时候来不及向您请示，惊扰了宫里，冒犯了贵客，现在心里十分惭愧惶恐，真不知如何是好。"

说完，他就退后几步，再拜请罪。洞庭龙王问："这一次战斗杀害了多少生灵？糟蹋了多少庄稼？"钱塘君说："六十万生灵，方圆八百里庄稼。"洞庭龙王问："那个没情没义的小子在哪里？"回答说："给我吃掉了。"

洞庭龙王露出不快的神色，说："那坏小子存心不良，确实是难以容忍，可是你一味任性干去，也太鲁莽了。幸而天帝英明，了解我女儿的奇冤，要不然的话，我的罪责可逃不了的。从今以后，你别再这样任性了。"钱塘君又再拜表示敬服。

这天晚上，龙王就请柳毅在凝光殿歇息。第二天，又在凝碧宫设宴款待。作陪的亲戚朋友很多，宴前摆开盛大的乐队，席上准备了美酒，陈设着佳肴。宴会一开始，人们吹起号角，打起军鼓，招展旌旗，齐举刀枪，一队武士在右边舞蹈着，队伍中还出来一个武士上前报告："这是《钱塘破阵乐》。"在刀光剑影里，大家顾盼奔跑，紧张惊险的动作叫客人看了感到惊心动魄。

另外还有雅乐清音，绫罗珠翠，一群美女在左边歌舞着。队伍中出来一个美女，上前报告："这是《贵主还宫乐》。"歌声乐声，缠绵婉转，像是诉说哀怨，又像是表达爱慕，叫在座的客人听了，感动得流下泪来。两队歌舞完毕，洞庭君很高兴，就叫拿出绸缎，赏给歌舞队。然后又把坐席紧紧靠拢，大家尽情喝酒欢乐。

席间，洞庭龙王拿出一只碧玉盒，里面放着"开水犀"，钱塘君拿出一只红色的琥珀盘，盘里放着一串夜明珠，都起身献给柳毅。柳毅推辞几次，才道谢收下。接着，宫里的人都拿着珠玉绸缎，放在柳毅的旁边作为礼品。这些东西五光十色，一时堆积得满满的。柳毅一直含笑向四面作揖道谢，几乎应接不暇。

第二天，又在清光阁开宴。钱塘君借着酒意，红着脸，不客气地靠近柳毅坐着，对柳毅说："我有句心里话，要想跟您商量。要是您答应呢，大家都皆大欢喜，要是您不答应呢，大家面子上过不去。"

柳毅道："请您先说是什么事情。"

钱塘君说："泾阳小龙的妻子，就是洞庭龙王的爱女。她有善良的性情，美好的品质，亲戚们都敬重她。不幸受到了那个坏小子的凌辱，现在总算断绝了关系。我们打算高攀一位像您一样有道义的人，世世代代成为亲戚，使得受到恩德的人懂得怎样报恩，怀着仁爱的人懂得怎样施爱，这才合乎君子行事有始有终的道理。"

柳毅听了，严肃地站起身来，忽然笑了一笑说："我真不知道您钱塘君这样不明事理！我早先听说您气盖九州，水漫五岳，来宣泄自己的愤怒；又看见您挣断锁链，扯倒玉柱，去救别人的急难，我想世界上刚直英明的人，没有谁比得上您吧。如果有人冒犯您，您不怕牺牲去抵抗他，如果有人对您有恩，您不惜生命去报答他,您真是个大丈夫啊!可想不到在大家都高兴的时候,您竟会不讲道理,用威势来吓唬人,这不是太叫我失望了吗?"

钱塘君听了,感到惭愧,局促不安地连忙起身谢罪,就再没有人提结婚的事情了。

此后,柳毅要告辞回去。洞庭龙王夫人另外在潜景殿设宴饯别,宫里的男女仆妾都出来作陪。夫人流着泪对柳毅说:"小女受到您的大恩,我还没有能够报答您,就要离别了!"说完,又叫那龙女在筵席上向柳毅拜谢。夫人又说:"这一分别,不知还有再见的时候吗?"

柳毅昨天虽然拒绝了钱塘君的请求,可是此刻在筵席上,见到龙女,心里还是十分留恋的。

龙宫送给柳毅许多奇珍异宝,他就由原路回到湖边。之后,有十多个人,挑着行李跟着他走,陪送到家才离去。

柳毅变卖了一些珍宝,所卖的还不到百分之一,他的财产已有上百万钱。那些附近有名的富家,都觉得比不上他。

后来他娶了个姓张的女子,不久生病死了;又娶了韩家的一位姑娘,只有几个月又死了。于是,他便搬到金陵去住了。

没有妻子的日子,柳毅常常感到寂寞,就想再找一个新的配偶。

有个媒人给他说了一位姓卢的姑娘,她长得聪明美丽,是范阳人。她父亲名叫卢浩,曾经做过清流县县官,晚年喜欢仙道,独个儿进山修行,现在不知道到哪里去了。这位卢家姑娘前年嫁给清河张家,不幸丈夫婚后不久就死了。母亲怜惜她年纪还轻,想要给她找个适当的人再嫁。

柳毅觉得卢氏不错,就挑选了好日子,举行婚礼。由于男女两家都是富户,仪式上用的礼物极其丰盛豪华,金陵的人看了,没有不羡慕的。

婚后一个多月的某天傍晚,柳毅走进房里,仔细看看妻子,觉得很像那个龙女,可是又比龙女长得秀丽丰满。他就跟她谈起以前的事。

妻子觉得她说的都是奇怪的话,不相信人世间会有这样的事情。她又告诉柳毅一个好消息,她已经怀孕了。柳毅从此格外关心她。

后来,妻子生下了孩子。到满月那天,她换了衣装,打扮得特别漂亮,邀请亲戚来欢宴。在宴会之间,她才含笑问柳毅说:"您可记得我过去的情形吗?"

柳毅说:"以前我曾经给洞庭龙王的女儿捎过信,到现在还忘不了。"

妻子这才说自己就是洞庭龙王的女儿,以前在泾阳含冤受苦,多亏柳毅才得解救,她十分感念他的恩德,一心要报答。后来钱塘叔父向柳毅提亲,他不答应,就分离了。从此两人各自东西,连消息也不通。父母想要把她嫁给濯锦江龙王的儿子，但龙女觉得自己没有报答柳毅，于是坚决不答应，龙王也就不再勉强了。

龙女见柳毅结了两次婚，先娶了张家姑娘，后来娶了韩家姑娘，等到她们先后去世，知道自己有机会报恩，就化作人间的卢家女和柳毅结婚。

说到这里，她哭了起来，说了自己为什么隐瞒到现在的原因。她开头没有讲明，因为知道柳毅并不是贪图女色的人。后来看到他仍然在想念龙女，心里有所放心。但是担心女子身份低微，不能够永远获得爱情，所以想借着孩子的情分来寄托白头偕老的愿望。

龙女有些幽怨地问柳毅："当初您给我捎信那天，曾经笑着对我说：'将来你回到洞庭，可别避开我不见面啊。'不知道在那时候，您是不是有心想到今天这样欢聚的事情？可是为什么叔父提亲，您又坚决不答应呢？"

柳毅听了龙女一番话，感慨万分，说："真像是命运注定的啊！当初我在泾阳碰见你，看到你冤苦憔悴的模样，心里确实很不平。可是我暗自决定，只给你传达冤苦，旁的什么也不考虑。当时说的将来别避开我，是随口说说罢了，哪会有什么居心呢？等到钱塘君强迫我允婚，这在道理上讲不过去，才激起了我的愤怒。"

龙女听了略微释然，柳毅接着又解释，开头自己的本心是仗义救人，哪有杀死丈夫娶别人妻子的道理？况且他平日的志向是坚持正义，哪有违背自己心意向人屈服的道理？

可是到了分别那天，看到龙女依依不舍的样子，柳毅的心里却悔恨难过起来了。如今可好，龙女已是卢家的女儿，又住在人间，那么他当初的意愿并没有错啊。

龙女很受感动，哭了好一会，又对柳毅说："虽然我不是人类，但是心肠和人类是一样的，希望你不要嫌弃我。我一直想报恩。我们龙能长寿万年，我愿意和你分享我的寿命。"柳毅没有料到自己做了龙宫的驸马，还踏上了成仙之路。

从此柳毅和龙女住在南海，四十年之后，住宅、车马、饮食、服饰的豪华，就连王爷家也不能超过他们。柳毅的亲族也都得到不少好处。柳毅的年龄一年年增加，容貌却不见衰老，南海的人都觉得惊奇。

开元年间，皇帝一心想做神仙，到处访求有道术的人。柳毅不能安居，就和妻子一起回洞庭。此后十多年里，谁也没见过他的踪影。

到了开元末年，柳毅的表弟薛嘏原在京城附近做县官，后降职到东南地区去。他坐船经过洞庭湖，正眺望着晴空水色，忽然看见远远的波浪里涌现出一座青山来。船夫们都害怕得很，说："那里原来并没有山，恐怕水妖在作怪吧。"

说话的时候，那只船已经靠近了山，只见从山边飞快地划出一条彩船，向薛嘏迎了过来。彩船里有个人喊道："柳公差我们来侍候您。"薛嘏忽然记起了柳毅的事，赶快上了彩船驶向那座青山。

山上有着和人间一样的宫殿，柳毅站在宫殿当中，前面排列着乐队，后面陪侍着漂亮的侍女，宫里的陈设布置，要比人世间好上百倍。

他走下台阶迎接薛嘏，握着他的手说："离别没有多少时候，你的头发已经花白了。"薛嘏苦笑着说："老哥做了神仙，我不久便将成为枯骨，这是命里注定的啊。"柳毅就拿出五十颗药丸给薛嘏，说："吃一颗药丸，可以添寿一年。过了五十年，你再到这里来，别老呆在人世间自寻苦恼啊。"摆酒欢宴之后，薛嘏告辞回去。从此，柳毅就再没有消息了。

薛嘏常把这件事说给别人听。大约又过了四五十年，薛嘏也不知去向了。传说，他是找柳毅去了。

○ 品画鉴宝　李仙蕙墓壁画中的宫女·唐

◎ **拓展阅读**

洞庭湖

洞庭湖是中国五大淡水湖之一，位于荆江南岸，跨湘、鄂两省。湖区面积1.878万平方千米，天然湖面2740平方千米，另有内湖1200平方千米。洞庭湖原为中国第一大淡水湖，现已退居第二。1825年时湖水面积约6000平方千米，1890年为5400平方千米，1932年为4700平方千米，1960年已减为3141平方千米。洞庭湖湖滨平原地势平坦，土地肥美，气候温和，雨水充沛，盛产稻米、棉花。湖内水产丰富，航运便利。

谢端，是晋朝福建侯官这个地方的人。他很小的时候就父母双亡，又没有亲属，邻居们就轮流照顾他，把他养大。

谢端十七八岁的时候，开始自己独立谋生。他生性忠厚，勤劳规矩，彬彬有礼，性格恭顺谨慎，从不涉足不道德的事，乡亲们都夸他是一个好后生，很喜欢他。但是因为家境不好，所以一直没有娶妻。乡亲们都可怜他、关心他，共同谋划给他娶媳妇，却一直没有找到合适的。

有时候，谢端就很羞怯地说："我如此贫穷，怎么能够讨得起老婆呢？"因此，他一直一个人过着孤单的生活。不过，这样也有好处，一个人吃饱，全家不饿。他倒也落得个清闲自在。

谢端每天很早起床，去田里干活，直到太阳下山才收工，一日三餐就凑和着吃，晚上很晚才睡，在家里收拾家务。

有一天，他耕田回来，在城下发现一个大田螺，像三升的壶那么大，金光闪闪，十分耀眼夺目。他觉得这个田螺是个稀奇的东西，就把它拿回家去，放到瓮中，用清水养着它。

谁料有一天，奇迹发生了！谢端干完活回到家，一进家门，就看见屋子里被打扫得干干净净，衣服被洗得清清爽爽，桌子上还摆着热腾腾、香喷喷的饭菜。谢端吃惊得瞪大了眼睛，心想：这是怎么回事？神仙下凡了吗？不管他，先吃饭吧。

这以后一连十几天，谢端每天起来到野外种田，等他回到家，就看见自己家中摆着热气腾腾的食物，有吃的有喝的，有汤有水，好像是有人特意给他做的。他吃着香喷喷的饭菜，心里想："这一定是好心的隔壁大妈给我做的，我一定好好去谢谢她。"

谢端为了感谢大妈，就特意去向邻人道谢。邻居们都觉得受之有愧，纷纷说："我们为你做的一切并不是要你感谢我们，大家都是邻居，应该互相帮助。"谢端觉得邻居没有明白自己的意思，又不好直接说，于是多次跑到别人家里，表达自己的谢意。

如此这般，邻居们都不明白所以然，终于谢端直接说清楚了，问到底是谁每天给自己做饭，请他不用再费心了。邻人们都笑着说："你这个孩子，真是奇怪。你明明自己已经娶了媳妇，藏在屋里给你做饭，不但不让我们看她一眼，还说是我们帮你的忙，说我们给你做的饭，你跟我们开什么玩笑？"谢端无言以对，心里纳闷，难以释怀。

事后细想，谢端感到十分蹊跷，万分惊讶，心里云山雾罩的，怎么也不知其中缘故。他决定把这件事情搞清楚。

为了弄清事情的原委，有一天，天刚拂晓，谢端就像往常一样，装作出门去干活。

其实他在天亮时就悄悄地回来了，一直在篱笆外偷偷地窥视自己的家，观察屋里的动静。

不久，他看见一个非常漂亮的年轻女子从养田螺的瓮中出来，到灶前，点起火，做起饭来。谢端看得真真切切，连忙飞快跑进门，直奔那个瓮边去看那个大田螺。

可是瓮里自己捡回的大田螺只剩下个空壳。他就又跑到到灶下去找那个女子。

那个女子没想到谢端会突然回来，一下子措手不及。她急忙想要回到瓮中去，却被谢端拦住走不掉了。

谢端问那个女子说："你从什么地方来？为什么要给我做饭呢？"

女子回答说："我是天河中的白水素女，是天帝的女儿。天帝知道你从小父母双亡，孤苦伶仃，很同情你，又见你克勤克俭，安分守己，所以派我下凡来帮助你。让我暂且给你看守房舍，做饭做菜。十年之内，使你家中富裕。等你将来找到妻子时，我再回到天上去复命。可是现在我的使命还没完成，却被你知道了天机，我的身份已经暴露，就算你保证不讲出去，也难免会被别人知道，我不能再呆在这里了，我必须回到天庭去。"

谢端恳求白水素女留下来，但是她说："我现在已经不能再留在人间了。你今后自己做饭，也许会很辛苦操劳，但只要你勤于耕田劳作，打渔采药，就可以维持生活。我这个壳给你留下，用它贮存米谷，就不愁没有粮食吃了。"

谢端再三请求她留下，她始终不肯。这时，天上忽然刮起风，下起雨，白水素女身形一收，瞬间就离去了。

白水素女留下的螺壳，有非常神奇的作用，放一点米谷在里面，就是满满一壳，不管用多少，米谷总不见少。谢端感激神女的恩德，特地为她造了一座神像，逢年过节都去烧香拜谢。而他自己依靠勤劳的双手和神女的帮助，日子一天比一天红火起来，家里丰衣足食，只不过没有大富大贵而已。几年之后，有个乡人看中谢端的为人，就把女儿嫁给他。他娶了妻子，过上了美满幸福的日子。后来，谢端还做了官，官至郡守。

◎ 拓展阅读

海螺乐器

海螺乐器是佛教法器之一。源于印度、东南亚诸国，随佛教传入我国。佛教经典多有记载，鸠摩罗什(343－413年)译《妙法莲花经》卷一中提到"吹大法螺"，方便品中有："若使人作乐，击鼓吹角贝，箫笛琴箜篌，琵琶铙铜钹，如是众妙音，尽持以供养"。南北朝时，海螺已在我国北方民间广泛流传，北魏时期(386－534年)云冈石窟雕刻中已有吹螺的伎乐形象。隋唐时期，海螺用于九、十部乐的西凉、龟兹、天竺、扶南、高丽诸乐中。到了近代，海螺在佛教寺院中，仅用于诵经间歇时演奏和羌姆表演中。

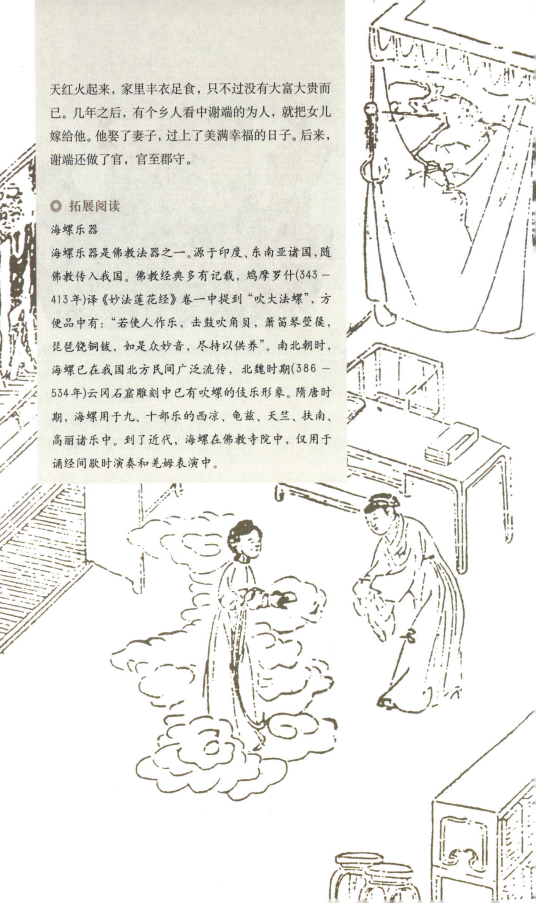

有一个名叫田璆的人很有文采，博览群书，学识渊博，和他的朋友邓韶相类似。但他们都是人太老实，不能把优点显示出来。田璆的家住在洛阳。元和年间一个中秋节的晚上，田璆携带酒具，傍晚从建春门出来，准备和好朋友邓韶去郊外赏月、赏桂。田璆走了二三里地，在中途遇到了邓韶，邓韶也正携带着酒具从东边走来。两个人在路边停下马，还没有决定往哪里去，就又有两个书生骑着青白色的马，也从建春门那边出来。他们与田璆、邓韶作揖见礼，然后说："二位君子带着酒具，莫非是寻找今天晚上赏月的地方吗？我们有个庄园，那里的水筑台榭在洛阳一带是出名的，往东南走离这几里地，倘能调转马头一同前往，敝人不胜荣幸。"

田璆、邓韶对两位书生的邀请很感兴趣，就跟着他们前往。问两位书生的姓名，都被这两位书生用别的话岔开。走了几里地，月亮已经升起在半空了。到了一小门。刚进去时觉得很荒凉，又走了几百步，就有特别的香味迎面扑来，真是到了仙境了。那里泉水和瀑布交流，松树和桂花夹道。奇花异草，明烛照耀如同白昼；俊鸟腾飞，和天上的明月相辉映。田璆、邓韶连连称叹。

不久，二人要求传杯痛饮。书生问道："您的酒器中酒的味道怎么样？"田璆、邓韶回答说："我们带的是乾和五酿。即便上清宫里的佳酿，估计也不比这种酒的味道好。"书生说："我有瑞露酒，是提取百花甘露精炼而成的，不知与您的美酒比，哪个更好？"于是对随从的小童说："折一支烛夜花，倒酒给二位先生品尝品尝。"烛夜花每枝四朵，深红色，花形圆如小瓶，直径三寸多，绿叶形似酒杯，触碰它还有余香。小童把花折来，在众人中一共传饮数巡。花汁的味道又甜又香，美酒的味道又烈又醇，夹杂在一起，感觉真是妙不可言。

喝完了酒，这两个书生又带着二人往东南走，过了几里来到一个门前。书生揖请二位客人下马，又用酒杯装上了烛夜花中剩下的瑞露酒，赏给从者每人一杯。这些侍从们都喝得大醉，各自停步于门外。书生于是领着二位客人入内，这时就有几十只鸾鸟仙鹤腾舞着来迎接。迈步向前走，花更多了，酒味更香了。那里的百花都散发着芳香，把花枝压得低垂于路旁。凡是经过的池馆堂榭，全都陈设着盛筵，好像在等待什么人的样子，只是不留田璆、邓韶去坐。田璆、邓韶喝多了，走得又很疲倦，要求暂时小憩。

书生说："坐一坐又有什么大不了的？只不过对您二位不利罢了。"田璆、邓韶连忙惊问其中的缘故。

书生说："今天晚上，天上群仙在这座山岳聚会。因为您知礼仪，所以请您引导升降。这都是群仙的座位，尘世间的凡人不宜触动啊。"说完，就看见正北方有花烛在天空绵亘不断，仙乐使天空沸腾起来。在金堤之上停驻着云母做的双车，在瑶幄之内摆设着水晶做的果盘。群仙正演奏着《霓裳羽衣曲》。书生向前走，命田璆、邓韶给一位夫人行礼，夫人掀开帷幕笑着说："下界的人虽懂得礼仪，然而衣服、食物的气味还是这样的熏人，不可让他们靠近贵婿。可以各赏他们薰髓酒一杯。"

田璆、邓韶喝完薰髓酒，觉得肌肤温润，渐渐与平常人不同，呼吸都有奇异的香气。夫人问身边的侍者："是谁把他们召来的？"回答说："卫符卿、李八百。"夫人说："那就令这两个童子接待。"于是二童把田璆、邓韶领到神仙的背后纵目观看。田璆问童子说："主持仪式的人是谁？"童子回答说："刘纲。"田璆又问："充当侍者的是谁？"回答说："茅盈。"问："东邻弹筝击筑的女子是谁？"回答说："麻姑、陶自然。"他们又问帷幄之中坐着的夫人是谁？童子回答说是西王母。二人不胜惊愕，感觉是实实在在地来到了神仙的世界。

不一会儿，有一人驾鹤而来，西王母说："刘君久望。"有玉女问道："赞礼的人来没来？"于是有人把田璆、邓韶领进去，站在碧玉堂下左边。刘君笑着说："刚才由于莲花峰士奏章的缘故，事情必须决断处置，因此耽搁。还有许多客人没来，怎么说久望呢？"西王母说："奏章言事的人所为何事？"刘君说："浮梁县令祈求延长寿命。因为他这个人凭贿赂当官，以苛刻残酷的办法处理政务，在办案上生私情，没有遵循古人的忠恕之道，唯独在财产上拼命钻营，巧取豪夺的办法层出不穷，自己给自己留下覆灭的结果，因而折损余寿。但因莲花峰士屈从于他的意旨，把他的奏章写得很恳切，特请您将浮梁县令的死限再延五年。"田璆问："刘君是谁？"一

128

个童子回答说："是汉朝天子。"

过后，又有一个人驾着黄龙，带着黄色有铃铛的龙旗，以笙歌为前导，以嫔嫡为后队，到了西王母的瑶幄下。西王母又问道："李君为什么来迟了？"李君回答说："因为下令让龙神安排水旱的计划，兴雨弥漫淮蔡，用以歼灭妖逆。"汉帝说："对老百姓怎么办？"李君说："天帝也有这个疑问，我一道表章就解决他的疑惑了。"汉帝说："可以让我听一听你的表章内容吗？"李君说："不能全部记住，只略举大概吧。那道表章大意是：某县的一个人，德政遍及千万百姓，治理百姓履行职责，该深则深，该薄则薄，不敢怠误荒废，不敢劳动雨师之车。平定中夏巴蜀的妖孽，不费天府。扫荡东吴上党的妖孽，大部分被廓清，只有一方还处在不祥的氛围中。如果让岁时丰收，人心安定，这就养肥了群丑。只要庄稼歉收，灾害发作，一定使人心摇动。如此老百姓就会群起而攻之，可以席卷全国，灾祸就会殃及三州的逆党。安定天下疾苦的百姓，这样的功劳是最大的，所受的损害也最小。因此，烦请龙神前来施水，厉鬼前来行灾，由此天诛，以资天下百姓的战力。"汉帝说："表章很好，既已允许，可以提前祝贺诛除妖孽了。"书生告诉田璆、邓韶："这个人就是开元天宝年间太平天子李隆基。"

不久，又听到仙乐从空中传来，手擎红色符节的人在前面大声说："穆天子来了，奏乐！"群仙都站起来，西王母也离开座位拜迎，两位皇帝也降阶出迎，然后一起入帷幄之中环坐而饮。西王母说："为何不把老轩辕拉来？"穆天子说："他今天晚上主持月宫的宴席，因此来不了。"西王母又说："瑶池一别之后，山谷几经变迁移动，刚才来时观看洛阳东城，已变成土丘废墟了。定鼎门的西路，转眼间又变为热闹的市朝。而人们的名利思想还像旧时一样，可悲可叹哪！"接着，穆王把酒，请西王母唱歌。

西王母就用珊瑚钩敲击玉盘，唱道："劝君酒，为君悲。"又吟诵说："自从频见市朝改，无复瑶池晏乐心。"西王母持杯，穆天子唱道："奉君酒，休叹市朝非。早知无复瑶池兴，悔驾骅骝草草归。"唱完以后，与西王母回忆以前二人瑶池会时的旧事。于是又重新歌唱一段。二人都相互唱和祝酒。一会儿，汉帝又说："我听说丁令威能唱歌。"就命左右之人去把他召来。丁令威来到，汉帝又派子晋吹笙来伴奏。丁令威唱道："月照骊山露泣花，似悲仙帝早升遐。至今犹有长生鹿，时绕温泉望翠华。"汉帝持杯良久，感慨良多。西王母说："应该把叶静能召来，让他唱一曲时下的事。"一会儿，叶静能也来到，跪着给各位神仙敬酒，又引吭高歌。歌唱完了，李君凄惨良久，诸仙也觉得惨然。

于是黄龙持杯，也在车前拜了又拜致祝词。接着，西王母赏赐众人礼品，其中有鲛绡织物五千匹，海人的文锦三千端，琉璃琥珀器皿一百床，明月般的骊珠各十斛，众神欣喜领赏。一会儿，进献法膳，共几十道美味佳肴，连田璆、邓韶也借光饮了酒。这时有仙女捧着玉箱，托着红纸和笔砚出来，请写催汝诗。刘纲作诗写道："玉为质兮花为颜，蝉为鬓兮云为鬟。何劳傅粉兮施渥丹，早出娉婷兮缥缈间。"于是茅盈作诗写道："水晶帐开银烛明，风摇珠佩连云清。休匀红粉饰花态，早驾双鸾朝玉京。"巢父作诗写道："三星在天银河回，人间曙色东方来。玉苗琼蕊亦宜夜，莫使一花冲晓开。"这些诗送进帷幄以后，就听里面有环佩响动的声音。于是就有几十位玉女引领仙郎入帐，召田璆、邓韶去执行礼仪。

礼仪完毕，两个扮作书生的童子又领着田璆、邓韶向夫人辞行，夫人说："不是没有最好的宝物可以赠送给你们，只不过你们没有力量携带罢了。"于是各赏他们延寿酒一杯，说："可以增添人间三十年的寿命。"又命童子等领着他俩回人间，不要让他们归途寂寞。于是两个童子领着田璆、邓韶离去。一路上二童又折烛夜花给他俩倒瑞露酒喝，二人每走一步都恋恋不舍。叫卫符卿的童子对田璆、邓韶说："夫人白昼升天，让鸾鸟仙鹤驾车，这样的事情，只是在于长期积习罢了。积累仁德而又胸蕴才学，却始终不能享受爵禄，我不相信这样的事。倘若您能够跳出尘缘的牢笼，能够解脱世俗的桎梏，从现在开始十五年后，我在三十六峰等待您，希望您二位在人间珍重自爱，咱们后会有期。"

和两位童子依依惜别之后，田璆、邓韶又从来时的东门出来，双方握手告别。分别以后，只不过走了四五步，再回过头看，哪里还有什么神仙和侍童的踪迹？只有嵩山巍然耸立，直刺青天。他们找到一条砍柴人走出的小路，沿路回来。等到回到家里，已过去一年多了。而家里人因为他们二人杳无音信，都以为他们死了，为他们招魂下葬于北邙山原野之中，坟上的草已经老了。于是田璆、邓韶就抛弃家室，一同进入少室山，再也没有消息了。

◎ 拓展阅读

霓裳羽衣曲

霓裳羽衣曲即《霓裳羽衣舞》，约成于公元718－720年间，是唐歌舞的集大成之作。唐玄宗作曲，安史之乱后失传。据传，此曲前部分（散序）是玄宗望见女儿山后心生神往之情，回宫后根据幻想而作；后部分（歌和破）则是他吸收河西节度使杨敬述进献的印度《婆罗门曲》的音调而成。《霓裳羽衣曲》在开元、天宝年间曾盛行一时。以后，随着唐王朝的衰落崩溃，此曲竟"寂不传矣"。五代时，南唐后主李煜得残谱，昭惠后周娥皇与乐师曹生按谱寻声，补缀成曲，并曾一度整理排演，但已非原味了。

唐德宗李适登位之后，为了改变"安史之乱"以后朝廷萎顿衰败的局面，重振大唐皇朝的雄风，试图推行一系列改革措施。虽然他一心锐意改革，进贤励忠，以才用人，但毕竟年少识浅，在用人上总是缺乏精到的眼光。首先，他启用常衮为宰相。常衮是一个十分谨慎的人，他为了杜绝先前朝廷用人过于浮滥的弊端，对各方推举的人才都严格地考察，长期搁置不用，造成朝中缺人的局面。于是，德宗又以崔祐取代了常衮，崔祐一改常衮作风，推荐选拔，雷厉风行，他做了半年宰相，朝廷新进的官吏不下八百人。

就在大批新人进入朝廷之际，大批官员又被由长安纷纷派往各地任用，一方面为了缓解朝中人满为患的趋势，一方面也为了充实地方的管理。这些官员，大自刺史，小至州县佐史，或至通都大邑，或往偏僻小县，去哪里，做什么官，就得看各人的机遇和造化了。

这当中，有一个叫申屠澄的小官吏，就被派往遥远荒僻的鄂州南漳任县尉。申屠澄原来是宫中的侍卫小吏，颇有些韬略和才干，但因没有联络到崔祐，及时拍上崔祐的马屁，所以给打发到那山高皇帝远的地方。申屠澄自己倒也无所谓，心想：到了穷乡僻壤，或许正好发挥自己的治理本事，反正在京城也难以官运亨通。就这样，在德宗贞元二年（789年）初冬，申屠澄离京，向南漳进发了。

他沿着当年汉主刘邦入关的路线一路东行，经由蓝田、商县、武关、紫荆关，来到鄂州辖内的青山港，从这里登船横渡汉水，接着，便进入了苍茫荒凉的武当山区。下船到了青峰镇，举目四望，周围重峦叠嶂，林木森森，山雾缭绕，让一直生长在平原的申屠澄兴奋又震惊。在青峰镇稍作调整和歇息，他又准备些干粮，第二天一早，便沿着崎岖蜿蜒的山路开始入山。时令虽然是数九的冬天，但上午天气十分晴朗。一路上，怪石嶙峋，山间的清溪潺潺作响，令人精神爽快，而且申屠澄骑着马，因此还算走得不慢。越往里走，山路越窄越险，他只好下马，牵着马缓缓步行。眼见太阳刚才还在正空，不久竟没入了云层，一会儿，狂风忽起，乌云满天，周遭一片灰雾迷蒙。马儿由于受了惊吓，不肯前进。山中天气多变，眼看着就要下雪。申屠澄正心焦无策时，忽然看见路旁不远处有茅屋三间。申屠澄心想：有屋子，必定有人居住，且去避避风雪再说。于是牵着马走了过去。

山中的这片房子，有一个宽敞的院子，可是没有大门。他就径直走到屋前，叩响柴门，请求一个暂时歇脚之地。一个花甲之年的老汉应声来开门，见是远行的客人要求歇脚，便十分热情地请入屋内。屋内燃着一堆松枝炉火，红光闪烁，松香弥漫，屋子里暖融融的。除老汉外，这家里还有一位老妇人和一位少女，都正围火取暖。申屠澄与他们见过礼后，也靠炉火坐在主人让出的一只木墩上。坐下后，申屠澄便开始暗暗打量这屋里的陈设和主人。这房子是三间茅屋，正中的一间，权充客厅，屋内陈设极为简陋，除了一张吃饭的木桌和数只充当坐凳的、高低不一的木墩之外，就只有堆在墙角的一堆散发着清香的松枝，而最为醒目的就要算挂在迎面墙上的一大张五彩斑斓的老虎皮了。申屠澄暗想，这家人也许是猎户吧。主人则有三位，开门的老汉满头白发，却面色红润，看不准究竟多大年纪，一身的打扮完全像很久以前的魏晋时期的模样，很是奇怪。申屠澄心里想："也许是山里人赶不上时尚吧。"那老妇应当是老汉的妻子了，布衣荆钗，满头银丝，满脸含笑，一副慈眉善目的模样。最令申屠澄注目的则是那位少女了，看样子约摸十五六岁，也许是打猎老人的孙女，虽然蓬发旧衣，但却掩不住她的雪肌花貌。她体态轻盈，举止娇羞，一对水汪汪的眸子，偷偷地看了客人几眼，便不好意思地低下头去，一声不响。

老妇人见是远客，便殷勤地起身，到厨间烧水烹茶去了，少女见祖母离开，似乎更加害羞，有些局促不安起来，马上也悄悄躲入旁边的房间，客厅里就只剩下老汉与申屠澄两个人了。

坐了不久，窗外飘起了鹅毛大雪，天气更加昏暗，风雪也没有短时间就停的迹象。窗外的山路渐渐被积雪覆盖，与群山混为了一体。看来今天是的的确确无法再赶路了，于是申屠澄试探着询问老汉："请问老人家，此去南漳县府还有多少路？"

老汉慢条斯理地回答说："我们是山野之人，习惯了山路，健步如飞，大半日便可到达；若是你们这些一般的行人，非得两天不可。出山后有个叫黄石铺的小镇可以停宿，但今日天色已晚，大雪封路，踪迹难以辨认，你们今晚怕是难以出山了！"

申屠澄接口请求道："天晚雪大，晚辈能在贵舍借住一宿吗？"

老汉与正奉茶而出的老妇人齐声应答道："当然，当然！只恐寒舍简陋，怠慢了客官！"山里人留客住宿，实为常事，所以两位老人十分熟练而又热情。

于是申屠澄出门解下马鞍，把马牵到屋后避风处喂上了草料。再回屋中时，火堆上又增添了松枝。熊熊火光中，那位少女从侧屋中款款走出，只见她已经换了刚才的那身装束，发鬓高挽，身着鲜艳的大红衣裙，衬着她白皙的皮肤，柔和慧黠的目光，显得亮丽非凡，与刚才判若两人。申屠澄看得几乎神魂颠倒，只是痴呆呆地望着少女手持酒壶在松枝火上温酒。这边老妇人从厨房中进进出出，不一会儿，屋内饭桌上已摆上满满一桌菜肴，都是山里的野味，琳琅满目，异香诱人。

老汉招呼申屠澄入座，口称："天寒地冻，且饮一杯薄酒驱寒。"申屠澄这才醒过神来。客气两句后，大家欣然落座，美味佳肴，使他胃口大开。少女已经温好了酒，端过来为客人和老汉斟上，于是申屠澄与老汉对坐畅饮开来。

席间，老汉自我介绍说："老夫家姓寅，祖上入山狩猎，在山中已过了数代，久已不闻世间的俗事！身边现只有一个孙女，山里人不能断文识字，见她自幼面庞红艳，如涂胭脂，所以顺口就叫她胭脂了。"

申屠澄也恳切坦诚地表明自己的姓氏故里和要赴任南漳县的情况，并坚决要求老夫人与小姐一同饮酒侃谈。老翁谦称："山野人家，不懂你们这些行酒的礼数，很怕您见笑，倘若客官不嫌，小胭脂可上来把酒待客，我们几个今晚一醉方休！"

老妇人与胭脂都入席落座。几杯酒下肚，申屠澄感觉周身暖烘烘的，抬头时，目光不时与胭脂相遇。申屠澄只觉愈加发热，胭脂则含羞低头，红晕浮上面颊，果然是色艳如胭脂，更像那熟透了的水蜜桃。申屠澄似乎顿悟了所谓"秀色可餐"的意蕴了。

酒到酣处，申屠澄举杯道："围炉夜饮，不醉不归！"他有些醉意朦胧了。

胭脂听了，在一旁哂笑道："漫天飞雪，归往何处？"

老汉也接口说："大雪留客，但请畅饮！"

于是四人边饮边谈，仿佛是一家人一样其乐融融，和乐随意，直到夜半，方才安歇。

第二天，风雪虽停，但还是冰冻封山，山高路滑，无法成行，申屠澄又只好留住在寅家。他甚至还有些暗中感激知情的老天呢！有了昨夜的畅饮，申屠澄与胭脂便能自如地相处了。两人寻找着机会交谈，申屠澄给胭脂介绍山外大千世界的世俗生活，胭脂为他描述捕鸟狩猎的山中故事。这少女不但容貌明艳动人，言谈之间，更展现出一股聪慧伶俐的气质。趁着单独相对的时刻，申屠澄有意试探说："谁要能娶到你这样的可人为妻，真是终身无憾！"胭脂低头轻声答道："只要先生你心诚意正，何愁不能！"

既然少女也有这番心意，申屠澄就鼓起了勇气。他找准机会，郑重其事地向老汉提出："令孙女明慧可人，在下冒昧求亲。深山野林，难以找到媒妁，只好毛遂自荐了，还望老人家您恩准！"

经过几天的相处，老汉似乎对诚实直率的申屠澄也颇为中意，因而笑着说："我家虽然贫贱，但这小女子也在娇爱中长成。月前曾

有过客人以重金为聘礼要求娶走胭脂，我老夫妇不忍心别离而未允许。不料老天留贵客，客官又与胭脂十分投缘，莫不是天定姻缘？老夫不得不许了！"

当夜，申屠澄向寅老夫妇行过晚辈大礼，并倾出囊中所有作聘礼。老夫妇一点也不肯接受，只说："郎君不嫌贫贱，已属万幸，你们二人实属有缘，哪里还需要这些俗世的繁文缛节？"老妇人又接着说："我们这里是深山穷谷，孤远无邻，虽然没有及时准备送亲的妆奁，可是，也不能草草行事，总得稍事收拾，方可成亲。"

于是，寅老夫妇当晚就将胭脂的屋子略事布置，挂上绣花门帘，找出一对红烛点燃。申屠澄与胭脂双双拜了天地，又向老夫妇磕过头，就相拥进了洞房。洞房虽然简陋，两人却情趣盎然，就在这深山野谷的茅屋里，一对有情男女结成了小夫妻。

说来也怪，就在申屠澄和姑娘成婚后的第二天，山中天气大变，丽日高照，冰雪消融，山路已可行走，为了赶赴任期，申屠澄与胭脂拜别寅老夫妇，让胭脂骑马，申屠澄持缰在前，一道向南漳县府赶去。胭脂与祖父母惜别痛哭之状自不必说。

到南漳县府上任之后，申屠澄专心公务，充分发挥自己的才干，把穷困荒蛮的南漳县治理得甚有起色。而胭脂呢，则在家充当贤内助的角色，除了相夫教子、操持家务外，还热心地督教僮仆，和睦邻里，招待宾朋，夫妻俩情洽心合，成为一个令远近羡慕的家庭。

申屠澄的三年任期很快就满了，因他在任内功德可嘉，被朝廷召回京城为官。临行前，申屠澄拿出一首感慨颇深的"赠内"诗送给胭脂，这首诗是这样的："一尉敷梅福，三年愧孟光。此情何所喻，川上有鸳鸯。"

胭脂对于丈夫的情意心领神会，过了一会儿，她口中也念念有词，似在吟诗，申屠澄问其故，她说："虽然说女子无才便是德，可是，跟随夫君多年，耳濡目染，亦能略解吟咏，想作一诗回赠与你！"申屠澄十分高兴，请她吟出诗作，但胭脂支唔一阵，又终不肯说出。

在南漳官民的夹道欢送下，申屠澄偕胭脂带着他们的一儿一女，离开了南漳县府，沿来路返回长安。渡过粉青河后，眼看就要进入胭脂曾经生活过的大山，遥望云山苍茫，胭脂大为兴奋，先是不停地欢呼雀跃，继而更是乐不可支地躺在河畔绿茵草地上打滚。申屠澄只以为妻子见到了久违的故土，才如此地兴奋，所以也未在意，还在一旁为她助兴。一会儿，胭脂安定下来，略带沉郁地对丈夫说："琴瑟情虽重，山森志自深。常忧时节变，辜负百年心。"

胭脂吟罢，潸然泪下，那神情似有莫大的痛苦隐藏在胸中。申屠澄连忙安慰她说："真是灵思慧语，诗意清丽。不过夫人终不该一心系于山林中，倘若是挂念祖父母，现在马上就能见到他们，你为何如此伤心？"胭脂好半天才勉强止住悲伤，随丈夫继续前行。

又走了一天的路程，到了昔日他们相遇的那座茅屋，一切就像发生在昨天一样。他们推开柴门，屋内陈设依旧，却不见了寅老夫妇的踪影，胭脂绕室啼泣不已。突然，她在屋角柴堆中找出了当初挂在壁上的那张虎皮，顿时转忧为喜。申屠澄正为她把一张虎皮看得比祖父母还重而疑虑大时，胭脂已破涕大笑道："不想此物尚在呀！"于是把虎皮披在身上，这边申屠澄还没看清楚，那边胭脂已化为一只斑斓猛虎，先回过身，冲申屠澄和一双小儿女点点头，继而仰首咆哮，声震山林，一跃而出，刹那间隐没在丛林之中。

申屠澄惊得失神了半天，待他稍稍清醒过来，急忙抱起儿女追了出去，哪里还有胭脂的踪影？四顾一片茫然。他们父子三人在茅屋中哭守了三天，终不见胭脂归来。申屠澄已料定妻子胭脂乃是虎仙所化，情缘到此已尽，等也无用，只好拖儿带女，满怀惆怅地离开了茅屋，回长安任职去了。

◎ 拓展阅读

白虎神

白虎神是道教的守护神，原为古代星宿名，因二十八星宿中的西方七宿呈虎形，按五行配五色，故有此称。它也是四方神之一。土家族多信奉白虎神，湖北土家族祭白虎时，掌坛师要用杀猪刀将自己的头砍出血来，滴在纸钱上后，悬挂焚烧。湖南土家族的小孩得刀风病时，往往认为是白虎所致，必须请巫师驱赶"白虎"。驱赶时，要在户外放一把椅子，绑上带枝叶的竹子，上捆一只白公鸡，由巫师在室内施法，如果公鸡啼叫，白虎就算赶跑了。

第四章　神魔志怪

世外桃源，遨游徜徉

望帝化鹃

远古时代的蜀国，第一个称王的，是蚕丛，他从黄帝妻子嫘祖那里学习了养蚕的技术后，就教自己部落的百姓养蚕。因此他就被称为"蚕丛"。

这个部落的人随着他们的王蚕丛到处迁徙，蚕丛所到的地方，那里马上就成了热闹的蚕的市集。最后他们在蜀地定居。

蚕丛这一族人，眼睛生得很特别，是向上直竖的，他死后用石棺埋葬，人民也都仿效他的办法，死后用石棺埋葬。后人称这种用石棺埋葬的坟，叫作"纵目人家"。

蚕丛以后的一个王，叫柏灌，此后的王，叫鱼凫。鱼凫去世以后，蜀地就一直没有出色的领袖。

不知道过了多少年，忽然有一个男子，从天而降，落在朱提(四川省宜宾县西南)地方，自称叫杜宇。那时候恰巧有一个女子，名叫利，也正从江源(今四川省松潘县西)地方的井水里涌现出来。这天造地设的两个奇人，便结婚做了夫妇。

百姓知道天降奇人，认为他是上天派给蜀地的王，于是杜宇被立为蜀王，号望帝。

望帝在位的时候，很关心百姓的生活，教导人民怎样种庄稼，时常叮嘱大家要抓紧天时季节，不要耽误了田里的生产。但最令他操心的是水灾。

那时蜀国常常闹水灾，望帝虽然日夜忧心，但一时想不出很好的办法来根治水患。

有一年长江又发大水，忽然从汹涌的江水里逆流浮上来一具男子的尸首。大家见了都很奇怪，因为尸首总是顺流朝下浮的，而他却逆流往上浮，便把他打捞起来。更奇怪的是，刚被打捞起来，尸首就复活了，自说他是楚国地方的人，名叫鳖灵，不知道怎么的，在江边行走时，不小心失足落水，便从楚国一直浮到了这里。

望帝听说江水送来了个怪人，也暗暗称奇，便叫人把他带来相见。两人见面，谈得十分畅快，望帝觉得鳖灵这人不但聪明，而且还很懂得水性，在这常有水灾为患的地区，是用得着这种人才的，因此便叫他做了蜀国的宰相。

鳖灵做宰相没有多久，一场大洪水终于暴发了。玉垒山阻挡住了水流的通路，蓄积成可怕的洪水。蜀地的百姓祈祷上天、拜祭龙王等等，都毫无用处。

于是，望帝就叫鳖灵去治理洪水。鳖灵学习了大禹治水的方法，以疏导为主，带领大家在玉垒山中凿开一条通路，使洪水顺着岷江畅流下来，宣泄于平原上的各个支流，这才解除了水患，让人民得以安居乐业。

当鳖灵治水回来后，望帝因为他治水有功，就学习上古的尧舜，自愿把王位禅让给他，自己跑到西山去隐居起来。鳖灵受了禅让，号称开明帝，又叫丛帝。

望帝虽然隐居了，但仍然关心百姓的生活疾苦。他死了以后，化身为一种小鸟。每到清明、谷雨、立夏、小满等农忙季节，就飞来田间一声声地鸣叫。人们听见这种声音，都说："这是我们的望帝杜宇啊！"于是互相勉励："是时候了，快撒种吧！"或者说："是时候了，快插秧吧！"

望帝的灵魂化做的鸟叫杜鹃鸟，杜鹃鸟的另一个名字就叫杜宇。

鳖灵称帝后，王位一直传到十二世。秦国的秦惠王野心勃勃，使用美女和黄金引诱蜀王，很快就把蜀国吞并了。

这时，那望帝灵魂变化的杜鹃鸟，眼看故国破灭，无计可施，心里的怨恨就化做声声悲鸣，在每年桃李花开的二三月，对着清风明月叫："不如归去，不如归去！"蜀地的百姓一听见鸟叫，就会说，我们的旧君望帝又在怀念故国了。

○ 品画鉴宝　彩陶变体翅羽纹曲腹盆·仰韶文化

◎ **拓展阅读**

三星堆遗址

三星堆遗址位于四川广汉城西11千米处的三星村，遗址面积达12平方千米，是四川境内目前所知的范围最广、延续时间最长，文化内涵最为丰富的古蜀文化遗址。1986年7—9月发掘的两座大型商代祭祀坑，出土了金、铜、玉、石、陶、贝、骨等珍贵文物近千件。其中最让人吃惊的是金杖、大铜人立像、大型人面具和青铜神树。另外还出土有青铜头像40余种，面具10余件。三星堆这批前所未有的珍贵文物的发现把古蜀国的文明史向前推进了1500年。

相传唐代有个名叫淳于棼的人，原籍东平郡，在江南一带是个仗义行侠的人。

淳于棼喜欢喝酒，爱发脾气。他懂得武艺，曾经在淮南节度使部下担任副将，因为他不拘小节，一次酒醉之后，冒犯了主帅，被革掉官职，就回到了家里。此后生活越发放浪，一味饮酒解闷。他有万贯家财，又收留着一班豪爽讲义气的人物，于是他的名声就传了出去。

他家在扬州城东面十里的地方，住宅南面有一棵古老的大槐树，枝干又长又密，绿阴沉沉，遮盖了好几亩土地。淳于棼天天和那些朋友们坐在树荫下面，尽情喝酒。

贞元七年（791年）九月的一天，淳于棼酒喝得太多，已经酩酊大醉了。这时候，有两个朋友在席上扶着他回家，让他躺在厅堂东边廊檐下面，并对他说："你就睡一会吧。我们还要喂马，洗脚，等你略微好一些再走。"

淳于棼就解去头巾，靠在枕上休息。在迷迷糊糊中，他不知道是真的还是梦境，只见有两个穿紫衣的使者，向他跪拜说："槐安国王派小臣们来迎接大驾。"

淳于棼于是起身下床，整了整衣服，跟着两个使者走到门口。那里正停着一辆青色的小车，四匹高头大马驾着，旁边还有七八个跟随的人。他们扶着淳于棼上了车，出了大门，径直向大槐树下的洞口驰去。

淳于棼正奇怪他们要往哪里去，不料使者就赶着马车进入了洞穴，他心里觉得很惊奇，却又不敢问。抬头一看，眼前的山河、景物、草木、道路，跟以前在人世间看到的都大不相同。走了几十里，远远望见城墙，车马行人也多了，在路上来往不断。淳于棼旁边跟随的人大声吆喝着，行人们忙向两旁闪避。

车子驶进了一座大城，只见朱红的城门，高大的城楼，气势非凡，城楼上题有"大槐安国"四个金字。守城门的人赶忙上前行礼招呼。接着，有个骑马的人跑来通知："国王因为驸马远道而来，吩咐暂在东华馆休息一下。"说完，就在前面领路。

走了一会，看到一处敞开的大门口，随从们恭敬地请他下车。淳于棼下来一看，只见有彩色的栏杆、雕饰的堂柱、美丽的花木、珍异的果树，厅上陈设着桌椅、坐垫、帘幕、酒席，十分豪华。

这时前门有人喊道："右丞相快到了。"淳于棼赶紧过去恭候，就有一位身穿紫色长袍，手拿象牙朝板的人，大步走上前来，不用说他就是右丞相了。两人行过宾主相见之礼，右丞相开口说："敝国国王不顾遥远偏僻，费尽周折把先生接来，打算跟您高攀婚姻，不知道先生同意不同意？"淳于棼说，"我是个微贱愚劣的人，怎敢存这种奢望？"右丞相见他没有拒绝，就请他一同去拜见国王。

丞相带着他出了东华馆，走了一百步光景，进了一扇朱漆大门，门里两边摆着矛、戟、斧、钺等兵器，一些侍卫官吏立在两旁。淳于棼看见人群中有个熟人，是他平日经常一起喝酒的朋友，名叫周弁，心里暗暗诧异，但是朝堂之上不敢上前问话。

右丞相带领他走上大殿，殿上警卫森严，正中的王位上坐着一位魁伟严肃的人，他身穿白色绢袍，头戴朱红花冠。淳于棼有点害怕，不敢抬头观看。旁边侍卫叫他下拜。

只听国王说："前些时候得到您家大人的吩咐，请先生您不要嫌弃我们这个小国，允许我把次女瑶芳许配给你，以成天作之合。"

淳于棼一方面觉得好消息来得太突然，一方面畏惧国王的威严，于是俯伏在地上，说不出话来。

国王又说："您暂且住在宾馆里，结婚仪式我们会安排好的，请您先休息吧。"就传下圣旨，叫右丞相陪伴淳于棼一起回宾馆。

淳于棼猜想这件婚事的来由时，想起当初他父亲原是守卫边防的将领，后来陷落

○ 品画鉴宝　迎宾图·唐

141

在他邦，从此连生死都不知道，可能是他邦已经讲和退兵，所以两边用结亲来表示和睦，所以今天才有了这招驸马的好事。想来想去心里还是很疑惑，到底也没弄清楚。

这天晚上，羊羔、大雁、金钱、绸缎等聘礼，以及旗盖仪仗、歌舞乐队、酒席灯烛、车马礼物等东西，全都备齐了。又有一群女子，戴着珠翠凤冠，穿着金绣的霞帔、五光十色的装束，佩着镶金嵌玉的饰物，后面还带着许多侍奉的侍女。这些女子，她们抢着跟淳于棼开玩笑，个个姿态妖艳，口才伶俐，叫淳于棼简直没法应付。

有个女子对淳于棼说："那一次是三月初三，我跟着灵芝夫人到禅智寺，在天竺院看右延跳婆罗门舞。我跟女伴们坐在北窗下石榻上。那时候您还年轻，也下马来观看，您还硬要来跟我们亲热，说些调笑打趣的话。我跟琼英妹妹把红手帕打了个结，挂在竹枝上。这事您难道记不起了吗？"

淳于棼被女子问得哑口无言，只好说："这些事情我都放在心底里，没有忘记！"

正在他招架不住的时候，来了三个穿戴得很堂皇的男子，上前向淳于棼行礼说："我等奉国王命来给驸马做傧相。"

其中有一个淳于棼看看十分面熟，便指着他问："你不是冯翊郡的田子华吗？"这人回答说："正是。"淳于棼赶忙上前，握着他的手，谈了好一会儿。又问道："你为什么会住在这里呢？"田于华说，"我漫游到这里，承蒙右丞相武成侯段公瞧得起我，就住了下来。"淳于棼又问："周弁也在这里，你知道吗？"田子华说："周君是个显要的人物，担任司隶的官职，权势很大，我也几次承他照应。"

两人说说笑笑，十分快乐。不久有人来传话说："驸马可以举行仪式去了。"那三个傧相便拿起宝剑、佩玉、衣帽，请淳于棼更换。田子华说："想不到今天能够看到您的大礼，将来可别忘了我做过您的傧相。"

这时候有好几十个美女，奏起各种优美的音乐来，声音婉转清亮，曲调缠绵，真不是人世间所能听到的。还有几十个美女，捧灯执烛，在前引导。看看两边，都是金色、绿色的帐幕，光彩耀眼，接连有几里长。淳于棼端正地坐在车中，心里恍恍惚惚，安定不下来，田子华几次跟他谈笑，让他宽心。

到了一处门前，上面题名"修仪宫"，那群女子也热热闹闹地来到门旁，叫淳于棼下车行礼。在婚礼进行中，跪拜进退的仪式，跟人世间完全相同。等到新娘揭去头盖，淳于棼这才见到了妻子金枝公主那如天仙般美丽的容颜。

结婚之后，夫妻俩越来越恩爱，淳于棼也越来越荣华富贵。他进出时坐车辆的规格，宴会时接待宾客的排场，仅仅比国王差一些。

国王常常带着淳于棼和文武官员，到京城西面的灵龟山去打猎。那里山岭高峻秀丽，湖水广阔深远，长林丰草。他们在那狩猎时，一般会黄昏后才回城。

有一天，淳于棼启奏国王说："臣婿结婚那天，大王指示说是由于家父的吩咐。记得家父当初辅助边防将领，作战失利，陷落在他邦，到现在音信不通有十七八年了。大王既然知道他在哪里，请让我去拜见父亲大人。"

国王忙说："亲家翁守卫北方疆土，音信从未断过；这里到那里路途遥远，你只要备了家信送去就行了，用不着自己走一趟。"

淳于棼就叫妻子备办了孝敬父亲的礼物，连书信一同差人送去。过了几天，回信了。看看回信中写的，确实都是有关他老人家的事情。信里还有些想念和教导的话，情深意切，正跟过去一样。又问起亲戚的人事凋零、乡里的景物变化，再提到道路相隔很远，彼此音信不通。话说得十分悲伤。

可是他老人家并不让淳于棼去探望，只说："到了丁丑那年，就可跟你碰面。"淳于棼拿着信，忍不住悲痛地哭泣。

又有一天，妻子对淳于棼说："你难道不想做官吗？"淳于棼说："我放荡惯了，不懂得怎样办理政务。"妻子说："你尽管担任好了，我可以帮助你。"妻子就去向父王说了。

过了几天，国王告诉淳于棼说："我国的南柯郡政务办得不好，太守已被革职，现在想借重你的大才，希望你委屈担任一下，就跟小女一起去吧。"淳于棼恭敬地接受了命令。国王就叫车管官员准备太守的行装，拿出许多黄金、宝玉、绸缎、箱笼，还有婢仆、车马等等，都排列在大路口，让公主带去。

淳于棼年轻时光知道仗义行侠，从来不敢存大富大贵的希望，现在平步青云，就上了一本奏章表达自己的感激之情。他在奏章中说："臣虽然出身将门，无足轻重，平日又没有真才实学。担当这样的重任，一定会败坏国政。想到所负的职责，更是十分重大。现在打算多找几个有才德的人，来弥补自己不周到的地方。颍川人周弁，现任司隶官职，为人忠直刚正，守法无私，是个很好的辅佐人才。冯翊人田子华，还未担任官职，为人廉洁谨慎，识时通变，深明政治教化的根本。臣跟这两人都有十年的交谊，深切知道他们的才能，可以把政务委托给他们。因此恳请委派周弁为南柯郡司宪，田子华为南柯郡司农。这样才可使臣在办事成绩上有所表现，国家的法典制度也会有条不紊了。"

国王读了奏章，全部批准，叫周、田两人同去。这天晚上，国王和夫人在城南设宴送别。

国王对淳于棼说："南柯是我国的一个大郡，土产丰富，人口众多，没有好政治就难以弄得有条有理。现在有周、田两位辅佐，望你好好努力，不要辜负国家的期望。"

夫人嘱咐公主说，"淳于驸马性情刚强，喜爱喝酒，而且年少气盛。你要知道做妻子的方法，最重要的是温柔顺从，你能好好地服侍他，我在这里也可以放心了。南柯离京城虽然并不太远，毕竟不能早晚都见面，今天你要暂时离开母亲，我心里真的很伤心！"

淳于棼和公主恭敬地行礼作别后，向南出发。他俩坐在车上，武士们骑马护卫着，一路上有说有笑，心情十分欢畅。

几天后到了南柯郡。郡里那些大小官员、和尚道士、父老士绅、歌会伎乐队以及掌管车马、警卫、仪仗的人，都争着出来迎接侍候。到处人山人海，充斥着撞钟击鼓、欢呼喧闹的声音，如沸如潮，欢迎的人群一直延续了十几里。

抬头望见城墙、亭台楼阁，好一片壮丽的景象。进入那高大的城门，门上也有一块大匾额，题着"南柯郡城"。前面就是太守府，朱漆的敞窗厅堂，大门内陈设着刀枪剑戟，屋宇整齐幽深。

淳于棼接任之后，立刻下去考察当地情况，给老百姓解除痛苦，行政事务都交给周、田两人去办，把南柯郡治理得很好。

他做了二十年的太守，百姓都受到他的恩德教化，到处在歌颂他，给他建立功德碑和生祠。国王也非常器重淳于棼，赏赐他封地、爵号，地位和宰相没什么两样。周弁和田子华也因为政绩卓著，几次晋升官阶。

那些年里，淳于棼生了五男二女：男的都靠门荫封了官职，女的也跟王亲国戚的子弟订了婚，说不尽的荣华富贵。他家当时的荣耀谁也比不上。

这年，有个檀萝国来侵犯南柯郡，国王叫淳于棼练兵点将，准备出击。淳于棼上奏章保荐周弁统带三万人马，在瑶台城抗击敌军。

不料周弁光凭血气之勇，没有重视敌人力量，结果吃了个大败仗，单身匹马，袍甲也没穿，连夜逃回城中。敌人也收拾了军用物资回兵。淳于棼把周弁关押起来，向国王请求处分，国王却宽赦了他们。

就在这一月，周弁因为背上毒疮发作，死了。淳于棼的妻子金枝公主又害了病，仅仅十天光景也死了。淳于棼就上奏章请求交卸太守职务，护送公主灵柩回京。

国王也承受了丧女之痛，就派田子华代理南柯太守的职务。淳于棼痛哭着，护送丧车出发。丧仪出发时，一路上男女百姓号哭相送，官吏们摆设酒菜祭奠，也有攀住车辆挡住道路来挽留淳于棼的，人多得数也数不清。

到了京城，国王和夫人穿着素服，出城哀哭，追封金枝公主为"顺仪公主"，重新备了仪仗、华盖、乐队，把灵柩葬在京城东面十里的盘龙冈上。周弁的儿子周荣信，也在当月护送周弁的灵柩回到京城。

淳于棼做了二十年大郡太守，跟满朝文武都有交情，豪门贵族，没有一个不跟他交好的。自从交卸职务回京居住后，出入不受拘束，交结宾客更多，作威作福，气焰一天比一天高。

这无拘无束的行为已经招到了国王的猜疑和忌讳。这时候有人上了本奏章说："天象出现变化，预示国家将有大祸，那时京城要迁移，宗庙会毁坏，事变由外族起因，却在最近旁的地方发生。"

朝廷里都在议论是淳于棼贪图享受，越出本份，才引起了上天的预兆。国王就调走了淳于棼的侍卫，限制他的交游，将他软禁在家中。

淳于棼仗着自己镇守大郡多年，从未有过错失，现在遭受这些没来由的诽谤，心里当然十分郁闷。

国王也知道了他的心境，就对他说："我们做了二十多年亲戚，小女不幸中途去世，不能跟你白头偕老，我的心里实在非常悲痛。你离家已有多年，可以趁这时回到本乡，看看亲戚族人。你的孩子们留在这里，不用挂念。三年之后，我会派人迎接你来。"

淳于棼说："这里就是我的家了，叫我再回到什么地方去？"

国王笑了笑，说："你原是人世间来的，家可不在这里啊。"

淳于棼听了这句话，不禁有恍然大悟的感觉，如同一个大梦初醒的人，记起了很久以前的事情。他禁不住流下眼泪，请求回去。

国王回头招呼侍卫送他回去，淳于棼感激国王的宽宏大量，再拜告辞出来，发现等在外面带路的正是从前那两个穿紫衣的使者。

到了大门外，看见给他准备的车子很不像样，平日跟随他的仆人、车夫一个也不在，他不由感叹难过起来。

上了车，走了几里光景，出了这座大城，四下里看看，正是当初来时经过的道路。山河田野，依旧跟从前一样。只是送他的两个使者，一点也没有前次的那般威风。

淳于棼越加感到不快。他问两个使者：“什么时候可到扬州城？”

两个使者自顾自唱着歌，爱理不理的，好一会才回答说：“不久就到了。”

一会儿，车子驶出一个洞穴，淳于棼看到了家乡的街坊，也和当初一模一样。他禁不住一阵伤心，眼泪点点滴滴地流了下来。两个使者领着淳于棼下车，跨进家门，走上阶沿。

淳于棼看见自己的身体正躺在东边廊檐下面，不由大为惊惧，不敢上前。两个使者大声吆喝着淳于棼的姓名，喊了几遍，躺在那儿的淳于棼忽然醒了过来，站在这里的淳于棼也瞬即消失了。

他抬头一看，家里的僮仆正在打扫院子，两个朋友正坐在榻上洗脚，太阳光还斜照在西边的粉墙上，喝剩的酒还留在东窗下的杯盏中。可是梦中的光阴却那么快，好像已经过了一生一世了。淳于棼十分感慨，就叫两个朋友过来，把梦中的经历告诉他们。

大家都很惊异。他们就跟淳于棼走到屋外，找到了那棵大槐树下的洞穴，淳于棼指着说，“我在梦中闯进去的，就是这个洞。”两个朋友认为有狐狸或树妖在作怪，便叫仆人拿起斧头，砍掉树根上的枝桠，折去丛生的枝叶，想弄清楚洞穴里有些什么东西。

挖了一丈多深，发现一个大洞，洞底豁然明亮，可以放得下一张床榻。那里堆积着一些泥土，看来像是城郭、楼台、宫殿的模样。里面聚集着千千万万个蚂蚁。中间有一座小台，红红的像朱砂，两个大蚂蚁住在台上，白色的翅膀，红色的头，全身大约三寸长，另外有几十个大蚂蚁在周围护卫着，边上的蚂蚁都不敢走近，不用说这就是国王和夫人了。这里也就是槐安国的京城啊。

又挖到一个洞穴，上面距槐树向南的树枝有四丈左右的距离。洞里的通道曲折，中间方方的，也有土城小楼，里面也住着好些蚂蚁。这就是淳于棼担任太守的南柯郡。

另外有个洞穴，在西边两丈光景，中间广大空洼，有点像地窖的模样。里面有一只已经腐烂的乌龟，壳大得像一只斗。由于积雨潮湿，那儿还生长着一丛丛小草，倒也十分茂盛，几乎把整个壳都掩盖了。这就是淳于棼打过猎的灵龟山。

还找到一个洞穴，在东边一丈多地方，老树根像龙蛇一般盘屈着，中间有个小土堆，高一尺光景，这就是淳于棼在盘龙冈安葬公主的坟墓了。

淳于棼回想前事，心里是说不尽的感慨，看看发掘出来的洞穴，都跟梦里经历的一模一样。他不愿意两个朋友把它们毁坏了，立刻吩咐仍旧掩盖堵塞好。

这天夜里，突然狂风大作，暴雨骤降。到天亮时一看，洞里的蚂蚁都已迁走，不知道到哪里去了。梦中听到的预言"国家将有大祸，京城要迁移"，现在果然应验了。

淳于棼又想到檀萝国来侵犯的事，再邀了那两个朋友出去寻找踪迹。在住宅东面一里地方，有一条早已干涸的山涧，涧旁有一棵大檀树，树上爬满了藤萝，抬头不见天日。树边有个小洞穴，也有好些蚂蚁住在里面。原来这就是檀萝国。

淳于棼又想起了槐安国的酒友周弁、田子华，他们已经有十天没有来往了，于是就赶去探望他们，才知道周弁已经害急病死了，田子华也病倒在床。

南柯一梦，让淳于棼感到繁华消歇，世事沧桑，联想到人生在世，也不过转眼之间，因此皈依道教，戒绝酒色。过了三年，正是丁丑年，他病死在家，恰好符合梦中他父亲信里的话。

◎ 拓展阅读

梦的物理因素

我国古代思想家认识到人的一部分梦境是由来自体内外的物理刺激制造的。来自体内的物理刺激，如一个人腹内的食物过量或不足，就会引起相关的梦境。所谓"甚饱则梦与，甚饥则梦取"。有来自体外的物理刺激，如人在睡眠中"藉带而寝则梦蛇，飞鸟衔发则梦飞"，"身冷梦水，身热梦火"，"将阴梦水，将晴梦火"。在梦的分类一节中，"感梦"（由感受风雨寒暑引起的梦）和"时梦"（由季节时令变化引起的梦）均属于由外部物理刺激引起的梦。

稚童偷桃

从前，有一个书生，年轻的时候去参加郡县的考试。当时正好是春节，按照惯例，在考试的前一天，各种各样的商人，会搭起彩楼、组织鼓吹手到藩司庆祝，这个仪式叫作"演春"。

书生从朋友那里听说了这个热闹的仪式，就兴致勃勃地去参加。当天有很多的人都去观看，集市上人山人海。在藩司大堂上坐着四个官员，都穿着红色的衣服，按照东西方向，面对面地坐着。

书生第一次看到这样的场面，十分兴奋，也不知道那四个官员是什么人，就挤在人群中等着看好戏。只听见人声嘈杂，鼓乐震天。忽然有一个术士，带着一个披头散发的孩子，挑着一副担子上来了。他好像在对官员说什么，但是因为大家都在喧哗，所以根本听不清楚那个人说的是什么。只能看见大堂上的人在开心地笑。

一个站在旁边的青衣人大声命令表演开始。那个挑扁担的术士领了命很高兴，就问："我应该表演什么呢？"堂上的官员互相讨论了一下，旁边的侍从得了意思就下来问那人："你擅长什么？"他回答说："我能颠倒生物。"侍从回去答复官员，一会儿回来让他表演取桃子。

这个术士连声答应，解下衣服覆盖在箱子上，故意做出埋怨的样子，说："当官的也太不了解情况了，现在是春节，坚冰未化，我从哪儿去取桃子呢？如果我取不来，又担心被那位朝南坐着的官员所责骂。真是没有办法呀！"

他带着的孩子说："父亲既然已经答应了，又怎么能推辞呢？"术士惆怅了很长时间，才说："我也考虑了很久，现在到处是积雪，人间是没有地方能寻觅桃子的，但是天上王母的果园中，四时都不凋谢，也许能找到吧。看来只有到天上去偷桃了。"

孩子说："哎呀，天上没有可以上去的台阶吧？"

术士面带笑容地说："我有法术。"于是打开箱子，取出一团绳子，大约有数十丈长，整理了一下绳子的一个端头，向空中掷去。绳子立即悬立在空中，好像有一个东西把它挂住了似的。

不一会儿，绳子越升越高，渺入云中。而这边，他手中的绳也用到了尽头。

术士招呼孩子说："孩子，你过来，我已经老了，身体又不灵活，不能上天了，这次得你去一趟了。"于是把绳子给孩子，告诉他抓住绳子往上爬。

孩子看了看绳子，觉得很难，就埋怨他说："父亲也老糊涂了吧，这么一根绳子就能爬上天，如果我依靠它，来攀登万仞之高天，倘若中途断绝，那我的骸骨何以存矣！"父亲拍拍孩子的肩膀，说自己已经开口答应了，现在后悔也来不及了，所以无论如何也要孩子跑一趟了。还答应，如果孩子顺利地偷来天桃，必定

会得到百金重赏，然后就给孩子娶一个漂亮的妻子。

孩子于是手持绳索，盘旋而上，手移足随，如同蜘蛛爬丝，渐入云霄，再也看不见了。过了一些时候，绳子上下来一个桃子，如同碗口那么大。术士大喜，把桃子献到大堂上。堂上的人传来传去地看，看了很长时间，还是看不出桃子的真假。

忽然绳子掉到了地上，术士大惊，连连说不好，一定是上面有人砍断了绳子，那么他的孩子怎么办？

几分钟后，天上又掉下来一个东西，仔细一看，原来是他孩子的头。术士手捧着大声哭泣，说："这一定是孩子偷桃的时候被看管桃园的神仙发现了，我的孩子一定是没有命了。"过了一会儿，又掉下来一条腿，稍后肢体纷纷坠落。

术士极其悲伤，把残缺的尸体收拾起来，放在箱子里，又合上了箱子盖。他转过身来说："我就这么一个孩子，以前跟着我在南方北方云游。今天被我逼着上天偷桃，没想到碰到了这么凄惨的事情。我只能把他好好埋葬了。"

术士又跪在堂上，请求大家说，因为偷桃的缘故，孩子丢了命，如果有人可怜他们父子，就施舍一些银子吧。将来一定感恩图报。

坐在那儿的官员早就看呆了，于是纷纷掏出银钱来赏赐他。术士接受了银钱，把它们收在腰间，然后敲敲箱子盖说："八儿，还不出来谢赏，你还要等到什么时候？"忽然一个蓬着头的孩子顶开箱子出来，给堂上的人作拜，原来就是那个偷桃的孩子。

书生看了这个法术以后，感到十分惊奇，回来以后到处说，稚童偷桃的故事就这么传开了。

◎ 拓展阅读

桃符

古人认为桃木有辟邪驱鬼的作用，所以在辞旧迎新之际，在桃木板上分别画上"神荼""郁垒"二神的图像，悬挂于门首，意在祈福灭祸。最后人们为了图省事儿，就直接在桃木板上写上"神荼""郁垒"二神的名字。这就是最早的桃符。明嘉靖《汀州府志》载："桃符，新画桃符置户两旁，貌荼、垒于上，以厌邪魅。"明清地方志多有各地除夕挂桃符的记载。

唐高宗显庆年间，蜀郡青城有一个人，不知他叫什么名字。

这个人曾经在青城山下采药，挖到一棵大薯药，往下挖了几丈深，发现它的根渐渐粗大，像瓮那么粗。这个人不停地往下挖，渐渐挖到五六丈深，土就不停地往下陷。到十丈深的时候，这个人掉到了坑里，昏了过去。

他醒来以后，抬头仰视洞口，只看见如同星星那么大的光亮，以为自己死定了。

忽然他发现旁边有一个洞，心想怎么都是死，不如看看，就爬了进去。开始洞身极其狭小，他只能勉强通过。越往里爬，洞越宽敞，能站起来走了。不出几十步，就看见前面依稀有亮光。他寻着那亮光往前走，大概走了一里左右，这个洞穴渐渐变得很高。他在洞中又绕来绕去地走了一里多，就走出一个洞口。

洞前边有一条河，大约几十步宽。岸上有一个村落，几十户人家，家家有花草树木，正是春天二三月的时候，树上开着娇艳的花朵，都是他叫不出名字来的。村里耕地的农夫、织布的妇女、钓鱼的儿童等等，样子都很快乐知足，从他们的穿着来看，不像现在的人。

有一个人发现了傻站在洞口的他，就吃惊地问他是怎么来的。于是挖药人就一五一十地告诉了那人。那人就用一条小船把他渡了过去。挖药人说自己已经三天没有吃东西了，那人就把胡麻饭、柏子汤以及各种腌菜给他吃。

他在那里住了几天，觉得自己的身体渐渐地变轻，就问那人："这是什么地方？"并且向那人打听回蜀郡的道路。

那人对他笑笑说："你是人世间的人，不知道这是仙境。你能到这个地方来，就是表明你应该与神仙有缘分，可以暂且留在这里。我将领你去拜见东王公和西王母。"这时，听见村中又有人喊道："明天是三月三，可以去拜谒天帝了。"

第二天，那人带着挖药人一起出门。他们一会儿乘驾着云气，一会儿乘驾着龙鹤。那个人还能在云中徒步走。

不多时，就来到一座城市，那里所有的房子都是用金玉装饰的，宫殿楼阁，金碧辉煌。从四方来的人都汇聚到一座宫殿前，按照一定的次序进去拜谒，唯独挖药人被留在了宫门外。一头赤红色的大牛趴在门口，它的形状很奇特，正闭着眼睛吐唾沫。

带他来的那个人让他去参拜这头牛，乞求成仙之道，如果牛吐出什么宝物，立即把它吞下。挖药人按照他说的去做，恭敬恭敬地拜了牛。

不一会儿，这牛吐出一颗赤色珠子，直径超过一寸。他刚要去捧，忽然有一个穿红衣服的童子拾起宝珠就离开了。他再拜了，牛又吐出一颗青色珍珠，结果被一个穿青色衣服的童子取去。他再讨要，又有黄珍珠、白珍珠，也都被各个童子夺去。

最后挖药人着急了，于是急忙用手捧住牛嘴，不一会儿接到一颗黑珠子，就赶快吞了下去。一个穿黑衣的童子过来，什么也没有见到就空手回去了。

之后，那人领着挖药人去拜见天帝。天帝坐在殿上，样子十分威严。七个侍卫佩剑站在左右。几百名玉女和侍从站在庭院里。庭院里到处是奇花异果，散发着人间所没有的香气。天帝就问了一些问题，他都如实地回答。

谈话间他常常四顾左右看着美丽的玉女，天帝就问他："你很喜欢这些侍奉的玉女吗？"他听了忙趴在地上请罪。天帝说："只要你勤奋地用心修道，自然会有这些。但是你的修行还不到家。你必须努力用功，不然就不能轻易得到。"

天帝让左右端来一盘仙果。仙果是青红色，有拳头那么大，样子像人世间的海棠果，芳香无比。天帝把仙果给他看，说道："你随便用手捧，捧几个果，就给你几个侍女。"他自己估计最多能捧起十几个，就伸手去捧，只捧起三颗而已。天帝说："这对你来说已经足够了。"

因为挖药人是刚来的，宫中没有他的位置，暂时就让他随那带他来的人回到村子。另外给他一所房子居住，三名侍女跟着他一起回村侍奉他。村里人都很热心地向他传授神仙之术，帮他服药炼气，洗涤尘俗之念。

后来挖药人又多次拜见天帝，每次天帝都勉励他全心全意地修行。

他居住那地方的草木，没有荣枯寒暑的变化，一直都是人间三月的繁荣景象。大概过了像人间一样的一年多时间，他自己认为仙道已成，却忽然半夜里叹气。

左右问他为什么叹气，他说："我本是凡间的人，因为偶然的机遇来到这里，来的时候妻子生了一个女孩，刚没几天我就离开了，现在过了这么长时间，也不知道家里怎么样了。我想回去看看。"

玉女说："你离开人世已经很久了，妻子女儿应该已经死去，哪能再找到！大概因为你尘念未了，到现在还胡思乱想。"

他说："现在只有一年罢了，妻子应该没什么变化，我只是想弄明白是怎么回事。"

玉女于是告诉了邻居们，邻居们都感叹。又告诉了天帝，天帝让人送他回去。神仙们在水上作歌奏乐、置办宴席为他送行。

那三名玉女向他告别，每人送给他一锭黄金，说："恐怕到了人世间，回家什么也找不到，用这些黄金作生活的费用吧！"其中一位玉女说："你到了那里，如果什么也没见到，想回来，我有药放在金锭中，你取出来吞下去，就可以回来啦！"另一个玉女说："担心你被尘念侵害，不再有仙气，我们就在金锭里预备了药。可是又怕金锭中的药会保存不住，我就在你家老屋东头的一块槌衣石下边，埋了仙药。如果你不能从金锭中取药，只要到石下取药吃下也可以。"

说完，有一群鸿鹄从天际飞过，大伙对他说："你看到这些鸿鹄了吧？只要跟着它们飞去，就可以回去。"众人把他抬起来，他也纵身往上一跃，便来到鸿鹄群中。鸿鹄也不害怕，和他共同飞在空中。他回头看，还能望见岸上大约有一百来人挥手送他。

飞了一会儿，他来到一座城中。城里人很多。他一打听，这地方是临海县，离蜀郡已经很远了。于是就卖掉那金锭作盘缠。经过一年才来到蜀地。

那时已经是开元末年。他到处打听他的家，却没有一个人知道。

有一个九十多岁的人说："我祖父往年因为采药，不知哪儿去了，到现在九十年了。"他这才知道是他的孙子，于是说了自己的经历。祖孙俩抱头痛哭。孙子说："姑姑、叔叔全都已经亡故了。祖父离家时生的那个女儿出嫁以后不久也死了，她的孙子都五十多岁了。"

祖孙俩去寻找故居，见故居都成了瓦砾和荒草，只有旧时的槌衣石还在。他这才明白玉女们说的话。

于是他砸碎金锭找药。要吃药的时候，药忽然不见了。他又把槌衣石抬起来，从石下取出一个玉盒，盒中有丹药，他就把它吞下，回到洞天去了。

挖药人本来是凡人，无意中成了仙，自己却并不知道。

当时一个叫罗公的术士远在蜀地，他听了挖药人的故事以后，便说："这是第五洞宝仙九室的天地。天帝就是东王公，他跟前站着的七个佩刀侍卫，是北斗七星。那红色的牛叫驮龙，牛所吐的珠子，人如果吞了红色的，寿命与天地一样；吞了青色的，能活五万岁；吞了黄色的，寿命三万岁；白的一万岁；黑的五千岁。这个人吞了黑的，虽然不能学道术，但是在人世上也能活五千年了。"

另外有个叫李球的人，是燕人。唐文宗宝历二年，他和他的朋友刘生游览五台山。

五台山有一个风穴，游人稍微有些喧哗呼叫和投物击触，就会大风骤起，掀走屋盖，拔出大树，必然造成破坏。所以人们登山的时候，总是互相嘱咐告诫，都不敢去触动它。

李球到风穴口，持一种嬉戏的态度，把一块大石头扔进洞穴中。过了好长时间，石头撞击洞壁的声音才没有了。很快，果然有像骏

○ 品画鉴宝　鎏金朵带银熏炉·唐

马奔驰似的大风非常迅速地迸发出来，有一根木头像大柱一样，随着风飞出。

　　李球的性情轩昂勇猛，什么也不顾忌，于是用力扳住那根木头，坠入了洞穴中。李球被木头载着，也不能出来，过了好长时间，落到地上。看见一个人形状像狮子，却说人话，他领着李球进入洞中的书房里，看见两个道士正在下棋。

　　道士看见李球很高兴，问李球修行的道术。李球平时不知道，也不了解有关修行的事，所以默默无言，不知怎样回答。两位仙人责备那个引导李球的人说："我的道术的精要，应当授予有骨相的有识之士和学习道术的人。你为什么胡乱引来凡俗的庸人，进入我仙府呀？快引导他出去。"顺便把一杯水送给李球让他喝，并对他说："你虽然是凡俗之流，但能看我洞府，脚踩我真境，也就有一点道的情份了，所遗憾的是你平素不习道术，不可以告诉你修行的要领。不过，你可以暂且离开这里。如果确有希生之心，出世之志，以后可以再来啊。喝了这神浆，也可以延年益寿。"

　　李球喝完水，拜谢完毕，引者领李球来到洞的旁边，指给他看另外的路说："这山是道家的紫府洞，在五峰的上面，天下的奇宝被搜集来镇峰顶。如象茅山洞，用安息国全塘城的宝物镇它。春山杂玉，环水香琼，来坚固上仙的住所。这山的东峰有离岳火球，西峰有丽农瑶室，南峰有洞光珠树，北峰有玉涧琼芝，中峰有自明之金。环光的玉每到积阴将散，久热将雨，就有众宝交相发光，照耀岩岭。春秋的早晨，就有九色的气连接天，光辉闪烁云霞之上。太帝命令韩司少卿，东方君和紫府先生，率领六年仙寮神王力士，在这镇守。因此，这里叫神仙之府。"

　　他还说："这洞有三个门，一个一直西通昆仑山，一个出口在这岩石下面，一个是来风穴，来风穴是洞的正门，各门都有龙蛇把守。先生有命令说：'有大石头投入洞门，击中我柱的，是人世间将要获得道术的人，在这里接受道术。'如果碰到了就让我引进。我也是学习了很长时间的道术，未来当证验够不够仙的等级。虽然积蓄很多功力，但人间的业障还没消除。由于素来就有的功业的庇荫，才能够把守这洞穴的口。过了三百年，也应当超升了。我遵守先生的命令，恰好有人投石击中柱子，依照先生教导的引进你，确实不知道你是嬉戏投石。然而几百年来，投石头的人很少，就是有，也没有击中柱子的。神仙的住宅，不容易来到，你将来也会有获得道家玄妙源流的机会。这里有北岩的小路，可以使你很快地回到人间。"

说完就解开衣带取出三丸药，穿到一根枯干的树枝的梢上，又对李球说："路旁如果看见有奇怪的东西，用药指它就不会被伤害。这药吃了它，可以避免生病。"

李球手里拿着这药，走到洞中黑暗处。药有光，像火一样。有几条大蛇，张大口向着李球，李球用药指它们，大蛇伏在地上不敢动。李球出了洞门，门外的古树已经半朽，洞口都要被塞住了。李球推开填塞洞口的土和朽树，很久才出来，到达一座寺的外面。

在这以前，刘生失掉了李球，李球的儿子正怀疑刘生害了他的父亲，想要向官府诉讼，因为寺里有大斋，没有能够就去。既然李球回来了，大家都很高兴。

李球说了他所看见的奇怪的事，顺便把三丸药，分给刘生和自己的儿子，他们各吃一丸。

当李球六十岁时，胡须已经白了，垂在胸前。当他九十多岁了，容貌身形却像三十几岁的人。说起所遇到的奇事，他常常感慨说："从服药到现在，逐渐由老朽变成健壮，平常也不喜欢吃东西。"他的儿子也像三十岁左右，决心修道。于是父子俩一起进入王屋山去了。

◎ 拓展阅读

时空隧道

美国著名科学家约翰·布凯里教授经过研究分析，对"时空隧道"提出了以下几点理论假说："时空隧道"是客观存在，是物质性的，它看不见，摸不着，对于我们人类生活的物质世界，它既关闭，又不绝对关闭——偶尔开放；"时空隧道"和人类世界不是一个时间体系，进入那一套时间体系里，有可能回到遥远的过去，或进入未来。相对于地球上的物质世界，进入"时空隧道"，意味着神秘失踪；而从"时空隧道"中出来，又意味着神秘再现。

○ 品画鉴宝　寒江独钓图·明·朱端

在说姜太公钓鱼前，需要先说一说纣王和周文王。

商朝的皇帝盘庚死后，又传了十一个王，最后一个王叫作纣。纣原来是一个相当聪明又有勇力的人，他早年曾经亲自带兵和东夷进行一场长期的战争。他很有军事才能，在作战中百战百胜，最后平定了东夷，把商朝的文化传播到淮水和长江流域一带。

可是长期战争，消耗了商朝的财力，加重了商朝人民的负担。纣王在打了胜仗以后变得骄傲，只知道自己享乐，根本不管人民的死活，没完没了地建造宫殿。

他在朝歌造了一个富丽堂皇的"鹿台"，把搜刮得来的金银珍宝都贮藏在里面。他又造了一个极大的仓库，叫作"钜桥"，把剥削来的粮食堆积起来。他把酒倒在池里，把肉挂满了树林，和宠姬妲己过着穷奢极欲的生活。

他还用各种残酷的刑罚来镇压人民，凡是诸侯背叛他或者百姓反对他，就会被捉起来放在烧红的铜柱上经受叫做"炮烙"的刑罚，直到被活活地烤死。

这时候，西部的一个部落正在一天天兴盛起来，这就是周。周本是一个古老的部落，夏朝末年，这个部落在现在的陕西、甘肃一带活动，后来因为遭到戎、狄等游牧部落的侵扰，周部落的首领古公亶父率领周人迁移到岐山下的平原定居下来。

周部落越来越兴旺。一天，一只仙鸟飞到了部落城门，开始大声地鸣叫，声音清脆动听。这件奇异的事情传遍了各个地方，大家纷纷议论说这对周来说是个好的征兆。

古公亶父的孙子姬昌后来继承王位成为周文王。周文王是一个能干的政治家，他的生活跟纣王正相反。纣王喜欢喝酒、打猎，对人民滥施刑罚。周文王禁止喝酒，不准贵族打猎，不准糟蹋庄稼。他鼓励人民多养牛羊，多种粮食。他还虚心接待一些有才能的人，因此，一些有才能的人都来投奔他。

周部落强大起来，对商朝是个很大的威胁。有个大臣崇侯虎在纣王面前说周文王的坏话，说周文王的影响太大了，这样下去，对商朝不利。

纣王下了一道命令，把周文王拿住，关在羑里。周部落的贵族把许多美女、骏马和大量珍宝，献给纣王，又送了许多礼物给纣王的亲信大臣。纣王见了美女珍宝，高兴得眉开眼笑，说："光是其中的一样，就可以赎姬昌了。"说完，就立刻把周文王释放了。

周文王见纣王昏庸残暴，丧失民心，就决定讨伐商朝，可是他身边缺少一个有军事才能的人来帮助他指挥作战，他暗中想办法物色这种人才。在这个时候，姜太公出现了。

姜子牙的祖先因为帮助大禹治水有功，被封在吕这个地方，所以他又叫吕尚或吕望。姜子牙是个有雄才大略的人，他胸怀济世之志，想施展自己的抱负，可

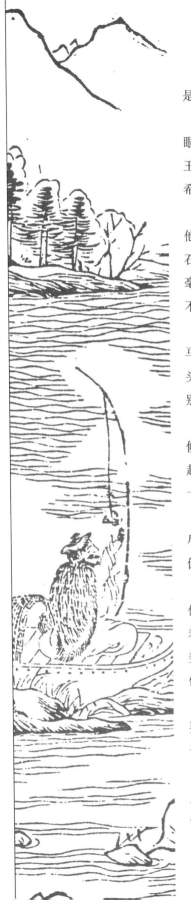

是一直怀才不遇，大半生在穷困潦倒中度过。

他曾经在朝歌宰过牛，又在孟津卖过面，岁月蹉跎，转眼已到了人生暮年，两鬓白发苍苍。他听说当朝贤主周文王的圣名后，便来到渭水河畔，假借垂钓之名来观望时局，希望能得到周文王的赏识，使自己的才华得以施展。

时间一年一年过去了，他的头发由花白变成了全白，他在渭水河边钓鱼也很久了。在他投竿抛饵、两膝跪踞的石头上，已磨出了两个浅浅的小坑。人们见他一直垂钓，却毫无收获，都劝他放弃，有的人还嘲笑他，他却说："你们不懂其中的奥妙！"依旧垂钓。

一天，他正在河边垂钓，从身后的大路上来了一辆马车，不仅赶车的人哭丧着脸，车后面跟着的人也都垂头丧气，其中有的人还哭哭啼啼。他觉得很奇怪，就向别人打听。

原来车中躺着一户人家的大公子，出门拜师求学的时候，突然间昏迷不醒，找了几个郎中都说是不治之症，让赶紧回家准备后事，不然就要死在外面。所以他的家人都十分悲伤绝望。

姜子牙用手撩起车帘看了一会儿说："诸位不必悲伤，尽管放心，此人三日内必好。"但没有人会相信一个穷困潦倒的钓鱼老头说的话是真的。

几天后，姜子牙正在钓鱼，从城中出来一伙人马直奔他而来，到了他钓鱼的地方，从车里走出一个英俊青年对着姜子牙叩头就拜，嘴里不停说着"救命恩人"，一定要拜姜子牙为师。原来这个青年就是前几天躺在车里的那人，他果然如姜子牙说的活过来了。

他的父亲是当朝重臣，辅佐周文王治理国家。此时他要把姜子牙请回家中给他当老师，并许以重金，还想认姜子牙为义父，都被姜子牙婉言谢绝。

又有一天姜子牙正在钓鱼，从大路上过来两个人，每人牵着一匹高头大马，都是武将打扮。正值中午最热的时候，马要饮水，人要洗脸。姜子牙看了一眼其中一个的面相，长长地叹了一口气说："老朽看你印堂发黑，有赤脉贯瞳，如果现在回去马上救治还来得及，不然的话，七日内必死。"哪想到这两人冲着姜子牙哈哈大笑了一阵，说姜子牙是疯老头，说完后毫不在意地扬长而去。

原来这两人是周文王属下负责守城的副将，其中一个人五天后突然暴病而亡。

经过这两件事后，姜子牙名声大噪。"渭水河边有个钓鱼的穷老头能断人生死，百发百中。"这件事一时在城里不胫而走，从百姓传到了朝廷，同时也传到了周文王的耳朵里。可是周文王心想一个钓鱼算卦的穷老头，对国家能有什么用呢？所以周文王并没有放在心上。

日子就这样一天天一年年地过着，姜子牙还是天天在渭水河边钓鱼。

一天，周文王打算出去打猎，占卜的结果说："出猎所获不是龙也不是貘，不是虎也不是熊，而是能够辅佐你成就霸业的人才。"周文王又回想起梦中先人说过的话："圣人出现之日，就是周振兴之时。"于是满心欢喜地外出打猎。不经意间就来到了渭水之滨。

在渭水边，他看见一个老头儿在河岸上坐着钓鱼。大队人马过去，那个老头儿只当没看见，还是安安静静地钓他的鱼。文王见这位垂钓老者一副超然物外的神情，觉得很奇怪。

文王就下了车，走到老头儿跟前与他交谈起来。让周文王惊讶的是，一个天天以钓鱼为乐的穷老头，对天下大事以及国家的文治武功知道得非常清楚，知识又是非常渊博，而且观点新颖、见解独到。他还发现这个钓鱼的穷老头对五行数术及用兵之法都有很深的造诣。

两人谈得非常投机，姜子牙也不失时机地告诉文王自己的身世。文王这才知道这个貌不惊人的钓鱼翁原来大有来历，求贤若渴的周文王从姜子牙睿智机敏的谈吐中发现，此人正是自己所要寻访的大贤，高兴地说："我祖父在世时曾经对我说过，将来会有个了不起的能人帮助我把周族兴盛起来。您正是这样的人，我的祖父盼望您已经很久了。"

因为姜子牙是文王的祖父所盼望的人，所以后来人们都叫他太公望，再后来就叫他姜太公。

于是周文王用最隆重的礼节款待他，并把他让上自己坐的马车，可是这个穷老头还真不识抬举，看到周文王这么尊重他，他反倒摆起谱来。周文王坐的马车他不坐，文王让他坐在车里亲自为他赶车也不行，只有一个要求，就是让周文王亲自背着他回城。

当时，天下没有第二个人能坐上周文王的车，这已经是天下最隆重的礼遇了。

姜子牙的要求让文王十分为难：不背吧，国家朝廷求贤若渴，正是用人才的时候，不能失去这么难得的人才；背吧，面子又不好看，自古以来哪有国君背臣民的。但是为了国家兴旺就不要考虑个人面子了，想到这里，周文王真的背起姜子牙向城中走去。

走了一小段的路程后，周文王累得满头大汗，气喘吁吁。趴在周文王背上面的姜子牙似乎一点也不知体谅别人，看到把文王累成这样，嘴里却总是说："再多走几步……"

周文王实在走不动了，就把姜子牙放了下来。周文王这时累得也顾不上国君的面子了，坐在地上满脸流汗。姜子牙看着累得汗流满面的周文王，笑着对他说："你一共背我走了二百九十四步，我要保你大周江山二百九十四年，一步一年呀。"说完他又哈哈大笑起来。

文王听姜子牙这么一说，立刻恢复了精神，也不觉得累了，爬起来准备继续背姜子牙。这时姜子牙笑着说："再背就不灵了，就二百九十四年吧。我们坐车回城。"

姜子牙于是尽心辅佐文王，他一面提倡生产，一面训练兵马，周族的势力越来越大。

有一次，文王问姜子牙："我要征伐暴君，您看咱们应当先去征伐哪一国？"姜子牙说："先去征伐密须。"有人反对他，说："密须国君厉害得很，恐怕打不过他。"他说："密须国君虐待老百姓，早已失去民心，他就是再厉害十倍，也不用怕。"

周文王发兵到了密须，还没开战，密须的老百姓先暴动了，他们绑着密须的国君归附了文王。

过了三年，文王又发兵征伐崇国。崇国是商朝西边最大的一个属国。文王灭了崇国后，就在那里筑起城墙，建立了都城，叫作丰邑。

没过几年，周族逐渐占领了大部分商朝统治的地区，归附文王的部落也越来越多了。但是，周文王并没有完成灭商的事业。在他打算征伐纣王的时候，生了一场重病死了。

后来，姜子牙又辅佐文王之子武王灭了商纣王，武王也尊他为军师和先生。武王最后灭了商纣王，建立了周朝。

关于太公遇文王，还有种种不同的传说。有说他因为穷困无以为生，被老婆赶逐出来，在朝歌市上操刀卖肉，时常案板上肉都发臭了，还没有买主来过问，后来遇见周文王，才把他从不幸的生涯里拯救出来。

又说当文王被拘囚在羑里的时候，散宜生、闳夭等去请姜子牙出主意。几个人一商量，就到各处去访求了美女宝物来献给纣王。文王被释放出来，知道他的贤才，才渐渐重用了他。

关于渭水边垂钓的事，也有一些奇闻异说。例如有的说他一连钓了三天三夜，没有得到一条鱼，气得他把衣服帽子都脱去甩在地上了。后来有个农人告诉他钓鱼的方法：鱼线一定要选取细细的那种，钓饵一定要选取鱼喜欢吃的，钓的时候还要沉着、有耐心，慢慢投下钓饵去，不要叫鱼受到惊吓等等。他照着农人的话试着去做，果然不久就钓到了一条鳜鱼，后来又钓到了一条鲤鱼，剖开鲤鱼的肚子，里面有一个布卷儿，写着"吕望封于齐"几个字。

太公遇文王以后，还有这么个神奇的传说：说文王最初叫太公到灌坛地方去做小官，一年以后，他把那地方治理得平静无事，连风都很知趣，吹响树枝那么大的风都没有发生过。

一天晚上，文王梦见一个非常艳丽的妇人，拦住他的去路痛哭。文王问她为什么哭，她说："我是泰山山神的女儿，嫁给东海海神做妻子，现在要回婆家去，却被灌坛地方的长官阻挡住了我的归路。因为我一出行定有狂风暴雨伴随，若是真的发作起狂风暴雨，又怕玷污了那位官长的好名声，犯了过错，受天帝处罚。若是不发作风雨呢，我又走不了路，所以进退两难。"

文王醒来，觉得奇怪，就把太公召来，问他这事的究竟。太公正不知怎么回答是好的时候，有人来报说："有很大的风和很大的雨从太公管辖地方的边境上经过。"

文王这就明白了梦中妇人说的意思，越加相信姜子牙的神奇，便提升他担任了大司马的职务。

传说虽然有很多种，但是结果是一样的：渭水边的姜太公钓到的最大的一条鱼就是周文王。

◎ **拓展阅读**

渭水

渭水是水名，黄河最大的支流。在陕西省中部，源出甘肃省渭源县西北的鸟鼠山，东南流至清水县，入陕西省境，横贯渭河平原，东流至潼关入黄河，长787千米，流域面积13.43万平方千米。上游以及北岸泾河、洛河等支流，流经黄土高原，夹带大量泥沙。中、下游渠道纵横，自汉至唐，皆为关中漕运要道。《山海经·海内东经》中说："渭水出鸟鼠同穴山，东注河，入华阴北。" 唐张籍《登咸阳北寺楼》诗写道："渭水西来直，秦山南去深。"

唐代的唐敖是一个不得志的读书人，曾经跟着自己的大舅子林之洋出海，希望领略海岛山水胜景。在他们的船上有个船公叫多九公，他常年在海上出行，到过许多异形异禀之国，见多识广。唐敖和多九公十分投缘，两人常常上岸去探询一方的风土人情，于是在出海的日子里，他们游历了诸多的国家。

他们在东口山见识了很多奇异的东西。

"肉芝"是一个骑着一匹小马的小人，大约长七八寸，常常奔走如飞。人吃了，就能延年益寿，并可得道成仙。

"祝余"是一种青草，宛如韭菜，内有嫩茎，开着几朵青色的小花。它生长在海外的鹊山，可以充饥，吃到嘴里有一股清香，立刻感觉就饱了。

"蹑空草"，又名"掌中芥"，它的叶子和松树差不多，青翠异常，叶上生着一子，大如芥子。人若吃了，轻轻纵身，就能离地五六丈，立在空中，所以叫作"蹑空草"。这种草很特别，不靠阳光雨露生长，而是靠呼吸之气来长大。把叶子吃完后，取下草籽放在掌中，吹一口气，立刻从那草籽中生出一枝青草，约长一尺；再吹一口，又长一尺；一连吹气三口，共有三尺之长。此草不吹不生，因此特别难找。

"刀味核"，是一种枣的名字，其味全无定准，随刀而变，所以叫作"刀味核"。人吃了，可成地仙，即使不能成仙，也可延年益寿。

"朱草"，样子和小桑树差不多。叶茎如果放在珊瑚边，汁液就像鲜血一样地流下来；如果将金、玉器放在草边，那么草立刻变得和泥土一样——以金器变化的，名叫"金浆"；以玉器变化的，名叫"玉浆"。人要是吃了，皆能入圣超凡。

山上还有一种怪兽叫"果然"，又名"然兽"。它长得像猿猴，浑身白毛，毛长而细，上有许多黑纹，身体不过四尺长，后面却有一条长尾巴，由身子盘至顶上，长二尺有余。性格最为侠义，极其爱护同类。如果不幸有只然兽被猎人打死了，别的然兽看见同类的尸体，一定会守在旁边哭泣，任人捉获，并不逃窜。

然而唐敖和多九公最神奇的经历是走遍了海外奇国。

据说在东海，太阳和月亮都从那里出来的大言山附近，有一座名叫波谷山的大山。大人国的人就住在这座山上。山上有大人开会议事的地方，叫大人之堂。这些大人，在母亲的肚子里孕育了三十六年才下地，生下地头发就是白的，而且刚生下的婴儿就已经是魁梧奇伟的巨人，还没学会走路就已经能够腾云驾雾，他们原来就是龙的子孙后代。

很早的时候，一个大人国的巨人，一钓竿钓起六个大乌龟，使得海上的仙山都沉没了。神仙没有住的地方，纷纷去天帝那里告状。天帝发怒，就把大人国国民的身高缩短，即便如此，缩短的他们，身高也还有三十丈，只有东方佻人国人的身高，才大致可以和他们比肩。

天上也有大人，把守着天庭的门阙，他生着极其凶横的九个脑袋，他可以在很短的时间里拔光。地狱里的大人就是幽都的守门者土伯，头上有一对锋利的角，有着牛一样庞大的肚子，用一双血淋淋的大手，驱赶着幽都里的鬼魂——这样说来，大人是天堂、人间、地狱里都有的了。

大人国向东是君子国。这个国家的人，人人寿命都很长，衣服帽子都穿戴得整整齐齐，腰间挂着宝剑。每人使唤两只斑斓大老虎做仆人。他们除了吃家畜野兽之外，还把国内盛产的木槿花采来蒸熟了，当做日常食品。这美丽的花开得并不长久，早晨开花，不到晚上就枯萎了。君子国的人便把这花拿来做食品。说也奇怪，虽然这花很短命，但吃了花的人却个个都很长寿。君子国的人，大家都谦让有礼，一点也没有争端。老虎就像小猫一样，十分驯服。到了君子国的街市，虽然看到满街的人和老虎来来往往，从没有什么乱子。

东方的异形国家还有黑齿国。黑齿国的附近是汤谷，也就是十个太阳曾经居住过的地方。这个国家的人，牙齿黑得像漆，是帝俊的后代。他们拿稻子当饭，拿蛇当菜肴。

从黑齿国往东，经过汤谷，就到了玄股国。这里的人生得很奇怪，从腰部以下，两条腿完全是黑的。因为住在海边，就拿鱼皮来做衣服，拿海鸥来做食品。玄股国的人善于征服蛇，所以每个人手里都握着蛇，右边耳朵挂一条青蛇，左边耳朵挂一条红蛇。由于他们腰以下的身体都是黑色的，再加上手里耳朵上都有蛇，模样特别吓人。附近有个部落叫作雨师妾，那里的国民是介于人和神之间的怪人。

司幽国，是帝俊的后代，吃小米和野兽。国内分成男女两个集团，男的叫作思士，不娶妻子；女的叫作思女，也不嫁人。他们只需要用眼睛互相看看，就可以生出孩子。

164

再向北就是青丘国，这里的人吃五谷，穿丝帛，和我们没什么不一样。只是这里出产一种狐狸，有四只脚，九条尾巴，天下太平时它就会出来显示祥瑞。

劳民国，这里的人手足面孔都是黑的，样子慌慌张张，怎样也不安定。虽然一点事情也没有，但显得非常忙碌，所以叫劳民，他们吃草和树上的果实。这里还出产一种两头鸟。

在南方的海外，从西南地区到东南地区，第一个国家是结胸国。结胸国人与众不同的地方，就是人人胸前的骨头都突出一大块。骨头附近生长着一种鸟，叫作比翼鸟，形状像野鸭，羽毛的颜色是青中带红，只有一只翅膀、一只眼睛和一只脚，定要两只鸟合在一起，否则寸步难行。

从结胸国向东去，可以到交胫国。那里的人身材不高，只有四尺左右，腿脚是交差而弯曲的，一躺下就起不来，要人扶助才起得来。一拐一拐地走路，样子很难看，但他们却习以为常，看见从别的国度来的直着脚走路的人反而不太习惯。

交胫国附近，有一个枭阳国。那里的人是介于人和兽之间的一种野人。他们的身子有一丈多长，长着人的脸，漆黑的身子，浑身长毛，脚是反向而生的，快步如风，性格凶残，最喜欢吃人。据说女性的枭阳人可以从身体里喷洒出一种汁水，人如果碰到了就会生病。

从枭阳国往东就可以到岐舌国，又叫作反舌国。据说这里的人舌头都是向着喉咙倒转生的，因此说话很特别，只有他们自己能懂，外人一点也不能明白。

再往东走，就到了豕喙国，这里的人嘴巴都像猪。附近就是凿齿国，那里的人可以从嘴里吐出一颗三尺长的牙齿，形状像凿子，非常可怕。他们大概是尧时候，被后羿杀死在南方畴华之野的怪物凿齿的后代。

凿齿国旁边是三首国。三首国的人一个身体三个脑袋，模样也极其怪异可怕。

之后是长臂国。这个国家的人身体高矮和常人差不多，可是手臂特别长。有的人说他们的手臂一直垂到地上，有的人说他们的手有三丈长。长臂国的人以鱼为食物，他们长长的手特别适合捕鱼。海边的人经常看见他们伸出长手到海里，不一会儿就捞上来一条鲜活的大鱼。

北方海外头一个是姑射国，在一个海上的仙岛，和蓬莱岛相去不远。大海在它的东北，高山环绕在西南。这里的人个个都是神仙，不吃五谷，只呼吸新鲜空气，或者是喝点露水，没有什么东西可以伤害他们。人们也是无所事事，长生不死。

从这里向西到西北地区的尽头就是犬戎国，又叫犬封国。这里的人都是狗的脑袋，人的身子，据说是黄帝的子孙后代。黄帝的玄孙弄明生了一雌一雄两只白狗，就传下这个国家。犬戎国的人吃肉，供奉一个叫作戎宣王尸的神灵，形状像马，但没有头，浑身红色。也有人说他们是高辛王当国王时杀房王有功，高辛王把心爱的女儿嫁他为妻传下的后代，以后的男孩都是狗头人身的样子，女孩都是漂亮的姑娘。这里还生产一种白颜色的花斑马，名叫吉量。这种马眼睛像黄金，鬃毛像火焰，如果骑了它可以活到一千岁。

反踵国里的人只用五个脚趾头走路，不用脚跟，又说他们的足是反转生的，如果向南方走路，他们的足迹却正向着北方，所以他们的国家叫反踵国。

反踵国旁边是拘缨国。据说这国家的人随时都用手握住下巴上的帽带，仿佛怕风把帽子吹掉似的。拘缨国的南边生长着一株极其高大的树，叫作寻木，据说有千里之高。

从拘缨国再向西就到了博父国，也叫夸父国，也就是从前追赶太阳的夸父的后代。这里的人身体都很长大，左手握一条青蛇，右手握一条黄蛇。东边有一片果实累累的桃林，叫作邓林，就是夸父追赶太阳临死时抛下他手中的杖变化的。

聂耳国一国的人都长着一对极长的耳朵，一直垂到肩膀下面，走路的时候必须用两只手握住它们。他们每人都使唤两匹老虎做他们的仆人。

聂耳国的附近是有名的北海，有三个神人。一个是北海的海神又兼风神，叫作禺强，他长着人的脸、鸟的身子。另一个叫九凤，长着鸟的身子，九个脑袋，都是人脸。第三个叫强良，人的身子，老虎的脑袋，四个蹄子，手肘特别长，嘴里衔了蛇，前蹄上也挂着蛇。他们都住在一座名叫北极天柜的山上。

北海这一带，也有些很奇怪的事物：在一座叫作蛇山的山巅，有许多像凤凰一样美丽的五彩鸟，名叫翳鸟。后面有一座怪石嵯峨的大黑山，山头上住着一些黑色的人。还有大幽之国，人民都精赤着身子，终年住在不见阳光的幽暗的崖洞里。又看见红脚杆的人，膝头以下的皮肤颜色通红。还有一群人身马足的壮汉，他们是钉灵国的人民，在原野上快跑如风。

西边同样有奇国，一个国家叫奇肱国，在离玉门关四万里的遥远的西极。据说这一国的人擅长制造各种灵巧的机械来捕捉鸟兽，又能制造飞车。还说他们每人有三只眼睛，可以轮流休息。这里还有一种怪鸟，有两个脑袋，羽毛是红中带黄的颜色。

再向西就到了无肠国，这里的人高大但没有肠子。

然后就到了深目国，这里的人眼眶极深，一切的食品都是鱼做的。

深目国西面是柔利国，这国的人都没有骨头，而且都只有一只手一只脚，软软地弯曲着，是聂耳国的子孙后代。

再西一点就是一目国，这里的人只有一只眼睛，长在脸的正中央，据说是少昊的子孙后代。因为样子难看，有时人们就把这个国家叫做鬼国。

长股国里的人腿都很长。有人说有三丈多，可以背长臂国的人到海里去捕鱼。这个国家的附近，出产一种羽毛华丽的五彩鸟，叫作狂鸟或者狂梦鸟。

三身国的人，都是一个头三个身子，是帝俊的后代。附近有一座巫山，天帝的八种仙药就藏在山上秘密的洞窟里。有一只五色的凤凰，替天帝看管这些仙药。

羽民国里的人都长着一个长脑袋，头发是白的，红的眼睛，生着鸟形的嘴，背上有鸟的翅膀，能够飞但飞不远。他们也是从蛋里孵出来的。国里有很多与凤凰一类的鸾鸟，长有五彩的羽毛，极其华贵，羽民国的人就用它们的蛋做食物。附近还有一个卵民国，也和羽民国一样是卵生的，但记载很少。

鹳头国里的人也生着鸟的嘴，背上有翅膀，形貌和羽民国的人差不多，但不能飞，翅膀只能用做拐杖。这里的人就是用翅膀扶着来到海边，用尖的嘴来捕鱼。据说他们的祖先原来是尧的臣子，因为有罪，跳南海自杀了。尧可怜他，让他的儿子到南海去奉祀他。他们除了吃鱼外，还吃一些谷物，其中有黑小米。这是大神鲧被杀戮后，变成黄熊到西方去求医，曾经在路上劝人民播种的。

厌火国里的人黑皮肤，身体像猕猴，能从嘴里吐火。据说这是因为这里的人都用火炭做食物。这里还有一种食火兽，名叫祸斗，形状像狗，能够喷火。厌火国的附近是裸国，这里的人一年四季不穿衣服，全身赤裸。

三苗国，也叫三毛国或者苗民国。相传是帝鸿氏的后代浑敦，少昊的后代穷奇和缙云氏的后代饕餮的子孙。他们因为反对尧禅让给舜，国君被杀，就逃到南海合成一国。这里的人相貌和普通人差不多，只在腋下有一对不能飞的小翅膀。

秩国里的人是舜的后代。舜生无淫，无淫到这里居住，子孙形成一国。这里的人黄皮肤，擅长拉弓射蛇。

蜮民国里的人吃小米，还吃"蜮"。蜮是一种生长在南方山溪中的毒虫，形状像团鱼，只有两三寸长，能够含沙射人。被射的人轻一点的大病一场，重的可能会丢掉性命。蜮民国的人专门射这种毒虫来吃。

贯胸国里的人胸前有一个圆圆的大洞。据说大禹治水时在会稽山大会群神，防风氏因迟到被杀。后来洪水平息，天上降下两条龙，大禹就派一个叫范成光的臣子驾了这两条龙拉的车，载着他到海外各国巡视。走到南海防风氏的部落，有两个防风氏的臣子非常愤怒，对准大禹的云头射箭。只听得一声巨响，两条龙载着大禹奔腾而去。两个臣子知道闯了大祸，就拔出短刀，在胸口戳了一个大洞，死了。大禹知道后，哀怜他们的忠义，就叫人拔去短刀，用不死药抹在他们胸口上。他们竟活了过来，但胸口上的大洞再也不能复原。他们样子虽不好看，但出门时只用一个竹竿，当胸一贯就可以走了。

西方最后一个国家叫孟鸟国，又叫做舒国。这里的人都是人脑袋，鸟身子，说人的话，羽毛是红、黄、青三种颜色。他们就是帮助大禹治理洪水的大神伯益的子孙。据说伯益的后代孟戏（他已经是鸟的身子而说人的话）到这里来建立国家时，凤凰也跟着他来到了这里。这里的山上有很多高达千丈的竹子，凤凰就在这里做窝，孟戏就吃树上的果实。因此准确地说，应该叫孟戏国才对。

肃慎国的人住在岩洞里，没有衣服，把猪皮披在身上当衣服。到了冬天就把野兽的脂肪涂抹在身上，约有几寸厚，用来抵御风寒。国里有一种叫雄常的树，非常奇怪，据说中国如果有了英明的天子，它就会生出一种柔软而坚韧的树皮，可以剥下来做衣服。他们虽然生活艰苦，但人人武艺高强，擅长射箭。

沃民国是一片非常肥沃丰饶的土地。鸾鸟在这里唱歌，凤凰在这里舞蹈，飞禽走兽可以在这里和睦相处。沃民国的人吃凤凰蛋，喝天上降下来的甘露，可以长生不老。

再往南走便到了女子国。那里所有的国民都是女子，没有一个男人。成年的少女，到黄池去洗洗澡，就会怀孕。如果是男孩，最多三岁便死掉；只有女孩子，才可以长大成人。

巫咸国是一群巫师组成的国家。那里最著名的有十个巫师，他们右手握一条青蛇，左手握一条红蛇，在山上住下来，采寻药物。国家的附近出产一种叫并封的怪兽，形状像黑毛猪，身体前后都有脑袋。

丈夫国的人都是男子，没有一个女人，他们穿戴整齐，腰间还挂着宝剑。据说在殷代，有一个叫太戊的国君，派遣王孟带着一群人到西王母那里寻求不死药，到了这里没了粮食，无法前进，只好住在这里，自成一国。他们一辈子单身，每个人都可以生两个儿子，都从他们的形体中生出来。儿子刚出来时大约还只是影，到影凝成形体时，他们本人就死去了。也有人说两个儿子是从腋下的肋骨间生出来的。

丈夫国的附近有一个寿麻国，是大神南岳传下来的子孙后代。这里的人站在太阳下面没有一点阴影，大声喊也没有一点声音。那里气候炎热，普通人不可能去。附近有两个女巫，一个叫女祭，一个叫女戚，站在两条水之间。女戚手里拿了一条鱼和一条鳝鱼，女祭手里端了一个祭神用的肉案板。

所有的这些，都是人世间不曾见闻的奇异的事物。后来，清代的李汝珍就把这些发生在虚无缥缈之地而情节又荒诞离奇的故事记录下来，以飨后世的读者。

◎ 拓展阅读

《镜花缘》

《镜花缘》是一部带有浓厚神话色彩、浪漫迷离的中国古典长篇小说。作者为清代著名小说家李汝珍。此书继承了《山海经》中的《海外西经》《大荒西经》的一些材料，经过作者的再创造，凭借他丰富的想象、幽默的笔调，运用夸张、隐喻、反衬等手法，创造出了结构独特、思想新颖的长篇小说。但是小说刻画人物的性格较差，众才女的个性不够鲜明，故鲁迅说"则论学说艺，数典谈经，连篇累牍而不能自已矣"。

东晋东间，阳羡这个地方有个名叫许彦的人，以卖鹅为生。每到赶集的时候，他就会挑着鹅笼，翻越绥安山，去集市上卖鹅。

这天，又到了赶集卖鹅的日子，许彦像往常那样，肩挑鹅笼出门了。在绥安山的山道上，他遇见了一位书生。

这个书生大概十七八岁，侧卧在路边。许彦觉得这么一个知书达礼的人，一般不应该这么毫无顾忌地在路上随便卧着，就放下挑子，把鹅笼放在地上，走到他的身边，问："请问，你怎么了？哪里不舒服吗？"书生对他笑笑，说："我自己走了很长的路，脚面又疼又肿，两条腿就像灌了铅似的，实在是走不动了。麻烦你，能否让我暂时在你的鹅笼中休息一下。"许彦以为书生在开玩笑。说："你看看，我的鹅笼这么小，你怎么能够钻进去？山路这么崎岖，要不，我来搀扶你走路吧？"没想到书生真的钻进了笼子。许彦大吃一惊，可是仔细一看，鹅笼没有变大，书生也没有变小，他很自在地与双鹅并排坐着，但是，这么多的鹅也并未受到惊吓，好像书生没有存在一样。于是许彦也就径直肩挑鹅笼而去，一点都不觉得沉重。等到走了一段路，二人来到一棵大树下休息，书生从鹅笼里出来，对许彦说："非常感谢你的帮助，我想要准备一些薄酒来感谢你！"许彦心里想，这个人也许是随口说的，就答应道："那好啊！"

可是，令他惊讶的是，书生说完果真就从口中吐出一个铜箱子，箱子中装着许多山珍海味、美味佳肴。碗、碟子、酒杯、酒壶，一切的器皿都是铜制品。菜肴也是鲜美味香，世上罕见。两人开始开怀畅饮。

酒过数巡，书生又说："我今天赶路的时候，原来有一个女子跟随，现在我想请她和我们一起喝酒，你看怎么样？"许彦已经见过了他的奇术，心想也许他真的能变出一个女子来，就说："好吧！"书生又张大口，从中吐出一个女子。年纪大约十五六岁，穿着丝绸的衣服，长得非常美丽。她见过许彦，就坐下来和他们一起喝酒。不一会儿，书生醉酒睡着了。这个女子对许彦说："虽然我与书生结婚，其实我心里一直抑郁怨愤。前不久我遇到了一个男子，我就带着他一起出门了。现在书生睡着了，我想请那个男子出来，希望你不要告诉书生。"

许彦虽然很惊讶，但还是同意了。

女子从口中吐出一位男子，年纪在二十三四岁左右，人长得聪颖可爱。男子先向许彦问寒问暖，寒暄了一番以后就坐下来喝酒。

这时，书生朦朦胧胧地醒了，女子口吐一个锦帐遮盖住了书生，不让他看见那个男子。书生让女子和他一起休息，女子就进了锦帐。

外面只剩男子和许彦对坐。男子开口说："这个女子虽然对我有情，但并不是

真心的。我也偷偷地带了一个女人同行，现在趁着机会想见见她，请你不要泄露我的秘密。"许彦已经被眼前的情景弄糊涂了，想也不想就说："你请便吧。"

男子又从口中吐出一位妇人，二十多岁的样子。两人一起喝酒一起聊天，非常亲密。

过了一会儿，锦帐中传来书生的动静。男子说："他们俩已经睡醒了。"就把刚才吐出的妇人重新吞回口中。不多会儿，和书生一起的女子出来对许彦说："书生马上就起床了。"就吞下了那个男子，独自一人面对许彦坐着。

然后书生起来，对许彦说："我刚才小睡了一下，你一个人坐着，一定很没有意思吧。天色已经晚了，我也要向你告别了。"于是吞下了女子，并且把刚才那些酒具杯盘等等，都收回口中。只剩下一个大约二尺宽的大铜盘。

书生把铜盘送给许彦，并且说："我没有什么东西可以感谢你，这个铜盘就当作我们今天相遇的纪念吧！"说完就飘飘然走了。

许彦呆呆地站着，手里拿着那个大铜盘，好像做了一场不可思议的梦。

后来许彦又多次从绥安山经过，但是再也没有见过那个书生。他后来做官当了兰台令史，还拿出铜盘来招待客人。客人仔细看铜盘，发现上面刻着几个小字，内容是汉代永平三年制造。

◎ 拓展阅读

王羲之写字换鹅

有一次，王羲之和儿子王献之乘舟游历绍兴，船到县襄村附近，只见岸边一群鹅在水面上悠闲地浮游着，一身雪白的羽毛，映衬着高高的红顶，王羲之看得出神，特别喜欢，便想把它买回家去。王羲之询问附近的道士，也就是鹅的主人，希望道士能把这群鹅卖给他。道士说："倘若右军大人想要，就请代我书写一部道家养生修炼的《黄庭经》吧！"王羲之求鹅心切，欣然答应了道士提出的条件，毫不犹豫地给道士抄写了一卷经，然后就将群鹅带回去了。

蚕马献丝

黄帝在战胜蚩尤以后非常高兴，于是命令手下的乐官演奏乐曲，让战士们随着音乐跳起雄壮威武的舞蹈，以此来庆祝自己的胜利。

就在黄帝奏乐庆功时，天上下来了一位神仙。她手里拿了两捆细丝。一捆颜色像金子一样灿烂，一捆颜色像白银一样耀眼。女子自称是蚕神，特地把精美的蚕丝献给黄帝。

蚕神是一个美丽的女子，唯一让人觉得奇怪的是，她身上披着一张马皮。这马皮就好像长在她身上一样，而不是穿在身上，根本不能取下来。如果蚕神把马皮左右收拢一些，那么马皮就整个地将她包围，女子就会变成一条白色的虫，长着马一样的头，人们称为蚕。

黄帝觉得很奇怪，谢过了蚕神的礼物，就询问她的情况。

蚕神说，她住在北方的荒野，那里有三棵高达百丈、并列生长、只有主干没有枝桠的大桑树。她常常半跪着爬在一棵树上，以桑叶为食，不分昼夜地从嘴里吐出闪光的丝。用这些丝就能织成美丽的丝绸。她住的荒野因此叫作欧丝之野。

黄帝听了大为赞赏，就让蚕神教导妇女缫丝纺绸。黄帝的妻子嫘祖也亲自培育蚕宝宝。百姓纷纷效仿，蚕大量孳生繁衍。从此，中华大地上就有了美丽的丝织品。

关于蚕神的来历，还有一个故事。

上古的时候，有一个男子出门远行，家里只剩下一个女儿和一匹马。女孩每天操持家务，喂马洗衣，日子就这样一天天过去了。

父亲走了很久也没有回来。女孩一个人非常孤独。她越来越想念自己的父亲，不知道他在外面怎么样。

一天，女孩做完家务，给马喂草。她一边轻轻抚摩马的脖子，一边自言自语："马儿，马儿，你能不能把父亲带回来呢？如果真的能，那我愿意给你做妻子。"她好像是开玩笑一样地说出来，可是马儿似乎听懂了她的话。

马奋力挣脱缰绳，从马房里跳了出去，跑出院子。女孩在后面都惊呆了。

马不知跑了多少路，跑了几个日日夜夜，一直来到了女孩父亲住的地方。它不停地蹭着父亲，用蹄踏地，一边向来的方向伸长了脖子，不停地悲鸣。父亲觉得很奇怪，自己家的马怎么跑了出来，还很悲伤地望着家乡。他担心是自己的孩子出了什么事情，于是一刻也没有停留，赶紧骑马回家去。

离家还有段距离时，父亲远远看见家门口倚着一个小黑点。走近了一看，是自己的女儿，她好端端的，一点问题都没有。女孩看见父亲回来，欣喜若狂。见父亲担忧的样子，女儿赶忙说明家里一切都好，只是自己非常思念父亲，马通人性，径自去接了父亲回来。

父亲见马这么聪明和重感情，心里非常高兴，于是对马格外地好。让它住温暖的马房，吃精细的饲料。可是马却变得奇怪了。它不吃也不喝，对所有的上好食物看也不看。但是每当女孩从房里出来的时候，它就又跳又叫，神情异常。

父亲觉察出了这情况，不明白是怎么回事，就问女儿。女儿就告诉父亲当初自己说过的话。父亲很生气，觉得这是一件丢人的事。自己的女儿怎么能嫁给一个牲畜呢？于是他就用弩箭射死了马，并且把马皮剥下来，放在庭院里暴晒。

一天，父亲出门办事。女孩和伙伴在庭院里玩耍。她们看着干干的马皮，心想着这牲畜真不知轻重，还想娶人为妻，就指着马皮，说着奚落的话。

突然一阵狂风骤起，马皮乘风跃起，把女孩整个地包裹住，随大风飘走了。

女伴们惊慌失措，赶紧找来女孩的父亲。大家四处寻找。

几天后，在一棵大树的树枝上，发现了这个被马皮包裹的女孩。她已经变成了一条蠕动的小虫，慢慢摇摆着马一样的头，吐出一条白而亮的细丝，缠绕在树枝的周围。

好奇的人们都赶来观看。大家把这个小虫叫作蚕，说它吐出丝来缠绕自己；又把这树叫作桑树，因为女孩在这树上丧失了自己年轻的生命。

就这样，女孩做了蚕神，那马皮一直在她身上，和她做了永不分离的亲密伴侣。

◎ **拓展阅读**

柞蚕

柞蚕是以核桃叶、板栗叶为主食料的吐丝结茧的经济昆虫之一。属鳞翅目，大蚕蛾科。分布于中国、日本等地。主要食核桃、板栗、柞、杏树、枫杨、楠、栎、樟、榆等树叶。食核桃叶的茧重，茧层厚，食柞及板栗叶者较差。在辽宁、黑龙江、吉林、江西、广西等地，每年完成一个世代，以卵越冬。野生情况下，幼虫在5月下旬孵化，4眠或5眠，于6月下旬成熟，经50天左右老熟结茧，茧外观呈灯笼状，有大小不等的网眼。结成茧需时两天左右，经3～5天后化蛹，茧可缫丝，也可作绢纺原料，丝质优良。

孔甲养龙

孔甲是启的子孙。他当国王的时候，不理朝政，只是关心鬼神、吃喝、打猎、享受宴乐等等。他最喜欢的是养龙。

龙这种动物，是十分神奇的。孔甲的先祖大禹出生的时候就是一条虬龙飞身上天，然后化为人形的。在大禹治水的时候，应龙帮了很大的忙，治水成功以后又有两条龙从九天之上下凡来祝贺。

又传说舜在位的时候，在南浔国地脉深处挖出了两条龙。南浔国国王就进献给了舜，舜专门派人照顾，将两条龙养了起来。在舜将王位传给大禹的时候，也顺便把两条龙移交给了大禹。

孔甲的祖先与龙有着这么深的渊源，也难怪他对养龙独有偏爱了。他也有两条龙，养在自己的宫殿里。可是养龙并不是一件容易的事情，需要专门的人来照顾龙、喂养它们。这样的人材一时之间并不容易找到。孔甲找了很长时间，才找到一个学了几天养龙术，但还不是很精通的刘累。虽然刘累不是最好的人选，但是有总比没有要好。

刘累本来是尧的后代子孙，因为家境衰微了，自己又没有什么特别的本领，就跑去学了几天养龙术。他还没有学得精通的时候，就迫不及待地想一试身手。

结果没养几天，刘累就把雄龙给养死了。他知道自己闯了大祸，干脆一不做二不休，让人把死龙从池子里拖出来，去除鳞片，剔去骨头，将龙肉剁成细细的肉膏，放在鼎锅里蒸好，就给孔甲献了上去。声称是自己在野外打到的野味，特意请主君尝鲜。孔甲就这么吃了下去，还连声称赞味道好。

等到过了几天，孔甲想看两条龙的表演，就让刘累带出龙来。刘雷撒谎说雄龙病了，于是只有一条精神萎靡的雌龙勉强应付了过去。次数多了，孔甲就觉得事情有点不对。等他发现时，已经太晚了。

大发脾气的孔甲一定要刘累交出雄龙，刘累连夜跑回了老家，再也不敢提养龙的事情了。

这时，有人向孔甲推荐一个养龙人，名叫师门。他本身就有奇异之处，经常以桃李花为食，能够像上古的赤松子和宁封子一样，点一把火，自己跳进火里，然后就乘着一阵青烟，飞升上天。

孔甲大喜，急忙请了师门来，师门也确实有本领。在他的调教下，那条雌龙变得容光焕发，精神振作。每个人看见了都很高兴。孔甲当然是最高兴的一个。

师门本事大，脾气也大。孔甲起初还能忍受养龙师傅，过了不久，孔甲心想，我是堂堂一国之君，我请你来养龙，那么应该你听我的，结果现在倒变成了国君看养龙师傅的脸色了。他越想越生气，平时任性妄为的脾气又上来了。

终于，孔甲再也受不了。师门当面批评孔甲的可笑行为时，孔甲立刻让人把他拖出去杀了。师门十分不屑地说："砍头对我来说没什么，像你这样妄自尊大的人，自己输了还不知道。"说完以后就跟着卫士出去了，并没有什么害怕的神色。

一会儿，卫士将师门的头捧上来请孔甲过目。孔甲担心他的鬼魂在宫里作祟，就赶紧让人埋到荒郊野外。

谁知尸体刚刚埋下，天上就刮大风，下大雨。当风雨停息以后，附近的山林就莫名其妙地着火了。火光熊熊，烈焰冲天。很多人去扑火，但都扑不灭。大家都说是因为师门心里有冤才会有这种异象的。

孔甲也害怕了，于是亲自到墓地去祈祷。此后，火势果然小了很多。孔甲也就坐车返回宫殿。侍从们在宫殿门口请国君下车，等了很久都没有动静，等掀开帘子一看，发现孔甲早就死在车里了。

◎ **拓展阅读**

青龙

青龙是"四灵"或"四神"之一，又称为苍龙。我国古代将天上的若干星星分为二十八个星区，又将二十八个星区分为四组，置东、南、西、北四个方位，与青、红、白、黑四种颜色以及龙、鸟、虎、玄武(龟蛇相交)四种动物相配，称为"四象"或"四宫"。龙表示东方，青色，因此称为"东宫青龙"。到了秦汉，"四象"又变为"四灵"或"神"(龙、凤、龟、麟)了。现存的汉代《东宫苍龙星座》画像石，是由一条龙和十八颗星以及刻有玉兔和蟾蜍的月亮组成的，而龙就是整个苍龙星座的标志。

○ 品画鉴宝 九龙图·南宋·陈容

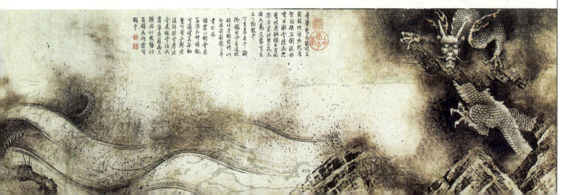

大唐贞元年间，有一个叫周邯的处士，是一位喜欢文学的豪杰之士。有一天，他遇到一个彝族人贩卖奴隶。那奴隶十四五岁，看样子很聪明伶俐，活泼可爱。主人热情地介绍说这奴隶善于入水，在水里就像在平地上行走一般。让他沉到水底，即使经日移时不上来，这个孩子始终都不觉得胸闷气短。这个人还吹嘘，说四川本地的小溪、沟壑、深潭、山洞，没有他没到过的。

听他这么一说，周邯于是就毫不犹豫地买了这个奴隶，认为他的本领不一般，给他改名叫"水精"。每次周邯从蜀地坐船来往，游历山川，出山峡，到江陵，经过瞿塘峡、滟滪堆的时候，就让水精沉到水底，去看看水底到底有多深，以避开那些水下的巨石、暗礁之类的东西。水精纵身入水，过了一会儿出来，捞得许多的金银器物，周邯高兴坏了。

每次小船泊于江岸潭边，他都让水精沉下去一次，又有收获。沿江流来到江都，经过牛渚矶。因为周邯听说最深的地方，是温峤燃烧犀角照水怪的地方。他又让水精沉下去。过了一会儿水精捞上来一块宝玉，说水底下有水怪，自己说不准是什么样子，不过，水怪们都做出张牙舞爪的样子，好像要抓他，自己仅仅能免祸，所以早早出来了。这么一来，周邯也成为当地的巨富。

几年后，周邯有一个叫王泽的朋友在相州做太守，周邯到河北去访问他。王泽很高兴，与周邯一起游览，欢宴，一天天没有空闲。二人一起来到州北隅的八角井。所谓八角井，是用天然弯曲的石头，把井壁砌成八角形的井。井口宽三丈还多。这口井，早晨和晚上烟云蒸腾，弥漫出一百多步外。黑夜，有火红的光从井里射出来，可照出一千尺，看东西像白天一样清楚。自古人们相传说，有一条金龙潜伏在水底。有时候久旱不雨，人们到井边来祷告，也很灵验。

王泽说："这井里理应有至宝，只可惜没有办法探究它的深浅和虚实罢了。"周邯笑着说："这个嘛，非常容易！"于是就对水精说："你要能投到水底，看看井里有什么怪异，连王泽也会重重地赏你。"水精已经很长时间没下过水了，很高兴，就脱了衣服下去了。很长时间他才出来，对周邯说："我看见了一条很大的黄龙，它的鳞甲好像是金色的，抱着几颗夜明珠在那睡觉。我想要把明珠抢过来，但是手中没有兵刃，又怕那龙忽然发觉，所以没敢动。如果能有一把利剑，即使龙发觉了那也可以把它杀死，那就没有什么可怕的了。"

周邯和王泽非常惊喜。王泽说："我有一把非常锋利的剑。我这把剑还是一把不同寻常的宝剑呢。你可以拿我的剑下去把明珠抢来！"水精喝了些酒，带着剑就下去了。过了一会儿，四面看热闹的人像墙一样围在那儿。忽然看见水精从井面跳出来几百步远，接着有一条几百尺长，爪甲锋利的金龙从空中来抓水精，人

177

和龙都退进入井中。左右的人心惊胆战，不敢近看。只是周邯心疼他的仆人水精，王泽心疼他的锐利的宝剑，二人逡巡不定。

正在这个时候，有一位身穿褐裘、相貌古朴、白发苍苍的老人来见王泽说："我是这里的土地神。先生您怎能这么轻视自己的黎民百姓？这口井里的金龙，虽然说是一个普普通通的生灵，可也是上天的使者呀！它主宰那些瑰宝，泽润一方生灵，威力强大无比。你哪能只相信那水精拿着一把小小的宝剑，而想要趁金龙睡觉的时候，偷偷地去把明珠抢过来呢？如果金龙忽然震怒，发作起来，摇动天关，摆动地轴，捶碎山岳，砸烂丘陵，顷刻之间，千里大地，变成江湖，万人之众，都要成为鱼鳖的果腹美餐。到那时候，你自己的亲骨肉和众多的乡里乡亲，怎么能保得住呢？不知道您听说过没有，从前钟离不爱他自己的宝贝，孟尝君自然退还了钟离的珍珠。你不学他们的优秀品德，却纵使贪婪狡诈之徒，鼓动狡诈贪婪之心，肆无忌惮地去龙口夺宝。现在水精他已经被龙吃掉了，而金龙也在开始锻炼它的那些珍奇的宝珠了！"王泽既羞愧又悔恨，无言以对。土地神又说："你必须马上悔过并且要祷告，不要让金龙生气了！"老人说完，拂袖而去。王泽立即就准备牺牲牛羊之类的东西，来祭奠金龙，以防它真的像土地神所说的那样，惊天动地，使百姓遭殃。

◎ 拓展阅读

皎然《送顾处士歌》

吴门顾子予早闻，风貌真古谁似君。人中黄宪与颜子，物表孤高将片云。
性背时人高且逸，平生好古无俦匹。醉书在箧称绝伦，神画开厨怕飞出。
谢氏檀郎亦可俦，道情还似我家流。安贫日日读书坐，不见将名干五侯。
知君别业长洲外，欲行秋田循畎浍。门前便取觳觫乘，腰上还将鹿卢佩。
禅子有情非世情，御藕贡馀聊赠行。满道喧喧遇君别，争窥玉润与冰清。

司命君虽然是一个神仙，可是，他常常生活在民间。他幼小的时候，与唐元瑰是同学。唐元瑰说："司命君家世世代代信奉道教，早上晚上要点佛香和蜡烛，念《高上消灾经》和《老君枕中经》，奇异的香气和祥瑞的云霞经常出现在司命君家的庭院殿宇之间。"

关于司命君的出生，还有一个神奇的故事呢。据说有一天，他的母亲梦见满天空都是一丈多高的仙人，旌旗车盖遮蔽了他们家的宅院。有一道黄色的光照在她身上，那光像金子的颜色，于是她怀了孕，生下司命君。普通的小孩子，生下来的时候，通常眼睛是紧闭的，可是，司命君生下来就睁着眼张着口，像是要咧嘴大笑的样子。

司命君从小聪明颖悟，诵读诗书唐元瑰根本比不上他。司命君十五六岁的时候，忽然有很长一段时间消失得无影无踪。大家都不知他哪去了，大概是周游天下寻师访道去了。

宝应二年，唐元瑰充当河南道的采访使。有一天，唐元瑰来到郑州的郊外，忽然远远看到一个人，感觉很眼熟，走近一看，竟然是司命君。

司命君的衣服很破烂，脸色很憔悴。唐元瑰看到昔日的同窗好友如今落到这个地步，很可怜他，和他说话叙旧，问他学的是什么学业，这些年的生活和经历都是怎么样的。司命君说："相别之后，我也没有做什么特殊的事情，只是修心养性而已。"接着，他又盛情邀请元瑰到他家里去看看，把元瑰的马匹和随从留在客栈里等候。只有司命君和元瑰二人一起前往司命君的住处。

说话之间，司命君已经把元瑰领到了闹市区的一侧，来到一户低小简陋的门前。随从他们二人的只有一两个仆人。二人刚走进门，外边的门便自己关上了，连这两个随从也不能进入。第二道门比起刚才的第一道们，略有一些宽广。二人又进了一道门，发现进到了一所很大的屋子。司命君请元瑰先在门外稍候，自己先进去摆放坐席，老半天才出来迎接元瑰。元瑰突然发现司命君的容貌变得荣光焕发，年轻了好多，好像只有二十来岁的样子，头顶云冠，身披霞衣，左右两边的玉童侍女有三五十名，他们容貌的艳丽和服饰的华美，都不是元瑰在人世间所能看见和遇到的。

元瑰一时间目瞪口呆，心里想："刚才司命君还是衣衫褴褛、穷困潦倒的样子，怎么顷刻之间，家里的装饰和摆设这么富丽堂皇了？"他怎么也弄不明白这是怎么一回事，心里一个疑团，就是不好意思询问罢了。

司命君把元瑰领到正堂，摆上来的山珍海味和瑰丽奇异的器皿，即使是帝王家的筵席也是比不上的。饭饱之后开始饮酒。司命君与自己的妻子坐在一起，就说："不能让你自己独坐。"就叫来一个女子坐在元瑰的身边，陪元瑰喝酒。元瑰一看，竟是自己的妻子，心里就更加纳闷了，因为自己的妻子明明在家里呀？

　　紧接着，就是奏乐畅饮。大醉之后，二人各自散去，到底没来得及述说旧情，元瑰自然也就不知道司命君这几年的生活和这些法术的来龙去脉。天将亮的时候两人依依惜别。司命君送给元瑰一把金尺和一把玉鞭。出门走了几里，元瑰就让人打听他来时的那个地方，那地方已经没有踪迹了，根本找不到原来的房子了。等到回到京城，他问妻子在他不在的这段时间里，可曾发生过异常的事情。妻子也是一脸迷惑地说："有一天我昏沉沉地想睡觉，来了一个穿黑衣服的仙人，说司命君让我去陪你喝酒，我就迷迷糊糊地跟着他去了。到了司命君的宫殿中之后，看见是他和你一块喝酒。我也就和你们一块儿喝酒了。"她描绘所见到的司命君的宫殿的摆设、仆人、饮食、果蔬，和元瑰见到的一模一样。可见这件事是千真万确的。

　　十年之后，唐元瑰奉命出使江岭，又在江西停船。其间看到司命君在岸上，唐元瑰离船上岸，和司命君一起来到一所草堂，又一次来到了仙境。司命君又留他吃饭，只是音乐歌舞之类的艺姬和丫鬟以及侍卫人员，略多于前一次二人相见的规格，而且全都不是前一次的那些人。等到散了席，司命君赠给唐元瑰一件饮器。饮器的质地像是玉却不是玉，像是金却不是金。他也不说这东西叫什么名字。从此话别，二人再没相见，也不知司命君主管的是天上的什么事，修的是什么道。也不知司命君在仙界的品位高低，更别说司命君姓什么叫什么。为此，唐元瑰惆怅了好长一段时间，懊悔自己没有向司命君询问清楚。

　　有一天，一位姓胡的商人到东都唐元瑰的住所里来，说："远远看见你的宅第中有稀奇珍宝的气象，希望能让我见识见识。"唐元瑰把家里所有他认为是值钱的东西拿出来给这个胡商人看，可是，这个胡商人看了之后，都摇头说不是，还埋怨唐元瑰说，不该隐藏自己的宝贝。

　　唐元瑰左想右想，实在是不知道自己还有什么值钱的宝贝，妻子提醒他说："这个商人所说的宝贝，难道是司命君赠送你的那个不知道什么名字的东西？"于是唐元瑰把司命君赠他的饮器拿出来给胡商人看。胡商人肃然起敬，跪下之后良久，才把饮器接过去，捧着饮器点头说："这是天帝的流华宝爵呀！如果放到日光下，就能白气连天。如果放到盘子里，就能红光照室。"胡商人立即就和元瑰就着日光试验。果然，白气像云那样蒸蒸而上，与天连到一起。

　　胡商接着说："天帝的流华宝爵，近年来已降到人间来。这宝物也不会在人间久留的，很快就该飞回去了。得到这个宝贝的人，七代受到福佑。先生您一定要敬重它啊！"唐元瑰把它盛在玉盘里，夜间一看，满室都是红光。从此以后，唐元瑰的七代子孙都是高官厚禄的。人们说，这是司命君的流华宝爵在保佑他们呢。

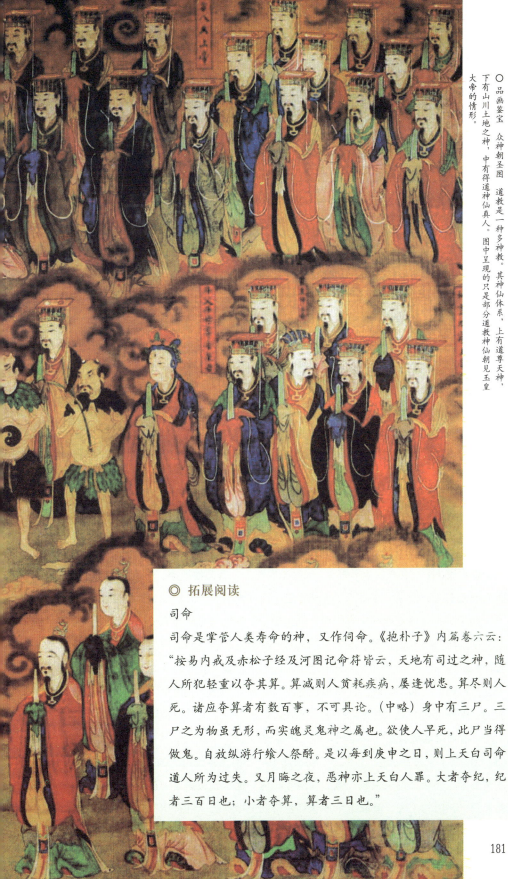

◎ **拓展阅读**

司命

司命是掌管人类寿命的神，又作伺命。《抱朴子》内篇卷六云："按易内戒及赤松子经及河图记命符皆云，天地有司过之神，随人所犯轻重以夺其算。算减则人贫耗疾病，屡逢忧患。算尽则人死。诸应夺算者有数百事，不可具论。（中略）身中有三尸。三尸之为物虽无形，而实魄灵鬼神之属也。欲使人早死，此尸当得做鬼。自放纵游行飨人祭酹。是以每到庚申之日，则上天白司命道人所为过失。又月晦之夜，恶神亦上天白人罪。大者夺纪，纪者三百日也；小者夺算，算者三日也。"

任顼救龙

唐朝建中年间，有一个书生，名字叫任顼，极其喜欢读书，不喜欢关心尘界俗事，居住在深山之中，有老死深山的志向。曾经有那么一天，他关上门，大白天坐于家中，刻苦研读圣贤之书。突然，有一个老头敲门前来拜访他。那老头穿黄色衣服，相貌很俊秀，拄着拐杖而来。任顼把他迎进庭院里来，坐下来与他说话。谈了半天，任顼对他语言迂讷、脸色沮丧感到惊讶，看样子他心中有很不高兴的事。于是问他说："为什么脸色如此沮丧呢？莫非老人家您有愁事吗？是家里的吃穿用度不够，欠人钱财，还是你家里有病人，你惦记得太厉害了？我这里实在是没有什么值钱的东西可以变卖来给你，可是，如果是别的事情，如果您不嫌弃，和我说一下，也许我也可以出谋划策呢！"

老人说："果真是这样。我忧愁地等候你问我已经等了很久了。我不是人，是一条天上的龙。往西去一里，有一个大水池，我家在那住了几百年。现在被一个人所迫害，祸事就要来了。除了你，谁也不能让我摆脱死亡。所以就来求你，有幸你现在就问我，因此就能说出来了。"

任顼连忙摆手，半信半疑地说："我是尘俗中人，只知道有诗、书、礼、乐，其他的术业我就不懂了，何况是天上的事情呢！这样怎么能使你摆脱灾祸呢？"老人说："只要我把话告诉您，不用借助其他道术，只是劳驾先生您说几十个字罢了，您一定要救我！"任顼说："那就教我说吧。"

老头说："两天之后，请你早晨为我到大水池来一趟。正当中午的时候，有一个道士自西而来，他就是所说的迫害我的人。这道士会先把我居住的池中的水弄干，接着就要杀我。等到池水干了，你就尖声喊道：'上天有命令，杀黄龙者死！'说完了，水池应当又满了。道士一定又施法术，你就再喊。如此喊三次，我就能保全性命了。我一定重重地报答您，希望先生您不要有其他顾虑。"任顼答应了他。而后他乞求致谢任顼，显得特别恳切，老半天才离去。

两天后，任顼就如约来到山西，远远望去，果然看见那里有一个大水池。他就坐在水池旁边等着。到了正午，忽然有一片云，从西边的天空慢慢地飘来，缓缓降到水池边。有一个道士从云中走出来。这道士身体顼长，大约一丈还多。道士立在池边，从袖子里取出几张墨色的画符，把它们都扔到池中。转瞬之间，偌大的、深不可测的池水就全部干涸。任顼看见一条黄龙紧贴着池底，俯卧在泥沙之中，在艰难地喘着粗气。任顼立即大声喊道："上天有命令，杀黄龙者死！"喊完，池水马上就涨满。道士生气了，就从袖中又取出几张红色的画符投到池中，池水又干了。任顼又尖声大喊，喊法和刚才一样。池水就又满了。道士气坏了，一共不到一顿饭的工夫，就取出十多张红色符向空中抛去，红符全都化成红云，红

云又落到池中，池水再一次枯竭。任顼照样再高喊一次，池水再一次溢满。道士看着任顼说："我花费了十年的功夫才弄到这条龙吃，你一个读书人，为什么还要救它这个异类呢？"他愤怒地责备了任顼几句，便生气地拂袖离开了。任顼也回到山中。

这天晚上，任顼梦到前几天来的那个老头对他说："全仗您救了我，不然的话我已经死在道士手上了。我心里对先生您实在是感恩戴德，来世做牛做马，结草衔环，也难以报答先生的大恩大德。现在，千言万语也难以表达这种心情，现在奉献您一颗珍珠，您可以在池边找到，用来表示我感恩重报之心。"任顼到池边一找，果然在池边草丛中找到一颗直径一寸的大珍珠，光亮耀眼，晶莹润洁，一般的人根本没有见过这么珍异的宝贝，自然也没人知道它的价值。

任顼特意把它拿到广陵市上去卖。有一个走南闯北、见多识广的胡人看到了说道："这是真正的骊龙之宝，而世人没有能得到的。"胡人最终用数千万的价钱把珍珠买了去。任顼也从此过上了幸福的生活。据说他的子孙后代都是高官厚爵的，世世代代都很昌盛发达。

◎ 拓展阅读

白居易《黑潭龙》

黑潭水深黑如墨，传有神龙人不识。

潭上驾屋官立祠，龙不能神人神之。

丰凶水旱与疾疫，乡里皆言龙所为。

家家养豚漉清酒，朝祈暮赛依巫口。

神之来兮风飘飘，纸钱动兮锦伞摇。

神之去兮风亦静，香火灭兮杯盘冷。

肉堆潭岸石，酒泼庙前草。

不知龙神享几多，林鼠山狐长醉饱。

狐何幸？豚何辜？年年杀豚将喂狐。

狐假龙神食豚尽，九重泉底龙知无？

第五章　琼台女仙

兰心蕙质，千古流芳

王母娘娘

　　王母娘娘，亦称为金母、瑶池金母、西王母。根据古书《山海经》的描写，西王母的外形像人，长着一条像豹子那样的尾巴，一口老虎那样的牙齿，很会用高频率的声音吼叫。她满头乱发，还戴着一顶方形帽子，是上天派来负责传播病毒和各种灾难的。她住在昆仑之丘的绝顶之上，由三只红脑袋、黑眼睛的青鸟轮番外出给她寻找食物。王母娘娘披头散发，却佩戴玉簪，每天清晨和黄昏，踞于山头狂嘶猛吼。她掌管天灾、瘟疫、刑罚，也炼制、收藏不死灵药，住在昆仑山的瑶池，园里种有蟠桃，食之可长生不老。所以王母娘娘长生不老，寿与天齐。

　　黄帝曾经征讨残暴的蚩尤，开战多日不能取胜，而且蚩尤又会多方变化，征风召雨，吹烟喷雾，因而黄帝的军队大受迷惑。黄帝回到泰山休息，心里十分忧虑，迷迷糊糊地躺着。西王母派使者披着黑色狐皮大衣，把一张符交给黄帝。这个使者说："太一在前，天一在后，得到它的人就能胜利，作战就能打败敌人了。"符宽三寸，长一尺，青光晶莹像玉一样，上面有用丹血写的字。

　　黄帝把符佩带完以后，西王母又派了一个妇人。这个妇人长着人的脑袋、鸟的身子。她对黄帝说："我是九天玄女。"她又把三宫五意阴之略、太一遁甲六壬步斗之术、阴符之机以及灵宝五符五胜之文，全都传给黄帝。黄帝就在冀中战胜了蚩尤。

　　此后黄帝又在阪泉杀了榆罔，天下大定，在上谷的涿鹿建都。又过了几年，西王母又派白虎神为使者，乘着白鹿，停留在黄帝的庭院中，授给他地图，让他统治天下九州。

　　黄帝退隐九重天外后，西王母便化身为雍容华贵、仪态端庄的贵夫人，于是关于她的神话就变得丰富多彩起来。

　　她所居住的宫阙，在昆仑之圃，阆风之苑。有城千里、玉楼十二座，以及琼华之阙、光碧之堂、九层玄室和紫翠丹房。左边瑶池如带，右边翠水环绕。那座山下，弱水九重，洪涛万丈，如果不乘飙车羽轮，就不可能到达。这就是通常所说的玉阙直至上天，绿台承接霄汉。那芒玉般的屋檐，朱紫色的房屋，连着青碧色的彩帐，明月照耀四方。西王母戴着华美的首饰，佩着虎形花纹，左边站着仙女，右边站着羽童。众多宝饰车盖互相映照，仙女拿的羽扇遮住了庭院。栏杆台阶之下，种着白环树，形成丹刚之林，空中青枝万条，美玉般的树干高达千寻（一寻为八尺），无风而如神箫自然成韵，响亮的声音都是九奏八会之音。

　　西王母居住的昆仑山，是西北大荒中的神山，位于西海之南、流沙之滨、赤水之后、黑水之前。原先是天帝之下都，"帝之下都"，是指天帝在大地上的统治中心。

　　昆仑山高大巍峨，据说高一万一千里零一百一十四步又零二尺六寸，四周有九重山重叠包围。山的外面被深渊包围着，深渊的名字叫作弱水，意思是即便轻

如羽毛，也会在这不能承受任何重量的河流中沉没下去。弱水外又环绕着炎炎的火山，山上有一种烧不完的树，不论风吹雨打，永不熄灭。火焰发出灿烂的光辉，把昆仑山顶的宫殿照耀得霞光万道，分外美丽。

火中还生长着一种大老鼠，身体比牛还大，重达千斤，身上的毛有两尺长，细滑如丝。这种老鼠一离开火，用水一泼就会死掉，把毛剪下可以织布。这种布做了衣服，永远不用洗濯，穿脏了只要在火中一烧，就洁净如新，称为火浣布。

昆仑神山并非拔地而起，它分有九层，山外有山，层层相叠，每一层之间相隔万里。从山下仰望，五色云雾缭绕，俨然一体，映出巍峨神圣的城阙之象。

从昆仑山东隅登山，迎面是一座大城。这座大城按照五行，在四方及中央各生有特别的树。

东面有两种树。一种叫沙棠树，形状像海棠，黄花赤实，果实无核而味道像李子，非常甘美。一种叫琅玕树，高大绝伦，枝条、花朵和叶子都是玉生成的，青葱可爱。微风吹起，枝叶相击，所发之声，清新悦耳。琅玕树由一位名叫离朱的天神看守，他有三头六眼，因为三个头轮流睡觉，所以不分昼夜总有一只眼睛注视着琅玕树的动静。琅玕树上能生长美玉，状如珍珠。宫中的凤凰和鸾鸟都以美玉为食。

西面有株树、玉树、璇树、不死树四种。

南面有绛树一种。

北面有碧树、瑶树两种。

中央最高处有一株稻子，叫作木禾，长达四丈，粗需五人合围。它食之不尽，得来全不费功夫。里面还有一种奇特的视肉。所谓视肉是一种生物，样子有点像牛肝，中间生了一对小眼睛，没有四肢百骸。其肉总是吃不完，所以是一种理想的食物。

这座充满了奇异珍宝的、东面的大城名叫增城，共有九重，重重上去，高一万一千里零一百一十四步又零二尺六寸。最上重的那一座城，有四百四十个城门，每个城门的宽度大约四里，其宏伟可想而知。城中最大的宫殿足足有一百里，名叫倾宫。又有一室，处处以玉装饰，极其华丽，而且有机关，可以使它旋转，要它朝东就朝东，要它朝西就朝西，所以名叫旋室，又叫璇室。四百多个城门之中，有一个名叫阊阖门，就是西门，内有一个蔬圃，是天帝的菜圃，四面浸以黄水，黄水绕流三周，仍归回原处，自古以来不增不减。此水又名丹水，凡人饮它一勺，就可以长生不死。西王母的不死之药，就是用丹水配制的。

从第九重增城上去，再高一万一千里零一百一十四步又零二尺六寸，就是凉风之山了。人能登到这座山上，不必服什么药，也可以长生。再上去一万一千里零一百一十四步又零二尺六寸，就是悬圃山。人若登上此山，不但长生不死，而且具有神通，能呼风唤雨。从悬圃山再上去一万一千里零一百一十四步又零二尺六寸，名叫上天，是天帝的住所，非神仙不能到达。

这座壮丽的行宫共有五座城池十二座楼阁，四周围着白玉栏杆。每一面有九口井，都用玲珑剔透的玉石做井栏。另外有九扇门，正门对着东方，每天早晨迎接旭日光辉，此门由神兽陆吾把守，陆吾即开明兽。这开明兽十分神奇，体态怪异，像虎并长着九条虎尾。它特大的身躯十分雄壮，九个头颅却长得很像人。它立在昆仑山上遥望东方，似乎在监护着什么。陆吾神不仅掌管这"帝之下都"，还兼管"天之九部"。所谓天之九部，就是整个上层宇宙。天帝的苑圃、田圃中的时令与节气，也归他管，堪称是天帝的大管家。

在陆吾的周围，环绕着一些神异的精灵。其中有一群名叫"土蝼"的神兽，它像羊而长着四只角，它不吃草而吃人。有一群名叫"钦原"的神鸟，它像蜂一样蜇人，但大如鸳鸯。被它一蜇，任何鸟兽都会死去，任何乔木都必枯萎。有一种名叫"沙棠"的果子，类似李子而无核，人吃了它，可以漂洋过海，踏水不溺。

陆吾的西边，有神异的"凤凰""鸾鸟"。它们头上缠着蛇，脚下踩着蛇，胸部还盘踞着赤蛇。

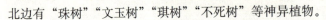

北边有"珠树""文玉树""琪树""不死树"等神异植物。

东边有一大群希望能攀援天梯，以此沟通神人的巫师，比如巫彭、巫抵、巫阳、巫履、巫凡、巫相等等。他们互相环绕在一起，每个人手中都握着"不死之药"，希望能抗拒凡人的死亡，祈求复活。

南边，有着六个头的"树鸟"，以及蛟龙、大蛇、豹子，还有连名字都说不清楚的各种植物、动物等等。

昆仑山东北四百里，有一座悬圃，是天帝在下方的一座花园。此园由一位名叫英招的天神管理，他长得马身人面，浑身虎斑，背有双翅，能腾空飞行，周游四海。

悬圃下面，有一股一尘不染、清澈晶亮的泉水，名叫瑶水，瑶水一直流到昆仑山附近的瑶池中。

距昆仑山不远处有一座岩山，生产一种柔软的白玉，玉中分泌出洁白油润的玉膏，天帝每天以此作为食物，多余的玉膏用来灌溉丹木。每过五年，丹木就开出五色的花朵，结出五味的鲜果。

昆仑山周围不知几千万里，住着许多神仙，像西王母居于西北隅，西王母之夫东王公则住在东北隅，都只是昆仑的一部分。昆仑山上的奇花异卉、异兽珍禽，多得不可胜数。

群山中有一座极大极高的山，周围三千里，位于昆仑山北部正面。山的四周浑圆，好像天柱一样，映着日光，金光灿烂，矗入天中。山顶固然看不到，两旁也不知伸展到什么地方为止，几乎半个天都被这座大山遮了。山下有一座房屋，叫作"回房"，方广一百丈，归仙人九府治理。

山上面有一只大鸟，名叫"希有"，朝着南方。这只鸟张开右翼，可盖住西王母之地；张开左翼，可盖住东王公之地。希有的背上有一块小小的地方，没长羽毛，背上的这小块地方有一万九千里。据说西王母和东王公正是借这只大鸟的翼作一年一度相会之地。

住在这么神奇的地方的西王母，当然也做了很多神奇的事情。每年三月初二，王母娘娘都派仙女到云蒙山摘蟠桃，然后在昆仑山西瑶池开蟠桃大会，请各路神仙都去尝鲜。一到王母娘娘的寿辰，各路神仙纷纷备了大礼前去参加蟠桃盛宴。只见瑶池内莲叶摇摇，荷花盛开。池边摆满案桌，上面陈列着奇珍异果、玉液琼浆。旁有数位侍女怀抱琵琶弹奏仙乐，更有七位仙女翩然起舞，恭迎贵宾。一时间是清香满园、仙乐袅袅，端的是好时好景好风光。各路神仙平日大多闭门修行，亦是许久不曾谋面，此时见面，分外亲热，互相嘘寒问暖、举杯相劝，良久方才就位，恭候王母娘娘鸾驾。

王母娘娘也十分威严，法力无边。传说天池之中有一个水怪，经常乱施淫威，

兴风作浪。搅得天池之水暴涨，淹没左右居民，百姓无家可归、四处流浪。有一年，王母娘娘在天宫举行盛大的蟠桃会，会上宴请了各路神仙，唯独忘记邀请这位天池水怪。水怪不悦，发威泄私愤，顷刻之间浊浪滔天，洪水四溢。天兵禀报王母娘娘，王母娘娘大怒，旋即取下头上的一根碧玉簪投入水中，顿时风平浪静，水退石出。那根碧玉簪就变成了一棵榆树，从此生长在天池水边，成为镇水之宝。这棵由王母娘娘头上的碧玉簪变成的榆树就被后人称为"定海神针"。

还有，就是牛郎织女的神话故事。王母娘娘也是运用她那法力无边的特权，活生生地拆散了恩恩爱爱、和和美美的小两口。

云华夫人，是王母第二十三个女儿，太真王夫人的妹妹，名叫瑶姬。她曾经从东海云游归来，经过长江之上，岸上有座巫山。那里峰岩挺拔，林壑幽美，巨石如坛。她在那里滞留很久。当时大禹治水，驻扎在山下。狂风突然刮来，崖谷震动，山石滚落不可控制。因为与夫人相遇，大禹就拜见她向她求助。夫人就令侍女把用符策召鬼神的书交给他，同时命令狂章、虞余、黄魔、大翳、庚辰、童律等诸神，帮助大禹凿开山石疏通江水，把堵塞之处挖开，以顺通江流。大禹曾到崇山峻岭之顶去拜访她。夫人在转眼之间就能变成石头，或突然飞腾在空中散为轻云，凝聚成夕雨，有时变成游龙，有时化为翔鹤，状态万千，不可亲近。

黄帝之后过了很多年，人间由虞舜代理国政，西王母又派使者授给舜白玉环。舜即位，王母又给他增加地图，于是舜统治的国土由黄帝时的九州扩大到十二州。

后来，西王母的名声越传越响，人间的帝王、百姓、求道修炼的人都希望能到昆仑山面见西王母。

◎ 拓展阅读

昆仑山

昆仑山西起帕米尔高原，山脉全长2500千米，平均海拔5500~6000米，宽130~200千米，西窄东宽，总面积达50多万平方千米，最高峰布格达板峰，海拔6860米，是青海省最高点。众多古书中记载的"瑶池"，便是昆仑河源头的黑海，海拔4300米，湖水清澈，鸟禽成群，常有野生动物出没，气象万千，在昆仑河中穿过的野牛沟，有珍贵的野牛沟岩画。金元时期，盛极一时的中国道教全真派开山祖师王重阳同他的七弟子，把这里选为创教立派的"洞天福地"，留下了诸多令人神往的道教遗迹。

海神妈祖

在福建省莆田市湄州湾，有一个美丽的岛屿叫湄州岛。岛上有一座巍峨雄伟、金碧辉煌的庙宇，供奉着世界闻名的"海神"妈祖。

妈祖原名林默，出生于仕宦之家，是晋代福建晋安郡王林禄的二十二世孙女。其父林愿，是当年宁海镇都巡检官，其母陈氏是当地的望族之后，二人多行善，广积德。

一天晚上，妈祖的母亲陈氏梦见观音大士慈祥地对她说："你家行善积德，今赐你一丸，服下当得慈济之赐。"于是陈氏便怀了孕。一天傍晚，陈氏将近分娩，只见一道红光从西北射入室中，光辉夺目，香气飘荡，久久不散。又听得四周隆隆作响，好似春雷轰鸣，地变紫色。陈氏感到腹中震动，妈祖于是降生。因生得奇异，父母甚为疼爱。她出生至满月，一声不哭，因此，父亲给她取名"默"。

妈祖一共有一个哥哥和五个姐姐，她幼而颖异，不满周岁，还在襁褓之中的时候，看见诸神的塑像，就合手作欲拜的样子。她五岁能背诵观音经；八岁时到一所私塾读书，老师所教文章她能很快融会贯通；十岁余，她信佛诵经，早晚不懈；十三岁时，有一位老道士玄通经常往来她家，对她说："你具仙性，应得度入正果。"于是传授给她"玄微秘法"，她依法修炼，均能领悟要旨。

妈祖十六岁时，与一群小女孩闲游嬉戏，照妆于井中。忽见一个神人捧铜符一双，拥井而上，后有仙班簇拥着，把铜符授给她。女伴们都吓得撒腿跑开，妈祖则大大方方地接受了这个礼物，不一会便能灵通变化。此后，她虽身在房中，却能时常神游四方，谈吉凶祸福，没有一次不应验的。妈祖还能驾云飞渡大海，拯救海难，还经常为人治病消灾。远近的人都很感激她，并称她为"神姑""龙女"。

妈祖十六岁这年的秋天，有一天，她的父兄驾舟渡海北上。当时妈祖正在闺房中精心织布，忽然伏在织布机上闭起眼睛，脸色突变。一手抓梭，一手扶杼，两脚紧踏机轴，拼尽全力在挣扎扶持，唯恐失去什么。她的母亲发觉后，十分惊恐，急忙把她叫醒。妈祖于是失手将梭掉在地上。她睁开眼睛，跺着脚，嚎啕大哭，说："我的父亲得救，哥哥却坠海死了！"

她的母亲陈氏听罢，十分惊慌，连忙差人打听消息。不一会儿有人来报，妈祖所言果然属实。当时她的父亲在怒涛中，仓皇失措，几次将要翻船，好像暗中有人在帮助他们稳住船舵，与她哥哥的船靠近，无奈她哥哥已是舵摧舟覆了。当时妈祖闭着眼时，脚踏着的是父亲的船，而手抓的是哥哥的船舵。母亲把她叫醒，梭坠地，她哥哥的船已倾覆了。父亲脱险返航，而她的哥哥则被汹涌的浪涛所吞没。

哥哥溺水后，妈祖陪着母亲、嫂嫂和几个村民一道驾船径往茫茫大海寻找哥哥的尸体去了。当时海水汹涌，他们突然发现一群水族聚集海面，大家不由得害怕起来。妈祖说，不要怕，并告诉水族不必迎接。突然水色变清，她哥哥的尸体

已浮于海面。这时大家才知道是水神护送着她哥哥的尸体来了。终于把她哥哥的尸体运回，湄州岛的居民无不称赞妈祖的孝顺和慈善。此后凡是遇到妈祖诞辰的日子，半夜即有大鱼成群，环列于湄屿之前，好像拜舞迎接的样子，到了黎明才散去。

宋太宗雍熙四年，妈祖时年二十八岁。在重阳节的前一天，妈祖对家中人说："我心好清净，不愿居于这个凡尘世界，和凡夫俗子为伴。明天是重阳节，想去爬山登高，预先和你们告别。"大家都以为她要登高远眺，根本不知道她将要羽化成仙。第二天早上，妈祖焚了香，念了经，对众多的兄弟姐妹说："今天要登山远游，实现自己的心愿，但道路难走而且遥远，大家不得与我同行。"诸姐笑着安慰她说："要游去游就是了，何须多虑呢！"妈祖于是告别诸姐，直上湄峰最高处。这时，只见湄峰顶上浓云四合，一道白气冲上天空，仿佛听见天空有丝竹管弦奏起的仙乐声，直彻云天，彩虹辉映。妈祖乘风驾云，翱翔于苍天白日之间，俯视人世，若隐若现。忽然彩云布合，不可复见。湄洲人远远望去，都引颈注目，无不欷嘘惊叹。

一天，妈祖陪着观音菩萨到神州东南沿海巡察。她们驾着祥云来到兴化上空。妈祖心里牵挂着家乡，屈指一算，知道家乡有事，正要禀告，观音菩萨却早已知情。她对妈祖说："救人一命，胜造七级浮屠，你快快回去吧！"

原来，兴化府侍卫官吕德，奉命带兵出海，镇守边关，平定海乱。谁知在赴任途中，不幸得了重病。虽多方请医调治，病情不但不见好转，反而日益加重，最后竟是病入膏肓，危在旦夕了。

吕德虽然病得身子不能动，口不能说话，但他的头脑还是清醒的。在生命垂危的时刻，他仍然念念不忘海疆战事。他想：自己奉命剿寇，

出师未捷，身染重病，三军群龙无首，怎么也不能死啊……这时，他想到了妈祖，就在心里默默地向她祈求。祷告之后，心里觉得宽松了许多，身上的病痛也好像觉减轻了不少。他闭上眼睛，慢慢地睡着了，还做了一个梦……梦中，吕德好像见到一位生得很华贵的姑娘从门外轻飘飘地走进门来。她走到病床前，牵起他的手腕，轻轻地在上面按了按，过了一会儿，又叫侍女进屋。那侍女十分秀气，端着小盘从门外急急进来，说："神妃娘娘，丸药在此。"神妃？这不是妈祖来了吗？吕德此时正好醒来，又惊又喜，睁开眼睛，看见妈祖正静静地站立床前。她正在用双手搓捏着丸药。只见那丸子像水晶，像玛瑙，闪闪发光。妈祖让侍女掰开吕德的嘴唇，把丸药轻轻地放入嘴中。不等吕德吞咽，那丸药就自己滑下喉咙。吕德觉得满口香气，久久不散。吃药后不一会儿，就感到胸闷腹胀，肚子里翻来翻去，剧痛难忍。突然，喉咙一热，"哇"地一声吐出两块血团。这一吐，吕德顿时觉得神清气爽，浑身舒畅。

第二天，吕德已能下床走动，饮食如常。几天后，病体就完全康复了。吕德顾不得休息，便传令官兵，起营开拔，向海疆进发。一战定局，迅速平息了海乱。回到兴化府后，吕德准备向朝廷荐报妈祖的功德。一天夜里，他在梦中见到了妈祖，就把自己的想法告诉了她。妈祖听了，摇着头说："将军切不可如此。赐药治病之举，乃是观音菩萨指示我做的，你应当敬奉观世音大士啊！"

有一次，金国的将领仆散揆带兵侵犯中原，被宋军围困在八叠滩之中。仆散揆用重金收买了当地的一个地痞无赖作为向导，以金蝉脱壳之计，带领残兵败将，从八叠滩偷偷地逃出了重围。仆散揆死里逃生，但是又没有脸面回到金国，就聚集在山林里，占山为寇。他们奸淫妇女，烧杀抢掠，无恶不作。方圆数十里内，老百姓受尽了残害。

军队的探马报到朝廷，宋宁宗当即派出大将军毕再遇，带兵前往剿灭。

大军来到金山脚下，毕再遇将军命令士兵安营扎寨，自己带领几名亲兵，来到山前视察地形。但见金山奇峰峥嵘，林木蓁蓁。山寨建在金山主峰顶上，四周悬崖绝壁，实在是易守难攻。毕将军心想：金山高险，山寨坚固。如果现在就去攻打，必然会造成惨重的伤亡，但是皇帝的圣命在身，又怎能按兵不动呢？他只好下令向占据在山寨中的盗寇发起全面进攻。可是，宋军一连攻打了几天，不但无法靠近寨墙一步，反而伤亡了不少人马。毕将军十分难过地回到营帐中，想来想去，无计可施。

忽然，从营帐那边传来伤员的叫唤声："妈祖……保佑……"将军心头突然一亮，立即走到帐外，跪在地上，向着苍天，默默祷告妈祖显灵，帮助自己击败金兵的侵犯。

第二天天刚亮，忽听营帐前面的兵士呼叫，人声鼎沸。将军大吃一惊，以为贼寇偷袭兵营，便披坚执锐，飞马来到帐前。只见一群兵士围观着一面巨镜，指点比划。将军上前观看，见那巨镜大如桌面，亮如日月。他大声喝退士兵，查问大镜的来龙去脉。

有个兵士向他禀报说，凌晨时分，忽听帐外有"嗡嗡"的叫声。大家出去一看，就发现这面巨镜已经平放在地上，不知从何而来。将军也感到惊奇，用手抚摸镜子，见是铜质所造。他命令兵士把巨镜抬起。刚一照脸，忽有一道火光迎面扑来，要不是将军躲闪得快，自己的眉毛和胡子早被烧得精光。他看了看巨镜，又望了望贼寨，计上心来……近午时，毕将军趁寨上贼寇稍有懈怠，即令士兵整装待发。他命大军压后，自己亲带数百强壮兵士，抬着巨镜向金山奔去。

宋军抬着大镜子来到山寨下面时，就被盗寇的喽罗们发现了。他们刚要放箭、点炮，忽然间，只见寨下火光一闪，一条火龙从巨镜中射出。只听得"轰隆"一声，寨门立时燃起了熊熊大火。贼兵见状，惊恐万分。这时，大队宋军乘机冲杀过去，攻上山寨。不到一个时辰，就擒获贼首和贼兵数百人，捕获战马百余匹，宋军大获全胜。

宋宁宗知道妈祖金山助战的神迹后，下旨加封"显卫"之号。

此后妈祖经常显灵，乡亲们时常能看到她在山岩水洞之旁，或盘坐于彩云雾霭之间，或朱衣飞翔海上。妈祖常常示梦显圣，救人急难，护国佑民。于是乡里之人就在湄峰建起祠庙，虔诚敬奉妈祖。后人前来朝拜者，络绎不绝。

◎ **拓展阅读**

湄州岛

湄州岛位于湄州湾湾口的北半部，是一个南北长9.6千米，东西宽约1.3千米，面积约16平方千米的小岛。全岛林木蓊郁，港湾众多，岸线曲折，沙滩连绵，风景秀丽。环岛优质沙滩长达20多千米。湄州湾东南临台湾海峡，与台湾遥遥相望。因处海陆之际，形如眉宇，故称湄州。湄州岛是妈祖的故乡，这里的妈祖庙被人们尊称为"天后宫湄州祖庙"。此庙创建于宋雍熙四年（987年），即林默逝世的同年，初仅数椽；后经历代扩建，日臻雄伟。

骊山姥母原来是玉帝的三公主，九霄三首凶龙逃往凡间作孽，玉帝派她下凡追捕，途遇往桃山求道的书生杨天佑，二人一见钟情，喜结良缘。

喜事传至天宫，玉帝大怒，意欲发兵问罪。观音怕生灵涂炭，亲自带旨下凡敦促三公主回天庭。这时，夫妻已产下一子，取名杨戬。杨天佑攻书习武，全家喜乐融融。因为三公主不肯遵旨回天，观音只得转达圣意："若不遵旨，罪及天佑父子，永遭沉沦。"三公主思夫及子，只好诀别亲人，含泪上天。因为犯了天规戒律，三公主上天后就被玉帝压于桃山之下。

十余年后，杨戬于玉泉山寻得玉鼎真人，拜师学法。真人授其神功，并告知他的亲娘被压于桃山之下，让杨戬前往相救。杨戬因而怒发冲冠，追上厮杀，一片孝心，使玉帝为之感动，特降旨放出三公主，让他们合家团圆。

秦始皇统一六国之后，在全国征集了大批民工修筑万里长城。民工中也有一批读书人，平日只知道吟诗弄墨，却无缚鸡之力，整日挑砖运土，面朝黄土背朝天，哪里受得了！一个个叫苦不迭，怨声载道。

一日，骊山姥母打坐在天宫，忽见一股怨气冲上来。拨开云雾一看，见那些修筑长城的人全被扁担压弯了腰，步履踉跄，苦不堪言，不觉动了恻隐之心。她拿出一把红丝线，作起法术，往下一抛，只见满天丝线，飘飘忽忽，随风降落，一根根系在民工挑土的扁担上。

说来也怪，这些红丝线一系在扁担上，百斤重担顿觉轻了八十。民工们挑得也轻了，跑得也快了，人人喜形于色，个个笑容满面。

这件事很快被秦始皇知道了。他想，是什么红丝线，竟有这般神通，看来定不是凡间之物，而是仙家之宝了。于是下了一道圣旨，立即把这些红丝线全部收集起来，另派他用。

圣旨一下，官员们不敢怠慢。当民工们晚上熟睡的时候，他们派人把扁担一根根收拢，将红丝线一条条解下，第二天送进了皇宫。

秦始皇看看这些红丝线，跟一般丝线同样粗细，并无两样。可是这些红丝线却熠熠发光，用刀剑砍，砍不断，拿火烧，烧不烂，真是奇珍异宝啊！

秦始皇想：一根红丝线系在扁担上，都有如此威力，如果把红丝线全都拧在一起，岂不威力无比吗？于是，他选派几个能工巧匠，编啊，绞啊，一直编绞了三天三夜，编成了一根又长又粗的鞭子。秦始皇非常高兴，他要亲自试试这根神鞭的威力。

秦始皇摆驾出了长安，前呼后拥来到骊山，下了龙辇，只见他手握神鞭，扬手一鞭，"呼！"带起一阵狂风，紧接着山崩地裂一声响，顷刻间走石飞沙。那神

197

鞭抽到的地方，就像斧劈刀砍一样，把骊山劈去了一半。秦始皇又惊又喜，这真是一条赶山鞭啊！我何不赶着骊山去填东海呢？也好让普天下的人都知道我的威风！秦始皇这么一想，就甩了九十九鞭，把劈下的那半面山分成了九十九个包，九十九个洼，变成了九十九座奇峰，九十九个险谷，之后秦始皇一路挥鞭，赶着山直往东海方向跑。

这一来，东海龙王可慌了手脚了！他急匆匆出了龙宫，登上天庭，奏知玉皇大帝，说秦始皇要赶山填海，毁他的老巢，请旨定夺。玉皇一听，心道：啊？有这等事？当即传旨，命龙王的女儿三公主前去阻止。

三公主聪明能干，法力无穷。她领了法旨，知不能力敌，只能智取，当即摇身一变，变成了一位村姑，在秦始皇要经过的长江边上，摆起了一个茶摊。果然，始皇赶山过了长江，一路上他不停地挥鞭，急急地赶路，人也乏了，口也渴了，忽见江边高高地悬挂着一个斗大的"茶"字，飘出一阵阵清香，原来是一个茶摊，这真是瞌睡时送来了枕头。秦始皇高兴极了，就想喝上几口清茶，歇歇气，缓缓神，然后再赶路。

秦始皇握着赶山鞭来到了茶摊。一看，呀！只见那卖茶的村姑，一头乌黑漆亮的披肩长发，一双黑宝石般的大眼，再配上一张樱桃小嘴，一笑一对酒窝儿，真是如花似玉，赛过天仙。秦始皇看呆了，心想，我这三宫六院七十二妃，与她相比，全都逊色多了！秦始皇真是一见倾心啊！偏偏在这时，三公主又对他回眸一笑，招呼道："客官，想必是要喝茶吧？请坐，请坐！"三公主这一笑一招呼，更使秦始皇神魂飘荡。他喜孜孜地坐了下来，两只眼睛贪婪地盯着三公主，舍不得移开。三公主呢，却满脸含笑，殷勤相待，给他沏了一杯香茶，说："村野山茶，客官请勿见笑！"秦始皇慌忙品了一口，连声说："好茶！请问村姑姓甚名谁，为何独自一人在此卖茶？"三公主见问，脸上生彩云，答道："奴家名叫海姑，家住南山之下，只因家境贫寒，生活所迫，不得已在此抛头露面，卖茶糊口。"秦始皇一听，心里更加高兴，原来这村姑出身贫寒，我许她以富贵，还愁不归顺我吗？便说："我是当今皇上，你只要随我进宫，保管你穿的是绫罗，吃的是山珍海味！"三公主一听，故作惊讶之色，继而又摇了摇头。秦始皇一看，急了，忙说："我还可以给你造一座最美丽的宫殿，任你游玩消遣！"三公主还是摇了摇头，秦始皇更加着急，又说："我的美人儿，你究竟要什么呢？只要你抹掉脸上的愁云，露出笑容，要什么我都给你。你快开口吧，不要急煞孤王了。"三公主见秦始皇总是握着那根赶山神鞭，一刻也不松手，便心生一计，说："万岁所说是真？"秦始皇说："有道是君无虚言。"三公主急忙跪倒在地，说："谢主隆恩！"秦始皇喜不自

胜，慌得丢下赶山神鞭。三公主心里暗自高兴。她趁秦始皇不备，瞅个空儿，刷！一把夺过了赶山神鞭，说："我要的就是它！"三公主说完，"呼"的一声，化作一阵清风，回东海龙宫向父王复命去了。

秦始皇不见了三公主，心里思念着哪！他登上庐山去寻找，踏遍山山岭岭，跨过了险谷深沟，也没见到三公主的身影，就坐在马耳峰下的巨石上休息。秦始皇不死心，心想，我是当今皇上，普天下的美女都应该属于我！他又急如星火地攀上九奇峰，一直登上了高山绝顶大汉阳峰。找啊，找啊，还是找不到他思念的美人儿。秦始皇站在汉阳峰顶极目遥望，但见云天相隔，白雾茫茫，不觉满腹相思，禁不住流下了眼泪，没奈何，只好失望地回长安去了。

骊山姥母不仅心地善良，而且风华绝代，秀媚无匹。世间时有俗人惊其艳丽，乃生邪念，欲思轻侮。自此以后，骊山姥母则不再以少女姿容出现，遂装为老妪，人乃以老母称之。

后来，骊山姥母在骊山受人间烟火。山上树木繁茂，松柏常青。四时有不凋之树，遍山有飘香之花，景色迷人。这里山形秀丽，峰峦起伏。她常常施行神法，为人们指点迷津。

书生李筌喜好神仙之道，经常游历名山，广泛采集方术。他在嵩山虎口岩石室中，得到了黄帝的《阴符》，但始终不明白《阴符》的义理。后来，他到陕西去，走到骊山脚下，遇到一个老妈妈。这个老妈妈的发髻从鬓边梳到头顶，其余的头发半垂，虽然穿着破衣服，拄着拐杖，但是，神情状态很不一般。

老妈妈看到路旁有遗火烧树，就自言自语地说："火生于木，祸发必克。"李筌听到这话很惊讶，就上前问她："这是黄帝《阴符》中的秘言，老妈妈怎么能说出它呢？"

老妈妈说："我接受这个符，已经三元六周甲子了。三

○品画鉴宝 元君像 元君，道教称女子成仙者。其中碧霞元君及眼光娘娘、送子娘娘、催生娘娘、痘疹娘娘护佑人类生长繁育。

元一周，共计一百八十年，六周共计一千零八十年了。年轻人，你从哪里得知《阴符》呢？"李筌行过稽首礼又行拜礼，就详细地告诉老妈妈得符的地方，趁便请问《阴符》的玄义。

老妈妈让李筌正面站立，向着亮处，看了看他的相貌，说："接受这个符的人，该当名列仙籍，骨相应当成仙。如果不是这样的人，反而会受到责罚。"于是拿出朱砂写了一道符，串在拐杖尖上，令李筌跪着把它吞下去。说："天地保佑你。"接着，老妈妈命李筌坐下，给他解说《阴符》的意义。说完这些道理，她又对李筌说："已经到吃饭的时候了，我有麦饭，一起吃饭吧！"

老妈妈又从袖子里拿出一个瓢，令李筌到山谷中去取水。瓢里的水满了以后，瓢忽然有一百多斤重，李筌的力气小，不能控制，瓢就沉到泉水中了。李筌回到树下时，老妈妈已经不见了，只是在石头上留着几升麦饭。李筌惆怅地等到晚上，也没有再见到她。李筌吃了麦饭以后，从此不再吃饭，绝食求道，不知所终。这个老妈妈，就是骊山姥母。

传说八仙之一的吕洞宾赶考途经邯郸黄花，骊山姥母化作黄花店主，为吕洞宾烧煮黄粱饭。钟离权则用法术使吕洞宾在睡梦中经历了十八年的宦海沉浮和世态炎凉，一觉醒来黄粱饭尚未熟。经此一梦，吕洞宾遂大彻大悟，跟随钟离权学仙修道去了。

还有的人说，唐代诗人李白在幼年读书时，因心闷而懒于研读。一日走到溪边，看见一个老太婆在溪边石上不停地磨铁杵，李白走上问她为什么磨如此粗的铁杵。老太婆说："我女儿要出嫁，没针用，我就将这铁杵磨成针。"李白说："铁杵哪年能磨成细针呢？"老太婆说："心坚石穿，何愁铁杵不能磨成针？"李白感悟，奋发读书，后来竟成了一代大诗人。据说这个老太婆就是骊山姥母的化身！

◎ 拓展阅读

骊山

骊山位于西安临潼县城南，属秦岭山脉的一个支脉，最高峰九龙顶海拔 1301.9 米，由东西秀岭组成，山势逶迤，树木葱茏，远望宛如一匹苍黛色的骏马，故而得名。骊山风景秀丽，相传周幽王在此建骊宫，秦始皇时改为"骊山汤"，汉武帝时扩建为离宫，唐太宗营建宫殿并取名"汤泉宫"，唐玄宗再次扩建取名华清宫，因以温泉为特征，又称华清池。经考古专家发掘整理，在 4200 平方米面积内发现 5 个汤池遗址，并确认它们分别是莲花汤、海棠汤、太子汤、尚食汤和星辰汤。

麻姑献寿

麻姑是南北朝时期的一位北方少数民族姑娘。她是个十七八岁的俏美姑娘，穿着光彩夺目，头顶结了一个发髻，剩余的长发乌溜溜地垂到了腰际。麻姑的父亲叫麻秋，麻姑长得俊美俏丽，心地善良。可是她的父亲却以性情暴躁、凶恶专横出名。

一天，麻姑得到一个大桃子。古时候，桃子在水果中是上品，麻姑舍不得吃，把桃子揣在怀里，想拿回家与父亲一起尝尝鲜。

麻姑路过街上，看见路边围着一圈人，就好奇地朝里面看。原来有一位身着黄衣衫的老婆婆躺倒在地上，奄奄一息。边上有几个人说："老婆婆是饿的，如果吃点东西，也许会好的。"可是，大家只是说着，谁也没有拿出东西给老婆婆吃。那时兵荒马乱的，青壮年都拉去打仗，田地都荒芜了，粮食很珍贵。麻姑看不过去，就从怀里拿出那只桃子，蹲下身来扶起老婆婆，用桃子喂她。桃子又甜，汁水又多，老婆婆吃了后很快缓过劲来，苏醒了。周围的人也都啧啧地称赞麻姑。

这时老婆婆开口说："孩子，谢谢你，能不能给我喝点粥汤？""好呀，我就回去帮您煮去。"麻姑看见老婆婆能开口说话很高兴，她把老婆婆扶到沿街的屋檐下坐着，自己三步并做两步地朝家里走去。

麻姑回家，就立刻生火煮粥。父亲麻秋回到家，她把街上遇到的情况告诉了父亲。没料到麻秋脸一沉，说道："这种老家伙，饿死算了！你给她吃桃子，已经是她很大的福份了。我们家的粮食本来就不够，你竟敢自作主张煮粥给她吃，实在是不像话！"父亲不让麻姑为老婆婆送粥，并把她关进了后屋，不许她外出。

半夜里，麻姑仍惦念着黄衣衫老婆婆的安危，她听到前屋的父亲呼呼的酣睡声，就轻手轻脚地走出后屋，从锅里舀了一碗粥，快步来到街上。但街上除了犬吠声，哪儿还有老婆婆的踪影。麻姑很焦急，到处寻找老婆婆。月光下，只见原来老婆婆坐的地方，有一个桃核留在那里，就拾了起来。这时父亲麻秋醒来了，发现女儿不在家中，便找到街上，遇见麻姑，就气急败坏、连推带搡地把麻姑拖回家，狠狠地打了一顿。

第二天晚上，昨天一夜没合眼的麻姑刚睡下，就看见穿黄衣衫的老婆婆朝自己笑盈盈地走来了。老婆婆抚摸着麻姑的头说："孩子，谢谢你！亏你有一片善心。那桃子果然是好东西，我吃了已经足够益寿延年了，你放心吧。"说着转身要离开。麻姑却噙着眼泪，受了委曲似的把头埋在老婆婆的怀里哭了。老婆婆安慰她说："好孩子，别难过，以后我们还有机会见面的。"说完就飘然而去了。麻姑在睡梦里哭醒了，细细品味着梦里的事情，觉得黄衣衫老婆婆很不一般。

早上起床，麻姑把自己藏好的桃核种在自家的院子里，一年的时间就长成了一

○ 品画鉴宝　麻姑仙鹤图·元·陈月溪

棵大桃树。奇怪的是，这棵桃树每年正月里开花，三月里就结出又大又红的桃子，引来了许多人来看热闹。阴历三月正是青黄不接的时节，麻姑就用桃子接济附近一些贫困饥饿的老年人。更奇怪的是老年人吃了麻姑送的桃子都感觉很好，不仅能几天不吃饭不觉得饿，而且原来身上的小毛病也治好了。麻姑这才明白那个婆婆是神仙下凡。

常言说得好：一人得道，鸡犬升天。麻姑的神力一传十，十传百地传开了。这时边关烽火突起，国家急需军事人才，那麻秋也被征了兵，不承想这个平日里以凶恶专横著称的家伙，打起仗来也不要命，居然获得了国王石勒的赏识。

麻秋因为骁勇善战，屡立战功而被石勒封为征东将军，管辖包括自己原来住的这个集镇在内的一块地盘。麻秋衣锦还乡，大队人马前呼后拥，很威风，他所到之处，百姓们都纷纷给他让路。既然是将军了，自然要大兴土木了。为了炫耀自己的功绩，麻秋还建造了一座富丽堂皇的将军府。他抓来好多面黄肌瘦、衣衫褴褛的俘虏和劳工，让他们一刻不歇息地劳作，还不停地用鞭子抽打每一个从他面前走过的劳工，嘴里不住地喊"快！快！"

麻姑看不下去，急忙走向前去劝说："爹爹，让这些人也喘口气吧！"麻秋没想到女儿会到这儿来管他的事，两眼一瞪，没好气地说："去，去！女孩儿家懂什么！"说罢再也不理麻姑了。

麻姑看见民工伤病很多，非常同情他们的遭遇，常常瞒着父亲从将军府拿些药来给民工们医治，有时还为民工们缝补衣物。民工们知道她是麻秋的女儿，都不解地说："将军爷怎么会有这么好的女儿？"麻姑得知民工们做夜班时间很长，一直要做到鸡叫才能休息，再一次要求父亲多给民工一点休息时间，结果还是遭

到父亲的训斥。麻姑明白再去求父亲是无济于事的，就决定另想办法。

一天夜晚，四更天，麻姑就悄悄地起床了，来到鸡窝旁，轻轻地学公鸡叫："喔，喔，喔——"鸡窝里的公鸡惊醒了，也昂着头，啼叫起来："喔，喔，喔——"集镇上其他雄鸡听见，都跟着啼叫起来。做夜班的民工们听见鸡叫，兴奋地大叫："放工啦！"他们为能提早放工而高兴。一连几天都是这样，他们没想到公鸡早啼是麻姑帮的忙。

公鸡早啼引起了麻秋的怀疑，因为每次鸡叫都是从将军府周围开始的。于是，他派人暗中监视麻姑，终于证实了自己的怀疑。麻秋很恼火，一定要惩治女儿，就叫人先把麻姑锁进闺房内。

麻秋回家，想狠狠地痛打女儿一顿，但打开闺门，怎么也找不到麻姑，只得狠狠地把锁门人打了一顿。

原来，正在情势危急的关头，西天瑶池的西王母乘坐云车，从此地上空经过。等她了解这件事的前因后果后，连声称赞麻姑有仙根，当即决定将其收为弟子，要她去南方的一座山里修道。

农历三月三，是住在昆仑山上的神仙西王母的寿辰。每当寿辰之日，她都要设蟠桃会宴请众仙。八方神仙、四海龙王、天上仙女都赶来为她祝寿。百花、牡丹、芍药、海棠四位花仙采集了各色鲜艳芬芳的花卉，邀请仙女麻姑和她们同往。

有一年，麻姑用麻姑山山泉酿制了一坛酒，带到蟠桃会，为西王母祝寿。这时，早已到来向西王母祝寿的列位神仙，看到麻姑手里捧着一个土坛飘然而至，一个个掩嘴发笑，心想这麻姑也太寒酸了，西王母的生日，怎么送来一个土坛子？可西王母心里明白，麻姑必定带来与众不同的好东西，她没等麻姑开口，便笑眯眯地给麻姑赐座。麻姑谢过西王母说："今日娘娘大寿，小仙特用麻姑山的泉水酿制了一坛寿酒，为娘娘祝寿。"说毕，移步向前，揭开酒坛封口，一下子，整个瑶池飘满了诱人的酒香。神仙们竟忘了天宫礼节，都凑到酒坛边来了。酒坛打开时，酒色透明醇厚，酒味芝香浓郁。前来赴宴祝寿的各路神仙，莫不交口称赞。连天宫几位专司仙酒的酒仙，也鼻子一耸一耸地啧啧称赞："好酒！好酒！"原来麻姑是用灵芝草酿成的仙酒，味道自然与众不同。西王母大喜，立即封麻姑为虚寂冲应真人。

麻姑最后活了很久，她曾经说："我已经看见东海三次变成桑园田野了。刚才我到蓬莱仙洲去，看见岛周围的水，比上次我见时又浅了一半，是不是蓬莱仙洲的水也要干涸而变成陆地呢？"

麻姑升天之后，太上老君传授给她攘除灾厄之法，每每显灵家乡，为穷苦乡亲除病消灾，频赐丰年。

◎ 拓展阅读

《神仙传》简介

《神仙传》是一本故事书。东晋葛洪撰。十卷。该书记载古代传说中的故事，大体继《列仙传》而作，其中容成公、彭祖二条与《列仙传》重出。体现了各时期的神仙观念及魏晋文士风气。现存《神仙传》有两种版本。一为九十二人附二人传本，见于《道藏精华录百种》等道典中。二为八十四人传本，见于《四库全书》中。《神仙传》中故事众多，篇幅较长，故事情节复杂、奇特、生动。

太真夫人

太真夫人是王母的小女儿，名婉，字罗敷。在她大约十六七岁的时候，嫁给了玄都太真王，生了一个儿子。儿子长大之后，成为三天太上府的司直，主管天曹违错的总纠察，类似地上的卿佐。因为她的儿子年少好游，从来不问政事，从来不亲自参与纠察，天帝便把他降职到东岳任主事，退出真王的编制，掌管鬼神之师，五百年替换一次职务。夫人因此来看儿子，鼓励他勤奋治理、奉行政事，来弥补他的过失。

有一次，太真夫人经过临淄县，看到有个叫和君贤的小吏，被马贼伤得很重，危在旦夕。夫人可怜他，就问他其中的缘故，和君贤就如实回答。夫人说："你受的伤是重刃刺肺腑，五脏泄漏，心脏的血凝固了，又气激于伤外，这是将死的灾难啊，不可能复生了，怎么办呢？"和君贤知道她是神仙，就叩头哀求，夫人就从身后的竹筒中拿出一丸药，像小豆粒那么大，就让和君贤把它吞服下去。和君贤一服用了这个小药丸，立刻就痊愈了，血不流了，伤口也愈合上了，也不再有疼痛的感觉了。

和君贤朝太真夫人拜了两拜，跪下说："大恩不言谢。我的家财不够，不知道该用什么来报答你所施给我的恩情，只想能施展自己的驽钝之力，结草衔环，来报答您的再生之恩。"夫人说："你一定要感谢我的话，可以随我去吗？"和君贤就改名换姓，自称马明生，听候夫人差遣。

太真夫人回来，进入东岳岱宗山峭壁上的石室之中，上下隔绝，在重重岩石深处隐居。这里离地面一千多丈，石室中有金床玉案和奇异瑰丽的珍宝，人迹不能到达这个地方，马明生最初只想学习金创药方。见到神仙来往之后，知道有不死的道术，就起早贪黑，勤奋地打扫庭院，不敢松懈倦怠。夫人也用鬼神虎豹以及使人迷惑的众多变化试探他，明生神情清正，始终不害怕。夫人又让明生另找地方住宿，借此用美女调戏亲近他，明生心坚意固地静默等待，没有一丝邪念。

夫人到别处去，或十天或五天回来一次，有时一个月或二十天回来一次。明生往往看到有仙人宾客，乘着龙骥，驾着虎豹，来来往往，有时还有拜见的人。真仙整天高朋满座。客人一到，夫人就让明生出去到外边别的屋子中，或者立刻弄来精细饮食、菜肴。这些鲜美的果蔬、清香的美酒，五花八门，明生都不能说出它们的名目。

有时太真夫人也唤明生和客人们坐下，跟他们一起同饮同食。明生听到空中有琴瑟的声音，歌声婉转绝妙。太真夫人有时也自己弹琴，一根弦能同时奏出五个音，声音高朗，音响激越，响彻云霄，不绝如缕。众多的鸟儿都聚集到洞室之间，徘徊飞翔，驱之不去。大概夫人的乐趣，是自然之妙吧。夫人歇宿时，常与

明生在同一间石室中，而睡在不同的床上。幽暗寂静的地方，只有他们两个人。

有时，太真夫人远行而去，也不告诉明生她去哪里，只见有一条银白色的巨龙来迎接，夫人就穿上绚丽的绣袍，乘龙而去。袍子上明月般的珠子点缀着衣领，身上挂着晶莹的玉佩，头上戴着金华太玄冠，也不见有跟随的人，回来以后，龙就自己飞去。太真夫人所住石室的玉床上面，有紫色锦缎的被褥、紫色的绫罗帐子。帐中有服饰和观赏物，有珍奇的金，成匣的玉，五光十色地摆着，琳琅满目，根本都不是人世所有的，明生也不能一一知道它们的名称。还有两卷白绢写成的书，书名叫《九天太真道经》，明生也不敢打开看那经文，只是恪尽职守，扫洒庭院，看守石室而已。

如此五年，明生更加勤劳恭敬，太真夫人赞叹地对他说："你真是个能够得道的人。凭你一个俗人，而能没有淫欲，不懈怠，恭敬景仰灵气，始终没有荒废它。这样，即使想要求死，怎么能办得到呢？"于是太真夫人把自己的姓氏本末告诉明生，又说："我长久在人间，现在奉天皇的命令，又按照太上之召，不能再停留于此了，念你专心谨慎，所以把这话告诉你，想要教给你长生不老的方法，延长寿命的道术。而我接受的方术，是饮用太和自然龙胎醴，才可以授为三天真人。不可用它教初学的人，当然也不是你能够得到的。即使得到它，也不能用它来养身。有个安期先生，精通烧金液丹法，那个方子的秘密要领，立即可以得到运用，这是元君太乙之道，白日升天的法术。明天安期要来了，我将把你托付给他，你跟随他一段时间，他的法术一定会传给你。"

第二天，安期先生果然到来，他乘着俊逸的麒麟，穿着朱红色的衣服，戴着远游的高冠，腰挂玉佩以及虎头般的革囊，看他的年龄大约二十多岁，洁白严整，大约有六七个仙人随着他，都拿着符节侍卫着安期先生。安期先生看见夫人，远远地就下拜作揖，很是谦卑和恭敬，自称"下官"。不一会儿，摆上酒果饭菜，饮宴半日有余。安期说："从前与夫人游安息国西海边，吃的枣味道很美，这里的枣很不及它。回想此事不久，已经二千年了。"夫人说："我从前与您共同吃一个枣，竟然吃不完。这里的小枣，哪能比呢？"安期说："下官前些天去九河，见到司阴君与西汉夫人共游，他们拿阳九百六之期问我，又问我圣主受命的劫数，下官因为幼稚，不知道运厄的年代，该另外向太真王夫人请教来回答。今天夫人既然赐坐，愿请教这些运数。"

夫人说："期运的范围广泛，不是先生您仓促之间能够知道的。天地有大阳九大百六，小阳九小百六。天灾叫作阳九，地亏叫作百六。这两灾是天地使阴阳由顺变逆，九地受到损害。大期九千九百年，小期三千三百年，而此运所当，圣人也不能消除灾殃。阳九，天旱海消而陆地自行枯干。百六，海洋枯竭而山陵自行增加，四海之水减少，沧海变成高山。而一旦得到仙人的真传之后，肉体与灵性结合在一起。到那时，漫游五岳而视广宽山川，驾虬辇而追赶浮云，须臾之间，不知不觉就到了，可以展身娱目，怎么能够不惬意呢？当今之日，且论酒事，说这些干什么？"

太真夫人指马明生向安期说："这个人有心向慕，大概可以教诲。从前遇到一个因由，就来随我。虽然素质不洁，没有灵性，而淫欲已经消除，现在不可传授玄和太真之道，将要让他跟您学习金液丹方。您同意这样做，就领他去适宜抚慰和指点，以完成他的志向。切记，不可太苛刻令他失其正道。"

安期说："好吧。只恐怕我的道术浅薄，不够用来教诲传授罢了。下官从前从汉成丈人那里接受此方，是先师的成法，实在不敢仓猝传授，要承命在二千年之内，一定使他窥见天路。下官往日与女郎在玄丘一起相会，观九陔之阻碍，望弱水向东流，赐给玄碧酣香的美酒，不觉高低而吟咏，一起打开尊笈灵箓，偶然看到玉胎琼膏之方，服用一次，立刻登上云天，解脱形体而千变万化，上天做真皇。可是，那琼膏之方，明生能使用吗？"

夫人说："您不知道吗？这是天皇的灵方，不是像明生这等俗流之辈所能窥视的。仙方共有九个品级，一品名叫"太和自然龙胎之醴"，二品名叫"玉胎琼液之膏"，三品名叫"飞丹紫华流精"，四品名叫"朱光云碧之腴"，五品名叫"九种红华神丹"，六品名叫"太清金液之华"，七品名叫"九转霜雪之丹"，八品名叫"九鼎云英"，九品名叫"云光石流飞丹"，这都是九转的次第。与之相应，得仙者也有九品，品级之间各有差降，不可越品超学。他知道金液，已经是过分了。至于玉皇吃的丹药，不是学疏才浅之人所应该听到的。您虽然得道，而长久在人世上，喧闹的浊尘传染到正气，尘垢超过三分之一，已不可登上三天而朝拜太上，过扶桑而拜见太真。玉胎之方尚且不可知道，怎能让明生听到那些篇目呢？"

安期有惭愧的神色，就离席说："下官实在不了解灵药之妙，品级差别如此，的确骇人听闻。"接着又自己陈请说："下官曾经听说有《九天太真道经》，清静虚无，照亮天地，实在不是下愚之才可以得到瞻仰的，然而受您接待很久，交往很深，我不自量力，乞请教诲，不知道那书可以让我见到吗？如果暂看一下太真经，那么鱼目就变珍珠了。"

夫人微微而笑，很久才说："太上之道不同，真府遥远，不是下品之才可以得到的。您只应当弘扬现在的功德，不要非分地代劳了。我正要暂时向北到玄洲去，天上的事不断，要等到事情办完，如果时间还略有闲暇，再把太上真经拿给你看吧。您能够对太清勤正专一，役你恒、华山而使江、淮、河、济听命，三天之后，到钟山、王屋山找我，真书就可以得到传授了。如果不是这样，那就好比是损坏了舟楫还想要渡过大江大河了。您为什么浑浑噩噩地长久做地仙呢？哪如先觉而高飞，跳出风尘而自洁，与上天的真人灵人而并列呢？我该说的话都说完了，先生您好自为之吧。"

安期跪直身子，说："今天受到教诲，就遵奉修行。"夫人告诉马明生说："我不能再停留了，你随此君去，不要忧虑思念，我也会抽时间去看你。就把两篇五言诗赠给你吧，可以相勉。"明生流着泪告辞了，就随着安期先生背着书箱进了女儿山。之后，夫人乘龙而去。后来马明生随着师父周游各地，总共二十年，就得到了金液之方，修炼而升天。

◎ 拓展阅读

《清微仙谱》简介

《清微仙谱》为元初道士陈采撰。陈采为建安人，生平不详。此书前有陈采于元世祖至元三十年（1293年）所作之自序，称清微派重要传人黄舜申，"近膺诏命入觐，得旨还山，予始获登先生之门"。可知陈采系黄舜申之弟子。该书首列"清微道宗""上清启图""灵宝宗旨""道德正宗""正一渊源"等目，叙述清微派的渊源，末列"会道"，叙述清微派的传系。此书是研究清微派教史的重要著作。

长江的岸上有座巫山，那里峰岩挺拔，林壑幽美，巨石如云。巫峡中最为壮观的就是那久负盛名的巫山十二峰，它们矗立在大江南北，峰奇峦秀，千姿百态。有的若仙女起舞，有的似龙腾霄汉，有的像孔雀开屏，有的如彩缎织锦。其中尤以神女峰最为俏丽，再加上丰富多彩的神话传说，更给她染上了一层迷幻的色彩。

传说在很久很久以前，长江巫峡南岸翠屏峰下的青石洞里，住着十二条蛟龙。一天，这十二条龙窜出了山洞，搅得巫峡上空天昏地暗，百姓们被大风卷上了天空，房屋树木被飞沙走石打得稀烂，人畜死伤无数。

云华夫人，是王母娘娘第二十三个女儿，太真王夫人的妹妹，又叫瑶姬。她的容貌像云彩一样明亮俏丽，光华闪烁。在王母娘娘众多的女儿之中，云华夫人可以称得上是最好学不倦的一个。她掌握了回风、回合、万景、炼神、飞化等种种道法。

瑶姬本来在天宫生活，可是她生性好动，聪明伶俐，性格十分刚强。哪里耐得住仙宫里枯燥无味而寂寞的生活？王母娘娘命她管理瑶池，她还是过不惯天宫那种刻板寂寞的生活，受不了天庭那种神权法规的约束，非常羡慕人间的劳动和生活。于是，她常悄悄地邀约姊妹十二人到人间游玩。

一日，她终于带着众多的姐妹们，悄悄地离开了仙宫，遨游东海。但是，当她看见大海的暴风狂涛，给人间造成严重的灾难时，便出东海腾云西去。一路上，仙女们飞越千峰万岭，阅尽人间奇景，好不欢快。岂料来到云雨茫茫的巫山上空，却见十二条蛟龙正在兴风作浪，危害人民。瑶姬大怒，她决心替人间除龙消灾。于是，按住云头，用手轻轻一指，只听见惊雷滚滚，地动山摇。待到风平浪静，十二条蛟龙的尸体已化作十二座大山，堵住了巫峡，壅塞了长江，使得滔滔江水，漫向田园、城郭，今天的四川一带变成了一片汪洋大海。

为了治理水患，治水英雄大禹当即从黄河来到长江。然而，山势这般高，水势这般急，采用开山疏水之法，谈何容易。大禹挥舞神斧，驱赶神牛，不停地开山疏流。谁知恶龙化成的山石坚硬无比，怎么也劈不开。因为与云华夫人相遇，大禹就拜见她向她求助。夫人就令侍女把用符策召鬼神的书交给他，同时命令狂章、虞余、黄魔、大翳、庚辰、童律等诸神，帮助大禹凿开山石疏通江水，把堵塞之处挖开，以顺通江流。大禹曾到崇山峻岭之顶去拜访她，夫人在转眼之间就能变成石头，或突然飞腾在空中散为轻云，有时变成游龙，有时化为翔鹤，状态万千，不可亲近。

大禹因为看她狡猾奸诈、离奇古怪，因而怀疑她不是真仙，就向她的侍童童律询问。童律回答说："天地的根本是道，运用道的人是圣，圣的品级，依次是真人、仙人。其中有承气成真不修行而得道的，木公、金母就是这样的人。云华夫人是金母的女儿，从前以三元道君为师，接受上清宝经，在紫清阙下接受宝书，封为云华上宫夫人。她主管教化童真之士，在玉英台理事。时隐时现而变化，原来是她的常态。她也是由气凝聚成的真人，与道合为一体，不是禀承凡胎肉体而化成之形，是西华少阴之气，而且气弥漫天空、淹没大地，谋划营造动植物，广泛包罗自然，细到毫毛头发。和人在一起的时候，她就变成人，和物在一起的时候，她就变作物，哪止于云、雨、龙、鹤、飞雁、腾凤呢？"

大禹认为他说得对，后来去拜见她，突然凭空出现云楼玉台、瑶宫琼阙，望之森然，又有众多的灵官侍卫，大禹根本叫不上来他们的名字。狮子守着关隘，天马在道路上启行，毒龙电兽，八方备为乘轩，夫人安坐于瑶台之上。

大禹行了稽首礼请教道术，云华夫人远远地招呼大禹，让他坐下，说："当初，盘古开天辟地的时候，宇宙发散为亿万个形形色色的物体。其中，有日月星辰，江河湖海，人物鸟兽，器具物件。接着，又使日月星运行而确立时间，封九州之域而控制邦国，刻记漏壶而分昼夜，用寒暑来纪年，用兑离来正方位，用山川来分阴阳，用城郭来聚集百姓，用器械来保卫大众，用车马服饰来表示贵贱，用五谷来备荒年，所有这些制度，都是禀承于星辰，而取法于神仙其人，来养育有形之物啊。因此，日月有暗有明，生杀有寒有暑，雷震有开始和结束之期，风雨有动和静的规律。清气在上飘浮，而浊众散处于下。兴与废的气数、治与乱的命运、贤与愚的资质、善与恶的本性、刚与柔的气质、长寿与短命的命运、贵与贱的地位、吉与凶的感应、不得志与得志的期限，这都禀承于道，掌握在天，而由圣人管理它。本性出于上天，命运多在于人为。本性形成于天，而处世要合于道义。道义存在则可，违背道义则不可，道义无处不在，无物不存，但需要一定的修养之功，才能达到。"

大禹点头称是，云华夫人接着说："玄天老人说过，致虚到极点，守静到至诚，万物将自行恢复，恢复指的是回归于道而常存。道的运用，变化万端而不够其一，所以天参悟玄牝，地参悟混黄，人参悟道德。除此之外，就不是道了。长久的要点是，天保护它的玄，地保护它的物，人保护他的气，这就是用来保全的办法。那么，我的命运在于我，不是天地杀我，鬼神害我，失去道就失去了自己。立志了，勤修了，您的功德达到物了，勤达到百姓了，善达到天了，然而没有听到至道的要诀。太上很怜惜你，才把灵宝真文传给你，在陆地驱逐虎豹，在水中制服蛟龙，斩断千邪，约束驾驭群凶，用以成就你的功业。它在于阳明之天。我所传授的宝书，也可以出入水火，收束虎豹，呼召六丁，使八地隐沦，使五星颠倒，久视存身，与天相倾。"

最后，在云华夫人的帮助下，大禹成功地治理好了泛滥的河水。水患消除后，十二仙女又见巫峡航道复杂，过往船只常被暗礁撞翻，便毅然决定仍然屹立在巫山之巅，为航行谋安全，为农民保丰收，为樵夫驱虎豹，为病人种灵芝。年复一年，日长天久，她们忘记了西天，也忘记了自己，十二仙女的身躯化成了突兀的巫山十二峰。瑶姬化作神女峰，超然卓立，绮丽拔俗，其余诸峰簇拥着神女峰伫立在巫峡两岸。

楚国的大夫宋玉，把这件事说给襄王听，襄王正因为不能访求神仙的要诀而求得长生，就于高唐之馆，作阳台之宫来祭祀云华夫人。巫山有个祠庙在山下，世人称之为大仙。还有石天尊神女坛，旁边有茂密的竹子，叶子垂下像扫帚。有枝叶飞物落在坛上，竹子就凭风扫掉它，神女坛始终光净，不被天上掉下来的东西所污染，楚国的人们也世世代代都祭祀云华夫人。

◎ 拓展阅读

《列仙传》简介

《列仙传》是宣扬道教神仙信仰的著作之一。旧题为西汉刘向撰。书中记载了从赤松子（神农时雨师）至玄俗（西汉成帝时仙人）间七十一位仙家的事迹，时代跨度较大。传记体例仿《列女传》，首为众仙传记，记后各有四言赞语，篇末总赞。《列仙传》认为修道成仙是不论身份高低的，经过一定的修炼或有了某种机遇，人人都可脱胎换骨、超凡飞升。所以，传中出现的众多神仙有各种不同的层次和身份。

　　杭州是一方人杰地灵的风水宝地，不但湖光山色名闻天下，而且涌现出一批批堪称风流人物的文人才子。例如城东就住着一个书生徐鏊，年方弱冠，仪态丰美，才情横溢，自视清高，一般的人物，他根本不放在眼里。当地的文人雅士多喜欢聚会一堂，或者是登高望远，在一起吟诗评文，把酒临风，切磋交流。而徐鏊因为父母早亡，家境贫寒，生怕参加文友聚会被别人看不起，索性拒绝和这些文士往来，孤芳自赏。一个人的日子，倒也是清静自在。

　　徐鏊的父母给他留下一所独家小院，他便靠这所小院过日子，把大部分房子租给了别人，自己只留下后院僻静的两间偏房，房客是行商小贩。徐鏊除了每月收一次房租，平时一概不屑与这些贩夫走卒交往，就在前后院间砌了墙，自己和房客各走一门，互不干扰。徐鏊依靠菲薄的房租聊以度日，好在他要求并不高，除了简简单单的一日三餐外，就闭门埋头苦读，梦想着有朝一日，金榜题名，便可平步青云了。

　　徐鏊极少和朋友交往，又未曾婚娶，日子便十分的清静和孤寂，幸而他能吹一手绝妙的洞箫，疲惫郁闷时，便坐在书房窗前，如痴如醉地吹一阵，抒发着内心深处的寂寞和向往。

　　有一年的七夕之夜，徐鏊青灯伴黄卷地攻读了一阵后，猛然想起今夜是天上牛郎织女鹊桥相会的好日子。他忍不住想，牛郎再苦，尚能一年一度地和织女见面厮守，而自己却只能夜夜独坐静室，与孤灯为伴。这样的心思一动，他再也静不下心来看书了，索性推开窗，取下墙上挂的洞箫，面对着遥远的夜空，朦胧的银河，开始吹奏。他吹的是"有凤来仪"曲，吹了一遍又一遍，整个人似乎都沉浸在悠扬绵长的箫声中，一直到二更时还没停下来。箫声余音袅袅，绕梁不绝。

突然一阵清风拂过窗棂，房门"吱呀"一声自己敞开了，没等徐鏊有所反应，只见一只硕大的花龙悄然飘了进来，龙的脖子上系的金铃发出清脆的"叮当"声，悦耳动听。花龙在书房中环绕了一圈，又悠悠地飘了出去。徐鏊惊得目瞪口呆，不知所措。待他惊魂稍定，骤然间，一股浓烈的异香扑面而来，只听得庭院中人语切切，环佩叮咚。徐鏊心惊胆战地抬头向窗外的院子望去，只见一群衣着艳丽的二八美女，各执一盏梅花灯笼，分成左右两行从院门鱼贯而入，中间则款款走着一位凤冠霞帔的美妇人，只见她云鬓高耸，峨眉淡扫，嫣然含笑，轻轻向书房的门口走来。

徐鏊好像是飘忽在云端，不知是梦是幻，只知道呆坐着发怔。美妇人轻轻走进了书房，笑容可掬地走到徐鏊面前，伸出一双滑脂般的葱根玉手，轻轻搭在徐鏊握箫的手上。然后顺着他的手臂向上，一直抚摸到他的面庞。徐鏊只觉她的手指过处，如春风吹拂般的舒畅，使得他悠然欲睡，飘然欲仙。过了好长一段时间，美妇人抽回玉手，深情地凝视了徐鏊片刻，默默地转身，带着众侍女悄然离去，始终没说一句话。徐鏊跌坐椅中，好半天都没想出个所以然，心想只是一个梦罢，可满室仍留着那种异香，久久不曾散去，似乎又有几分是真实的。

216

几天后，又是一个月光皎洁的晴夜，徐鏊开窗邀月，心情十分舒畅，兴致顿起，不知不觉地拿起洞箫，又吹奏起"有凤来仪"曲，一遍接着一遍。正当他的心情随着乐曲荡漾的时候，又是一阵异香袭来，他猛然一惊，心想：莫不是前几天的那个美丽的妇人又来了？果然，不等他想完，那群侍女已簇拥着美人进了书房，美人只对徐鏊笑了笑，便命侍女摆出酒席。众侍女一阵进进出出，不一会儿，房内便摆下了一桌丰盛的酒席，席上陈列的美酒、果蔬，都是徐鏊以前所未曾见过的。

妇人殷勤地招呼徐鏊入席，徐鏊竟身不由己地听她指挥，与美人对坐席前。美人举起晶莹剔透的琥珀酒杯，深情款款地对徐鏊说道："听到先生您的动人悠扬的箫声，欣然而至，看来，我们之间的缘分是上天注定的。我们之间，应还可以和谐地生活。我断然不会给你带来灾祸，而只能对您的事业和生活有所助益，还望先生您不要嫌弃我，咱们干了这杯酒吧！"徐鏊被她夜莺般婉转清丽的嗓音迷住了，十分听话地端起一杯酒，与美人交杯，一饮而尽。

酒到半酣处，徐鏊礼貌地询问夫人的芳名和居里，美人欲言又止，好半天才说："我从远处听到先生您的箫声，感觉您的造诣非凡，我也酷爱洞箫，您就叫我洞箫夫人吧！"不等徐鏊追问，她又请求道："妾愿为君吹奏一曲！"

于是，洞箫夫人从一名侍女手中取过一支玉箫，轻轻移近朱唇，盈盈地吹奏起来。她吹的是一曲"鸾凤和鸣"，音调清越，轻快亮丽，虽然只是她一个人在吹奏，却仿佛是好多人在吹奏着好多种乐器，此起彼落，回荡在空中，形成庞大的阵式，令人为之陶醉。吹完后，她把这支名贵的玉箫赠给了徐鏊，而向徐鏊要了他的那只不离左右的竹箫，以作纪念。

两人继续畅饮叙谈，一直到夜半时分。洞箫夫人起身对徐鏊道："夜深风冷，先生要保重身体，早早休息吧。千万不要对别人提起我，否则大祸就要降临！"说完就转身带着众侍女离去。

又过了几天，正是十五月圆之夜，洞箫夫人不期而至。这次排场更大了，众侍女有的铺陈桌椅，有的张罗酒菜，有的薰香布幔，有的扫床铺褥，有的插花扫地，最后还点上了满室红烛。待布置完毕，只见满室富丽堂皇，精美绝伦，仿佛成了人间仙境。

洞箫夫人盛情请徐鳌入席，一边饮酒。一边说着闲话，其乐融融。夜色渐深，洞箫夫人已是两腮飞红，媚眼惺松，不时抬头瞥一眼徐鳌，徐鳌只觉得浑身烘热，心旌摇曳。

夜深人静，一侍女上前提醒道："夜已经很深，请公子与夫人安歇！"随即，她们一一退出门外。洞箫夫人含羞伸出纤纤玉手，牵引着徐鳌登榻入帐。徐鳌但觉心酥体软，倒在柔软而富有弹性的锦褥上，就像跌落在悠悠白云中。这一夜可真是享尽人间春光。

天色微明，洞箫夫人起身揭帐，几个侍女应声推门而入，侍候她洗漱理妆后，再叫醒酣睡的徐鳌，与他道别，并郑重地对他说："蒙君厚爱，实为幸事，我并非是人们所想象的路柳墙花，望君珍惜！君如果想念我，便可反复吹奏洞箫，我自会闻声而来。"临别时再次叮嘱："俗话说'人言可畏'，但愿先生您不要对别人说我的事情。切记！切记！"

美人绝尘而去，屋内仍然洋溢着奇异的香味。而且室内的陈设也又恢复到原状，徐鳌回味着昨夜的风流，不免怅然若失。到了傍晚，他想起晨起时洞箫夫人留下的话，于是捧起玉箫，开始反复吹奏那曲"有凤来仪"，不久，果然异香迎面袭来，洞箫夫人在侍女们的拥簇下姗姗而入，一切陈设又如昨夜之状，只是菜已有更换，洞箫夫人更加温婉柔顺。

一番恩爱之后，徐鳌又追问洞箫夫人的身份和居处，并诱导说："我在杭州城居住了二十多年，虽然孤陋寡闻，地处偏僻，不曾听说有像夫人如此派头的人物！"洞箫夫人不忍拂他心意，只好幽幽答道："我从九江来，闻杭州城多名胜古迹，因而在此地作短暂的停留，处处是吾家，也处处可安身啊！"

就这样，洞箫夫人夜晚来早晨离开，与徐鳌欢度了无数良宵。在洞萧夫人的大力资助下，徐鳌的生活大大地得到了改善，不但屋内陈设全部更新，出手更是阔绰得令人侧目。渐渐地，他也参加了文友的聚会和筵席，回请的次数也渐渐地增加了，整天呼朋唤友的。这样，他的房客和一些文友不免产生了好奇，总是找机会跟他探询原由，徐鳌被他们缠昏了头，有一次，在喝醉酒之后，竟然略微透露了一些洞箫夫人垂爱的事情。此事颇为离奇，好事者大感兴趣，于是一传十，十传百，不久便传遍了杭州城内。

一天夜里，洞箫夫人又来到了徐鏊的书房，这次一改往日的温柔，面带恼怒地责问徐鏊道："我一再嘱咐不要对别人说，你竟然不听我的话，如今弄得全城皆知，实在令我难堪！你既然不守信用，我从此再也不来了！"说后，转身就走，根本不给徐鏊申辩的机会。

洞箫夫人果然不肯再来，徐鏊难忘昔日温情，每天夜晚仍是一遍又一遍地吹奏"有凤来仪"，却再也唤不来洞箫夫人了。于是，原本是极为华丽而喜悦的曲调，却愈来愈吹得悲凉，直至无奈、绝望、呜呜咽咽，令人听而泪下。

这天深夜，徐鏊仍在吹箫，忽然闯进四名家兵打扮的彪形大汉，不由分说地架起徐鏊，出门上马，急驰向郊外。黑夜里，不知是朝哪个方向，也不知跑了多长时间，他们来到一座豪华森严的深宅大院，进了朱漆大门，又越过院内三重门，来到堂下，这里灯火通明，金碧辉煌，见徐鏊一行来到，有人高声传呼："薄情郎来了！"

霎时，堂上侍女云集，罗列两旁，接着，淡妆素裹的洞箫夫人从内室出来，坐在正中的椅子上，对徐鏊注视了很久，神情黯然地说："我本想与你长伴，你竟背信弃义，使得满城议论纷纷，我怎么好做人！"

左右侍女齐声进言道："夫人不要自寻苦恼，此人无情无义，杀了他也没有什么好遗憾的！"

徐鏊吓得魄飞魂散，嗫嚅地辩解道："我虽然是无意之间，和别人说起您的事情，可是，我们也曾多日的恩爱，你我的情份不薄，你我各自的洞箫还在对方的手中，怎么能转眼之间就相互仇恨呢？"洞箫夫人闻言，不由得一声长叹，挥了挥手，让四名家兵原封不动地把徐鏊送回了家。

回来后，连吓带怕，徐鏊大病一场，一个月之后才完全病愈。初愈之后，徐鏊整日抚摸着洞箫夫人留下的洞箫，最终也不知道这其中的底细。

◎ **拓展阅读**

《登真隐诀》简介

《登真隐诀》南朝梁陶弘景撰。采摭前代道书中的诸真传诀及各家养生术而成，共三卷。上卷论真符、宝章及头中九宫；中卷记朝拜、摄养、施用、起居之道三十七事，诛却精魔、防遏鬼试之道六事，服御、吐纳、存注、烟霞之道九事，众真授诀三则；下卷叙诵《黄庭经》法以及入静、章符、请官等修身养性、延年却老、治病制鬼之法。这样一部成仙的秘诀，属道教中较早的关于修真法诀的综合道书。

太阴夫人

卢杞年轻时家里很穷，住在东都洛阳的郊区，在一所废弃的宅院内租赁房舍。邻居有个姓麻的老太婆，孤身独住。由于见卢杞一个人尚无婚配，麻婆就经常来到卢杞的住处，照顾他。有一次，卢杞暴病，病倒在城东的破庙里，但见古树荒草，鸟声嘈杂，久无人迹。麻婆就来给他做汤做粥，热情照顾。

病好以后，有一天晚上，卢杞从外边回来，看见一辆金犊驾驶的车子停在麻婆的门外。卢杞很惊奇，心里想，麻婆婆怎么这么有钱呢？就偷偷地去看。不大功夫，雷电风雨忽然来了，风雨中幻出楼台亭榭。一个衣着华丽的女子从天而降，年纪有十四五岁，惊鸿一瞥，宛然像是一个画中的仙人。

这个女子对卢杞说："我是太阴夫人，奉玉皇大帝的命令，到人间来相亲。你有仙人气象，但是还要沐浴七天，然后再见。"不大工夫，雷鸣电闪，黑云堆积，少女已经不见了，周围的古树、荒草依旧。

第二天，卢杞悄悄问麻婆这件事，麻婆说："莫非要谈婚论嫁吗？我与她商量

一下试试。"卢杞叹了一声，说："我家境贫穷，又没有显赫的地位，哪里敢有向这么好的女子求婚的想法？"麻婆说："贫穷势微又何妨！俗话说的好，千里姻缘一线牵，可见，这是前生注定的事情了。"已经到晚上了，麻婆来了，对卢杞说："事情商量成功了。请先生你斋戒三天，在城东的废弃道观里相会。"

斋戒三天后，卢杞到了废弃的道观，看到的是古树荒草，这里很久没有人住了，他就迟迟疑疑地不敢向前。这时，雷电风雨突然而起，变化出楼台、金殿、玉帐，景物华丽。有一辆有帷盖、帷幕的车子从空中降落下来，车上坐的就是前些日子的那个女郎。女郎与卢杞相见，她说："我就是天人，奉上帝之命，打发我到人间自己找配偶。您有仙人的气相，所以我派麻婆传递心意。再请斋戒七天，当再见面。"女郎呼唤麻婆，给了两丸药。不一会儿，雷电黑云又起，女郎已经不见了，古树荒草还和原来一样。

麻婆与卢杞回去，斋戒七天，刨地种药。药丸才下种，已经生出蔓；不一会儿，两个葫芦从蔓上生出，逐渐变大，像装两斗酒的大缸那么大。麻婆用刀把葫芦里面的东西刨出来，就与卢杞各坐一个葫芦，又让卢杞准备三件油衣。

卢杞刚刚跨上葫芦，就开始刮风下雨，两人乘坐的葫芦也凌空飞起。转眼之间，就直到碧空云霄之中，两耳只听见波涛的声音。四周白云密布，耳边呼呼风声不绝。过了许久，葫芦停下了，只见金碧辉煌的宫殿上有百多名奴婢伺候着那神仙少女。时间长了，卢杞觉得寒冷，麻婆就让卢杞穿上一件油衫，可是，卢杞还是感到如在冰雪之中。麻婆又让他穿到三层，这回卢杞才觉得很暖和了。麻婆说："这里离洛阳已经八万里了。"又过了很长时间，葫芦停下来，就见到了宫阙楼台，都是用水晶造的墙壁，檀木造的桌椅，披着甲衣拿着戈矛的卫兵有好几百人。卢杞战战兢兢，不敢挪步上前。

麻婆只好领着卢杞进见前日见面的那个女郎。紫色的宫殿之上，几百个女子随着那女郎出来，女郎命卢杞坐下，又命侍从人员准备酒筵。而麻婆笔直地远远地站在众侍卫之下。女郎对卢杞说："您能够从三件事中任意选取一件事：第一，修炼天上的神功，寿命和天地一样长久；第二，成为天下最有钱的人；第三，成为九州的宰相。不知道先生想要哪一个？"卢杞说："修炼天上的神功，能够留在此处，实在是我的最大愿望。"女郎高兴地说："这是水晶宫啊！我是太阴夫人，在仙界的位置已经很高。您留在这里，便是白日升天了。然而你的主意，必须确定，不能改变，以免连累我。"女郎就拿出青纸写表章，当庭拜奏，她说："这件事情，必须呈报天帝。"

过了一会儿，听到东北一带有人大声说："天帝使者到！"太阴夫人与众仙赶

快降阶相迎。一会儿，出现了使节香幡，引导着一个穿红衣服的年轻人站立于阶下。穿红衣的年轻人传达天帝的命令说："卢杞！看到了太阴夫人的奏折，说你愿意住在水晶宫。你打算如何？"卢杞不说话。太阴夫人令他快答应，可是卢杞还是不说话。夫人与左右仙官都很害怕，赶快跑进宫殿，取出五匹上好的鲛绡，用它贿赂使者，想让他延缓一下时间。大约有吃顿饭的时间，天使又问："卢杞！你想要住在水晶宫，还是作地仙，或者回到人间当宰相？"卢杞连忙说："能够留在此处，实在是我的最大愿望。"

太阴夫人很高兴，将一块玉牌给了卢杞，没料到卢杞一挥手，将那玉牌抛入人间。卢杞道："我想天下人都可以长生不老！"太阴夫人脸上变了颜色，说："这是麻婆的过错。赶快把他领回去！"说完，一下子将卢杞和麻婆推到了葫芦上。卢杞又听到风和雨的声音，不一会儿，便回到过去住的地方。当卢杞回到破庙，一切都原封未动，满是灰尘的床榻还是原样。时间已经到了半夜了，葫芦和麻婆同时不见了。而玉牌从此流落人间，再也没有了踪影。

◎ 拓展阅读

《玄珠录》简介

《玄珠录》是唐王玄览口诀，王太霄录。二卷。这是本语录体著作，由王玄览门人王太霄据诸人私记汇集而成，为研究王玄览道教思想的主要材料。全书收其语录约一百二十余则，阐述了道物、道体、道性、有无、真妄、动寂、心性等理论问题。其特色是援佛入老，运用佛教中观哲学作论证，是本典型的融通释老之作，体现了唐代道教理论发展的趋向。此书被收入《正统道藏》太玄部。

崔少玄是唐代汾州刺史崔恭的小女儿。她的母亲梦见神人，穿着丝绸的衣服，驾着红色的龙，拿着紫色的匣子，在碧云的天际把匣子交给了她的母亲，后来，她的母亲就怀了孕，十四个月之后，就生下少玄。

崔少玄出生后异香袭人，容颜端庄秀丽，世上所少有。出生的时候，她的天青色的头发盖住了眼睛，耳垂上的玉坠拂到双颊，右手上面写有四个字，是"卢自列妻"。大家也不知道什么意思。十八年后，少玄嫁给了卢陲，卢陲小字叫自列。大家才恍然大悟。都说，这是上天赐予的姻缘。

结婚一年多，卢陲到闽中任从事，途中经过建溪，远望武夷山。这时，忽然看到一片碧云从东边山峰飘过来，云中有位神人，戴着翠绿色的帽子，穿着大红色的衣服，向卢陲问："玉华君来了吗？"卢陲觉得这话问得奇怪，就反问道："谁是玉华君？"神人说："您的妻子就是玉华君呀。"

回到家里以后，卢陲告诉了妻子崔少玄，他的妻子说："扶桑夫人、紫霄元君果然来迎接我。事情已经公开了，难再隐瞒。"于是整衣出去会见神人。互相谈了很久，但都是天人的语音，卢陲没有办法辨清她们说些什么，呆了一会儿就作个揖退回去了。

卢陲知道了自己的妻子是神仙，就给崔少玄下拜，询问她事情的缘由。崔少玄说："少玄我虽然是通过娘胎养育的人，但并非是由于父母的阴德所积。从前，我无欲无为，是玉皇大帝的左侍书，称号是玉华君，掌管下界三十六洞学道之流。每到秋分的时候，我就拿着簿书来寻访有志学道的人，贬谪那些不思进取的人。我曾经被贬降，犯的过失是与同宫的四个人，在退居静室时，对寻访学道之人发感慨，恍惚间像是有什么不好的欲念。太上老君责罚我，把我贬居人间做您的妻子。二十三年过去了，遇到紫霄元君前来这里，现在不能再对您有任何的亲昵和爱抚了。"

到了闽中时，崔少玄每天独自在静室居住。卢陲感到惊奇，即便是很想和崔少玄说话，也不敢轻易地跨入她的房间。常常有女真人到来，有时两位，有时四位。她们都是穿着长长的绫罗绸缎，梳着古式的高耸的鬟髻，全身上下闪烁着眩目的光芒，把室内照耀得如同白昼，和少玄亲切交谈，自由嬉戏。她们登堂入室，床榻相连，通宵说说笑笑。卢陲去看看，她们都说些天人的语言，不能听明白。卢陲试着问崔少玄，崔少玄说："神仙的秘密，难再泄露，沉累太重，不可不隐。"卢陲恪守妻子的告诫，也常常隐讳其事。等到卢陲罢官，他的岳父崔恭又解下官绶，得以在洛阳安家。卢陲因为妻子的誓言，也不敢向他的岳父岳母大人陈说崔少玄是神仙的这个事实。

两年后，崔少玄对卢陲说："少玄的父亲，寿数在二月十七日终止。我虽然是神仙中的人，但是却降生在人世，因为父母对我有抚养之恩，所以如果不救他，就屈枉了我的报答之心了。"于是对父亲崔恭说："父亲大人的生命将在二月十七日终止，少玄受到您辛劳养育的恩惠，不能不保护您。"就打开深红色的箱子，拿出扶桑大帝金书《黄庭》《内景》之书，送给她的父亲崔恭，并且说："父亲大人的寿命，正常的寿数已到终极了，这一些书，可以让您免死。今天我将它交给您，可以读一万遍，用来延长十二年的寿命。"于是让崔恭沐浴之后面朝南跪着，崔少玄对着几案，教授一些功章，写在青色的纸上，又用素色的信函封好，向上帝禀报。又召来南斗注生真君，让他附奏上帝。不一会儿，有三个穿大红衣服的人从空中降下来，跪在崔少玄面前，进献精美的食品，喝了崔少玄犒劳他们的三杯酒，手拿功章而去。崔恭觉得这事太奇异了，就偷偷地向卢陲询问个中缘由，卢陲也不告诉他其中的关节和奥妙。弄得崔恭一头雾水，丈二和尚摸不着头脑。

经过一个多月，崔少玄把卢陲叫来告诉他说："玉清宫中我的那些真人伙伴，将在太上老君处替我伸冤洗雪。现在再召我去做玉皇大帝的左侍书玉华君，主管化元精气，并施布天庭的仙品。我将要返回为神，还于无形，再去侍奉玉皇大帝，回到玉清。您不要泄露我这些话，给我父母留下遗念，让他们徒然地增加相思之苦。而且我因为救父之事，泄露了神仙之术，所以不能久留了。我在人世和你的夫妻情谊，从此结束了。"

卢陲跪在崔少玄的面前，感愧地流着眼泪说："我只不过是凡界的蝼蚁一类的小人物，亵渎玷污了上仙，将永远沉沦于浊秽之世，不能飞举升天。我请您明白地赐教，来救我经久难愈之病，我永久不忘您的大恩。"崔少玄说："我留诗一首，把它留赠给您。我们上界天人的文字，都是云龙篆字，下界的人见到它，或损或益，也没有领会它确切内涵的，我当拿笔把它记录下来。"

她留下的词句是："得之一元，匪受自天。太上之真，无上之仙。光含影藏，形于自然。真安匪求，神之久留。淑美其真，体性刚柔。丹霄碧虚，上圣之俦。百岁之后，空余坟丘。"卢陲对着少玄拜了又拜，接过了她的题词，但不明白词句的内容，就跪下请求她讲解贯通，来为他指明。少玄说："您对于道还没有熟习，上仙的诗句，昭明须有一定时间。到了景申年间，遇到琅邪先生，他能通晓其意，那时给您解开疑团，才能见到天路。没明白之前的这段时间，您只应保藏它。"话说完，崔少玄就死了。

卢陲不胜其悲，隆重地给她举行了葬礼。过了九日安葬时，人们抬起棺材，感觉轻飘飘的，好像是空棺，就打开棺材察看，果然是空空如也。他们发现少玄只留下衣服，像蝉蜕皮那样走了。

崔少玄在娘家住了十八年，在闽中住了三年，回到洛阳二年，在人间一共二十三年。后来，卢陲和崔恭都保藏她留下的诗，遇到高士名僧这些估计应当通晓的人就拿给他们看，但一直没人可以明白其中的奥妙和真谛。

到了景申年间，有个九疑道士叫王方古，他的祖先是琅琊人。他游华山回来，途中在陕郡停留，当时卢陲也从陕郡路过，因为谈诗饮酒，互相情投意合，就约定在晚上聊天，然后不知不觉地谈论到了神仙的事。当时聚会中的人都各自搜求那些奇异的事。殿中侍御史郭固、左拾遗齐推、右司马韦宗卿、王建都与崔恭有旧交，就向卢陲细问崔少玄的事情。卢陲掉下了眼泪，为他的妻子所留的诗根本没人明白而感到遗憾。王方古请他把那诗句拿出来，吟咏了一会儿，就懂得了那首诗的意思。他叹息说：“太无之化，金华大仙，也有传给后学的吗？”这时座中之客都侧耳倾听，王方古一句一句地解释，流畅得像穿珠一般，一共说了几千言，才尽解其中的玄机。于是卢陲执笔，把王先生解释的话全部写下来，题目叫作《少玄玄珠心镜》。好道之人，家里大都收藏它。

◎ 拓展阅读

《拾遗记》简介

《拾遗记》是志怪小说集。又名《拾遗录》《王子年拾遗记》。作者东晋王嘉，字子年，陇西安阳(今甘肃渭源)人。《晋书》第九十五卷有传。今传本大约经过南朝梁宗室萧绮的整理。《拾遗记》的主要内容是杂录和志怪。书中尤着重宣传神仙方术，多荒诞不经。但其中某些幻想，如“贯月槎”“沦波舟”等，表现出丰富的想象力。文字绮丽，所叙之事类皆情节曲折，辞采可观。

○ 品画鉴宝
招仙图·明·张灵

225

魏晋时期，有一个官府里的小职员，名字叫弦超，字义起，在一天晚上独宿时，梦见有个神女来侍从他。神女自称是天上的玉女，东郡人，姓成公，字智琼，早年失去父母。上帝因为她孤苦无依而哀怜她，令她下界嫁人。弦超做这个梦的时候，精神爽快，感觉灵悟，觉得神女的姿容不是平常人所能有的那么美，醒来的时候他就怀着敬意想念她。一连三四个晚上都是如此。

有一天，成公智琼真的驾着上有帷盖、四周有帷幕的车子，来到了弦超的家里。她的随从是八个婢女。这些婢女都穿着罗绮制作的衣服，容颜姿色像飞仙的样子。她说自己有七十岁了，可是姿态容貌看起来就像十五六岁。车上有盛放酒壶的盒子，洁白琉璃，有各种奇异食品，还有餐具和美酒。

来到以后，她就与弦超共饮共食。她对弦超说："我是天上的玉女，被遣下嫁，所以来依从您。原因是前世时感运相通，应该做夫妇。我对您虽然不能有益，也不会造成损害，能使您经常能够驾轻车、乘肥马，经常可以得到远方的风味和奇异的食品，丝绸锦缎可以充足使用而不缺乏。然而我是神人，不能给您生孩子，也没有妒忌的性情，不妨害您的婚姻之事。"

很快，他们结为夫妇。成公智琼赠给弦超一首诗："飘遥浮勃蓬，敖曹云石滋。芝英不须润，至德与时期。神仙岂虚降？应运来相之。纳我荣五族，逆我致祸灾。"意思是说："我们俩就像是漂泊无依的浮萍，有缘相聚，就应该珍惜。等到功德圆满，神灵自会降临。按照我的意愿，家族就会兴旺发达。忤逆我的意志，人生就会厄运连连。"这是那首诗的大意。成公智琼又著阐发《易经》的书七卷，从其文意来看，既有义理，又可以占卜吉凶，如同扬雄的《太玄经》和薛氏的《中经》。弦超对它的意旨都能通晓，可以运用它进行占卜。

经过七八年，弦超的父亲给弦超娶妻之后，他和成公智琼以及自己的老婆分日而宴乐，分夕而共寝。逢双的日子，他和成公智琼在一起，而逢单的日子，他就和自己的老婆在一起，倒也相安无事，琴瑟和谐，其乐融融。成公智琼夜间来早晨去，迅捷如飞，只有弦超能看见她，别人都看不见她。每当弦超要远行时，成公智琼就把车马行装安排得整整齐齐，等在门前，使他走百里路不超过两个时辰，走千里路不超过半天，简直是风驰电掣，如踏飞轮。

弦超后来做济北王的门下小吏。那个时候，文钦作乱，魏明帝东征，诸王被迁移到邺宫，各王宫的属吏也随着监国的王爷西迁。邺下狭窄，四个吏员同居一间屋子。弦超独卧时，成公智琼照常能够往来，同室的人都怀疑弦超不正常。成公智琼只能把自己的身形隐匿起来，但是不能把声音也藏起来。而且成公智琼芳香的气味，弥满屋室，终于被同室相伴的吏员所怀疑。后来弦超曾经被派到京师去，他空手进入集市，成公智琼给他五匣弱红颜料、五块做褥子的麻布，而且彩色光泽，都不是郯城集市所有的。同房小吏盘问他这是怎么回事，弦超性格疏朗，不善言辞，就详详细细地向他们全盘托出了自己和成公智琼相识、相恋的故事。

同室小吏把这些情况向监国王爷报告了，监国向他讯问了事情的底细和原委，也知道天下有这种神异的事情，又恐怕得罪成公智琼，因此就没有责怪弦超。后来，弦超晚上回来，成公智琼自己请求离去，她说："我是神仙，虽然与您结交，但不愿让别人知道。您的性格粗疏而不细，我今天的底细已经暴露无遗了，不能再与您通情接触了。多年交往，结下情谊，恩义不轻，一旦分别，哪能不悲伤遗憾？但情势如此，不得不这样啊。以后没了我的关照问候，你好自为之吧！我们各自努力吧！"说完，成公智琼唤侍御的侍女摆下酒席，又打开柳条箱子，拿出织成的裙衫和两条裤子留给弦超。又赠诗一首，握着弦超的手臂告辞，眼泪流淌下来，然后表情严肃地登上车，像飞逝的流水一般离去了。弦超忍不住忧伤感念，几乎到了萎靡不振的地步。

成公智琼离开后的第五年，弦超奉郡里的派遣到洛阳去出差，走到济北鱼山下，在小路上向西走，远远地望见曲洛道旁有一辆马车，有一个女子在里面恬静地坐着。弦超隐隐约约地感觉似曾相识，待到走近一看，果其不然，真的是成公智琼，他于是就掀起帷布相见，两个人悲喜交加，抱头痛哭一场，互相倾诉了相思之苦，又是一番感慨唏嘘。停止住了悲伤，成公智琼让他上车拉住绳索，来驾御马车。他们同车到洛阳，又重修旧好，到太康年间还在。但是并不天天往来，只是分别在三月三日、五月五日、七月七日、九月九日和每月初一、十五见面。成公智琼每次到来，往往过一夜才回去。

晋代的当朝大臣、文学家张华还为成公智琼写了《神女赋》，其序文说："世上谈论神仙的人很多，然而没有人验证它，如弦超之妻成公智琼的从天而降，就是近于事实而有验证的例子。"

甘露年间，河济一带往来京城的人都传说这件事，听到的人常常认为成公智琼是魑魅魍魉一类的妖孽鬼怪。关于此事，谈论的人滔滔不绝，不同的人说的却都一样。还有人认为流俗小人好传虚浮伪诈之事，径直说此事是街谈巷议，不足为奇，是讹传的谣言，未及考核。等到后来张华遇见济北的刘长史，他这个人是个明察有信之士，他亲自见过弦超，听弦超亲口说过，读过成公智琼的文章，见过成公智琼赠送的那些衣服，自然不是弦超这种平凡低下、才疏学浅的人所能编造的。可见，这件事情是真实的了。

张华又推究查问左右知道这件事的人，他们说当神女成公智琼来的时候，全

○ 品画鉴宝　女史箴图·东晋·顾恺之　画的主旨在于宣扬封建社会妇女的道德和节操，以为后人教诫。画面注重人物神态的表现，用笔细劲联绵、色彩典丽、秀润。

都闻到了薰香的气味，听到了言语之声，这就明显地证明不是弦超因为无聊而造成的臆想了。又有人说曾经看见到弦超体魄很强壮，在雨中径直跋涉大河大泽而身体上面不沾河水，就更加觉得奇怪。鬼魅接近人，无不使人身体羸弱生病受损而消瘦。如今弦超平安无恙，而与神人饮宴同寝相处，纵情恣欲，的的确确让人感到很奇怪了！

◎ 拓展阅读

张华

张华（232－300年），西晋文学家，字茂先，范阳方城(今河北固安)人。少时孤贫，曾以牧羊为生。《晋书·张华传》称之"学业优博，辞藻温丽，朗赡多通，图纬方伎之书，莫不详览"。魏末，被荐为太常博士。晋武帝时，因力主伐吴有功，历任要职。惠帝时，被赵王司马伦和孙秀杀害。所编撰的《博物志》，分类记载异境奇物、古代琐闻杂事及神仙方术等，其中保存了不少古代神话材料。《隋书·经籍志》录《张华集》10卷，已佚。明张溥《汉魏六朝百三家集》辑存《张茂先集》。今存《博物志》10卷（范宁校本）。

第六章　志怪传奇

天上人间，寻道访仙

始皇求仙

传说渤海之东，有一个方圆不知几亿万里的大壑，叫作归墟。归墟深不可测，实际上是个无底谷。据说谷内有五座神山，名为岱屿、员峤、方壶、瀛洲、蓬莱，每座高三万里，方圆也是三万里；山和山之间的距离一般是七万里，山顶平地方圆九千里。山上神仙住的所有宫殿都用黄金打造，栏杆全由白玉雕成。山上到处长满了翠树琼花，开的花、结的果都是珍珠美玉，璀璨辉煌。这些奇花异果却都是可吃的，据说吃了会长生不老。神山上的飞禽走兽应有尽有，然而全是白色的。

神仙住在山上，吃的穿的玩的莫不俱备。日常无事，随手摘些珍珠果、美玉花尝尝，或者追逐飞禽走兽耍乐，不知道忧患是什么。神仙平日喜欢穿宽大的纯白衣裳，有时候兴趣所至，就拍动背上的翅膀飞上蓝天，在大海上面遨游，像鸟一样自由自在地飞翔。一会儿飞到岱屿去看朋友，一会儿飞到方壶探亲戚，来来往往，其乐无穷。

神山虽好，却也不是十全十美的。由于神山都在海上漂浮，下面没有根，风平浪静的日子当然好，遇上了风暴海啸，就不知会漂到哪儿去，很可能一座往东，另一座往西，每一座都不能永远留在原来地方。神山这样漂漂浮浮，对神仙造成许多不便。有时要去看朋友，明明记得在东，飞去一看，整座山竟失了踪迹；想要找亲戚，本来是半日的路程，哪知却要一整天。神仙娇生惯养，怎受得住这样的困扰？因此决定派代表去向天帝诉苦。天帝也怕神山漂到边极地方沉没了，神仙会没地方住，于是叫海神禺强办妥这件事，务求把神山稳住，不要再东漂西浮。

禺强是天帝的嫡孙，听了天帝吩咐，不敢怠慢，立即调遣手下十五只大绿龟前往归墟，担当用头顶住神山的工作。禺强将大绿龟分成五组，每组负责顶住一座神山。一只大绿龟顶住神山时，另外两只就在附近守候，六万年后换另外一只，如此轮流当值，永远稳住神山。当然，换班的时候，或是大绿龟突然不耐烦，挪挪身子，神仙仍会有点小麻烦，不过和以前东漂西浮的日子相比，也算不了什么。神仙从此快快乐乐地过着逍遥自在的日子，也不知过了多少个年头。

人世间总是好景不常，似乎仙界也是如此。这一年，在距昆仑山以北不知多少万里的龙伯国，有一个巨人听说东方海外有五座风景如画的神山，还有大绿龟可钓，突然兴起了到东方海外游玩垂钓的念头。

他兴致勃勃地辞别了家人，拿起钓竿出门去，不两步就来到东海之滨。他原想在岸边钓钓算了，又觉得钓不到大的东西没有意思，于是下到海里，走几步就到了归墟五神山地方。他看了看五座神山，觉得倒也不错。归墟虽说方圆不知几亿万里，这个龙伯国的人却只当是一个小水池。他再走几步，就把五座神山都看遍了。他原想拿一座回家去，没事时看看，就像后来的人观赏盆景一样。可是再一想，这次出来是要钓龟，钓到了龟就腾不出手来拿神山，还是下次再拿吧！巨人看罢风景就动手钓龟。轻轻举手一钓，也不过两三次，已钓起了六只不知饿了多少年的大龟。他眼看收获甚丰，不再钓了，将六只大龟背起来，高高兴兴地回家。家人把龟煮好当点心吃了，剥下的龟壳他就拿来占卜吉凶，可惜当时卜出的是吉是凶，至今还没有人知道。

这六只大绿龟，原来是负责顶住岱屿和员峤两座神山的，给龙伯国这个家伙钓了去，岱屿和员峤顿时失去了依靠，加上他来时搅动海水，起了风浪，两座神山被冲到北极地方，不久就沉没了。

话得说回来，正当岱屿和员峤失去依靠，随处漂浮时，山上的神仙发觉大祸临头，犹如晴天霹雳，慌忙收拾家中细软，狼狈逃奔，一时东海上空，漫天飞着紧抱细软的神仙！等到神仙在其他三座神山安顿下来，惊魂甫定后，才将事情经过一五一十禀告天帝。

天帝听了，怒不可遏，认为龙伯国的人竟敢冒犯神，非严惩不可。天帝知道龙伯国的人向来胆大妄为，完全因为他们是巨人，于是施展无边神力，将龙伯国的土地和人都尽量缩小，不让他们自恃身躯庞大，到处惹是生非。可是，龙伯国的人实在太大了，不知过了多少年，他们的身躯仍是好几十丈长。这些人的寿命也很长，可以活到一万八千岁。

五座神山沉没了两座，剩下的蓬莱、方壶和瀛洲三座，至今仍由大绿龟顶着。神仙蒙难、龙伯国巨人受罚、大绿龟惨遭烹煮，本来遗世悄立的神山从此出了名，人人都想到神山去看看，吃些使人长生不老的花果。

其中最热衷求仙的是秦始皇。

当年秦始皇统一了六国，建立了中央集权。他认为自己的功绩能比得上天上的帝王，因此称自己为始皇帝。他希望皇位从他开始，一直传到二世、三世至

秦始皇

千万世。从此，历代君王都自称为皇帝。

秦始皇听到一些从海上传来的有关仙山、仙人和长生不死药物等的传说，非常向往，但是苦于仙山缥缈、仙凡永隔，始终找不出接近神山的办法来。

恰好有人启奏秦始皇，有个名叫安期生的仙人，说他吃的枣子大得像瓜，知道通往蓬莱仙山的道路。这个人遨游海上的时候曾经亲眼见到过。

听到这话，秦始皇就迫不及待地想见这个吃大枣子的仙人，找来找去，终于在东海边找到了。安期生原来是个卖药的老头子，模样和普通老头子差不多，可是一般人都说他至少已经活了一千岁。

秦始皇和他密谈了三天三夜，赐给他无数黄金白璧。安期生并不爱这些金银财宝，把秦始皇所赐的东西全都封存在阜乡亭，留下一封信和一双红玉拖鞋来作答谢，就飘飘洒洒不知道往哪里去了。

他的信上只是说了这么一句话："几年以后到蓬莱山找我。"茫茫烟海，浩翰无边。秦始皇看着宽广的大海，突发宏愿，决心修建一条通往蓬莱的海上之路，于是就驱使十万民工修筑一条通往蓬莱的海上求仙路。

民工们每天挑土担石，非常辛苦，怨声载道。他们的怨情惊动了天上的骊山姥母，她十分同情民工的遭遇，就从天界给每个民工抛下一条红丝线，拴在他们的挑担上。沉重的担子立刻变得十分轻盈。

秦始皇发现干活的工人个个喜笑颜开，觉得很是惊讶。当监工发现了这个奥秘后，秦始皇下令收集所有的红丝线。

十万根红丝线都聚拢在秦始皇的手中，他将它们扎成了一条鞭子，心想：既然一根丝线就能挑起巨石，那么十万根丝线的威力一定很大。于是他来到一座小山下，将手中的鞭子轻轻挥舞，只听见一声巨响，山在鞭子的驱使下移动起来。

秦始皇大喜过望，于是驱赶着大大小小的山，要把东海填出一条路来。

东海龙王又害怕，又担心。他那美丽的三女儿却想了个聪明的办法，利用自己的美貌，将秦始皇的神鞭骗到手。

秦始皇失去了神鞭，也就失去了神力，筑路去蓬莱的办法失败了。

秦始皇转而向方士寻求仙丹，指派了当时最有名的徐福在宫里炼制仙药。一些着急得到功名利禄的方士向秦始皇供奉不死药，但没有一个能活下来。徐福知道仙药难求，开始想办法脱身。

当时，西域大宛国有很多冤屈死的人横陈在野外道旁。这时却飞来一只像乌鸦的鸟，衔了一种草，覆盖在死人的脸上，不多时间，死人竟慢慢悠悠地复活转来。像这样死而复活的人，不算少数。官府把这件事奏报给秦始皇，并把神鸟衔来的草也带去给他看。秦始皇观看这草，叶子像弧叶，苗有三四尺长，连自己也不认识，就叫人拿去请教住在北郭的鬼谷先生。鬼谷先生说："这草乃是东海祖洲上的不死草，生长在琼田当中，又叫养神芝。"又有宛渠国的国民，听说秦始皇喜欢神仙方术，便特地从遥远的海外，驾了螺舟到秦国来。这种舟像螺壳，能够沉在海底行驶却不被海水浸入，有点像今天的潜水艇，所以又叫沦波舟。

宛渠国的人一个个都是长汉子，身长大约有十丈，穿着鸟兽毛织的衣服。见了秦始皇便向他描述天地最初开辟时的情形，好像是他们亲眼所见。他们又向秦始皇说起东海扶桑岛上生长的扶桑树。扶桑树长有几千丈，大有两千围，两树同根偶生，互相依倚，所以叫作扶桑。桑果红色，九千年才结一次，果实稀少，人吃了这种果实，可以长生不老；仙人吃了这种果实，遍体都作金光色，可以飞腾到上帝住的玄宫去。

秦始皇本来就已经不相信本国的方士了，听了他们一说，更坚定了去海外求药的决心，要派人到海上去寻求仙人和不死药物。

徐福觉得这是一个逃脱秦国的好机会，自称知道仙山所在，能找到仙药。他带着童男童女各三千人，乘着楼船出海去找瀛洲。然而徐福出海后一去不回，也不知去了什么地方。

仙山缥缈不知所在，仙药更人间所无。秦始皇求仙，最后无果而终。

传说出海的徐福成了仙，他常常作为使者，乘白虎车，来凡间接得道之人。

唐朝开元年间，有个读书人得了个半身枯瘦变黑的怪病，请了宫中的御医来看也不知道是什么病。病人把全家聚在一起商量说："我已经病成这样了，还能活多久呢？我听说大海里有神仙，干脆我就去求仙方吧，也许就能治好我的病呢。"

家里人留不住他，只好给他派一个仆人，带上粮食来到山东登州的大海边上，正好看见海边有条空船就上了船，把东西放到船里，张起船帆，随着风就走了。这个士人在海上漂流了十几天，靠上了一个孤岛，见岛上有好几百人，好像正在朝拜一个什么人。

士人上岸后，见岸边有个女人在洗药，就向那女人打听他们都是些什么人。那女人朝远处指了指说："你看那边在大床当中坐着的那个白发老翁，那就是徐君，大家都在朝拜他。"士人又问徐君是什么人。女人说："你没听说过秦始皇时出海求仙的徐福吗？"士人说知道。女人说："他就是徐福。"

过了一会，朝拜的人都散了，士人就上前拜见徐福，说了自己的病情，请求徐福给治疗。徐福说："你得的是必死的病，但遇到了我，你就能活了。"

徐福起初给士人一些很好吃的饭食，但盛饭的碗特别小，士人嫌碗小饭太少。

○ 品画鉴宝　驷马图·秦　秦咸阳城出土的精品，被认为是考古所见古代壁画之始。画面生动地再现出秦代的生活画面和浪漫的想象。

徐福说："你能把碗中的饭吃完，我就再给你添，管你吃饱，只怕你连这小碗里的饭都吃不完呢。"士人就大口地吃饭，没吃几口，就像吃了好几大盆饭似的，很快就饱了。徐福又给他酒喝，酒杯也极小，士人刚喝一点儿就醉了。第二天，徐福又给士人几粒黑色药丸，让他吃下去，吃下去以后，病就好了。

士人请求留下来。徐福说："你是人世上有官位的人，留在这儿不合适，我会让你乘着东风回去。"徐福给了他一袋黄色的药，并说："这药能治任何疾病，再遇见有病的人，可以用羹匙量着喝一点，就能治好病。"士人回到登州以后，把药献给宫中。当时唐玄宗把那药给有病的人吃，病人一吃病就治好了。

◎ 拓展阅读

日本关于徐福东渡的记录

日本最早出现的徐福东渡到日本的记录是在1339年日本南朝大臣北佃亲房所著的《神皇正统记》中。而成书于8世纪的日本典籍《古事记》和《日本书纪》只提到了秦朝人移民到日本的情况，没有徐福东渡的记载。日本人认为徐福在日本的纪州熊野的新宫（今和歌山县新宫市）登陆，现在当地还有徐福墓和徐福神社。日本人认为徐福带来了童男童女、百工、谷种、农具、药物及生产技术和医术，对日本的发展起了重要作用，因此尊徐福为"司农耕神"和"司药神"。

236

　　汉武帝和秦始皇一样喜好求仙的事情，并且他也喜欢上古神灵的遗物、逸事。可是他虽然贵为人间的帝王，却常常有眼无珠，不能辨识真正的宝贝。

　　汉武帝天汉三年，武帝到东海巡游，西王母派了使者献给武帝四两灵胶和一件吉光毛皮袍子。武帝把这两件礼物交给宫外的大库收存，并不知道灵胶和皮袍有什么妙用，认为西方仙国虽然遥远，但送来的这两件礼物却没什么特别，对前来送礼的西王母使者，也没什么赏赐，也没有送走。

　　后来有一次武帝到华林苑狩猎，用弓箭射虎和犀牛，弓弦突然断了，西王母的使者正好在武帝身旁随侍，就对武帝说："请您拿一份西王母献来的灵胶，用嘴把胶浸湿后，就可以把断了的弓弦接好。"武帝照使者的话做，果然把断弦接上了，而且让几个武士从两面使劲拽弓弦，弓弦也不断，比没断时还要结实。

　　武帝惊奇地赞叹说："这灵胶可真是宝物啊！"

　　灵胶呈青色，像碧玉一样闪光。灵胶产自凤骥洲，洲在西方大海中，整个洲是个正方形，长宽都是一千五百里，四面是连羽毛都浮不起的弱水环绕着。洲上有很多凤和独角宝马，那独角马的毛皮是黄里透白的颜色，好几万匹马群居在一起。把凤的嘴和独角马的角放在一起煎熬，就熬成了灵胶，起名叫"集弦胶"，又叫"连金泥"。

　　断了弦的弓弩和折断了的刀剑只要用这胶一粘，立刻就接好了，而且永远不会再断裂了。放在水里不沉，放在火里也烧不焦。武帝这时才明白两件礼品都是珍贵的宝物，就重赏了使者并送他回去。

　　西胡月支国的国王派使者向汉武帝进献了四两香料。香料像麻雀蛋一样大小、像桑椹那样呈紫黑色。汉武帝认为香料并不是中国缺少的珍品，就交给了库房。

　　月支国使者又献了一头猛兽，只有狸猫那么大，黄色的毛，就像出生五六十天的狗。汉武帝见月支国使者抱着这么个东西进了大殿，看那个动物皮毛秃疏，没精打采的，心里不太高兴，就问使者："这么个小动物，称得上什么猛兽啊？"

　　使者回答说："能统领千禽百兽的动物，不一定非得是庞然大物。独角的神马可以统领庞大的象而称王；凤凰也不大，但可以镇住展翅几十里宽的大鹏，可见大小不是最重要的。我们月支国离这里三十万里，但我国的东风像柔和的旋律一样，终日吹拂，高天的云中也合乎上古音乐的旋律，多少个月音乐声也不散。"

　　汉武帝心想，使者说的话很奇怪，正要发难，使者又接着说："我们月支国国王一直仰慕中原的兴盛，所以视金玉为粪土，却特别看重神灵宝物。因而千方百计找到了这种神香，深入天林捕到了这只猛兽。为了寻找宝物，我们国王渡过弱水河、穿越大沙漠，长途跋涉，路上经历了无数艰难险阻，整整用了十三年的时间。这神香能够救活将死的病人，这猛兽能驱除各种妖魔鬼怪，所以这两件宝物是救济百姓的最重要的东西。没想到皇帝陛下您竟不觉得这两件宝物的珍贵，莫非是我们月支国的卜者算卦算错了吗？"

汉武帝听了这番话后，虽然没说话，但心里很不痛快，就叫使者让那头兽叫一声听听，看到底怎么样。使者就用手指着那兽让它叫一声，那兽伸出舌头舔了半天嘴唇，突然一声吼叫，声音大得像天空中响起一声响雷。接着又吼了几声，两只眼睛发出闪电般的白光，半天才停下来。

汉武帝被这猛兽的吼声吓得差点昏过去，两手捂住耳朵也挡不住声音进入耳中，几乎失去了自我控制的能力，差一点丧失皇帝的尊严。侍护在他身边的扈从和武士吓得连仪杖和刀枪都扔掉了。

武帝更加讨厌这头怪兽，让人把它送到上林苑里喂老虎。然而老虎们一见这头怪兽，立刻吓得聚在一起连动都不敢动了。武帝忌恨月支使者在金銮殿上出言不逊，打算问他的罪。然而第二天连使者带怪兽都不见了。

过了几年，京城大闹瘟疫，病死的人有一多半。武帝在焦急之余，猛然想起月支使者的话，想起了久放在仓库里的香料，就取来神香在城里点燃。

没想到，凡是死了不超过三天的人都活过来了，京城的瘟疫也解除了。缭绕的香气过了三个月还不散。这一下武帝才相信神香是奇珍异宝，就把剩下的神香珍藏在一个盒子里。有一天打开来看，神香却不知怎么消失了。

据说这种神香出于东海中的仙岛"聚窟洲"的人鸟山上，这座山中长着很多和枫树差不多的树，树发出的香气传到几里地之外，名叫"返魂树"。这种树本身能发出像牛群吼叫的声音，使人听了心惊胆战，把"返魂树"的树根砍来放在玉制的锅里熬煮后把汁取出来，再用小火慢慢煎熬，一直煮成变成黑色，形状像软糖的样子，再把它制成药丸，这种药丸名叫"惊精香"，也叫"振灵丸"，还叫"返生香""振檀香""却死香"。看来这种香确实是神赐的珍宝。

从此，汉武帝特别喜好神奇怪诞的东西。

他有个臣子叫东方朔，精通各种神异的事情。这一君一臣在一起，发生了很多奇妙的事情。东方朔的小名叫曼倩。他的父亲叫张夷，活到二百岁时面貌还是像儿童一样。东方朔出生三天后，母

○ 东方朔像 东方朔原本姓张，字曼倩，西汉名臣、辞赋家。

亲死了，一邻家妇女抱养了他。这时东方刚刚发白，就用"东方"作了他的姓。

东方朔三岁时，就表现出他超人的记忆力，只要看见天下任何经书秘文，看一遍就能背诵出来，还常常指着空中自言自语。养母常常担心他是不是不正常。

有一次，养母忽然发现东方朔不见了，过了一个多月才回来。养母十分生气，就鞭打了他一顿。后来东方朔又出走了，过了一年才回来。

养母看见他大吃一惊说："你走了一年，我十分担心。你怎么不体会我的心情呢？"

东方朔说："我不过到紫泥海玩了一天，海里的紫水弄脏了我的衣服，我又到虞泉洗了洗，早上去，中午就回来了，怎么说我去了一年呢？"

养母不相信他说的话，让他详细地说说一年中的经历。

东方朔说，他先洗干净了衣服，在冥间的崇台休息，睡了一小觉，冥间的王公给他吃红色的栗子，喝玉露琼浆，差点撑死了。冥公又给他喝了半杯天上的黄露。等他醒来以后，一只黑色的老虎驮他回来。因为着急赶路，东方朔使劲捶打那老虎，老虎把他的脚都咬伤了。

养母听了他的话，查看他的脚，果然有一块伤疤，就撕下一块青衣裳布给东方朔包扎脚伤。

后来东方朔又出走，离家一万里，看见一株枯死的树，就把养母包扎他伤口的布挂在了树上，那布立刻化成了一条龙，后人就把那地方叫"布龙泽"。

东方朔长大后，在汉武帝朝中任太中大夫。汉武帝晚年时爱好道家成仙之术，和东方朔很亲近。

一天他对东方朔说："我想让我喜欢的人长生不老，能不能做到呢？"

东方朔说："我能使陛下做到。"

汉武帝问："那我必须服什么药呢？"

东方朔说："东北地方有灵芝草，西南地方有春天生的鱼，这都是可以使人长生的东西。"

武帝好奇地问："你怎么知道的？"

东方朔说："三只脚的太阳神鸟曾经下地，想吃这种芝草。太阳的妈妈羲和用手捂住神鸟的眼睛，不准它飞下来，怕它吃灵芝草。鸟兽如果吃了灵芝草，就会麻木得不会动了。"

武帝不太相信："你怎么知道的呢？"

东方朔告诉武帝："我小时挖井不小心摔到井底下，几十年上不来，有个人就领着我去拿灵芝草，但隔着一条红水河渡不过去，那人脱下一只鞋给了我，我就把鞋当作船，乘着它过了河，摘到灵芝草吃了。这个国里的人都用珍珠白玉串成席子，他们让我进入云霞做成的帐幕里，让我躺在墨玉雕成的枕头上，枕头上刻着日月云雷的图案，这种枕头叫'镂空枕'，也叫'玄雕枕'。又给我铺上贵重的褥子。这种褥子很凉，常常是夏天才铺它，所以叫作'柔毫水藻褥'。我用手摸了摸，以为是水把褥子弄湿了，仔细一看，才知道褥子上是一层光。"

武帝如听天书一样，闻所未闻的事情让他觉得十分惊奇。

东方朔从西方的那邪国回来，带来十枝"声风木"献给武帝。这种树枝有九尺长，手指那么粗。

这种声风木产自西方"因霄国"的河边，河的源头是甜甜的水，水边的树上聚集、飞翔着紫燕和黄鹄等鸟类。声风木就长在这样的地方。它结的果实像小珍珠，风一吹就发出珠玉的声音，所以叫声风木。由于因霄国的人善于长啸，所以树木也能发出声音。

声风木有神奇的功能，当某个人拥有它时，如果这个人得了病，树枝自己就会渗出水珠，如果他快死了，树枝自己就会折断。

相传古时候，老子在周朝活了二千七百岁，他那根树枝从来没有渗出过水珠。还有仙人洪崖先生在尧帝时已经三千岁了，树枝也没折断过。

武帝把声风木的树枝赏给年过百岁的大臣们，也赏给东方朔一枝。东方朔拒绝了，他说自己已经看见这树枝枯死了三次，但又死而复活了，何况是渗水出汗和折断呢？一个人的寿数不到一半，那树枝就不会渗水出汗。这种树五千年渗出一次汗珠，一万年才枯萎一次。

武帝越加相信东方朔的奇异之谈了。

第二年，武帝移住苍龙馆，非常渴望成仙得道，就召集了不少懂道术的方士，让他们讲述远方国家的奇闻逸事。

众方士侃侃而谈，东方朔开始沉默不语。等大家讲完了，他才站起来开始讲。

他向北去过北极的镜火山，那里太阳月亮都照不到，只有烛龙神衔着火烛照亮山的四极。山上也有园林池塘，种植了很多奇花异树。有一种明茎草，长得像金灯，把这种草折下来点燃，能照见鬼魅，所以这种草也叫"照魅草"。有位神仙叫宁封，曾在夜晚点燃了一根这种草，可以照见肚子里的五脏，所以叫它"洞腹草"。如果皇帝把这种草割下来剁碎做成染料，涂在明云观的墙上，夜里坐在观内就不用点灯了。如果把这种草垫在脚下，就能入水不沉没。

他向西游历过五色祥云升起的地方，得到一匹神马，有九尺高。武帝问这是个什么神兽，东方朔说，当初西王母乘坐着云光宝车去看望东王父，把驾车的马解开，马跑到东王父的灵芝田里，东王父大怒，把马赶到天河岸边，正好东方朔那时去朝拜东王父，就骑着那匹马往回返。这马绕着太阳转了三圈，然后直奔向汉关时，关门还没闭。他在马上睡了一觉，不知不觉就回到了家。

东方朔给这匹神马起名，叫"步影驹"。但是宝马来到人间以后，因为没有合适的饲料，变得和劣马笨驴一样又慢又迟钝。于是东方朔就在五色祥云升起的地方种了一千顷的草，草地在九景山的东边，两千年开一次花，明年就可以割草来喂马，马就不会再饿了。

他向东到过极地，经过了吉云之泽。那里有一个国家叫吉云国。国人常用云的颜色来预卜吉凶。如果将要有吉庆的事，满屋就会升起五色祥云，光彩照人。这五色祥云如果落在花草树木上，就会变成五色露珠，露的味道十分甘甜。

汉武帝和大臣们瞠目结舌地听着东方朔描绘的一切。为了证明自己说的都是真的，东方朔就骑上神马往东走，晚上就赶回来了，用青色的琉璃杯装着黑、白、青、黄四种颜色的露水。他将甘露献给武帝。武帝把五色露赏给大臣们，大臣们喝下了露水，老人都变成了少年，有病的都立刻痊愈了。

东方朔没死的时候，曾对和他一起做官的朋友说："天下人谁也不了解我东方朔，只有太王公知道我。"

东方朔死后，武帝就召来太王公问他，"你了解东方朔吗？"

太王公说："我不了解东方朔。"

武帝问："你有什么特长呢？"

太王公说，"我对星宿历法有研究。"

武帝问他："天上的星宿都在吗？"

太王公向天空仰望了一番，回答说："诸星都在，只有木星失踪了十八年，现在又出现了。"

武帝仰天叹息说："东方朔在我身边十八年，我竟不知道他就是木星啊！"心里难过了好大一阵子。

◎ **拓展阅读**

道教的神仙谱系

道教信奉的最高尊神是"三清"，即玉清元始天尊、上清灵宝天尊和太清道德天尊。三清之下的众神则以得道之深浅、功德之多寡而分为不同的等级和职守，最高者为玉皇，其次为四御（中天紫微北极大帝、勾陈上宫天皇大帝、南极长生大帝和后土皇地祇），再次则为众天神。玉皇统御诸天，为宇宙的最高统治者。分司不同职责的神仙，人们熟知的有风、雨、雷、电，以及财神、灶神、城隍、土地等。

刘安成仙

汉代的淮南王刘安，是汉高帝刘邦的孙子，他的父亲是厉王，叫刘长。刘长因为犯了罪，被充军发配到四川省的一个偏僻荒芜的地方，可是，也许是由于平时养尊处优、没有受过这么辛苦的劳役和颠簸，在流放的路上就死去了。汉文帝听说后很难过，为了补偿刘长，安慰他的家人，就重新分割刘长的封地，全部给了刘长的大儿子刘安，所以刘安才被封为淮南王。

当时由于天下太平，边防无事，朝廷自然放松了对皇室世胄的教育，因此，王子们都沉迷于游玩狩猎和美酒女色，只有刘安坚守节操，并礼贤下士，款待自己的门客和幕僚。刘安特别爱研究儒家的学说，而且还精通算卦和修道的方术，招纳了几千名有才学的门客，都是天下的知名人士。刘安还撰写了论述佛门精义的《内书》二十二篇，还有解释佛经的《中观论》八篇。另外还有论述神仙修行和用黄金白银炼丹的文章，以及论述道术的《鸿宝》和论卦术的《万毕》，这些著作都论述了阴阳变化的道家学术，共有十几万字。

武帝见刘安博学多才，能言善辩，并且按照辈分来说，是他的叔父，就对他十分敬重。汉武帝也不是一介蛮夫，他也喜欢文华辞藻的雅致。他的宫廷里，既有正派的儒生如董仲舒，也有诙谐人物如东方朔，更有名士如司马相如、虞丘寿王、主父偃、朱买臣、严助、汲黯等文人墨客。汉武帝有时下诏或给大臣写回报的文章，都让司马相如等人共同酌斟定稿，还派人召刘安上朝一起起草。有一次文帝让刘安写一篇解释屈原《离骚》的论文，刘安早上接到皇命，一顿饭时间就写成了并禀报给皇帝。皇帝常常在宴席上召见刘安，听刘安议论朝政的得失，或听刘安献上新作的赋、颂等文章。刘安常常早上进宫，和皇帝谈到夜晚才出宫。

刘安一直在搜集天下论述道学的书，收纳懂得修道的方士，那怕这些方士们远在天边，他也要千里迢迢地派人

十分恭敬地拿着信和钱前去请来。于是，有一天，就有八位名人一起来见刘安，八位老人都鹤发童颜，精神矍铄。他们来到刘安门前，说想和刘安切磋一下修行的心得体会。门官先偷偷地报告了刘安，刘安就让门官用自己的意思故意刁难那八位老人说，"我们淮南王求的是上、中、下三种贤人。上等贤人要懂得延年益寿、长生不老的道术，中等贤人要上知天文、下知地理并精通儒家学术的大学问家，下等贤人要是十分英武、力拔山兮气盖世、能打虎擒豹的壮士。我看八位老先生年纪这样大，好像没有长生之术，也没有多大的力气，也不会对伏羲、神农、黄帝所著的《三坟》，少昊、颛顼、高辛、尧、舜所著的《五典》，以及《八索》《九丘》这些古代经典有什么深刻的研究，也不会有什么独到的见解。上面说的三种才能你们都不具备，我可不敢向淮南王通报你们求见的事。"

八位老人笑着说，"我们听说淮南王特别尊重有贤德的人，像周公似的为了接待客人，吃饭时三次吐出食物，洗浴时三次拧干了头发，所以凡是有一技之长的人都来投奔淮南王。我们也知道，古代的帝王诸侯都不拘一格，选拔贤士，像战国时的孟尝君，连会学鸡鸣狗叫的人都收留，这就像买来千里马才能召来千里驹一样。燕昭王收留了没有什么才能的郭隗，于是比郭隗更有才能的人才会不远千里来投奔燕昭王。我们虽然年老才学很浅，不合乎淮南王的要求，但我们从很远的地方来投奔他，希望为他效力。我们想见一见淮南王，就算对他没有什么好处，也不会对他有任何不利，为什么嫌我们年老昏聩而不见我们呢？如果大王认为年轻的人才有学问，才懂得道术，老年人都是昏庸无能的糟老头子，这可缺乏开掘顽石寻找美玉、潜入深潭寻找明珠的决心和诚意了。你们淮南王不是嫌我们老吗？那我们就变得年轻一些吧。"

话音没落，八个老人突然都变成了童子，只有十四五岁，头发漆黑，面容像桃花般红润亮泽。门官大吃一惊，赶快跑进去向刘安报告。刘安听说后，连鞋都忘了穿，光着脚出来迎接，把八公接到自家建筑的思仙台上，挂起了锦绣的帐幕，摆好了象牙的床座，烧上百和香，给八公们面前放上金玉的小桌，像弟子拜师那样面朝北向八公磕头拜见，连声道歉说："我刘安是个平凡庸碌的人，但从小就爱好修身养性的事。然而由于日常的烦琐事务缠住身子，一直在这平凡的人世中沉沦，始终没能从这些累赘中解脱出来，背上书箱，带着侍童，到深山野林里去向得道的仙师们求教。然而我思念神灵的真心如饥似渴，希望有朝一日能洗掉身上的污浊，用修炼的诚心去掉我的庸俗浅薄。可是我的一片真情得不到抒发，神灵像远在天边的金光，使我无法接近。万万没想到今天我能得到这样大的幸运，能亲眼看见得道的几位仙人降临到我的寒舍，这是我刘安命中该得到神灵的教导，使我又喜又惊，连大气都不敢出，不知道该怎么办才好。只愿各位仙人可怜我这个凡俗的人，把修炼的要点传授给我，使我这个像螟蛉一样不知晦明的小虫能够像大雁般高飞入云，体会人生的玄妙，领会宇宙的精华。"

八个童子听了刘安这番话就又变成老人，对刘安说，"我们的道术也很浅薄，但毕竟比你先走了一步。听说你喜欢结交有识之士，特地来拜见先生你，也不知你究竟有什么愿望和要求。我们八个人，各人有各人的看家本领。第一个能呼风唤雨，吞云吐雾，用手指在地上划一下就产生江河湖海，把沙子尘土堆聚起来，就可堆成高山丘壑。第二个人能让高山崩塌，让泉水变成平地，驯服虎豹，召来蛟龙，驱使各路鬼神为自己效力。第三个人会分身术，能变化相貌，坐在那里顿时消失，使千军万马立刻隐去不见，把白天变成黑夜。第四个人能腾云驾雾，飞越江河湖海，随意遨游在天地任何地方，呼吸之间便能到千里之外。第五个不怕火烧，不怕水淹，任何器材制作的兵器都不能伤害他，冬天不怕冰封雪冻的严寒，夏天不怕赤日炎炎的酷暑。第六个能千变万化，想干什么就干什么，能造出禽兽草木或任何东西，能让山搬家，让河不流，让宫殿屋子随意挪动。第七个能把泥土熬成金子，把铅水凝聚成银子，用水把云母硝石等八种石料炼成仙丹，能让飞起的水花变成珍珠，能骑着龙驾着云在九重天上浮游。你想学什么，我们就教给你什么。"刘安就日夜向八个人叩拜，用酒肉款待他们，并试验他们每个人的本领，结果他们都各施法术，千变万化，没有一个不灵的。后来八公授给刘安《玉丹经》三十六卷，刘安按照经书上说的方法把仙丹炼成了，但没有来得及服用就出了事。

那时刘安爱好舞剑，自认为剑法比谁都高明。有一次，他让当时任郎中的雷被和他一起舞剑，雷被一失手，误伤了刘安，刘安疼痛难忍，便勃然大怒，扬言说要报复雷被。雷被也很害怕，怕刘安杀他，就要求带兵讨伐匈奴来赎罪，刘安听说后不同意，要惩治雷被。雷被十分害怕，就上书给皇帝说，"汉朝的法律规定，如果诸侯中有人贪图享乐不去讨伐匈奴的，该判死罪，刘安应该处死。"汉武帝向来器重刘安，没有追究处刑，只是把刘安的封地削去了两个县。

刘安从此以后，就更加怀恨雷被，时时刻刻伺机报复他，而雷被呢，由于担心刘安杀他，总是提心吊胆。雷被和伍被是好朋友，伍被也是因为干过坏事得罪了刘安，刘安忍着没有发作。雷被和伍被怕被刘安杀掉，就来一个恶人先告状，一起向皇帝诬告，说刘安要造反。皇帝就派了管王室亲族事务的宗正官带着公文去查办。这时八公就对刘安说："你可以离开尘世了，这是上天让你脱离世俗的机会。你如果没有这件被诬告谋反的事，一天天混下去，是很难脱离凡俗的。"八公让刘安登上高山向神灵祭告，并把金子埋在地里，然后，给了刘安早些时候锻炼的仙

○ 品画鉴宝　上林苑驯兽图·西汉　图中表现的是驯兽的情景。右边一人右手执斧，左手执鞭，正在驯兽；左边一人似驯兽表演的小丑，表情滑稽可笑；中立的官吏侧首看着前方。

丹，服用之后，刘安就飘飘乎乎，白日升天成仙了。八公和刘安登山时踩过的石头上都留下了很深的脚印，到现在人马的足迹还留在山上。

　　传说刘安成仙要离去时，打算杀掉雷被、伍被，八公劝告说："不能这样做，成仙的人连一只小虫都不忍加害，何况是人呢。"刘安于是就没杀掉雷被与伍被。但是，八公安慰刘安说："多行不义必自毙。凡是做官的人被人诬告，那诬告者应该被处死，所以伍被、雷被也应该死了。"宗正官来查刘安被告谋反的案子，发现刘安不见了，一打听，才知道刘安成仙了。皇帝听说后心里很不好受，就暗中转告朝中管刑狱的酷吏张汤，让他以策划阴谋的罪名参奏伍被和雷被，于是就杀了伍被和雷被，并灭了他们两家九族，正应了八公对刘安的预言。

刘安又问八公："能不能把我的亲朋好友都带到仙界去一趟，再让他们回来呢？这样也好让他们见识一下世面，二来呢，也让他们看到希望，修行起来，也有动力，不至于因为希望渺茫而裹足不前。"八公稍稍思考了一下，便笑着说："可以倒是可以，但不能超过五个人。"于是刘安就带着他的好友左吴、王眷、傅生等五个人到了仙界的玄洲，去了以后又打发他们回来了。后来左吴的文章中记述说，刘安还没到仙境时就遇见了几位神仙，但由于刘安从小就是王子，养尊处优，对遇见的几位神仙不愿意恭恭敬敬地行礼，言谈举止都不太尊重那几位神仙，说话声音很大，有时不注意还自称"寡人"。结果神仙中地位较高的就把这事奏报给天帝，说刘安对仙官大不敬，应该把他赶回人间。多亏了八公在天帝面前为刘安解释开脱，才免了刘安大不敬的罪，但仍罚他看管天都城中的厕所三年。三年期满后，只允许刘安当一般的仙人，不得在仙界担任官职，只让他长生不死而已。

传说刘安和八公升天时，没有喝完的仙药放在院里，鸡狗吃后也都升了天，所以天上也有鸡叫狗咬的声音。所以，直到现在，人们还常常说"一人得道，鸡犬升天"。

○ 品画鉴宝 彩绘陶翼兽·汉

◎ 拓展阅读

《西升经》简介

《西升经》是道教经典，全称《老子西升经》，作者和成书年代不详。据南宋赵希升《昭德先生读书后志》记述，该经系函谷关令尹喜据老子所述写成。该书以四言、五言或字数不等的句式，阐明老子清静无为的主张。《西升经》论修身时着重"除垢止念，静心守一"。北宋陈景元对《西升经》评价很高，说它主张致虚、守柔，返于自然，"其微言奥结果出入五千文之间"。

　　唐朝开元年间，唐玄宗曾经梦见了神仙的仪仗队，千乘万骑会集在空中。他看见有一个人穿着红色衣服，戴着金色的、高耸的帽子，从车上下来，拜见唐玄宗说："我是来自九天的采访使，到人间来巡察探访，想要在庐山的西北面盖一所下宫，木石基址已经有了，只是需要人力罢了。"

　　朦朦胧胧中，唐玄宗答应了他的请求。第二天，唐玄宗就派中使到庐山西北去看，不出所料的是，果然有宫殿的基址在那里。又过了两宿，又有几千根大木头自动地陆陆续续地到来，不知是什么人运来的。估计如果是普通的劳动力来运输的话，至少要几千人不分白天黑夜地干几天才能完成。这些长短不一，参差不齐的木料，都是合乎殿、堂、廊、宇的不同构架所需要的，它们的长短粗细都很适用。有人说，这些木头是以前九江王采伐的，打算建造宫殿，沉没在江州溢水岸边，其实是神仙运来供使用的。庙西的长廊，柱子架在空中，在大山涧的上面，它下面有奔流轰响的河水，深不可测，已经好多年了，从来没有危险发生。

　　门殿廊宇的基石，是自然变化出来的，都没有经过人工雕刻和削凿的痕迹，并不是普普通通的工匠筑造的。这些木头曾经有奕奕夺目的五色神光，照耀着要盖庙的地方，常常像白天一样。所以，工人可以通宵达旦地劳作。更为奇怪的事，盖庙的时候，这些人挥斧做工，一点不闲着，却谁也不疲倦，十来天就把宫殿盖了起来。完工的时候，中使梦见一个神仙对他说："赭、垩、丹、绿各种颜料，庙北的地下就有，找一找就能找到，不必到很远的地方去采购，这样，路途遥远不说，而且浪费时日。"于是中使一觉醒来，就派人寻找梦中仙人所说的那些颜料，挖回来使用，果然是五颜六色，赤、橙、黄、绿、蓝、靛、紫一点也不缺。后来人们还听说，在建昌渡口，有五百多名仙人，好像穿着道士服的人，都说要到使者庙来。现在那图像还存在。

　　当初唐玄宗梦见神仙的那天，就找来了天台山的道士司马承祯，向他打听这事。司马承祯禀报道："现在名山大川里供奉的神，都是把他们当作一方之主来祭祀的。太上老君担心他们作威作福而为害黎民百姓，分别派来上界的仙人，到名川山岳监察他们。五岳有真君在那里，又有青城丈人为五岳之长。潜山的九天司命主管九天的生死簿籍；庐山九天使者执掌清微天、禹余天、大赤天三天的令符，可弹劾所有的神仙。他们都是五岳的上司。何不各为他们盖上庙，用斋食犒赏他们呢？"唐玄宗听了他的话，这一年在五岳三山都盖起了庙，并且上供各式各样的蔬果，来祭拜各路神仙。

　　又一次，唐玄宗还曾经梦见十多个仙子，驾着祥云下到庭院里站成一排，各拿着乐器演奏。那乐曲清越优美，真正是仙府里的声音。等到音乐停止，有一位

仙人上前说道："陛下知道这是什么音乐吗？这是神仙的《紫云曲》，现在愿意传授给陛下，作为大唐的标准音乐，和那《咸池》《大厦》等乐曲就大大不同了。"唐玄宗特别高兴，立即接受传授。不一会儿，他醒了，那音乐的余响还袅袅不绝于耳中，没有断绝。他急忙拿起玉笛吹奏演习，完全掌握了那乐曲的音符和节奏，但是他默默地记在心里，没有向别人泄露。

等到天亮，他在紫宸殿听政，宰相姚崇、宋璟进来，向他奏报事情，他好像根本没听见，心不在焉地应答各位大臣的早奏。这两个宰相非常害怕，想着是不是自己的奏章有问题，又禀报了一遍。玄宗站了起来，但他还是没理睬这两个宰相。姚崇、宋璟更加害怕，急忙提心吊胆地走出去。

当时高力士侍立在玄宗身旁，立即奏道："宰相请示事情，陛下应该当面决定，是否可行。方才姚崇和宋璟说的都是军政大事，而你始终不理，难道两位宰相有什么过错吗？"玄宗笑道："我昨天夜里梦见仙人奏乐，曲名叫《紫云曲》，他们就把曲子传授给我。我怕忘了它的节奏，因此默默地在心里练习，所以顾不上听两位国相奏事。"于是他从衣服里取出玉笛来给高力士看。这一天高力士来到中书省，把事情对宰相姚崇和宋璟两人讲了，宰相姚崇和宋璟的畏惧稍微消解了。这支曲子后来传给了乐府，他们就依据唐玄宗的回忆，加工成了流芳百世的《霓裳曲》。

还有一次，唐玄宗在白天昏昏欲睡，梦见二十七位仙人对他说："我们是天上的二十八宿，一个人因为值班，在天上不能下来。我们寄住在罗底间三年了，一直给陛下镇护国界，不让外寇侵扰边疆。众神仙常常改换形貌混迹在人群中到处游玩。"醒了之后，他就下令手下到全国各地，寻找那个叫"罗底"的地方，可是到底也没找到。手下人只好垂头丧气，打道回府了。

改天的夜里，唐玄宗又梦见这二十七位仙人对他说，"罗底"在一个有音乐的地方。于是他就又下令寻找。在宁州东南五里的地方，有个地方叫罗川，川中有县，县是以川名命名的。还有个罗州山，相传山中有洞穴，而且草木丛生，荫翳不通，人们自然无法进入其中洞察洞穴中的奥秘。可是，凡是路过的、打柴的和放牧的人都可以听到里边有音乐之声。唐玄宗下令派人寻找这个地方，找了很久也没找到。人们也不敢回去禀报，怕唐玄宗骂他们办事不力，可是也不敢就这样回去交差，只好在附近苦苦守候。正在他们等得口干舌燥、筋疲力尽的时候，忽然有一只蹦蹦跳跳的白兔从林中跑出来，直接跑到一座山崖下边，进了一个洞口。人们喜出望外，沿着兔子跑入的地方找到了一个洞口。进洞一看，这是一个宽敞的石室，里边有二十七尊石像。于是就把这二十七尊石像运进宫中，在殿内为它们设了位置，早晚烧香。唐玄宗还亲自来瞻仰拜谒。他又让工匠仿制了二十七尊神像，送回原来的洞里，在那地方盖起了通圣观，改罗川县为真宁县，用来表彰这个地方。他又赏赐了檀木的宝香和铜制的香炉，香炉至今还在。

当地的人说，以前有一位老人，不知他从什么地方来。他眉毛花白，头发雪白，与其他老头不同，有时外出，有时静处，乡里人都敬重他。他在山下卖酒，常常有些跟普通人不同的人来喝酒。有时药童和樵夫，也来往于他家。

一天早晨众人对他说："加酒啊，再喝一回，以后不再来了！"像他们说的那样，老人加酒招待他们。酒烫好之后，群仙来了。喝到酣畅的时候，在下边的一个人来到座间说："我要刻下众仙人的像留于后世。"于是他取出二十七块石片，刻成了二十七个人，顷刻之间，完全刻出了众仙人的逼真容貌，栩栩如生，惟妙惟肖，放在洞中，按照喝酒时的座次排列，全都在后面记上他们的名字，安放完了便散去。老人也不知去了哪里，当时人们都认为他成仙飞升了。

◎ 拓展阅读

阆苑

阆苑在道教指仙境。《玄要篇下·天仙引》中说："养育金丹渐渐添，闭兑忘言，九年面壁功无间。八极神游遍大千，七返婴儿自出现。六贼遁焉，五行数全，四海人知归阆苑。"又《一枝花》云："攻神州，破赤县，捉住金精仔细牵，送入丹田，防危虑险除杂念，沐浴自然，面壁九年，才做个阆苑蓬莱物外仙。"此外，也借指大药成熟之地。如《性命圭旨》："阆苑蟠桃自熟时，摘来服饵莫教迟。"

烂柯传奇

汉明帝永平五年（62年），剡县的樵夫刘晨、阮肇相约一同前往天台山采集谷树皮。他们两个常常结伴进山砍柴，有时也会采点药材换两个小钱改善生活。

一次，他们一起进入天台山采药，但是运气不太好，走了很久也没有找到好的药材，于是他们就往深山里走。他们越走越深，用自己的斧子劈开密密的丛林，到后来却迷路了，连斧子也不知道丢在哪儿了。在山里转来转去找不到回家的路，他们焦急地走东窜西，过了十三天，身边所带的干粮都吃光了，但也无计可施。两人又饿又累，正当他们濒临绝境时，偶然间发现高高的山顶上，有一棵桃树，挂着许多硕大熟透的鲜桃。他们喜出望外，一时垂涎欲滴，可是那棵桃树长在高高的悬崖峭壁之上，还隔着一条又长又深的山谷，无路可走。

刘、阮两人为了充饥活命，顾不得山高谷深，沿着悬崖峭壁，攀藤援葛，冒着生命危险，费尽九牛二虎之力终于登上山顶。他们采下鲜桃，吃了好几颗，一时填饱了肚子，恢复了体力。

他们力气恢复之后，来到小溪边，准备喝口水接着寻找道路。他们伏身喝水时，看见几片芜菁叶顺流漂下来，叶子颜色很鲜艳。又有一个杯子流下来，里面还有胡麻饭，他们惊喜地取过杯子吃里面的饭。于是两人互相安慰说："想必这里附近有人家，我们可以打听回去的路了。"

刘晨和阮肇满怀希望地越过山岭，在他们面前出现了一条大溪，湖泊岸边有两位姑娘，她们花容玉貌，艳丽多姿，身上的穿着非绸非缎，只是柔而薄，让微风一吹就衣袂飘动，更显出姑娘们曼妙玲珑的身材。

她们看见刘、阮两人手里拿着木碗从下游走来，便笑着说："刘、阮二位郎君拿着我们被水冲走的木碗，来还给我们了！"

刘晨和阮肇两人面面相觑，感到十分惊奇，百思不得其解，他们跟两位姑娘素不相识，姑娘们怎么能得知他俩的姓氏呢？而姑娘们的神态，表现得好像早就认识他们似的。

两个女郎却好像是见到了熟人一般，笑着问："你们怎么来晚了呢？"便邀请刘晨、阮肇跟她们回家。于是，刘、阮两人向姑娘们拱手施礼，刘晨正想开口询问，那穿着绿衣的姑娘却先亲切地说："你们为什么来得这么晚？我们等你们好久了！"接着就大方地牵拉着刘晨的手，往湖边的住宅去，另一位红衣姑娘也同样拉着阮肇，说："走，到屋内休息一下。"

刘、阮两人虽然满腹狐疑，但却因为姑娘们热情的邀请，身不由己似的跟姑娘们进入室中。

住宅里空间很大，可是却没隔间，不分厅房。整栋住宅是用竹子搭成的，连屋瓦也是用剖开的竹筒铺上的。南壁及东壁各自安放一张大床，南壁床上悬挂着绛红色的纱帐，而东壁床上悬挂着翠绿色的纱帐，想必分别是红、绿衣两位姑娘的闺床。罗帐四角系着铃铛，铃铛嵌金镶银，交错生辉，两张床前各都站着十名侍女。

红衣姑娘跟刘、阮介绍说："我叫红姑，穿绿裳的姑娘叫绿娘！"又向侍女们说："刘、阮二位郎君，经历千难万险，跋山涉水，路上虽然吃了几颗果实充饥，但是一路奔波疲乏，体力虚弱，赶快去准备饮食送上来。"

一会儿，侍女们送上食物，桌上摆满芝麻饭、山羊干肉、新鲜牛肉……刘、阮两人开怀饱餐一顿，直觉味道鲜美极了，他俩放开肚子吃了个痛快。

自从刘、阮两人到这里，几乎是夜夜笙箫，日日美酒。白天里姑娘们又会准备丰富的餐饮，刘、阮唯一不能释怀的便是姑娘们的来历，可是每当他们欲出口询问，姑娘们总是事先就知道了一样，先把话题支开，让他们没机会问。

十天后，刘晨、阮肇因惦记着家人，要求回去。红姑说："郎君既然经历千难

○ 品画鉴宝　山水图·清·樊圻　画中描绘了层峦叠嶂，丘壑纵横，林木深郁的山间景色。画面气氛肃穆，墨色浓重苍润，使画面气象峥嵘，合乎自然之理，得烟云缭绕之趣。

万险来到此地，这也是你们的福分所致，为什么还想回去呢？"

于是，刘晨与阮肇又住了半年。转眼间，气候变暖，大地回春，草木换上了绿装。刘、阮二人见到处花红柳绿、百鸟啼鸣，思念故乡的心情更加强烈。他们向姑娘们苦苦恳求归去。

姑娘们说："你们一定要回到尘世间，这是罪孽在缠绕着你们呀！我们也没有什么办法了！"

女郎们见他们情绪低落，知道再挽留也是没有意义的，就送他们下山，为他们指点回去的道路。刘晨与阮肇满口允诺一定会再回来，姑娘们只是笑而不答，眉间似乎还流露出一点哀伤、惋惜的模样。

刘晨与阮肇顺溪而下，走出峻岭深山，终于回到故乡。只是他们的亲人、家族，早已零落散失，不可辨认。原来的乡里住所早已改观了，无法寻找旧居。不但村子里没有他们熟识的房屋，而且没有一个他们认识的人，村子里的人对他们的问话也都茫然不知。

刘晨与阮肇寻问了半天，才知道现存人间的是他们的第七代子孙。子孙们还

记得祖辈传说，说他们的祖先有人进山采药，迷了路，就没再回来过，而且他们还，说他们的祖先就是刘晨与阮肇。一番感慨之后，二人就都又走出了村庄。

他们走在似曾相识的道路上，在路边看到了两把斧子。捡起来时，斧头却掉到了地上，原来斧柄早就朽烂掉了。

◎ 拓展阅读

烂柯山

烂柯山风景名胜区地处浙江省衢州市柯城区室石村东。山体呈椭圆形，东南—西北走向，面积5平方千米，规划面积10平方千米。烂柯山原有八景：石梁、青霞洞、一线天、金井玉田、仙人棋、日迟亭、柯山塔、宝岩寺。此外，还有忠壮陵园、梅岩、赤松岩、集仙观、崇文洞、樵隐岩等景点。山门外圆形的池塘边，长着两棵双人合抱的古樟。烂柯山既然自古得名，也就吸引了孟郊、陆游、朱熹、徐渭等文人墨客，并留下了不少有名的诗篇。

李靖行雨

唐卫国公李靖，在地位低下的时候，曾经到灵山中打猎，吃住都在山中人家那里。山村里的老人们对他的为人感到惊奇，常常给他一些丰厚的馈赠，年头越久，山中老人的馈赠也越多。

有一天他忽然遇上一群野鹿，就赶忙去追赶。就这样李靖追到天黑，要他放弃追捕他又舍不得，不多时便在阴晦的山中迷了路，茫茫然不知何处是归途。他怅然而行，心里非常沉闷。忽然望见远处有灯火，就急忙驰马过去。

到那一看，竟是红漆门的高门大户，墙宇很是高峻。李靖上前敲门，叩门叩了好半天，有一人出来问他干什么。李靖便说迷了路，想借住一宿。那人说："我家郎君出去了，只有太夫人在家，恐怕男子留宿是不行的。"李靖说："麻烦你进去说明一下我的情况，请问尊夫人一下，试试也许就有希望吧。"那人便进门去报告。接着又出来说："夫人起先不想答应，但是因为天气阴黑，你又说迷了路，就不能不留你了。"

于是这个仆人就邀李靖进了客厅。过了一会儿，一位青衣婢女出来说："夫人来了。"他一看那夫人，年纪有五十多岁，青裙素袄，神气清爽淡雅，宛如士大夫的家眷。李靖上前拜见。夫人答拜说："两个儿子都不在家，本来我不应该留你住宿，但是现在天色阴晦，你又迷失归路，这儿不留你，还让你上哪儿去呢？但是我们这儿是山野人家，儿子回来时，也许是半夜，而且还喧哗吵闹、大吵大叫，希望先生你不要介意。"

李靖连忙回答："夫人客气了，李靖原本是投荒之人，承蒙夫人您收留，实在是感激不尽，打扰了夫人您的清居，还望包涵。"

夫人就请李靖吃饭。饭菜都很鲜美，但是多半是鱼。吃完饭，夫人进屋，两个青衣的婢女给李靖送来床席被褥。这些东西的做工和用料都非常讲究，而且都带香味，显得富丽奢华。二婢女铺好床铺，闭门而去。

李靖独自暗想：在这荒郊野岭，夜里到来又吵闹的是什么东西呢？他越想越怕，不敢入睡，便端端正正地坐在那里听外面的动静。到了半夜子时，李靖听到很着急的敲门声，又听一个人答应，说："我是送天符来的人，报告大郎子一声，今天夜里，应该行雨。围着这座山周围七百里的地方，五更天下足，速度既不要迟慢，也不要暴厉。"应答的人接过天符，就进屋呈报夫人。

李靖侧耳倾听，只听夫人说："两个儿子都没有回来，可是，行雨的天符已经到了，绝对推辞不得。不按时就被责罚。即使去报告，也已经晚了。你们这些仆人又没有担当专职的道理，该怎么办呢？"一个小婢女说："适才见客厅里的客人不是一般人，何不去求他呢？"夫人挺高兴，亲自来叩门说："您醒着吗？烦请先

生暂且出来一下，有事相商。"李靖答应着，从阶上走下来。

夫人对他说："这不是凡人的住处，是龙宫。我大儿子到东海去参加一个婚礼，小儿子去送他妹妹去了。恰好接到天符，该我们按次序行雨。总计两处的云程，合起来超过一万里。去报告来不及，求别人代替又很难求到，就想要麻烦您代劳，不知道可不可以？"

李靖说："我是一个凡夫俗子，没有腾云驾雾的本领，怎么能行雨？有办法可以教给我，我听吩咐照办就是了。"夫人说："如果能照我的话做，没有不行的。"于是就命一个老仆人备好青骢马牵过来，又命人取来雨器。原来雨器就是一个小瓶，这小瓶被系在马鞍之前。夫人嘱咐说："您骑着马，不要勒马的衔勒，要让它随便走。马跑的时候，地上发出嘶鸣声，你就从瓶中取出一滴水，滴到马鬃上。记住，只用一滴水，千万不要用多了。"

于是李靖遵命上马笃笃而行，越走越高，不知不觉已来到云层之上。李靖只觉耳边呼呼生风，风急如箭飞，暴雷脚下响。于是他就随着马的跳跃，就开始滴水。然后就闪电大作，乌云拨开，他望见了他寄住的那个小山村。他想："我打扰这个村太多了，要感谢他们的大恩大德，正愁没办法报答，现在很久没下雨了，庄稼苗将旱死，而雨就在我手里，难道还能舍不得给吗？"想到一滴不好干什么，就连下了二十滴。不大一会儿就下完了，他骑马回来，向夫人禀报工作。

李靖见到夫人在厅里哭泣。一看见李靖，夫人就责备他说："你怎么错得这么厉害？本来约好了下一滴，为什么私自下了二十滴雨？这一滴，就是地上的一尺雨啊！这个村半夜的时候，忽然间平地水深两丈，哪还有人？我已经受到责罚，挨了八十大板了！"但见她的后背，满是血痕，她的儿子也被连坐，重责了四十大板，浑身青肿。

李靖又惭愧又害怕，不知如何是好。夫人又说："你是人世间的凡人，不懂得云雨的变化，实在不能怨恨你什么。只怕龙的军队来找，那时候，只怕你要受到惊吓了，你应该马上离去。但是我们如此麻烦你，没有什么报答你，山里没有别的，有两个小奴送给你吧。一块领走也可以，单领一个也可以。由你选择吧！"

于是夫人让两个仆人出来。这两个人，一个从东廊下走出来，仪表容貌和悦可亲；一个从西廊下走出来，愤气勃然，怒目而立。李靖心里想："我是一个打猎的，不怕斗猛之事。现在只领一奴，要是领那个笑脸的，人家就会以为我胆小。"于是他说："两个都领却不敢，夫人既然相赠，我就领这个生气的吧。"夫人笑着说："你的欲求也就这样了。"于是就作揖与他挥手告别。

李靖带着仆人，出了门，才走了几步，回头一看，宅舍全都不见了。又扭头去问这个仆人，仆人也不见了。他只好独自寻路而归。等到天明，望一眼那个小村，汪然一片大水。大树只露出树梢，不再有人。

后来，李靖凭借作战的功绩，居然当了大官，指挥军队平定了贼寇入侵，立下了盖世的大功，但是他始终没达到宰相这个职位，只怕是没领到那小奴的原因吧？人们都说"关东出相，关西出将"，难道那二奴一个从东廊出来、一个从西廊出来是暗喻将相？假如当初李靖把两个小奴都领走，那就可能是既做将又做相，位极人臣了。

◎ 拓展阅读

四大天王

四大天王，又称护世四天王，是佛教二十诸天中的四位天神，位于第一重天，第一重天又叫四天王天，通常分列在净土佛寺第一重殿的两侧，天王殿因此得名。四大天王分别是：东方持国天王多罗吒，持琵琶，住东胜神洲；南方增长天王毗琉璃，持宝剑，住南赡部洲；西方广目天王留博叉，持蛇（赤龙），住西牛贺洲；北方多闻天王毗沙门，持宝伞，住北俱卢洲。神话中托塔天王李靖就是从多闻天王演化而来的。

僧孺遇仙

牛僧孺，字思黯，他的祖父牛绍，官至太常博士，职位非常显赫。他的父亲牛幼闻，仕途不怎么顺利，才当了一个小小的陕西华县的县尉。牛僧孺在真元年间，考进士没考上，失望地从京师回到宛叶一带。走到鸣皋山下，已经很累了，牛僧孺就打算到大安一带的百姓家中住宿。当时天已黑了，牛僧孺在恍恍惚惚中，就迷了路，没找到大安。就只好往前走，又走了十多里地，才走上了一条很平坦的路。这个时候，牛僧孺已经筋疲力尽，饥肠辘辘，两条腿就像灌了铅一样，实在是迈不开步子了，就在路边的石头上，稍作休息。这时候，月亮从东边的树梢慢慢地移过来，把一切照得清幽寂静，牛僧孺在月光下四处打量，不见附近有什么人家，不免有一点沮丧。

忽然，他闻到有异常的气味，像一种贵重的香料点燃所发出的清香。牛僧孺立刻加快脚步向前赶，也不觉得前方有多远了。渐渐看到了忽明忽暗的灯火，虽然微弱得很，可是，牛僧孺还是抱着一线希望，心想可能是村庄人家，便往前面急走。

道路的尽头，没有村落，只有一个院子。不久，他到了一座房前，看那门和院子，看来无疑是个大户人家。朱门大户，门外蹲踞着两个很大的石狮子，还有条可以容马车驶进去的车道，很有气势。

有个穿黄衣服的守门人看到牛僧孺走过来，远远地就招呼问道："公子从什么地方来？"

牛僧孺答道："我叫牛僧孺，考进士没考上，本来想到大安的百姓家借宿，不料，天黑迷路，不知不觉就走错了路来到了这里。只求住一宿，没有别的要求。"

这个时候，门里有个梳着小发髻的丫鬟出来了，问黄衣人："你在门外跟谁说话？"

黄衣人连声说道："有客人，有客人。"

黄衣人进去报告，不一会儿出来，笑着对牛僧孺说："请公子进去。"

牛僧孺问黄衣人："请问，这是谁家的大房子？"

黄衣人笑而不答，说："只管进去，用不着问。"牛僧孺跟着他走过十几道门，到了大殿。殿上有熠熠闪光的珠帘遮挡着，有穿着红衣黄衣的守门人好几百，站在台阶上。左右的人看见牛僧孺，一齐高喝道："拜见！"牛僧孺连忙远远地行礼拜见了帘子后面的人，虽然说，隔着帘子，模模糊糊地看不清面孔，可是，牛僧孺还是能明显地感觉到这个人的儒雅秀丽的气质。

帘子里有人说道："我是汉文帝的母亲薄太后。这是一座庙宇，公子本不该来，为什么你这么晚了，还会来这里？"牛僧孺说："臣的家在宛叶，赴京师考试，不

○ 品画鉴宝 仙人图 道教重今生，相信人通过修炼，最后可以成为"仙人"，逍遥不死。图中所绘为隐居山林的四位仙人，年龄高下不等，代表修仙品位上的差异。

料名落孙山，只好打道回府。可是，走错了道，怕死在豺狼口中，斗胆请求保护性命。"

他的话说完，太后命人卷起帘子，自己离开座位说："我是原先汉朝的老母，您是唐朝的名士，我们之间，原不是君臣关系，希望不要多礼。就上殿来见面吧！"太后穿着白色的绢衣，容貌美好，风姿绰约，年龄不显得很老。太后笑眯眯地慰问牛僧孺："走路不辛苦吗？"接着，还亲切地招呼他坐下。过了一顿饭的工夫，听到殿内传出笑声，太后说："今天晚上风光宜人，月光如水，偶尔有两个女伴要来找我，况且又碰上嘉客，如此的天时地利，不可不搞一个盛大的聚会。"

太后招呼左右的人："委屈二位娘子出来见见秀才。"过了好久，有两个女子从殿中走来，随从有好几百人。在前面站着的那个人，水蛇一样的细腰，苹果一样的脸庞，头发很厚，没有化妆，穿着青色的衣服，约二十多岁。太后说："这是高祖的戚夫人。"牛僧孺便遥遥下拜，夫人也颔首还礼。另一个女子，肌肉柔嫩，身姿稳重，面容舒展，姿态潇洒，光彩照映远近，穿得花花绿绿，上面刺绣着不少图案。年龄比太后要小些。太后说："这是汉元帝的王嫱。"牛僧孺又像对戚夫人那样下拜，王嫱也还拜。

等到各位坐到座位上之后，太后让穿紫衣的宦官说："去把杨家、潘家的姑娘迎来！"牛僧孺暗自纳闷：所谓的杨家、潘家的姑娘是谁呢？过了好久，看见空中落下了五色云彩，并听到说笑声越来越近。太后说："杨家的姑娘来了。"忽听到车水马龙的嘈杂声音，又看见罗绮锦绣，鲜明晃眼，眼睛都没工夫往旁边看；就看见有两位女子从云中走下来。牛僧孺站起来，立在旁边，看见前面的一个人细腰长眼，面貌很美丽，穿着黄色衣服，戴着嵌玉的帽子，年龄三十岁左右。太后说："这是唐代的太真妃子。"牛僧孺就伏到地上拜见，就像臣子拜见妃子。太真说："我得罪了先帝，所以朝廷不把我列在后妃行列中，使用这样的礼节，不是太不实在了吗？不敢接受。"退了几步做了回拜。还有一个，肌肉丰满，眼神灵活，身材小巧，皮肤洁白，年龄极小，穿着宽大的衣服。太后说："这是南齐时代的潘淑妃。"牛僧孺又像对待妃子那样拜见她。潘淑妃也远远地回拜了牛僧孺。

过了一会儿，太后命令摆上酒席。不一会儿酒菜就送来了，又香甜，又干净，种类多得很，但都叫不出名来。牛僧孺只想填饱肚子，还没等饱，太后又叫人拿来了各种酒。那些吃喝的用具全都像当帝王的人家用的。太后对太真说："你怎么很长时间不来看我？"太真表情很恭敬地回答说："三郎玄宗常去华清池，我跟着侍候皇上，所以来不了。"太后又对潘妃说："你也不来，怎么回事？"潘妃掩着嘴笑得说不出话来。太真就看着潘妃回答说："潘妃向我说，东昏侯放纵无忌，整天出去打猎，她感到烦恼，所以不能时常来谒见。"

太后接着又问牛僧孺："现在的天子是谁？"牛僧孺回答说："当今的皇帝是先帝的长子。"太真笑道："沈婆的儿子做了天子了，太出奇了。"太后说："是个什么样的君主？"牛僧孺回答说："我身为一介书生，根本不可能了解国君的德行。"太后笑着说："你不要疑虑太多，知道什么就说什么好了。言者无罪，闻者足戒。你就只管说好了。"牛僧孺说："民间流传着吾皇圣武的说法。"太后连连点头称是。

太后又命上酒并演奏音乐。奏乐的艺人都是年轻貌美的窈窕女子。酒轮了几圈儿，乐队也随着停止了演奏。太后请戚夫人弹琴，夫人在手指上戴上了玉环，它的光辉照到了四座。夫人拿过琴弹了起来，那琴声很哀怨。太后说："牛秀才是偶然的机会来到这里，各位娘子又是偶尔来探望我，现在没有什么可以用来尽情表达平生的高兴。牛秀才当然是有才的读书人，为什么不各自做诗来表达心意呢？这不是很好的事吗？"于是交给每人一支笔和一些纸，稍过了一会儿，每个人的诗都做完了。

大家拿来一一品味，只见太后的诗写道："月寝花宫得奉君，至今犹愧管夫人。汉家旧是笙歌处，烟草几经秋复春。"大概的意思是说，月夜在佛寺中侍候君王睡觉，到现在觉得对不起管夫人，汉朝原来吹笙唱歌的地方，早已变为荒烟野草之地多年了。王嫱的诗是："雪里穿庐不见春，汉衣虽旧泪痕新。如今最恨毛延寿，爱把丹青错画人。"这首诗的大概意思是说，雪地里蒙古包那儿根本没有春天，她仍旧穿着汉朝的衣服，不断伤心流泪，现在最恨的就是毛延寿，故意把人画走样。戚夫人的诗写的是："自别汉宫休楚舞，不能妆粉恨君王。无金岂得迎商叟，吕氏何曾畏木强。"这首诗的大意是，她自从离开汉朝宫殿再没跳楚地那种舞蹈，再不能梳妆打扮都怪君王，没有钱怎能请来商山四皓，吕氏哪里怕周勃他们呢？太真的诗是："金钗堕地别君王，红泪流珠满御床。云雨马嵬分散后，骊宫不复舞《霓裳》。"这首诗的大意说，金钗落到地上的时候，告别了唐玄宗，眼泪流满了御床，从马嵬兵变分开以后，骊山宫中现在没人跳《霓裳羽衣舞》了。潘妃的诗是这样写的："秋月春风几度归，江山犹是业宫非。东昏旧作莲花地，空想曾披金缕衣。"诗的大意是说，时间不断流逝，江山未改，旧宫已面目全非，在东昏侯原来曾建莲花池的地方，还曾空想穿上金线织成的衣服。

　　看了大家的诗作，太后再三邀请牛僧孺作诗，牛僧孺推辞不掉，便答应要求，作了一首诗："香风引到大罗天，月地云阶拜洞仙。共道人间惆怅事，不知今夕是何年。"他的意思是说，一阵香风把牛僧孺引到了仙界，月光满地，云彩护阶，拜见洞天中的仙人，一起叙说人间伤心的事情，忘记了今晚上是哪一年。另有善于吹笛的一位女子，梳着短发，衣服很华丽，容貌也很美，而且很有魅力，是潘妃带来的。太后让她靠近自己坐着，不时让她吹笛子，也不断叫她喝酒。

牛僧孺对她的身份暗自好奇，心里想："这个人是谁呀？也没有自我介绍，太后也没有接见，真是奇怪。"太后好像看透了牛僧孺的心思，回过头来看着他，问道："认识这个人吗？这是石家的绿珠啊。潘妃当作妹妹养着，所以潘妃与她一起来。"太后接着说："绿珠怎么能没有诗呢？"绿珠于是表示了歉意，然后作了一首诗："此日人非昔日人，笛声空怨赵王伦。红残翠碎花楼下，金谷千年更不春。"诗的大概意思是说，今天的人已不是从前的那个人，笛声白白怨恨赵王伦。当年跳楼而死，使金谷园永远失去了春光。写完诗后，酒又拿来了，绿珠一饮而尽，好像不胜其悲。

太后说："牛秀才从远处来，今晚上谁人跟他作伴？"戚夫人首先站起来推辞说："儿子如意已经长大，当然不能相陪，也确实不该这样做。"潘妃也推辞说："东昏侯认为玉儿身死去国，玉儿理所当然不该辜负他。"绿珠推辞说："石卫尉性格严厉急躁，他曾经斩下美人手行酒令。所以，今天就是死，也不可涉及淫乱的事。"太后说："太真是本朝先帝的贵妃，与你做伴，更没有可能。"于是回头看着王嫱说："昭君开始嫁给呼韩邪单于，后又作了株累弟单于的媳妇，本来是按自己的心意，再说严寒地方的胡鬼又能做什么？希望昭君不要推辞。"王嫱不回答，低眉不语。不一会儿大家各自回去休息。牛僧孺被左右的人送到昭君的房中。一夜温存，不在话下。

当天快要亮了的时候，太后身边侍候的人告诉牛僧孺早早起床，昭君垂泪握手，和他依依惜别，难舍难分，那种绝望的感觉，使得牛僧孺徒生感伤。正在难舍难分的时候，忽听外面有太后的命令，牛僧孺于是便出来见太后。太后说："这儿不是郎君久留之地，应该赶快回去。马上就要分别了，希望不要忘了刚才的欢聚。"又吩咐侍从斟酒，为牛僧孺饯行。可是，由于场面悲凄，喝了两巡就停了。戚夫人、潘妃、绿珠、太真等人都流下了眼泪，牛僧孺终于辞别而去。太后让朱衣人送牛僧孺去大安。到达西道时，牛僧孺扭头一看，就找不到送行的人了。

当时天才亮，牛僧孺到了大安，讲述了自己昨天夜晚的神奇经历，又打听附近的显赫人家。那里人都摇摇头，说："这里，荒山野岭的，没有什么人家。不过，距这十多里，有个薄后庙，供奉着一些泥的神仙罢了。"牛僧孺又返回去，看那庙宇，荒凉破败，根本进不去人，不是昨晚所见到的景象了。可牛僧孺衣服上的香味十多天也没散，他一直也不知道这到底是怎么一回事。

◎ **拓展阅读**

"牛李党争"

"牛李党争"指唐朝后期朝廷大臣之间的派系斗争。斗争的两派——以牛僧孺为首领的牛党和以李德裕为首领的李党，这两派官员互相倾轧，争吵不休，这场派系斗争从唐宪宗时期开始酝酿，到唐宣宗时期才结束，将近40年，历史上把这次朋党之争称为"牛李党争"，是中国封建社会历史上一次有名的朋党之争。"牛李党争"是唐朝末年高官争权的现象，使本来腐朽衰落的唐王朝更快地走向灭亡。对此，唐文宗发出了"去河北贼易，去朝廷朋党难"的感慨。

妙想升天

　　王妙想是广西苍梧县的一个女道士。她不吃五谷杂粮，只是驾驭和吐纳气息，住在黄庭观旁的水边修炼，几十年如一日地研读《黄庭经》。

　　她精诚地朝拜神仙，想念丹府，因此感悟到了修身养性的真谛。每月初一，她常常发现有奇异的光影云物和重嶂幽谷出现，因为人很少到那样的地方，她就怀疑是神仙下凡。不过妙想从来也不曾把她见到的情景告诉别人，如此过了一年多。某月初一，忽然有天上的音乐在遥远的半空中，虚幻轻漫而袅袅不绝，时间稍长就散去了。

　　又过了一年多，忽然有一天，妙想感觉空气中灵香浓郁而又强烈，祥云弥漫着整个庭院，天乐的声音振动山林深谷，强光普照坛殿，像十个太阳那么明亮，璀璨夺目，空中呈现金碧的颜色，令人眼花缭乱不敢看。不一会儿，千万人从空中下来，都骑着麒麟、凤凰以及龙鹤、天马。仪仗队和护卫的有几千人，人都一丈多高，拿着戈戟兵杖，飘扬着旗幡伞盖。过了很久，才有鹤盖凤车引导着九龙辇车，下降到坛前。

　　其中有一个人穿着羽衣，戴着宝冠，挎着宝剑，拖着彩鞋，升殿坐下。他的身上赫然有五色光芒，簇拥随从的群仙也有几百人。妙想就去拜见。大仙对妙想说："我就是舜帝。从前因治理国家，十分疲劳乏倦，在这座山养生修道，总想诱导教化后进之人，使世人知道没有不可教化的人。"

　　王妙想连忙跪下身子拜谢说："小女子正需要仙人指点一番，敢问如何修炼才能成功？如何才能得道升天？"

　　舜帝微微颔首，微笑着继续说："大道在你的身体和思想之内，而不在你的身体和思想之外；道在你自身，不在他人。《玄经》所说的'修之于身'，他的道德就具备了，这指的是修道在自己，而不是他人所能办到的。我看了地司的奏章，你在此山三十多年，始终如一，能够保持操守而没有邪恶的念头，一心只是想着贞洁和修行，遵循着大道的清规戒律，你的诚心可以说是达到了极点。如果不能证仙成真，这就是天道弃人了。"

王妙想说："谢谢大仙夸奖，可是，我感觉自己的修行和你们比起来还是远远不够的。"

舜帝继续说："修仙贵在坚持。《玄经》上说，常做善事，救助万物，便没有弃物。天道周全普遍地布下恩惠，是考虑到每个物，都想使它成就，每个人都想把他度引。只是世人福果单微，道气浮浅，不能精专于道。既有修行，又不勤奋持久，道气没有灵应，而自己心中已倦怠，这是人自己弃道，不是道弃人啊。真是精诚所至，金石为开。你精诚一到，将会生百生千。寄希望于所诚，不息不退，很值得珍视。"

妙想应答道："小女子灵根颇欠缺，还烦请您指教一二。"

舜帝说："也没有什么特别的，修行只是在于生活中的点点滴滴。我从前遇到太上老君，他把《道德真经》拿给我看，治国治身，度引别人施行教化，这也可以用来联结天地、堵塞乾坤、沟通九天、贯穿万物，作为施行教化的要旨，不可譬论而谈。我常常把它铭记在心，传布于物，弘扬道义，救助世俗，不敢有一刻的松懈和倦怠，至今禀承师训，当作终生之宝。但世俗之人，讥笑谦和之人，把他当作怯懦；轻视退身之道，把它当作迂劣；嘲笑绝圣弃智的宗旨，把这看作荒唐；鄙视绝仁弃义的言词，以为劲捷。因为他们被俗念所迷却不知道啊。玄圣之所以能够修炼成功，只是因为他们恢复了淳朴的天性，尊崇玄道，斥逐邪恶。邪恶除去以后，玄道自然显现；淳朴确立以后，浮薄纷争的风气自然消退。这样，就使正义制裁有地方施行，兼爱的慈心有的放矢，昭灼的圣明可以使用，机敏之智可以行施。天下混然一体，趋奔归于大顺，这就是玄圣的最大愿望。可惜世俗肤浅伪诈，人们趋奔奢侈和虚伪，帝王不能安心治国，就会万绪交弛；道化不能顺利施行，就会百家纷争。所以说这是人们自迷，其时日本来很久了。如果洗心革面，独善其身，能用至道作师表，以长生为最终志趣，就能得道了。不过现在很难找到这样的人了。我因为你修学道术，辛勤诚恳，所以特地前来稍作察看。"

王妙想应对道："可是，我感觉自己的资格还是不够呀！"

舜帝说："你的仙骨早就具备了，还迟疑什么呢？你一定能得道成仙的啊。我从前在民间，年纪尚小，少不更事，有一天，忽然感应太上道君，降临到我的陋室之中，教给我修身的道理、治国的策略，让我闭目安坐，冉冉升空，到了南方之国叫作扬州。我在天空，飘飘乎乎，仰望可以看见日月星辰，俯视可以看见淮河江泽。进入十龙门，渡过昭回流河、瓠瓜渡口，找到它们的水源叫作方山，四面各宽千里，当中有玉城瑶宫，这里叫九嶷山。九嶷山有九座山峰，每峰有一河，九江分别流于其下，而注入六合，周而复始，逆流而上到这里，以灌天河。所以九水从此山发源流出，上下流涫灌注，遍及四海，故我导九州开八域而归功此山。"

舜帝稍作停顿，接着说："方山上有三座金碧辉煌的宫殿，第一宫名叫天帝宫，第二宫名叫紫微宫，第三宫名叫清源宫。我根据历数前去以后，回来治理此山，在上住在紫微宫，向下镇守在这里。常久视无为之道，分别派遣仙官到下界去教化人。那诸天的上圣、高真、大仙，因为劫历不常、代运流转、阴阳倚伏、生死推移而生怜悯之心。勤勤恳恳地下世行教以救人，更加迫切地感到世人应该求道。世人求道之心若有若无，系念存想在心的，百万人当中没有一人能勤修长久的。天上真仙怜悯俗人，常在人间隐影化形，随处使人开化觉悟，而千万人当中没有一个可教的人。古来有句话说：'修道如初，得道有余。'多数人是起始勤恳，中途怠惰，最终前功尽弃了。难道是天道对不起人吗？你传播宣扬我的意见，广泛地让人们明白。此座方山九峰都有宫室，命真宫主管它们。下面有宝玉五金、灵芝神草、三天所保护的仙药，以及太上老君所收藏的经文。有的在石室洞台，有的在云崖峭谷。这些地方也有灵司主管，并让巨虬猛兽、螣蛇毒龙防备护卫"。

妙想问道："那么这些山峰的名字都叫什么？"

舜帝接着答道："这九座山峰中第一峰叫作长安峰，第二峰叫作万年峰，第三峰叫作宗正峰，第四峰叫作大理峰，第五峰叫作天宝峰，第六峰叫作广得峰，第七峰叫作宜春峰，第八峰叫作宜城峰，第九峰叫作行化峰。下有宫阙，各作为治所。九水中第一水叫作银花水，第二水叫作复淑水，第三水叫作巢水，第四水叫作许泉，第五水叫作归水，第六水叫作沙水，第七水叫作金花水，第八水叫作永安水，第九水叫作晋水。这九水支流四海，周围由于有充足的水来进行灌溉，所以树木茂盛，草长莺飞，山中珍禽异兽无所不有，没有毒螫鸷玃之类的猛禽来伤害人，可以在此度世，可以在此养生，可以在此修炼道术，可以在此成仙登真。你住在山上以来，不曾游览山的四外，脱离于尘世之外，远眺碧空，俯视山峦，本来不可能知道这些。我为你指点它，能不勉力修行吗？我等待你能凌空凭虚、驾影策空之后，然后反过来研究它的本末了。"于是舜帝就命令侍臣把《道德经》以及驻景灵丸传给妙想，大队人马转瞬不见了踪影。此后一年或三五年，舜帝就降临黄庭观一次，来指导妙想修炼。

十余年之后，妙想果然修行成功，人们看见她在白日里冉冉升上天空。

○ 品画鉴宝　春山秀色图·清·高俨

◎ **拓展阅读**

《黄庭经》简介

《黄庭经》是道教上清派的重要经典，属于洞玄部。现传《黄庭经》有《黄庭内景玉经》《黄庭外景玉经》《黄庭中景玉经》三种，因中经出现较晚，通常不列在《黄庭经》内。关于内外经的作者、成书年代及其相互关系，向来有多种说法。今人王明先生认为魏晋之际，民间已有私藏七言韵语体《黄庭》草本。大约在晋武帝太康九年（288 年），女道士魏华存得到这个《黄庭》草本并加以注述；或有道士口授，华存笔录而写成定本《黄帝内景经》。晋成帝咸和九年（334 年），魏华存去世，《黄庭外景经》约在这前后问世。

江叟树仙

开成年中，有一个叫江叟的书生，不喜欢读儒家的圣贤之书，偏偏爱钻研许多道家的书，广泛地游历名山大川，访遍名人高士，希冀获得方术，有朝一日，能够羽化升天。他有一个嗜好，就是吹笛子。虽然不停地来来去去，但是他还是多半喜欢在永乐县的灵仙阁停留、住宿。有一次，由于喝酒过量，他在到阌乡去的途中，走到盘豆馆东官道大槐树下，就迷迷糊糊地在那里睡着了，直到将夜时他才略微清醒一些，便醉眼惺忪地四处打量。

可是，什么也看不见，只有几棵老槐树，在暮霭中静静地站着。江叟不免有一点失望和孤单。突然，他听到一个庞然大物走路的声音。听起来，那东西迈步很重。他便假装还在醉酒，偷偷地把眼睛眯开一条小缝，暗暗地窥视四周的动静。

只见旷野之中有几个人环坐在一起饮酒、唱歌、跳舞。于是江叟就站起身来，到那边去了。那几个人一齐欣然而起，揖让江叟和他们一起坐。江叟见七个人都是书生打扮，都彬彬有礼，就问道："看各位君子，属于读书人，怎敢在这四望无人的野外聚饮？"有人回答说："我们七个人，都负有济世之才，之所以没有被重用于当世，这也和颖处囊中一样，正在谋划仕进的办法呢。我们偶然相会，谈论之间，您忽然光临，我们有幸与您一起饮酒，共赏美景，尽兴为快，又何必居住绮阁，乘坐龙舟才能喝一顿酒呢？"

后来，其中一个人还笑着对江叟说："我们是七

○ 品画鉴宝　蛤蟆仙人像·元·颜辉

个树仙。头一个是松树仙；第二个是柳树仙；第三个是槐树仙；第四个是桑树仙；第五个是枣树仙；第六个是栗树仙；第七个是樗树仙。现在咱们各言其志，您听了不要讲出去。"

那松仙就起来说道："我本来处在空山之中，是非常之材，身负坚贞的气节，虽然霜也欺凌雪也来犯，但是不能动摇我的高尚情操。如果高明的工匠建筑大厦，挥起斧头，木头不论长短，各有用场。橡子檩子尽管很多，但是缺少栋梁。我就一定具备栋梁的大用。我得到重用，那就永远没有房屋倾斜倒塌的忧患了。"

紧挨着松仙的柳树仙站起来说："我的这个风流的名字，闻于古今。我只恨隋炀帝不回来，没人知道我。张绪效仿我，空留名字于书籍之中。令人高兴的是，我的花絮飞扬就有才子咏诗；我的叶子还嫩，就有佳人学画。我的柔弱胜过刚强。我将保持自己的性情。"

又一个人说："我受阳光的恩泽，却是不成材的树木。大河里没桥，人家不取我；大厦里没栋，人家不用我。如果没有好木匠加工，那就肯定不合乎长短大小的要求。噫！枉费我有三公之名呢！"

另一个说道："我平生喜欢蚕，供蚕食用，从不推辞。蚕就是茧，茧就是丝，丝织出绮罗，绮罗成为贵族的用品。如果那些贵族阶层的人，看到绮罗的美丽能够想到我，我又何必做什么栋梁和檩子、橡子什么的。"

下一个说："我自从辩士苏秦进入燕国那天起，就已经有了兼济的名声。不光汉武帝给了我封号，以我为礼物送人，足以表达赤诚之心。我又何必忧虑不为人所知呢？"

再一个说："我虽然处在蓬荜之间，性情朴实而恬静，但是也可以对大国有所帮助。倘若皇家立宗庙，虔诚地祭祀鬼神，就会效法古人而用我。我实在可以让百姓战栗。"

最后一个说："我与大伙有什么不同？天也盖我，地也载我，春天我就繁茂，秋天我就凋落。近代人认为我不成材，我确实经常感到愤慨不平。我不处在山涧底下，怎能看到我有凌云之势；我不处在屋宇之下，哪能知道我是构厦之材。千里马不驰骋就是跑不快的劣马，美玉不从璞中剖出来就是顽石。所以，不一定松树就可以建大厦凌云霄，不一定我就不能建大厦凌云霄。这叫作听信一个人的话就大丧其真了。我因此才敬慕隐逸沦落的人们，并且韬藏自己的行迹。我若能遇上陶渊明那样的长官，就又有用了。"说完了，树仙们又自歌自舞起来。江叟于是酩酊大醉。

过了好久，江叟醒来，一个人都不见了，恍恍惚惚中，他感觉自己好像是做了一个梦。这时，江叟看见一个高达数丈的巨人。巨人来到大槐树旁边坐下，用毛茸茸的大手摸着江叟说："我以为是个铲地的农夫，却原来是个醉鬼！"

于是他把大树敲了几下，说道："荆山中的二弟来探望大哥。"大槐树就说道：

"有劳老弟了！"

似乎听到大槐树上有人下来与巨人说话。片刻之间，觥筹交错的声音频频响起。

荆山槐说："老兄哪一年准备抛弃两京道上槐王的地位呢？"

大槐树说："我一百八十岁的时候，想要放弃此位。"

荆山槐说："大哥不知道老之将至，还如此顾忌此位，简直要到了火入空心，膏流节断的地步才知道隐退。可真是个无厌之士。为什么不现在就借着那震霆之力，自拔于官道？那样一定能成为有材用的树木，成为建筑高楼大厦的栋梁。这样做，尚可留住重重的碎锦，片片的真花。哪能够等到他日做朽烂虫蠹的烧柴，同入灶坑烧成灰烬呢？"

大槐树说："鸟雀、老鼠尚且贪生，我哪能办这样的事呢？"

荆山槐说："老兄啊，我不屑和你谈下去了！"于是荆山槐告别而去，走的时候，还连连叹息大槐树看不清时务，不能激流勇退。

到了天明，江叟才起来。又走了几天，来到阌乡荆山之中。他看到庭中的一棵大槐树森森然高耸云端，枝干四布，葱茏茂密，大概需要十个常人展开手臂才能围绕一圈，宛如有神灵附着其上。于是他就等到夜里，用酒肉祭奠它，说道："我昨天听到槐神您与盘豆官道大槐王论谈。我躺在一边，清楚地记得您的谈话。现在请槐神您和我谈谈好吗？"

槐树说："你的诚意令人感动。你说有什么要求吧？没想到那夜里烂醉在道上的就是你！"

江叟说："我一生喜欢道教，只是没遇上高人指点，自己暗中摸索，根本得不到什么真谛。如果树神您有神灵，求您多多指教，让我有学道的去处，必当重谢。"

槐神说："你只管到荆山去，寻找鲍仙师，如果能找到，或者水中或者陆上，一定能学到一样度世的本领。这完全是有感于你的诚恳的请求，千万不要把我的话泄露出去。否则，灾祸都殃及到我的身上来了！"

江叟很感谢槐神，第二天就进到荆山中，爬过一重重山，涉过一道道水，果然访到了鲍仙师。江叟就匍匐在地上，毕恭毕敬地向他行礼，请求道："弟子不远万里来到这里，想请求师父点播一二，教我一样度世的本领。"

仙师说："你是怎么知道我会度世的本领而来拜我为师的呢？必须照实说！否则，严惩不怠！"

江叟不敢隐瞒，详细地陈述了荆山馆的树神是怎么说的。仙师听了气愤地说："这个小鬼，怎么敢擅自指教别人，来给我惹麻烦？"

说完，仙师用飞符把它的一个树枝弄残。这样，虽然不能大段大段地诛杀槐神，可是，地上的残枝败叶，也是一片狼藉。

江叟跪拜，请求饶过槐神："仙师息怒，他也不过是有感于我的一片诚意，看到我的求学心切，所以，才和弟子说的。以后，他再也不会了。弟子恳请师父息怒。"

仙师说："现在不杀它，以后可能继续有人前来。"发作了一段时间，感觉怨气也发泄得差不多了，于是就问江叟说："你有什么本事，一样一样地说给我听。"

江叟说："我喜欢道教，吹笛子成癖。"仙师就让他取出笛子吹。吹完了，仙师叹道："你吹笛子的技艺已经到家了，只是你吹的是一管普普通通的竹笛。我现在送给你一管晶莹剔透的玉笛，是荆山中最好的。只要你像吹平常的笛子那么吹上三年，就能召来洞中的龙王了。龙王出来之后，一定会衔一颗照月之珠赠送给你。你得到珠子之后，应该用醴醑煎它三天。这时候，只要是小龙，脑袋肯定已经疼得受不了了。这是互相感应使他们这样的。小龙一定会拿着化水丹来赎那颗珍珠。你得到化水丹应该吞下去，那就成了水仙，少说也活一万岁。这就不用麻烦我给你弄药了。你长得很有福相啊！"

仙师就拿出玉笛来给他。江叟说："玉笛和竹笛有什么不同？"

仙师说："竹子的是青色，和龙的颜色类似，能吹得很像龙吟，龙也不以为怪；玉的是白色，和龙相克，忽然听到龙吟，龙就感到奇怪，所以就会出来观看。把它感召出来才能有办法改变它。这道理出之于天，除了我，没有人知道，天机不可泄露。"江叟受教之后便离去。

江叟由于是第一次吹玉做的笛子，先自行摸索了一段时间，吹了三年之后，才吹出音律。后来就到了岳阳，刺史李虞留他住下。当时天大旱，他就拿出笛子来，夜间到圣善寺经楼上吹。果然，洞庭湖的小岛上，好多龙王出来落下，驾着云雾围绕在经楼前后，每一条的大小和样子都不一样。其中有一条老龙，果然衔来一颗璀璨炫目的珠子赠给江叟，也不说一句话。然后，翩然而去，

江叟得了宝珠，依照鲍仙师的话把它熬了三天，果然有一条龙变成人，拿着一个小药盒，盒里装着化水丹，匍匐着请求赎回那颗珠子。江叟就拿到药盒而给他珠子。然后，江叟把化水丹吃下去。顷刻之间，江叟的老脸变童颜，入水不湿，遇火不热。后来他住到了衡阳，容颜如旧。人们最后才知道他是修炼成仙了。

◎ **拓展阅读**

《西游记》之十八公和唐僧诗

劲节孤高笑木王，灵椿不似我名扬。山空百丈龙蛇影，泉泌千年琥珀香。
解与乾坤生气概，喜因风雨化行藏。衰残自愧无仙骨，惟有苓膏结寿场。

第七章　民间诸神

包罗万象，源远流今

雷公电母

雷公和电母是神话传说中的一对天神。他们二人司掌天庭雷电。传说雷公视力差，难辨黑白，夫人电母寸步不离，捧着镜子，先行探照，明辨是非善恶后，雷公才行雷。这样，电母和雷公成了天生的一对。雷公面目狰狞，电母相貌端雅。雷公手持槌楔，电母手持双镜。他们一旦作法，就乌云密布，狂风大作，飞沙走石，电母射出耀眼的光芒，雷公向石龟投下一个大响雷，只听得"轰隆"一声巨响，恶人便身首异处。

雷公是掌管雷的神灵，在最初的神话中，他完全是一个动物和人的结合体，传说他住在雷泽，龙首人身，有一个硕大无比的肚子，他常常拍自己的肚子来娱乐。每拍一下，就会发出轰轰的雷声。可是这个最早的雷神，因为自己肚子的特别之处被黄帝看中了，于是就被抓了做成一面大鼓。

黄帝见没有了雷神也不行，就找了雷神的一个亲戚。这个新雷神皮肤的颜色好像朱砂，眼光灼灼如闪电，身上的毛和角有三尺长，形状好像一只猕猴。于是在后来的传说中，雷公最突出的特征就是猴脸和尖嘴，俗称"雷公脸"。

在雷州半岛至今流传着一个关于雷公的传说。雷州半岛地处热带，四时如夏，气候蒸郁，因此常常雷声轰鸣。传说南朝陈宣帝太建初年，雷州有个猎户叫陈琪，他没有孩子，以打猎为生。他养了一条长着九个耳朵的猎犬，十分神奇。一只耳朵动表示能抓到一只猎物，动的耳朵越多，抓的猎物也越多。

一天他出门打猎，发现狗的九只耳朵都在动。他十分高兴，兴致勃勃地来到一片荆棘地，狗狂吠不止。他过去一看，发现一个巨大的肉球，直径有一尺多。他没有心思继续打猎，就抱着肉球回家了。突然，屋外雷雨大作，肉球裂开了，从里面蹦出一个小儿，手上有字，左边写着"雷"，右边写着"州"。此后常常有仙人来给小孩哺乳，乡里人都觉得很神奇。

孩子长大以后，当了雷州刺史，十分爱护百姓。死后有灵，乡里人立庙祭祀，以为雷神。

雷公还有一个特殊的本领，就是他会看病。他曾经和另一个天神岐伯一起讨论有关经络的问题。雷公还经常派遣使者到山上去采集草药。有一次，他的一个采药童子在茂密的丛林中迷失了方向，无论他怎么回忆来时的道路，怎么努力，可就是怎么也走不出来。他很着急，想了想，就变成了一只啄木鸟，飞到了树梢上，来辨别方向。最后，他找到了回去的路径，可是，却怎么也变不回原来的模样了，只好用他那尖尖长长的嘴啄树木里面的害虫充饥，也算是继续救死扶伤，成了树木的医生。

雷公嫉恶如仇，性情暴躁，一听某人犯法，就大发雷霆，不分青红皂白，不探究竟，就击掌发雷将人打死。但往往有些人是含冤受死的，因此又引出有关电

雷声普化天尊及诸天将图　该天尊综司五雷（天雷、地雷、水雷、神雷、社雷），应化九天，总管雷霆都府，辖及二院三司（万神雷司、雷霆都司、雷霆部司），为雷部尊神。

母来辅佐他进行工作。

雷公后来娶了一个乡里的寡妇，她就成了雷婆，慢慢地演化为电神，被称为电母。电母，仍为自然之神，也是天上星宿之一。电母是司掌闪电的女神，又称为金光圣母、闪电娘娘。她有一头蓬松的头发，红红的颜色，两只脚上都只有三个脚趾。传说她手里握有两面镜子，发出电光时，十分明亮耀眼。

他们俩常常一起出现，原先的职能就是管理雷电。到了后来，就有了惩恶扬善的职能，如果有人犯了天都不能饶恕的罪过，那么天帝就会派雷公电母用五雷轰他，隆隆的声音好像上天发怒一样。

电母的前身是一个很有孝心的寡妇，这个寡妇丈夫早死，既没有儿子，家境又极其寒贫，堂上只有一个婆婆，她很孝顺地服侍着婆婆度日，不肯改嫁。

有一次，她的婆婆病了，很想吃肉。但是她哪里有钱去买肉孝敬婆婆呢？她左思右想，就想起古时有"割腕供姑"的事，她也就毅然把股上的肉割下来，煮熟，去孝敬她的婆婆。可是她的婆婆哪里能够吃得下这坚韧的股肉呢？她还不知体谅她媳妇的孝顺，反而以为她的媳妇不孝敬，把买来的好肉留起来自己吃，将那不好吃的肉煮来孝敬她。她就叫骂起来，还请了雷公将她的媳妇打死。怎知雷公真正应命了，不分青红皂白，把这个寡妇打死了。

将要入殓的时候，人们才发现她媳妇的股上割下一块肉，还有未痊愈的血痂，老婆婆这时才猛醒反悔。然而媳妇已被击死，又无法叫她活来过，她就啼哭着哀求雷公，度她的媳妇的亡灵超生。而雷公知道内情之后，也后悔自己的不审慎，仅仅听了那老婆婆的一面之词，未加分析，没有调查，竟然冲动之下，击死好人。于是雷公就奏明玉皇，请命将这个寡妇作为自己的妻子，赐为电母。在雷公未发雷之前，电母可以放光，先明亮世间的善恶，以明黑白，以免再错击人。所以现在鸣雷的时候，先有电光闪一闪，就是这么一回事了。

◎ 拓展阅读

闪电

闪电是云与云之间、云与地之间和云体内各部位之间的强烈放电。一道闪电的长度可能只有数百米，但最长可达数千米。闪电的温度，从摄氏一万七千度至二万八千度不等，也就是等于太阳表面温度的3~5倍。闪电的极度高热使沿途空气剧烈膨胀。空气移动迅速，因此形成波浪并发出声音。闪电距离近，听到的就是尖锐的爆裂声；如果距离远，听到的则是隆隆声。最常见的闪电是线形闪电，此外还有球形闪电和链形闪电，这两种闪电都比较少见。

风伯，又称风师、箕伯，他的名字叫飞廉，原来是蚩尤的师弟。他的相貌奇特，长着鹿一样的身体，布满了豹子一样的花纹。他的头好像孔雀的头，头上的角峥嵘古怪，有一条蛇一样的尾巴。他曾与蚩尤一起拜一真道人为师父，在祁山修炼。

修炼的时候，飞廉发现对面山上有块大石，每遇风雨来时便飞起如燕，等天放晴时，又安伏在原处，不由暗暗称奇，于是留心观察起来。

有一天半夜里，只见这块大石动了起来，转眼变成一个形同布囊的无足活物，往地上深吸两口气后，仰天喷出。顿时，狂风骤发，飞沙走石，那玩意儿又似飞翔的燕子一样，在大风中飞旋。飞廉身手敏捷，一跃而上，将它逮住，这才知道它就是运通四时气候，掌八风消息的"风母"。于是他从"风母"这里学会了致风、收风的奇术。

蚩尤和黄帝部落展开的那场恶战，传说蚩尤请来了风伯、雨师施展法术，突然间风雨大作，使黄帝部众迷失了方向。黄帝布下出奇制胜的阵式，又利用了风后所制造的指南车，辨别了风向，才把蚩尤打败。被黄帝降伏后，风伯就乖乖地做了掌管风的神灵。作为天帝出巡的先锋，风伯负责扫尽路上的一切障碍。每当天帝出巡，总是雷神开路，雨师洒水，风伯扫地。风伯的主要职责，就是掌管八面来风的消息，运通四时的气候。

神话中掌管雨的神仙，叫屏翳，也叫号屏，又叫玄冥。他其实就是赤松子，又写作"赤诵子"，传说是炎帝神农氏时施雨的雨师。

这位赤松子先生有一种能随着风雨飘上飘下的本领，后来从西王母那里得了什么不死药之类的东西，能入火自焚，成了仙，上了天，顺便还拐走了炎帝的小女儿。直到高辛氏的时候，赤松子才想起自己的职责，又回到人间来做雨师。炎帝到高辛之间隔着黄帝、少昊和高阳三代，原来那几百年竟是滴雨未下的。

相传远古时代，人民以采集和渔猎为生，一日无获，就得挨饿，日子过得很艰难。后来，神农氏用木制作耒、耜，教大家种植谷物，秋收冬藏，生活才有所好转。于是神农氏被众人推举为首领。

突然在某一年，一场罕见的旱灾降临了。一连数月，天上没有一滴雨水降落，田里的禾黍全都枯萎了。旱情最重的地方，川竭山崩，皆成沙碛，连人畜都要渴死，甭说汲水浇地了。神农氏头发快愁白时，不知从哪儿跑来一位蓬头跣足、形容古怪的野人，上披草领，下系皮裙，手里还拿根柳枝。野人自我介绍说："我叫赤松子，曾随师父赤道人在昆仑山西王母石室中修炼多年。赤道人常化为飞龙，南游衡岳，我亦化为赤虬，跟在他身后，还学会了布雨的本领。"

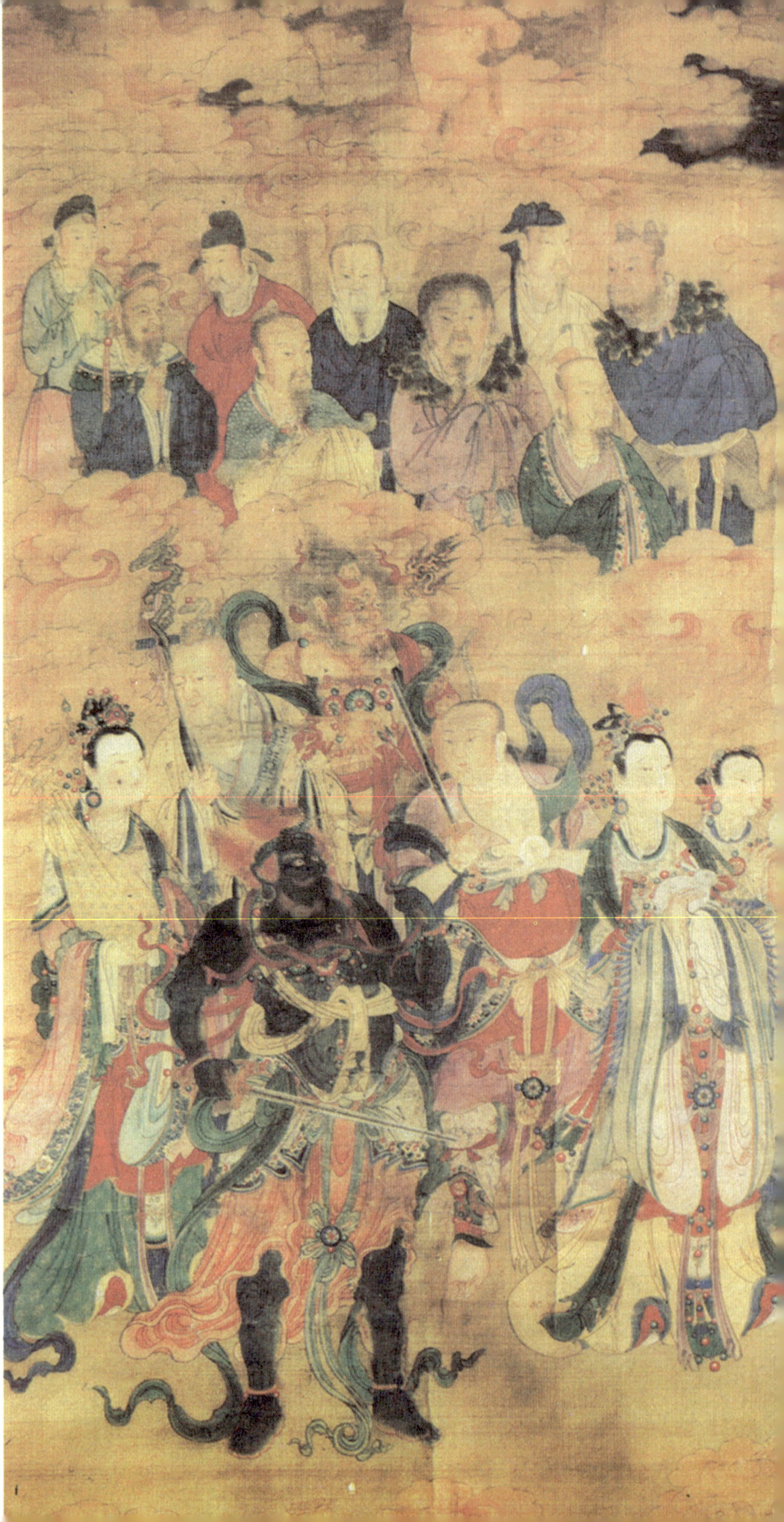

○品画鉴宝　太阴星君　太阴星君即月神，俗称『太阴』，是较为普遍的民间供奉之一。

神农氏闻之心喜，让他马上显示一下。但见赤松子取出一种叫"冰玉散"的粉末吞下，化为一条赤龙，飞上天空。霎时，天上乌云密布，一场倾盆大雨兜头浇下，眼看就要枯死的庄稼，又恢复了郁郁生机。神农氏大喜，立封赤松子为雨师，专管布雨施霖的事。

神农氏成仙后，黄帝继任首领，九黎的头领蚩尤不服，兴兵作乱，连赤松子也投奔了过去。等黄帝率领众部落与蚩尤大战于涿鹿之野时，赤松子化为一条虬龙，飞廉变成一只小鹿，一道施起法术。刹那间，天昏地暗，走石飞沙，暴雨狂泻，飓风卷飚。黄帝和他的部下在一片混沌中，连东西南北也辨认不出，还能作战？蚩尤趁机发动进攻，杀得对方丢盔弃甲。就这样，蚩尤倚仗飞廉和赤松子能征风召雨的优势，九战九胜黄帝，迫使黄帝连连后撤，一直退到泰山。

黄帝在泰山会集群臣，商讨了三天三夜后，终于设计出两个破敌法宝——司南车和牛皮鼓。司南车有两层，共二十八个轮子，车上有一个手指前方的木刻人。车轮滚动时，无论左旋右转，木刻人的手始终指向正南。牛皮鼓一共八十面，一起敲响，声音可以响彻三千八百里。于是黄帝再与蚩尤决战。

蚩尤仍使飞廉和赤松子呼风唤雨，吹烟喷雾。这一次，黄帝靠着司南车，始终不迷方向，坚持战斗，紧接着，大臣容成等人，率人擂起牛皮鼓来，顿时惊天动地，裂石崩云，吓得飞廉和赤松子魂飞魄散，赶紧还原成本相，跟着蚩尤一块儿逃窜。黄帝挥师追击，一直追到涿鹿，终获全胜，还活捉了赤松子和飞廉。因为这两个人都表示降服，黄帝仍叫赤松子当雨师，又封飞廉为风伯，要他们改恶向善，从此为民造福。

五帝后，世间没人再能管得住风伯雨师了，于是对它们的祭拜，被列入国家的祀典，目的仍在于祝祷风调雨顺，五谷丰登，保佑平安。这两位尊神也变成了一位清秀童子伴随着一位长须官人，象征雨随风至，风止雨歇。

◎ 拓展阅读

龙卷风

龙卷风是一种伴随着高速旋转的漏斗状云柱的强风涡旋。龙卷风中心附近风速可达200米／秒，最大300米／秒，比台风近中心最大风速大好几倍。中心气压很低，一般可低至400百帕，最低可至200百帕。它具有很大的吸吮作用，可把海(湖)水吸离海(湖)面，形成水柱，然后同云相接，俗称"龙取水"。它的形成与暖湿空气强烈上升、冷空气南下、地形作用等有关。它一般维持十几分钟到一二小时，但其破坏力惊人，能把大树连根拔起，建筑物吹倒，或把部分地面物卷至空中。

乐神伶伦

掌管音乐的神名叫伶伦，他是中央天帝黄帝的臣子。

自从女娲造出人类之后，好长一段时间，人世间没有娱乐，唱歌、跳舞什么的都没有，没有乐器，更没有音乐。没有音乐的生活，是多么单调乏味啊！

传说，在黄帝主宰世界的时候，才开始有了音乐。但那时的音乐，只是把一些木棒、竹棍、瓦罐、石器、皮鼓等互相撞击、敲打而已，单调、嘈杂，很不和谐。就是这样的音乐，在当时也发挥了重要作用。打仗时，用它来鼓舞士气；胜利时，用它来庆功、助兴。祭祀时，用它来敬神消灾；平时，则用它来庆贺太平，陶冶性情。

黄帝对这样的音乐很不满意。在他看来，乐器应该精美，音乐该有和谐的旋律。他请聪明过人的乐官伶伦来完成这一任务："伶伦，你能不能帮人们创作一种乐律，好让大家的日子变得快乐一点？"

伶伦想了想，说："好吧，让我试试看吧。"

伶伦愉快地接受了黄帝的命令。他挑选了一批有才华的乐师，背上行装，带上弓箭和工具，长途跋涉，翻越了西方著名的大夏山，来到昆仑山的背面，安营扎寨，准备选材制作乐器。

什么材料最适合制作乐器？开始，大家争论不休。伶伦就让大家按自己的愿望和想象，选取各自喜欢的材料。有的人砍来植物的枝干，有的人摘来植物的叶片，有的人猎取动物的盘骨，有的人雕琢石头，大家各显其能，制造了一堆千奇百怪、音调各异的乐器。伶伦一一比较鉴别后，认为竹管做的乐器声音千变万化，清脆悦耳。于是，大家从山溪边砍回大量的竹子，选择腔壁薄厚均匀的部分，截成长为三寸九分的竹管，制成了一大批竹管乐器，并把这种竹管乐器吹奏的音乐取名为"舍少"。

可是，万事开头难，荜路蓝缕的开创实在是艰辛。开始，吹出来的音调没有阴阳之分，根本不成音律。人们讽刺伶伦说："你吹的那竹管，不听则罢，一听把野兽都吓跑了"。伶伦听到了这些话，也很是灰心失望。

有一次，黄帝正在练习骑马，刚跨上马背，忽然传来伶伦吹竹管发出的怪叫声。黄帝的马听到这种怪音，吓得四蹄腾空，仰头嘶叫，把黄帝从马背上摔下来，伶伦赶快跑过去把黄帝扶起来，黄帝对伶伦说："你制的这个小竹管能把我的马吓惊，可见很不简单，将来一定能吹出好听的音律来。"

伶伦听到黄帝的鼓励，惭愧地对黄帝说："我三年没有制成音律，这已是很大的罪过，黄帝还这样鼓励我，为臣的觉得受之有愧。"

黄帝说："话不能这么讲，一根普通的竹管，上面钻了几个小孔，就能吹响，这就是你的发明和功劳，怎能说是'罪过'呢？"黄帝说完，又安慰了伶伦几句话，便牵马走了。

在黄帝的鼓励下，伶伦更加信心百倍，整天苦练，但仍然吹不出和谐的音调来。而且，尽管众多的乐师在演奏，其声音还是比较单调。伶伦经过反复琢磨，发现同样粗细的竹管乐器，由于长短不同，发出的声调高低迥异。他想，要是用同样粗细的竹管，制作一系列长短不一的乐器，演奏时互相配合，声音不就变得丰富多彩了吗？经过反复试验，伶伦终于制造了一套由十二根竹管组成的乐器。

新的乐器做好了，可是怎样确定它的乐律呢？也就是，用什么确定每个音的高度呢？

有一天，伶伦独自一人来到凤岭，躺在一块石头上冥思苦想，可是，也许是实在太累了，他竟然不知不觉睡着了。当他睡得正香时，忽然被树上一阵美妙的鸟声唤醒。伶伦马上坐起来揉了揉眼睛，仰头一看，只见树上落着的两只羽毛美丽、体形优美的鸟在鸣叫，声音婉转悠扬，十分动听。

伶伦睁大双眼，细心倾听，而且情不自禁地拿起自制的竹管，模仿鸟的叫声吹了起来，正在吹得起劲时，两只鸟突然停止了鸣叫，展翅飞走了。伶伦急得又是跺脚，又是招手。可是，鸟已经飞得无踪无影了。伶伦回去后把此事报告黄帝，又把他学来的半生不熟的鸟叫声，断断续续地给黄帝吹了一遍。

黄帝听后高兴地说："这种鸟叫凤凰，是鸟中之王。能招来凤凰，这正是吉祥

○ 品画鉴宝　彩漆二十五弦琴·战国

之兆。"

从此，伶伦每天来到凤岭，坐在一块大石头上，专等凤凰来鸣叫。果然，凤岭树林里不断有凤凰栖落。不过，落在这里的凤凰，不一定都鸣叫。伶伦经过长时间观察发现，在鸣叫的凤凰中，凤的鸣叫声激情昂扬，凰的鸣叫声柔和悠长。每对凤凰栖落后，一次各鸣六声，然后，连声合叫一遍，就飞走了。那美妙的声音和所定的基本音调配合得非常和谐。伶伦根据凤凰鸣叫的两个六声，经过长时间的揣摩、推敲，终于创制出音乐上的十二个音律，受到了黄帝的赞扬。在此之后，

伶伦又对各种飞禽走兽的叫声都一一记录下来，不断丰富他所创制的音律。

对伶伦的工作，黄帝非常满意。他封伶伦为最高乐官，负责全国的音乐创作、演出和乐器制造。

几年之后，伶伦又根据十二律，和另一位乐官荣将一起铸造了十二口铜钟。这种大钟和各种乐器配合，可以用来配合宫、商、角、徵、羽五种声音，在演奏大乐《六英》《九韶》时使用。同时宣布，只有在每年特定的时间才可演奏。伶伦努力完善了各种乐调和乐器，上古的音乐也越来越丰富。

伶伦是远古音乐的奠基人和创造者。他给胜利者带来了凯歌，给失意者带来了希望，给痛苦者带来了欢乐，给颓废者带来了力量，为世人千古颂扬。

◎ 拓展阅读

飞天

飞天是古代吉祥图案，是佛教中欢乐吉祥的象征。飞天纹样随着不同时代，表现出不同的特点。北魏前期脸型圆胖，有女性也有男性，飘带较短；东西魏、北齐时期，面相趋于"秀骨清象"，这与当时社会风尚有关，飘带渐长，凌空之感增加；至盛唐时期，飞天都是少女形象，体态丰满，飘带更长，有的比人长二三倍，凌空飘荡的质感非常自然流畅。在敦煌壁画、云冈、龙门、巩县石窟，都绘刻有优美的各种飞天形象。

仓颉造字

仓颉是黄帝的史官。他长着四只灵敏而充满光泽的眼睛，这四只眼睛闪闪发光，令人生畏。当时，没有文字，人们是采用结绳记事的。比如，一件国家大事发生了，就打一个大结；而如果一件小事发生了呢，就打一个小结。如果两件事情接连发生，就打一个连环结。这个办法，在最初很管用，可是，到了后来，人们还是发现，这些办法总归是很混乱无章的，甚至给人们的生活带来了不便。

有一次，黄帝的军队和蚩尤的军队交战，双方打得难分难解，胜负未分。黄帝准备改变战术，叫仓颉把作战图拿来，仓颉一摸，身上带的作战地图早已丢失，黄帝又气又急，只好暂且收兵回营。

黄帝对仓颉说："你是我身边最聪明的一位大臣，怎能在打仗的生死关头把作战地图丢失？这是多么大的过错啊！"仓颉回答说："黄帝，如今人多事杂，又要经常打仗，用结绳记事、刻木为号的传令办法实在难以应付。照这样下去，以后还会出更大的乱子。"黄帝问："那该怎么办？"仓颉说："只有一种图，天下人一看，就能明白是什么意思。用这种图把你要说的话画出来，人们都会照你的意思去做。"黄帝觉得他说的很有道理，便说："好吧，今后你就不要随军打仗了，专门留下来给咱们画图造字吧！"

这下可把仓颉难住了，图和字怎么造呢？因此，仓颉想造出一种简单易记的符号，用来表达思想，传授经验，记载历史。

他整天苦思冥想，半年过去了，眼看已到冬天，仓颉还没有想出造字的办法来。一天夜里下了一场大雪，仓颉一早起来到山上去打猎，只见漫山遍野白雪皑皑，山川树木全被大雪覆盖。仓颉转了一座山，也未见到一个猎物。正准备下山回去，突然从树林里窜出来两只山鸡，在雪地上觅食。山鸡走过后，在雪地上留下了两行长长的爪印。接着，又有两只小鹿也窜出树林，发现人后撒腿跑掉了，雪地上又留下了小鹿的蹄印。仓颉看得出神，把打猎的事早已忘得一干二净。他把山鸡的爪印和小鹿的蹄印一对比，发现形状不一样。

于是他想，把鸡爪印画出来就叫鸡，把鹿蹄印画出来就叫鹿。世界上任何东西，都有自己的特征，如能抓住事物的特征，只要把它的象形画出来，大家都能认识，不就成了字吗！想到这里，仓颉心花怒放，回去后就把他的这个想法向黄帝报告。

黄帝听后笑着说："我说过，你是个精明人，果然不出所料。好吧！你就把天下的山川日月，飞禽走兽，都按照形象造出字来，我再颁布天下。"从这以后，仓颉每日仰观日月星辰，俯察鸟兽山川，创造象形文字。因为怕人打扰而延误了时间，仓颉把自己关了起来，开始专心地创造新的符号。为了叫起来方便，他给这

仓頡
取像鳥跡 始作文字
辨治万官領理萬事

些符号取了一个名字，称为"字"。

这些字都是依照万物的形态造出来的。比如"日"字，是照着太阳红圆的模样绘的；"月"字，是仿照着月牙儿的形态描的；"人"字，是端详着人的侧影画的；"爪"字，是观察着鸟兽的爪印涂的……仓頡就是这样细心地观察万事万物，辛辛苦苦地造字。不久，人、手、日、月、星、牛、羊、马、鸡、犬这些字都造出来了。

仓頡又想：一棵树就是"木"、树木多了就是"林"；一个"石"代表石头，三个石头就代表很多石头，也就是"磊"字；人在树下歇着，就是"休"字；古时候的人，觉得女人留在家里最安心，就发明了"安"字，把两个字合起来，形成另一个意义的字，就叫作"会意"字，真是太有意思了！而"指事"原理造出的字，更能令你马上看出意思。因为后来文字不够用了，便在象形文字的基础上加上形或声的符号，成为"形声"字，像"鲤"字，把里字和鱼字合起来就是"鲤"；另外还有"转注"字，是把形声意义相近的字，互相转用，像是"依"和"倚"；而另一种"假借"字，是取同音的字，借作别的意思，像是"考"和"老"。仓頡拿起树枝在地上涂涂画画，越来越有心得，终于发现了用文字记事的诀窍及要领，就形成中国文字的六种原理，叫作六书——"象形""指事""会意""形声""转注""假借"。

从此，仓颉更注意仔细观察各种事物的特征，譬如日、月、星、云、山、河、湖、海，以及各种飞禽走兽、应用器物，并按其特征，画出图形，造出许多象形字来。这样日积月累，时间长了，仓颉造的字也就多了。仓颉把他造的这些象形字献给黄帝，黄帝非常高兴，立即召集九州酋长，让仓颉把造的这些字传授给他们，于是，这些象形字便开始应用起来。人们常说，当年的仓颉在造出天地间第一个"字"后，这个行动惊动了天地鬼神。天上立时雷雨大作，俨如鬼哭！地上亦狂风骤起，俨如神嚎！

可是象形文字越造越多，往哪里写呢？写在石头上拿不动，写在木板上太笨重，写在兽皮上也不合适，这又把仓颉难住了。

一天，有个人在河边捉住一只大龟，前来请仓颉给它造字。仓颉把龟细看了一遍，发现龟背上有排列整齐的方格子，便照龟的象形，造了个"龟"字。然后又把字刻在龟背上的方格子里，由于背上刻字感到疼痛，龟乘人不防时，爬进河里去了。三年以后，这只背上刻字的龟，在另一个地方又被人捉住。人们告诉仓颉，刻在龟背上的字不但没有被水冲掉，而且还长大了，字迹也更明显……

从此以后，仓颉就命人捉到龟把龟壳都取下来，他把自己造出的所有象形字都刻在龟壳的方格子里，然后用绳子串起来，送给黄帝。黄帝看了很高兴，命人好好收藏，并给仓颉记了一大功。

为了纪念仓颉造字之功，后人把河南新郑县城南仓颉造字的地方称作"凤凰衔书台"，宋朝时还在这里建了一座庙，取名"凤台寺"，用来纪念这位伟大的发明家和智者。

◎ 拓展阅读

汉字对朝鲜文字的影响

朝鲜文字称谚文。中古时期的朝鲜没有自己的文字，而是使用汉字。新罗统一后稍有改观，时人薛聪曾创造"吏读"，即用汉字表示朝鲜语的助词和助动词，辅助阅读汉文书籍。终因言文各异，无法普及。李朝初期，世宗在宫中设谚文局，令郑麟趾、成三问等人制定谚文。他们依中国音韵，研究朝鲜语音，创造出11个母音字母和17个子音字母，并于公元1443年"训民正音"，公布使用。朝鲜从此有了自己的文字。

河伯冯夷

河伯名叫冯夷，又叫冰夷，就是黄河的水神。他是华阴地方潼乡人。传说八月庚辰日那天，他渡河时一不小心，落水溺死了，天帝就任命他为河伯。因此民间在庚辰日这天都不乘船远行，担心遭到河伯一样的命运。

民间传说河伯的形体虽然也有许多种，可是，因为是河伯的缘故，冯夷的外貌多不离鱼形。冯夷形体巨大，他长着鱼的头，人的脸面。身体很长，像鲶鱼的身子和蛇的尾巴，甚为怪异。鳃后的两鳍下面又长着一双臂，形状像是人的两个胳膊。河伯手握一柄镔铁角叉，长度达几丈。后背的肌肤展成一对肉翅，好像凌空飞翔的鸢鸟。背后的鳍，一张一合，散发着威严。

当他以神仙的样子出现时，他身体的下半身是一条鱼的尾巴，好像是北海的陵鱼。可是，生活中，河伯是一个风流潇洒的漂亮男子，他的个子高高的，脸白白的。当他从河里出来时，有着盛大的排场。他变化成人时，骑一匹红鬣毛的白马，穿着白衣服，戴着黑帽子，后面跟着一大群随从，都骑着马。他们在水面上急驰而过，掀起水雾。有时也会上岸，他们的马蹄所到之处，全都被水淹没，还伴随着瓢泼大雨。

他经常乘坐荷叶做凉篷的水车，让龙螭为他驾车，和水里美丽的女神们一起在九河遨游。

河伯的妻子叫宓妃，是伏羲的女儿，在洛水淹死了，就成了洛水女神。因为丈夫风流成性，自己备受冷落，所以她郁郁寡欢。一天，她在河边遇到了漫游的后羿。此时后羿的妻子嫦娥已经奔月了，所以两颗孤独的心慢慢靠拢。

不料河伯知道妻子在外的恋情，心里非常生气，想出去看个究竟，但又害怕后羿的威力不敢露面。于是他化作一条白龙，在河面上逡行，不料心情不好的他无意中引起了河两岸洪水泛滥，淹死了许多无辜的人。

后羿认出了白龙正是河伯所变化的，恼怒他的所作所为失去了水神的身份和尊严，于是很不客气地一箭射过去，正中河伯的左眼。

河伯委屈地到天帝那里告状，天帝早已经知道了事情的经过，就把他教训了一通。宓妃不承想到丈夫会有如此下场，心里很内疚，就匆匆结束了她和后羿的恋情。

河伯因为妻子的事情，终于收敛了自己的不端行为，但是他比起别的神仙来，道德品质总是相形见绌。

有一次，一个叫澹台子羽的人带着一块价值千金的白璧，从延津渡黄河。他带着宝贝的消息不知道怎么的，被河伯知道了。河伯垂涎他的美玉，就趁着澹台子羽的船到了河中流时，派遣大波之神阳侯去弄翻船，然后抢夺美玉。

澹台子羽洞悉了河伯的居心，一点也不害怕，他站在船头，面对大风大浪以及水里的凶恶蛟龙，大声地说："如果有谁想要这块宝贝，就光明正大地来拿，我最讨厌偷偷摸摸，趁人不备的卑劣行径了。"

说完就拔出腰间的宝剑，和蛟龙奋力搏斗。不一会儿，就杀死了蛟龙。大波之神一见情况不妙，就赶紧收起风浪，跑回老家躲了起来。于是风平浪静，船安全地渡过了黄河。

当船到了对岸时，澹台子羽就拿出了美玉，扔到了河里，很不屑地说："拿去吧！"谁知让人奇怪的是，美玉居然自己从水里弹了回来，又落回他的手中。他如此这般丢了三次，每次美玉都不偏不斜地回到他手中。大概是河伯觉得刚才太丢面子了，现在实在不好意思要了。

澹台子羽见河伯不肯要美玉，他自己又不是贪财之人，就把白璧扔到石头上砸了个粉碎。表明自己并不是为了财物而战，而是有更重要的东西要维护。

河伯手下有很多官员，其中有个叫猪婆龙的，曾经在天帝面前演奏过音乐，被天帝大大夸奖了一番，他常常为河伯演奏动听的曲子。

在战国魏文侯的时候，也发生过与河伯有关的故事。西门豹是当时魏国的邺县县令。他一到邺县上任，就调查清楚地方上的三老和廷掾一起勾结巫师骗钱的事情。这些人恐吓老百姓说："河伯每年要娶一个妻子，否则这里一定会发生水灾。"他们不但搜刮老百姓很多钱，还淹死了不少女孩。于是，西门豹为了整顿当地的风气，就决定要铲除这些人。他利用智慧，骗三老和巫师说那女孩并不美丽，河伯不会满意，因此要三老、廷掾和巫师转告河伯，然后二话不说就把那些人丢入河中淹死了。

后来，西门豹带着老百姓开挖水道，引来河水灌溉农田，老百姓从此便过得很幸福，也不再担心河伯的问题了。

◎ 拓展阅读

黄河铁牛

古代黄河上的著名渡口——蒲津渡位于山西省永济市古蒲州城西门外黄河东岸，历史上著名的蒲津桥和唐开元铁牛也位于此处。后因黄河东移，开元铁牛等没入水中，悄然消失。1988年，永济县博物馆在县委、县政府的大力支持下，经过一年多的查访勘探，于次年8月发现并出土了唐开元铁牛、铁人。铁牛每尊高约1.9米，长约3米，宽约1.3米，牛尾后有横轴，直径约0.4米，长约2.3米。轴头有纹饰，各轴不同，分别有连珠饰、菱花饰、卷草饰、莲花饰等。

门神，传说是能捉鬼的神荼和郁垒。这是传说中黄帝手下专司管理游鬼的一对兄弟神将。

在很久很久以前，在我国的东海上，矗立着一座高山，叫度朔山。山上长满了青翠的树木和花草，山顶上有一棵神奇的大桃树和一只十分高大的雄鸡。这棵大桃树，那可真是又高又大，它的枝叶茂密，足以覆盖方圆三千里的地方。因为这些树叫桃都，所以，这座山也称作桃都山。

树上的那只大雄鸡，昂首挺胸地站在桃都树最高的树梢上，每当拂晓时候，阳光冲破黎明前的黑暗，照射在桃都树上时，它就开始引吭高歌了。雄鸡的鸣声响彻方圆十万里，这时候，千家万户的雄鸡都跟着一起打鸣。

但是，在桃都山下住着一些妖魔和鬼怪，常常到山上来啃桃都树。这件事情被天帝知道了，他就派了两个身材魁梧的大力神来守卫桃都树。

这两个大力神，一个叫神荼，一个叫郁垒。这两位神人貌相十分怪异。古人认为，相貌出奇的人往往具有神奇的禀性和不凡的本领。他们虽然相貌狰狞，但是心地正直善良，捉鬼擒魔不仅是他们的责任，而且是他们的天性。

这两位大力神手拿绳索夜以继日地在桃都树下巡逻。他们只要看到恶魔和妖怪来捣乱，就毫不客气地用绳索把他们绑起来去喂老虎。因此，所有的恶魔和妖怪便不敢再靠近桃都树了。

每天早上，他们便在这树下检阅百鬼。如果有恶鬼为害人间，便将恶鬼绑了喂老虎。后来，人们干脆在桃木板上刻上神荼、郁垒的名字，认为这样做同样可以镇邪去恶。这种桃木板后来就被叫作"桃符"。到了宋代，人们便开始在桃木板上写对联，一则不失桃木镇邪的意义，二则表达自己的美好心愿，三则装饰门户，以求美观。后来，人们又在象征喜气吉祥的红纸上写对联，新春之际贴在门窗两边，用以表达人们祈求来年福运的良好心愿。

为了祈求一家的福寿康宁，许多地方的人们还保留着贴门神的习惯。据说，大门上贴两位门神，一切妖魔鬼怪都会望而生畏。在民间，门神是正气和武力的象征，所以，我国的门神永远都怒目圆睁，手里拿着各种传统的武器，随时准备同敢于上门来的鬼魅战斗。

门神名单是长长的一串，或者确切地说，被古人选为守门之神的名字可以排成串。其中有神荼和郁垒、秦琼和尉迟恭，有钟馗和魏徵，还有赵公明与燃灯道人、孙膑与庞涓、伍子胥与赵云、萧何与韩信、马武与姚期、关羽与周仓、裴元庆与李元霸、孟良与焦赞、岳鄂王与温元帅、徐延昭与杨波……

但是，渐渐地，人们不满足门神仅具捉鬼降妖、保家护宅的功能，对其寄予了更多的希冀。于是，门神的行列中不断增加新的成员，寄托着善男信女渴求功名利禄，福寿绵长的愿望，像"天官赐福""和合二仙""刘海戏蟾""连年有余"等。这样，门神成了驱鬼邪，安宅院，保平安，护婚姻，佑功利，登福禄的一位世俗生活的全方位保护神，自然备受欢迎。

到了唐代，门神的位置被秦叔宝和尉迟敬德所取代。

相传有一个晚上，唐太宗做了一个很奇怪的梦。梦见一个穿着白衣服、长得很特别的人来找他。原来这个人是掌管雨水的径河龙王。他诉说了自己的请求。

原来，径河龙王曾化身为人，来到集市上，碰到一个算卦先生，两人打了个赌，算卦先生说隔天中午一定会下小雨。龙王想自己是管水的，决定什么时候下什么时候不下，这个赌一定是自己赢的。

结果龙王一回家就收到天帝的命令，让他在第二天中午下小雨。龙王没想到算卦先生那么准，但又不甘心认输，就故意等到下午才下雨，而且下了很多雨。虽然他赢了，可是已经违背了天帝的命令，而且又造成了水灾，所以天帝就任命魏徵来杀他。这魏徵恰巧是唐太宗的大臣，于是龙王托梦给太宗，希望能饶过自己一命。

唐太宗答应了龙王的请求，第二天到了斩龙的那个时辰，唐太宗把魏征找来，要他陪着下棋。但是到了中午，魏徵却睡着了。唐太宗以为既然他睡着了，就不可能去杀龙王，所以没有把他叫醒。

没想到魏徵打了一个盹儿，就魂灵升天，将龙王斩了。龙王认为太宗言而无信，日夜在宫外呼号讨命，使得太宗夜不能寐，终于病倒了。而且唐太宗生病的时候，听见门外鬼魅呼号，彻夜不得安宁。

太宗把这件事情告诉群臣，大将秦琼主动说："我是一介武夫，在战场上杀人无数，小小的龙王或者鬼魅吓不倒我，我愿意同尉迟敬德戎装立门外以待。"太宗答应了。

那一夜有他们两位猛将守护，果然无事。后来太宗不忍心每天晚上让他们守在门口，就找工匠把两人的画像画在门上，从此龙王再也没有出现。

民间自然也有些忧心的事情，怎么办？他们也学唐太宗的办法，把秦琼和尉迟敬德的画像张贴在门上，于是，这一习俗开始在民间广为流传。

门神就这样变成了唐代的将军，其中一位手执钢鞭，另一位手执铁锏。执鞭者是尉迟敬德，执锏者是秦琼。

◎ **拓展阅读**

"门当"与"户对"

所谓"门当"原指大宅门前的一对石鼓，有的抱鼓石坐落于门础上。因鼓声宏阔威严，厉如雷霆，百姓信其能辟邪，故民间广泛用石鼓代"门当"。"户对"，即置于门楣上或门楣双侧的砖雕、木雕。典型的有圆形短柱，短柱长一尺左右，与地面平行，与门楣垂直，由于它位于门户之上，且取双数，有的两个一对，有的四个两对，故名"户对"。"户对"之所以要用短圆柱形，是因为它代表了人们生殖崇拜中重男丁的观念，意在祈求人气旺盛、香火永续。

　　大唐盛世，终南山秀才"钟学究"的妻子夜见天魁星下凡，遂生一子。钟学究指梦为名，给儿子起名钟馗，望其成人后可独占花魁、考中状元、光宗耀祖。可是，几年之后，父母双亡，钟馗和妹妹媚儿相依为命。钟馗人穷志不短，读书下苦工，学得一肚子文才武略，他日也想，夜也想，总是想出去干一番大事业。

　　数年后，钟馗已是一十八岁，是年大考，他也进京获取功名。果然是鳌头立金刚——出众。主考大臣啧啧称赞，将他录取为进士之首。

　　可等到皇上殿试传见的时候，才发现钟馗相貌极为丑陋：黑苍苍的豹子脸，圆环环的灯盏眼，和常人极为不同。皇上看着都不舒服，别说点他为状元了。主考官一再禀奏皇上，说："晏子三尺，能为齐国贤相；周昌口吃，胜任汉朝辅弼。钟馗才华出众，理当点为状元呀！望圣上三思而后行呀！"

　　可是，圣上却是主意已定，没有回旋的余地了。钟馗也万万没有想到，自己会因为貌丑之故，而与功名无缘。

　　他是一个火爆脾气的人，一时性起，大叫一声："枉死人也！"然后就一头撞在旁边的大柱子上，顿时鲜血直流，丧了性命。

　　他的一缕阴魂，带着怒气、恨气、怨气，飘飘乎乎，来到了阴森森、寒气逼人的阎王殿上。

　　一看到阎王，钟馗一阵无名之火，直顶额头，骂道："阳世皇帝是昏君，阴世阎王也是昏君。这个世界，里里外外，都是七颠八倒！"

　　一边说话，一边顺手抄起殿前的一根金光闪烁的狼牙木棒，胡乱挥舞起来。说来也是无巧不成书，这个木棒乃是镇殿宝物，一旦操在手中，一切鬼兵鬼将，统统不敢阻挡。

　　钟馗将那个镇殿宝物七挥八舞，无意之间，只听得"当——"的一声，声音振聋发聩，原来是通天钟！这么一下，惊动了天上的玉皇大帝。玉皇大帝连忙询问太白金星，太白金星也不是很知道内情呀，所以，他就传话，让阎王上天汇报情况。阎王见到了玉皇大帝，如此这般地说一通，玉皇大帝说："这个钟馗，乃是人间奇才。他怀才不遇，触柱身亡，自然是极为悲愤怨恨的，因此才骚乱阴曹地府，情有可原呀。我决定封他为驱邪斩魔将军，统领鬼卒三千，专门管理人间的妖魔鬼怪。"

　　阎王领了玉皇大帝的圣旨，马不停蹄，急急忙忙地赶到了阴曹地府。这个时候，钟馗早已经闹得满城风雨了，无奈，有玉皇大帝的旨意，阎王也拿他没有办法。他传达了玉皇大帝的旨意，钟馗听说可以管得住人间的妖怪，倒也是可以为人间消一些灾难，行一些好事，便领了圣旨。

阎王收了镇殿宝物，给了钟馗一把青锋斩妖剑，一个用来化鬼的宝葫芦，作为他的随身法宝。并赐神功天书、判官服，又告知钟馗去大唐天子那里讨封，以便在阳间驱鬼。钟馗在长安城之西北角找到皇宫，见宫门口恶鬼拦路，将其驱走，进宫发现有鬼正在威逼唐皇，便上前赶走奸妄鬼和冤死鬼，参见皇上讨封。唐明皇封钟馗为"驱魔大神"，遍行天下，以斩妖邪。

钟馗翦除鬼魅，立下大功，被玉皇大帝封为"驱魔帝君"。阎王为钟馗大办酒席，宴请新上任的"驱魔帝君"钟馗。一时间，洪钟清磬，笙管丝弦，珠翠宫娥，轻歌曼舞，十分的热闹。谁知道，钟馗触景生情，不知不觉泪流满面。阎王连忙问他为何伤心。

钟馗回答道："微臣在人世的时候，与妹妹媚儿相依为命，现在想起我的妹妹，孤苦伶仃，因此很是伤心。而且，她年纪尚幼，不曾婚配。怎么不叫我挂念呢？"

阎王说："那么你妹妹她有心上人吗？"

钟馗说："有。是媚儿青梅竹马的朋友杜平。"

原来钟馗有个同乡好友杜平，为人乐善好施，平时，对钟馗兄妹俩很是照顾，而且在钟馗进京赶考的时候，馈赠银两助钟馗赴试。钟馗因面貌丑陋而被皇帝免去状元，一怒之下，撞阶而死后，跟他一同应试的杜平便将其隆重安葬。只是钟馗去世不久，尸骨未寒，考虑到媚儿的情绪，他也就绝口不提婚姻之事了。

阎王看钟馗手足情长，朋友义重，准许他率领众多鬼卒，去人间了却这桩心愿。

于是，钟馗就托梦给杜平和媚儿，讲了他来阴间的经历，现如今，自己已属于神灵，亲人应该高兴，更不必害怕了。最后，讲了自己希望杜平和媚儿早日挑个黄道吉日成亲，以了却为兄的心愿。

到了妹妹媚儿成亲的那一天，钟馗挑选了生前是童男童女的、而且长相又亲切可喜的鬼卒数十人，把他们恢复原来的人形，来给妹妹"送亲"。

媚儿恍恍惚惚中，感觉自己骑在披红挂彩的高头大马上，哥哥钟馗也在高头大马上，还朝她拱手祝福说："恭喜妹妹，恭喜妹妹。"

媚儿也含羞施礼。

于是钟馗在前面引路，送亲的队伍也是欢天喜地，好不热闹。有的鬼卒做着诙谐的鬼脸，有的讲着开心的笑话，边走边舞，向新娘喝彩，也和人世间一般的欢乐。

到了东方泛起鱼肚白，听得见前方杜平迎亲的队伍来了，钟馗才和妹妹媚儿依依惜别，带着众多鬼卒，渐渐隐退远去了。

钟馗嫁了妹妹，从此了却了一桩心愿，报答了一段恩情，对人间家事，再也没有了牵挂，便安心地捉鬼降魔了。

○ 品画鉴宝　彩塑钟馗像·清

◎ **拓展阅读**

正说钟馗

钟馗并非是人的名字，而是一种菌名。明代李时珍《本草纲目·服器·锺馗》中写道："《尔雅》云：'钟馗，菌名也。'《考工记》注云：'终葵，椎名也。'菌以椎形，椎以菌形，故得同称。俗画神执一椎击鬼，故亦名"钟馗"。好事者因作钟馗传，言是未第进士，能啖鬼。遂成故事，不知其讹矣。"综上可知，钟馗源于仲葵，本是一种植物的名称，属于一种椎形菌类。椎本是一种敲打器物的工具，可作武器用，于是，有人便借用其谐音，编出一个手执椎形仲葵打鬼的钟馗。因故事讲的是捉拿凶邪恶鬼，很符合人们的心理，故受到欢迎。

　　财神爷，是社会普遍喜爱和熟知的一位神灵，人称黑虎玄坛赵公元帅，道教中又呼他为赵玄坛。据称他姓赵名朗，字公明，与钟馗是老乡，陕西终南山人氏。

　　传说很久很久以前，天有十日，一块儿出来为非作歹，其中九个太阳居于扶桑树的下枝，一个太阳居住在上枝。尧帝命后羿射之，于是后羿就一口气射落下枝九日。这九个太阳一落下来，就变成了乌鸦，坠于青城山中，变成了九鬼王。其中的八个依旧是行灾害民，而只有其中一鬼对往昔恶行深自悔悟，浪子回头，遂化而为人，托生于赵姓之家。长大之后，父母就给他取名叫名朗，字公明。

　　赵公明很小的时候，即隐居在四川的名山大川里面，不问人间是非，浑忘人世黑白纷扰，虔诚地修炼至道。天师张道陵晚年得到金丹术，入鹤鸣山精修炼丹，遇到了赵公明，感觉他的修行已经够了，于是把他收为门徒，并且精心地传授给他法术，让他身跨黑虎，执鞭护法，日日夜夜守卫丹灶。

　　有一天，天师的仙丹终于炼成了。一共两颗，天师自己服用了一颗，另一颗张天师给了赵公明，让他服下。谁知道，赵公明服食完毕，竟变成了黑脸浓须，而脸形竟也酷似张天师的形状。并且很神奇的是，赵公明从此居然能够变化无穷，具有超人的神力，武艺高强，并拥有黑虎、铁鞭和百发百中的定海珠、缚龙索等法宝。赵公明被闻太师请去打姜子牙，他助纣为虐，终究难免一死。后来姜子牙奉元始天尊之命封神，赵公明死后被封为"金龙如意正一龙虎玄坛真君之神"，率领招宝天尊萧升、纳珍天尊曹宝、招财使者陈九公、利市仙官姚少司，统管人世间一切金银财宝。其中赵公明为正一玄坛真君，他负责率领其他四位正神迎祥纳福，保佑百姓。

　　后来，他的师父张天师奏请天庭，请求玉帝擢升他为天将。玉帝应允，正位为上清如意金轮院，道教称为正一玄坛赵元帅。他上奉天门之令，策役三界，巡察五方，提点九洲，为值殿大将军，北极侍御史。他所统部属有八员猛将，以应伏羲创建的八卦；六毒大神，以应天煞、地煞、年煞、月煞、日煞、时煞；五方雷神，五方猖失，以应五行；二十八天将，以应二十八宿；天台、地合二神将，以像天门、地户之阖辟；水、火二营将，以像春生秋煞之往来。总之，他是一个很有特权的神仙。

　　据说一开始，人们张贴的财神画像里，财神赵公明身边总有一位端庄美丽的财神娘娘陪伴。后来这位善良的女菩萨突然不知去向，原来她被财神爷给休掉了。财神爷为什么要休妻呢？这要从一个乞丐说起。

　　有个讨饭的叫花子穷得无路可走，讨饭路过一座古庙。进庙后，他什么菩萨都不拜，单单走到财神爷像前，倒头便拜，口里祈求财神爷赐财。赵公明当时在

○ 品画鉴宝　*武财神像·民国*

打瞌睡，没有接见他，没有听见他说什么请求，自然也没有满足他的请求了。乞丐心中想：我的心很虔诚呀！财神总会救济穷人的，富人不愁吃穿，求财何用？便不住地磕头拜谢。

这时，财神娘娘动了恻隐之心，想推醒打瞌睡的财神夫君，劝他发善心给这叫花子一点施舍。可财神爷不理睬，打了两个哈欠又闭上了眼睛。虽然是财神娘娘，可财权在夫君手上，夫君不点头，怎么好将钱赐给叫花子呢？娘娘无奈只得取下自己的耳环，扔给了叫花子。乞丐突然感到神龛上掷下一物，一见是一副金耳环，知道是财神所赐，急忙磕头，连呼"叩谢财神菩萨"。财神爷睁眼一看，发觉娘娘竟将自己当年送她的定情物送给了穷叫花子，气得大发雷霆，将财神娘娘赶下了佛龛。

后来，由于他忠于职守，据说天庭最终赐予他的神号是：高上神霄玉府大都督五方之巡察使、九州社令都大提点、值殿大将军、主领雷霆大元帅、北极侍御史、三界大都督应元昭烈侯、掌土定命设账使、二十八宿营都总督、上清正一玄坛飞虎金轮执法赵元帅。这么长的封号，是很少见的，从这里，我们也可以看出天帝对他的器重和垂青。

至此，赵公明才有了财神模样，不再像先前那样浑身充满了邪气、鬼气和瘟

气。他不但能驱雷役电、除瘟禳灾，而且还主持公道，使人们求财如意。赵公明的元宝赐给生财有道的正人君子，金鞭打的是见利忘义的卑鄙小人。

老百姓恭而敬之地称赵公明为财神爷，每年正月初二还要祭祀他，门上张贴他的画像。画中的他常常是黑面浓须，头戴铁冠，手执铁鞭，身跨黑虎，周围常画有聚宝盆、大元宝、宝珠、珊瑚之类，蕴含财源广进之意。

◎ 拓展阅读

武财神

"武财神"关圣帝君即关羽关云长。传说关云长管过兵马站，长于算数，发明日清薄，而且讲信用、重义气，故为商家所崇祀，一般商家以关公为他们的守护神。关公同时被视为招财进宝的财神爷。正月初五，各商店开市，一大早就金锣爆竹、牲醴毕陈，以迎接财神。清人顾铁卿《清嘉录》中引了一首蔡云的竹枝词，描绘了苏州人初五迎神的情形："五日财源五日求，一年心愿一时酬；提防别处迎神早，隔夜匆匆抱路头。""抱路头"亦即"迎财神"。

在陕西省临潼骊山人祖庙的西北方，有一平面巨石碑，上面刻有12种动物形象，名叫"十二像石"。据说，这十二生肖像石碑还是我们中华民族的始祖黄帝命仓颉刻的呢！

相传远古的时候，在仓颉创造文字后，黄帝就发明了天干地支历法。开天辟地之初，黄帝骑着混沌兽遨游四方，遇到女神女娲。女娲身边有两个肉包，大肉包里有十个男子，小肉包里有十二个女子。黄帝说："这是天干和地支神，来治理乾坤的。"于是，为他们分别取名，配夫妻，成阴阳。男的统称天干，女的则为地支。天干为：甲、乙、丙、丁、戊、己、庚、辛、壬、癸。地支是：子、丑、寅、卯、辰、巳、午、未、申、酉、戌、亥。天干地支搭配起来轮转一圈为六十年。这种历法在当时来说是很科学的，因此，一直到今日还有人沿用。

可是，这种计算年月时辰的方法毕竟太复杂，太难记了。连一些跟随仓颉习字的文官都难以记清，更别说那些不认字的群众了。人们都抱怨说，这么多的东西太复杂了，都建议黄帝创造一种新的历法来记事、纪年。

黄帝为了让各部落所有的子民，包括老人和小孩都能看懂并且牢记在心，决定选十二种动物图像搭配上去。这样人们一看到动物的图像，便知道是啥年头了。

这年年底，黄帝命仓颉传一道圣旨，邀请天下的动物在正月初一清早到宫殿门口等待挑选，谁来的早选谁，只选前十二名。

大年三十夜里，老牛思量着，自己性子慢，腿脚不利索，所以，他就没有休息，半夜赶紧到宫殿门口，排了头一名。夜行晓宿的老虎在天朦朦亮赶到，抢到个第二。紧接着，玉兔、苍龙、青蛇、白马、山羊、精猴、公鸡、黑狗、懒猪、黄猫等动物也都相继赶到。

老鼠因为夜里偷油时，推翻了酒罐子，乘机喝起酒来，结果喝醉了，来得最晚，排在了其他动物之后。它想：反正是选不上了！也罢，既然来了就不能空着肚子回去，再说牙齿也该磨磨了。于是，他利用自己身材矮小，便于行动的优势，钻进仓库里寻东西吃。突然，它发现了一对大蜡烛，就咬了几个大窟窿。肚子吃饱了，它也累了，便缩在墙角里睡了。

这时，天已亮了，黄帝吩咐点蜡上香，准备开宫门选拔动物。谁知去仓库取红蜡烛的人却空着手回来了，回禀说："蚩尤送来的那对大红蜡烛被老鼠咬破，蜡烛里面填满了火药！"

原来，蚩尤打不过黄帝，便假意归顺，送来这一对大红蜡烛作为礼物，企图在黄帝上香时炸死黄帝，以便让他统治天下臣民。幸亏大红蜡烛被老鼠提前咬破，使蚩尤的罪恶阴谋暴露无遗。黄帝想，老鼠立了大功，不但救了我和群臣之命，而且使挑选动物属相的大事能够顺利进行。于是，提议封老鼠为十二属相之首，仓颉等群臣都表示赞同，其他动物也一致拥护。

旭日东升，宫门大开，鼓乐齐鸣，选相开始，仓颉连喊几声"鼠"，却没有应声，黄帝急忙派人四处寻找，在仓库墙角才把它找到，它醒后，还以为黄帝派人来抓它，是要问它毁烛之罪呢，吓得到处乱窜，直到人们说明原委，它才高高兴兴地进入宫殿应选。

于是，黄帝便根据动物出没时间和生活特征，将十二种动物作为十二生肖，即每一种动物为一个时辰。老鼠排行第一。因为老鼠子时胆量最壮，活动最频繁；丑时老牛"反刍"最细、最慢、最舒适；老虎寅时最活跃、最凶猛、伤人最多；玉兔卯时月亮的光辉还未隐退；辰时群龙行雨；巳时蛇多隐蔽在草丛中；午时，一般动物都躺着休息，只有马还习惯性地站着；未时羊撒出的尿可治愈惊疯病；猴子申时最喜欢啼叫；鸡酉时开始进笼归窝、夜宿；戌时狗守夜的警惕性最高；亥时猪睡得最酣，发出的鼾声最洪亮。

仓颉接着按丑牛、寅虎、卯兔、辰龙、巳蛇、午马、未羊、申猴、酉鸡、戌狗、亥猪等的顺序，点唱完了十二属相动物的名次，恰巧把原来排在第十二位的黄猫给挤掉了。从此，猫恨死了老鼠，只要一见老鼠便穷追不舍，捕到以后，还要百般作弄，将其吓到半死才吃掉。同时，猫还时时用爪在脸上摸索，心想把老鼠捕尽后，自己好补入十二属相之列。

黄帝为了便于人们查询对照时日生肖，便命仓颉在骊山的一方巨石碑上，按十二生肖的先后顺序，刻了"十二生肖图"，这幅"生肖图"一直保留到现在。老百姓也赞美说："十二像，十二像，看啥年头有啥像。"

◎ 拓展阅读

少数民族的十二生肖

桂西彝族十二兽：龙、凤、马、蚁、人、鸡、狗、猪、雀、牛、虎、蛇。

海南黎族十二兽：鸡、狗、猪、鼠、牛、虫、兔、龙、蛇、马、羊、猴。

云南傣族十二兽：鼠、黄牛、虎、兔、大蛇、蛇、马、山羊、猴、鸡、狗、象。

蒙古族十二兽：虎、兔、龙、蛇、马、羊、猴、鸡、狗、猪、鼠、牛。

柯尔克孜族十二兽：鼠、牛、虎、兔、鱼、蛇、马、羊、狐狸、鸡、狗、猪。

○ 品画鉴宝　仕女图·清·焦秉贞

月下老人简称"月老"，是古代缔结婚姻之神，这位媒神的来历也饶有趣味。

相传唐代有个叫韦固的人，是个孤儿。韦固长大后，一次路过宋城，住进了城里的南店。一天晚上，韦固到店外散步，见到一个奇异老人，靠着一个布口袋坐着，在月光下翻看着一本书，像在查找什么。韦固问他："请问老人家您翻阅的是什么书？"老人笑着回答道："天下人的婚书。"韦固感觉有点不可思议，心里想，普天之下，哪里听说过有婚书这等事情？接着，韦固又问老人："您袋中装的是什么东西？"老人颔首微笑着说："袋内都是红绳，用来系住夫妇二人的脚。这两个人如果被我的红线连在一起，哪怕是百年仇敌之家，哪怕贫富悬殊极大，哪怕身在天涯海角，哪怕是一个在吴国，一个在楚国，远隔山水江河，崇山峻岭，此绳一系，便定终身。人们是逃不掉的！但是，两个人再恩爱，如果我没有用红线拴住他们的脚，两个人也是不能到一块的。"这便是流传千年的俗语"千里姻缘一线牵"的来历。

韦固十分惊讶，忙打听自己的婚事："那老人家，您说我的妻子现在身在何处？"月下老人翻书查看，笑着对他说："足下的未婚妻，就是店北头卖菜的瞎老太婆的三岁女儿。"韦固一听勃然大怒，想想自己抱负远大，怎么会娶一个卖菜的三教九流人家的女子为妻？韦固虽然心里忿忿不平，但是脸上也没有发作什么，只是悻悻地返回居住的客店中。

回来之后，韦固马上喊来随行的仆人，命他暗中去刺死这个三岁的小女孩。不想仆人做贼心虚，也许是良心发现，不忍杀死这个无辜的姑娘，慌乱中没能刺死小姑娘，只刺伤了她的眉心。仆人回来和韦固如此这般说了一遍，二人带着行囊连夜逃走了。

十几年之后，韦固从军，驰骋沙场，转战南北，骁勇善战，勇武异常，立下了赫赫战功。有一次，刺史王泰犒劳士兵，亲切地接见他，看他少年英勇，踌躇满志，很看重他，就把女儿许配给他。

姑娘长得挺漂亮，而且是知书达理的大家闺秀。韦固心里也是十分得意，妻子只是眉心老爱粘着贴花。韦固问她是怎么回事，太太就说明了原委："我以前是一个买菜人家的女儿，自幼贫寒，可是，家庭一直也是幸福和美的。可是，不知为什么，有一天，突然有一个人想杀死我，幸运的是，凶手没有得逞，只是刺中了我的眉心。我的父母报告了官府。刺史王泰大人就负责调查这件事，可是始终弄不清前因后果，刺史王泰大人可怜我的遭遇，就收我为养女，对待我如同自己的亲生女儿一般。而我感觉这样一个醒目的伤疤在脸上不好看，就一直贴花在此。现在才告诉夫君，还望您包涵。"韦固这才知道此女正是过去他派人行刺的幼女，后来被王刺史收养，视为己出。韦固见天意不可违，真是千里姻缘一线牵，就死心塌地跟这位菜贩小姐相亲相爱，后来宋城的县宰知道这件事后，把那间客栈定名为"定婚店"。牵红线的老人，从此称为"月下老人"。

二人所生儿女都很有出息，子孙满堂，幸福无比。后人还根据这个传说故事，编成戏剧搬上了舞台。而月老在民间也有广泛的影响，成了"媒人"的代名词，一直沿用至今。

◎ 拓展阅读

辛弃疾《木兰花慢·可怜今夕月》

中秋饮酒将旦，客谓前人诗词有赋待月无送月者，因用《天问》体赋。

可怜今夕月，向何处、去悠悠？

是别有人间，那边才见，光影东头？

是天外，空汗漫，但长风浩浩送中秋？

飞镜无根谁系？姮娥不嫁谁留？

谓经海底问无由，恍惚使人愁。

怕万里长鲸，纵横触破，玉殿琼楼。

蛤蟆故堪浴水，问云何玉兔解沉浮？

若道都齐无恙，云何渐渐如钩？

○ 品画鉴宝 仕女图·清·焦秉贞 梧桐树下，芙蕖出水，绿叶如盖，湖山春色中，美女乘船悠游，良辰美景，其乐融融。

农村有这么一句话："造茅坑亦要看日子，选吉日。"我们中国人对于厕所鬼神亦有一种超乎寻常的兴趣，有相当多的故事典籍都记载着他们的故事，并且还分别为厕神与厕鬼。厕神主要的有紫姑、坑三娘和三霄娘娘等，厕鬼则五花八门，多种多样。

最著名的厕神当然是要数紫姑了。紫姑，相传是唐时人，姓何，名媚，字丽卿，山东莱阳人氏。她自小知书达礼，长大后嫁给了一个唱戏的优伶。武则天时，寿阳刺史李景谋杀了何媚的丈夫，把何媚纳为侍妾。何媚年轻漂亮，性格温柔贤惠，很得主人的喜爱。可是主人的妻子就很不高兴了。李景的大老婆又妒又恨且为人狠毒，哪里肯容下何媚？

这个大夫人本来就妒忌心重，见紫姑受宠，就总是想方设法地折磨她。常常委派她一些污秽的工作，例如打扫厕所、收拾猪圈等等。紫姑含辛茹苦地干活，终于忍受不住虐待，在正月十五这天含冤而死。紫姑冤魂不散，李景上厕所时常常隐隐听到啼哭声，且有刀兵呵喝的声音，大为惊异。

紫姑死后，大家都为她难过。又传说天帝同情她的遭遇，让她做了神仙。

于是每到她的忌日，人们就按照她的样子做一个小娃娃，晚上的时候在厕所或者猪栏旁边迎接她。人们嘴里念念有词，说："你的丈夫不在，你的大夫人也不在，你快快出来吧。"如果拿着娃娃的人忽然觉得手里的分量增加了，那就是紫姑神来了。人们就会摆上酒果拜祭。拜了之后，顿时觉得自己的脸上神采奕奕，十分兴奋。

紫姑将自己的灵通暂时借给人们用，这时候，人就能准确占卜未来一年的农桑情况，而且在射钩这个新年的活动方面十分精通。等灵通过去了，人就会呼呼大睡，醒来以后就什么都不知道了。

世间又有一种说法，说紫姑就是戚姑，《月今广义·正月经》说："唐俗元宵请戚姑之神，盖汉之戚夫人死于厕，故凡请者诣厕请之。"戚夫人是汉高祖刘邦的妃子，跟刘邦的大老婆吕后因为立太子之争结下了仇隙。刘邦一死，吕后就恶毒地报复戚夫人，先罚她当奴隶，整天干苦力，吕后还觉得不够解心头之恨，要把她变成"人猪"，把戚夫人的两手、两脚砍得和猪脚一样长，削光头发，挖掉双眼，熏聋两耳，还强迫她喝了哑药，再扔到厕所里。吕后还给她起了个名，

○ 品画鉴宝　瑶宫秋扇图·清·任熊

叫"人彘"，即人猪的意思。然后让儿子汉惠帝和大臣们去参观，汉惠帝竟自此吓得呆傻了。后人对戚夫人的惨死是十分同情的，所以把她奉为厕神。

其实有的地方称厕神为"七姑"，七姑是戚姑音近之讹。还有的地方称三姑即紫姑，但大多称厕神为紫姑。古代的厕神虽然有不同的叫法，但是历来都是女性，这说明古代的女性多主持家务劳动，而且她们的家庭地位很低，分娩也被认为是污秽不洁之事，所以也常常被迫在厕所中分娩，所以，厕神都是女性，而且是由女性祭拜的。

◎ 拓展阅读

古籍中关于紫姑的记载

《显异录》："紫姑，莱阳人，姓何名媚，字丽卿。寿阳李景纳为妾。其妻妒之，正月十五阴杀于厕中。天帝悯之，命为厕神。故世人作其形，夜于厕间迎祀，以占众事。俗呼为三姑。"南朝梁宗懔《荆楚岁时记》："十五日，其夕迎紫姑以卜将来蚕桑，并占众事。"清黄斐默《集说诠真》："今俗每届上元节，居民妇女迎请厕神。其法：概于前一日取粪箕一具，饰以钗环，簪以花朵，另用银钗一支插箕口，供坑厕侧。另设供案，点烛焚香，小儿辈对之行礼。"

龙凤传说

一般来说，作为中华民族的儿女，我们都是知道龙、凤这两种动物的，一些成语，如"龙飞凤舞""龙凤呈祥""龙蟠凤逸""龙跃凤鸣"等等。可以看出，中华民族和龙凤有着密切的关系。那么，龙凤到底是怎么来的呢？

相传，轩辕黄帝经过五十三次的恶战，打败了蚩尤，平息了中原的战争，统一了三大部落，七十二个小部落，建立起世界上第一个有共主的国家。黄帝打算制定一个统一的图腾（类似现在的国旗，或者说是一个国家的标志）。开始，黄帝手下的谋臣建议不再创造新的图腾。理由是黄帝功德无量，天底下无人能比得上他的丰功伟绩，就沿用黄帝部落的图腾，一统天下。黄帝说："万不可这样做，各大小部落都拥戴我为尊长。我怎么能辜负群民的重望，独断专行，以大欺小，以强欺弱呢？"接着黄帝又说："蚩尤所做的一切，对兄弟部落的欺凌压榨行为，我们万万不能做的。"黄帝叫他的史官仓颉写了个通知，要求原来各个大大小小的部落把使用过的图腾，全部献出来，再由原来各大小部落选派一个代表，前来黄帝居住的宫殿，一起来商议制定新的图腾。

通知一发出，各个大小部落都送来了本部落原先使用的图腾。一下子，仓颉就收到了好几百个。其中有蛇、鹰、马、鱼、熊、豹、羊、象、狗等各种各样动物的图腾和树叶、石头、月亮、星星等别的样式的图腾。这下可把黄帝难住了。究竟采用哪个图腾好呢？他一时拿不定主意，黄帝就召来身边的谋臣，征求他们的意见。大家在大殿上，你一言，我一语，各抒己见，有人同意用这个图腾，有人主张用那个图腾，谁也说服不了谁。最后，仍然没有定下来。

仓颉着急地说："黄帝心思太多了，随便用一个图腾就对了，何必这样挑来选去，太麻烦了。"黄帝耐心地说："这是一个新统一起来的大部落，不那么简单，处处都要谨慎从事，绝不能草率。一定要照顾原来各大小部落的情绪，要搞一个有团结象征的图腾。不然，就有再次分裂的可能。"众谋臣听了黄帝这一席话，觉得很有道理，连连称赞。

为了制定新图腾的事，黄帝几天几夜没有睡好觉。有天夜里，忽然下起了暴雨，电闪雷鸣，黄帝发现电光一闪，一条明亮的光线，夹杂着"咔嚓"一声的雷电，一闪而过，这个图像，就深深地映在黄帝脑海里。第二天，黄帝单独叫来仓颉和风后，把他昨夜看到的霹雷闪电的形象，向仓颉和风后描述了一遍。

然后，黄帝指着各大小部落的图腾说："我看为了照顾各个部落的情绪，做到公平、合理地竞争，咱们参照各部落图腾的特点，应该制定这样一个图腾：蛇的身子，鱼的鳞甲，马的头颅，狮的鼻子，虎的眼睛，牛的舌头，鹿的尖角，象的牙齿，羊的胡须，鹰的爪子，狗的尾巴。组成一个特别的图腾，把原来各大小部落图腾都分别用上一些，要说照顾，这也算真正照顾周全了。可是，组成这样的图腾像个什么东西，叫个什么名字？"仓颉说："黄帝，这个图腾在世界动物中，谁也找不到它，谁也无法伪造。我想，咱们给它取个名字，叫作'龙'！既能腾云驾雾，又能翻江倒海。"

黄帝捋着胡须，轻轻踏着步子，细细琢磨了半天，然后，果断地说："好！就叫'龙'。"从此以后，龙就成为中华民族吉祥权威的象征物，谁也不能侵害它，就连黄帝也带头崇敬它。这就是"龙"的来历。

那么凤凰又是怎么来的呢？龙的图腾组成后，还有剩下一些部落图腾没有用上，这又如何是好呢？黄帝的妻子嫘祖是一位绝顶聪明的女人，她发明了养蚕，给黄帝制作了衣冠，发明创造了许多东西。嫘祖受到黄帝制定新图腾的启示后，她把剩余下来各部落的图腾，经过精心挑选，细心端详，也仿照黄帝制定龙的图腾的方法：孔雀的头颅，天鹅的身子，金鸡的翅膀，金山鸡的羽毛，金色雀的颜色……就这样，也组成了一只漂亮华丽的大鸟。

嫘祖叫来黄帝另外三位妻室，征求她们的意见，方雷氏是个有心计的女人，她对嫘祖说："姐姐，你组成的这只大鸟像只美丽的大公鸡，可就是个单身汉，水中的鸳鸯还是成双成对呢！"一席话提醒了嫘祖，当时，彤鱼氏、嫫母也齐声叫好，都说方雷氏说的有道理。她们姐妹四人，一齐动手，把剩余下来的，没有用到"龙"图腾上的其他小图腾，很快地组成了另一只华丽的大鸟，正好和嫘母组成的大鸟配成一对。可是，把它们叫什么名字呢？这下可把黄帝四位妻室都难住了。

最后，她们还是请来老谋深算的风后、造字的仓颉，叫他俩给这两只大鸟取个名字。风后看罢，哈哈大笑说："黄帝制作了一条龙，世界上各种飞禽走兽中找不到它，你们四人又制作了两只大鸟，空中飞翔的鸟群中也找不到它们，这就成为世界上最珍贵的吉祥物。"仓颉全神贯注，一直在仔细地观看这两只鸟，一句话也没有说。直到嫘祖问他时，仓颉才把早已在脑中想好的名子告诉大家："我看就叫'凤'和'凰'。凤代表雄，凰代表雌，连起来就叫凤凰。"

"好！我赞成，就叫凤凰。"

原来，谁也没注意到黄帝早已站在他们身后，倾听着他们的各种议论。现在黄帝既然赞成叫凤凰，就请黄帝最后作决定哪个用作部落图腾，黄帝沉思了半天，才说："龙凤在世界上生存的飞禽走兽中没有它们，谁也找不到，它的高贵处就在这里。我看，还是风后说得对：这两种图腾谁也不会伪造，给后世的子孙万代也立下规范。我同意，'龙凤'就正式定下来，作为新部落统一联盟后的新图腾。"

几千年来，龙凤一直是中华民族的伟大象征物，广大人民也把龙凤作为吉祥物，相继出现了"二龙戏珠""丹凤朝阳""凤凰戏牡丹""龙腾虎跃""虎踞龙盘""降龙伏虎"等一系列吉祥成语。进入封建社会后，历代帝王又把龙凤作为他们高于一切、至高无上的统治象征，有了所谓的"真龙天子""龙子龙孙""龙衣""龙袍""龙帽""龙榻"的说法。人们又演化出很多的俗语，如"龙生九子不成龙，打下凡间受人用"，"一龙升天，九子下凡"，"龙生龙，凤生凤，老鼠生儿会打洞"等。

五千年来，中华民族接受了龙凤的神话传说，而龙凤成为每个中国人的精神支柱。所以，中国人走到哪里就把龙凤带到哪里，在世界各地只要发现有龙的形象存在的地方，就有中国人。

◎ **拓展阅读**

黄龙旗

1840年鸦片战争后，清王朝同各西方列强的交往日益增多。李鸿章看到西方列国重要场合都悬挂国旗，而中国却无旗可挂，深感有失"天朝威仪"。于是上奏慈禧太后，请求颁制国旗。慈禧就命李鸿章负责设计图案。经过多方征集筛选，最后决定使用黄龙旗为大清国国旗，并于光绪十四年（1888年）《北洋海军章程》颁布与确认本为海军旗的"黄底蓝龙戏红珠图"为大清国旗。黄龙旗在1912年1月10日，清朝政府被推翻后由五色旗取代。

314

○ 品画鉴宝 朱竹凤凰图·清·任颐 图中朱竹白凤相映生辉，富丽典雅。凤栖梧桐，缩头敛羽，神情自若。此类题材，可兆喜庆，流传于民间，极富装饰意味。

龙王生了九个儿子，长大以后一个个生得模样各异，禀性不同。

龙王见儿子大了，整日游手好闲也不是办法，就想给他们每人分派一个职务。但是他并不清楚每个孩子都适合什么样的工作，于是他决定暗中考察，根据他们的性情、能力做出合适的安排。龙王乔装成一贫苦老人的模样，进行私访。

龙王出了宫，首先到长子赑屃的居处。他悄悄溜进院子，见赑屃独自一人，顶着一块巨石在练力气，虽然汗流浃背，但仍练功不止。龙王看了，心想这孩子倒能负重耐劳，心里挺高兴，随即走出院子。

龙王接着来到次子螭吻的家，还未进门，就远远看见螭吻站在房顶上东张西望，俯瞰四周。龙王心想，原来这孩子喜欢登高望远。于是回身去三子蒲牢的家，哪知行至半途，就听见蒲牢吼吼的声音。龙王心想他的声音洪亮，远传四方，要给他一个合适的差使才好。

龙王转身走向四子狴犴的家，还未进门，就听狴犴在高谈阔论，无人敢驳。龙王想此子形貌威武，又喜欢议论，心中已经想好如何安排他的工作了。

接着，龙王向五子饕餮家走去，一路上看见不少人肩挑各种食物匆匆赶路，龙王一问，都是送到饕餮家里的，就知道这个孩子特别喜欢吃，贪食成性，将来应该安排一个与饮食有关的职务。

他又掉头去看六子趴夏，刚走到趴夏家前的河边，只见趴夏在河中嬉戏，喷水成雾，掀波翻浪。龙王见他喜水，心中也作好了打算。

然后龙王向七子睚眦家走去，离他家还有十里路，四周已经看不见一户人家，静悄悄地连落叶的声音都听得到。偶然碰到一个行人，神色十分慌张，匆匆忙忙地走过，龙王拦住一问，那人说："龙王七王子的杀气太重，谁也不敢靠近，我劝你也不要往前走了，赶紧躲远点吧！"

龙王听了心中也有了打算。此时他想起八子狻猊，虽然相貌狰狞，但性情和顺，与七子大不相同。

最后，龙王去看幼子椒图。只见椒图家四面围墙高筑，老远就立着告示牌，不许闲人走近。知道这个儿子性格孤寂，龙王暗中想好如何安排。

龙王弄清九个儿子的品性后，回到龙宫，传九个孩子前来。

龙王下旨说："你们都已长大成人，我今分派职司：赑屃沉毅，性喜负重，今后专驮天下石碑；螭吻性喜登高望远，今后在殿庙屋脊上两头看守；蒲牢声音洪亮，可作钟上之钮；狴犴容貌威武，性喜议论，担当狱门装饰；饕餮贪食成性，可作食鼎图饰，常沾油水；趴夏性好嬉水，今后专在桥栏上驻守；睚眦杀气重，专门看守刀剑之类的兵器；狻猊性情温顺，专司看守香炉和在佛座下侍候；椒图不

○ 品画鉴宝　坐式铜龙·金

喜闲人，最合把守宫殿、庙宇。"

　　从此，龙王的九个儿子就一直担当上述职务。人间所见到的石碑下的大龟其实不是龟，是龙的长子赑屃。屋脊上的龙，是龙的次子螭吻。古钟上的兽钮是龙的三子蒲牢。监狱门上的装饰是龙的四子狴犴。古鼎上的图形是龙的五子饕餮。古桥栏上的石狮子是龙的六子趴夏。刀剑上的图形是龙的七子睚眦。香炉上和佛座下的异兽是龙的八子狻猊。宫殿、庙宇大门上衔环的兽，就是龙的九子椒图。

　　民间所谓"龙生九子，子子不同"，指的就是这件事。

◎ 拓展阅读

龙戏珠

人们在建筑彩画、雕刻、服饰绣品等载体上常见"龙戏珠"（有"单龙戏珠"、"二龙戏珠"等）图案。然而与龙有关的宝珠的记载最早见于《庄子》："千金之珠，必在九重之渊而骊龙颔下。"《埤雅》也言"龙珠在颔"。《述异记》讲，"凡有龙珠，龙所吐者……越人谚云：'种千亩木奴，不如一龙珠。'"上述说法讲了两个意思：一是龙珠常藏在龙的口腔之中，适当的时候，龙会把它吐出来；二是龙珠的价值很高，用民谚来说，就是得一颗龙珠，胜过种一千亩柑橘。

春节是中国人的传统习俗，而每到过年，家家户户都要张贴用红纸写成的春联，晚上要烤火，新年的早上要起来燃放鞭炮。与亲朋好友见面要互道"过年好""恭贺新禧"之类的祝福语。这个习俗又从何而来呢？有这样一个民间神话传说。

春节的另一个名称叫"过年"。"过年"的意思是祝贺人们逃过了"年"的吞噬。"年"是什么呢？"年"是一种异常巨大凶猛的野兽，身子比大象还大，飞起来比风还快，叫起来比雷声还响。它不但凶猛，而且又十分残酷。它见人吃人，见牲畜吃牲畜。形状好像是牛，造字的仓颉看见过它，感觉它和牛很相似，所以，就把它的字形和牛的字形造得差不多。它的头上，长着枝枝杈杈的两个角，青面獠牙，血盆大嘴。反正，"年"的样子，要多恐怖就有多恐怖，要多凶恶就有多凶恶。远古时代，它才是百兽之王，什么狮子、大象、老虎什么的，都是它的果腹美食。这些动物都不是它的对手，何况是身材瘦小的人呢？总之，它所到之处，生灵涂炭，尸横遍地。

黄帝统一各部落后，带领群民抵抗各种自然灾害。为了彻底解除"年"对人们的巨大威胁，黄帝与应龙、力牧等大臣一起商议采取什么办法。有人主张迁居，有人主张捕杀。最后根据黄帝的意见，大家都同意采取彻底消灭的办法。于是，当严冬来临时，各部落都组织一支百人的队伍去捕杀"年"群，经过十几个严冬的不断捕杀，年越来越少，成群结队的"年"再也看不到了。最后，天下就只剩下一个"年"了。

后来，玉皇大帝看它伤害的生灵太多了，就命太上老君施展法力，降伏了它，把它锁在天牢里。"年"这个怪物，到了天上，就昏昏欲睡，要等到月亮圆过了十二次以后，在月亮像个柳叶眉一样的时候，玉皇大帝才允许它下人间寻食一个晚上——那也就是"年"这个怪物的年夜饭。"年"一来到人间，吃人伤畜，百姓便遭殃了。

一开始，人们是在心惊胆战中度过这一天的，因为没有人知道拿什么来防御它的侵害。只好束手无策，乖乖地等着它来吃。

可是，偶尔一次，当它走进一户人家要吃人的时候，看见了一堆竹子在迎风燃烧，还发出噼噼啪啪的声响，吓得它撒腿就跑。它以为是雷公在打雷，电母躲在里面要捉它呢，便只好无可奈何地躲到深山里不出来了！从此，人们知道它是怕火光和响声的。

每到这一天，人们就关起门来守"年"。他们早早准备一堆一堆的干柴，到了黄昏，便点起火堆。大火熊熊地燃烧着，人们还不时地在上面放上一根一根的青竹子，青竹子一破裂，便发出噼里啪啦的爆破声。"年"是最怕这两样东西的，一

见火光和一听声响，就游走他方了。

于是，每到"年"要下凡的那天，家家户户便放起鞭炮，贴起红春联，点起篝火来赶跑"年"，到了晚上"守岁"烤火至深夜，见"年"未来骚扰，便可以放心地睡了。第二天早上，大家相安无事，便相互祝贺，这便是"过年"的来历。

◎ 拓展阅读

守岁

在我国民间，除夕有守岁的习俗。守岁从吃年夜饭开始，这顿年夜饭要慢慢地吃，从掌灯时分入席，有的人家一直要吃到深夜。根据南朝梁宗懔《荆楚岁时记》的记载，至少在南北朝时已有吃年夜饭的习俗。守岁的习俗，既含有对往昔惜别留恋之情，又有对新年寄予美好希望之意。古人在《守岁》诗中写道："相邀守岁阿戎家，蜡炬传红向碧纱。三十六旬都浪过，偏从此夜惜年华。"北宋苏轼在《守岁》中则写有："明年岂无年，心事恐蹉跎。努力尽今夕，少年犹可夸！"由此可见除夕守岁的积极意义。

寿星彭祖

在颛顼众多的子孙后代当中，最著名的一个当然要数彭祖了。而彭祖的先祖，也是黄帝。黄帝后代叫颛顼，是黄帝族中主要一支的首领，颛顼的曾孙叫吴回，吴回的孙子中有一个就是彭祖。也就是说，彭祖是皇帝曾孙颛顼的玄孙。

彭祖浓眉大眼，秃头黑胡子，手里持有一根象征长寿的鸟头拐棍，其表情沉静，略显呆滞，符合他平静无为、只重养身的性格。他是个遗腹子，还没有出世，父亲就死了。他的母亲怀孕了三年，可是孩子还是没有生下来。最后，没有办法，只好拿刀子从左边的腋窝下划开一个口子，于是从里面跳出来三个孩子；又拿刀子从右边的腋窝下划开一个口子，又从里面跳出来三个孩子。彭祖就是这六个孩子中的一个，他从尧舜时代一直活到了周朝初年，一共活了八百多岁。彭祖七百六十多岁的时候，看起来还像个青年人一样，一点儿也不显得衰老。

彭祖少年时就喜欢清静，对世上的事物没有兴趣，不追名逐利，不喜爱豪华的车马服饰，把修身养性看成头等大事。君王听说他的品德高洁，就请他出任大夫的官职。但彭祖常常以有病为借口，不参与公务。他非常精通滋补身体的方术，常服用"水桂云母粉""麋角散"等丹方，所以面容总像少年人那样年轻。然而彭祖的心性十分稳重，从来不说自己修炼得道的事，也不装神弄鬼，惑乱人心。他清净无为，幽然独处，很少到处周游，就是出行，也是一个人独自走，人们不知道他到什么地方去，连他的仆人也不知道他哪儿去了。彭祖有车有马但很少乘用，出门时常常不带路费和口粮，一走就是几十天甚至几百天，但回来时仍和平常一样，非常健康。平时他常常静坐屏气，意守丹田，从早晨一直到中午都端端正正地坐着，用手轻轻揉双眼，轻轻按摩身体的各部位，用舌头舐嘴唇，吞咽唾液，运上几十次气，然后才收功，闲来散步谈笑。如果他偶尔感到身体疲倦或不舒服，就运用闭气的方法来治体内的病患，让胸中所运的气散布到身体的各部位，不论是脸上的七窍，肺腑五脏、手足四肢以至于身上的毛发，都让气逐

○ 品画鉴宝　寿山石寿星·明

320

一走到，这时就会觉得气息像云一样在身体中运行，从鼻子、嘴巴一直通到十指的末端，不一会儿就觉得通体十分舒畅了。

殷王想知道他的长寿秘诀，就派了一个侍女，坐着五彩的辇车，去向彭祖请教长寿的奥妙。

彭祖说："如果想要升入天堂去到仙界做仙官，就要常服金丹，九召、太一都是因为常服金丹才白日升天的。不过这是道术中最高的，人间的君王是做不到的。其次就是要养精蓄神，服用药草，可以长生。但是不能搞那些驱使鬼神、乘风飞行的邪术。如果本身不懂得阴阳交合的道理，就是吃药也没有效果。关于阴阳交合的原理，只能靠自己去推断体会，怎么能说得出来呢？所以我觉得你问得很奇怪。我是遗腹子，三岁就死了母亲，又赶上了犬戎之乱，颠沛流离中逃难到了西域，在那里呆了一百多年。以后又陆续死了四十九个妻子，失去了五十四个儿子，多次遭难，损伤了我的元气。修炼道术，就应该吃甘美的食物，穿轻柔华丽的衣服，懂得阴阳相通相变的道理，也完全可以做官。修道的人应该骨骼健壮，面色和体肤十分有光泽，虽年老而不衰弱，年岁越大见过的事越多。长年在人间，冷热风湿伤不着，鬼神精怪不敢犯，五种兵器和百种毒虫都不能靠近，别人的褒贬议论都毫不在乎，这些都是最可贵的。人生在世本来就接受着天地之荫之气，即使不懂得修道的方术，但只要有适当的修养，就可以活到一百二十岁。如果稍微懂点道术，就可活到二百四十岁。再要多懂些道术，就可以活四百八十岁。真正弄通了修炼的原理，就能长生不死了，只是不能成仙而已。延年益寿最根本的一条就是不要使身心受到伤害：要适应冬寒夏热的四季气候变化，使身体永远舒适；对美人女色和悠闲娱乐都要适可而止，不要被贪欲所诱惑，这样你的内心就可以安然洁净；对于做官时的车马仪仗服饰，都知足而不贪求，这就能使你志趣专一；音乐绘画使人赏心悦目，使你的心情能够得到启迪。所有上面这些，都能养身养性。一个人如果能够修身养性，运气炼身，那么万神都会来到他的心中。如果不能很好地调养自身，把身体搞得十分衰弱，那万神也就自然离去，就是再悲伤也不会把神留住。我的先师曾写过《九都》《节解》《指教》《韬形》《隐守》《无为》《开明》《四极》《九灵》等论述道术的经典，共有一万三千条，用以教导那些刚入门学道的人，你可以拿去参照着使用吧。"

彭祖说完，就长叹一声，不见踪影。不过，后来，有人在流沙国的西部看见过彭祖，只见他骑着骆驼，在沙漠中慢慢地走着。

于是人们就纷纷猜测。有人说，他长寿的原因是经常服用一种叫桂芝的药物，也有人说他长寿是因为常做一种类似于深呼吸的运动。还有一些人说，他是擅长于御女术与采补术等。

也有人说，彭祖长寿是因为他擅长烹调一种味道鲜美、非常可口的野鸡汤。有一次，他把这种鸡汤献给了天帝，天帝吃了之后，一高兴，就赏赐他八百年的寿命。可是，即使是这样，在彭祖临死的时候，还是懊恼自己不能永远活在人世呢！

关于他的死亡原因，传说是这样的，彭祖活了八百岁，老婆死了一个就再娶一个。每个老婆都想知道他不死的秘密，他一概守口如瓶，别人更别想知道了。他娶最后一个老婆的时候，已经七百三十岁，身体仍然很好。这个老婆把他服侍到七百九十岁，他突然病了。他以为这次可能要死，便把秘密对老婆讲了。原来，他的表弟在阴司当判官，掌管生死簿。谁什么时候死，都由阎王爷根据生死簿上的记录，到时候派鬼卒来传，表弟接受了他的贿赂，把他的名字从生死簿上抹掉了。阎王爷点不到他名字，他就一直活了下去。不料，他的病几天后就好了，最后一个妻子也没活过他。这位妻子到了阴曹，把秘密告诉了先她死去的彭氏前妻，这位前妻又告诉了更多的彭氏前妻。于是，秘密在整个阴曹传开了，最后传到了阎王爷那里，阎王就把彭祖的寿命定到了八百八十岁。

◎ 拓展阅读

彭祖的延年益寿养生法

其一，注意锻炼身体。每日凌晨即起、端坐、揉目、按摩、砥唇咽液、意守丹田、吸气数十遍；然后起身、熊径鸟伸、运气发功等。其二，是思想修养。不计较名利得失，不追求物质享受，情绪恬静而达观，经常保持良好的精神状态。其三，是生活习惯，坚持顺乎自然，不伤害身体，冬天注意保暖，夏季时常纳凉，顺应四时节气，使身体舒适安康，重视劳逸结合，用脑切忌过度，衣着求适不求华髦，男女生活饮食合理调节。

彭祖

○ 彭祖像，彭祖，是上古时期部落首领陆终氏的第三个儿子，擅长养生之术。尧帝时，因向尧进献长寿之羹，获得尧的赏识，被封为大彭。历史上对于彭祖事迹的传说甚多，其中众所周知的是长寿，赢得八百长寿之声誉。后世之人都把彭祖作为幸福长寿的象征。

树神罗永

树神罗永，原是天上的文曲星，掌管着凡间读书人的荣辱机遇，仕途升迁。只因他秉性耿直，敢于犯颜直谏，尤其是那一支铁笔，半点也不饶人，该贬低就贬低，该赞誉就赞誉，完全没有个人的私欲，也不顾上级的面子，所以得罪了玉皇大帝，被贬到了人间。玉皇大帝以为，到了人间，他吃了苦头，受了挫折，必然有所收敛。可是，玉皇大帝错了。罗永在人间，仍然嫉恶如仇，鄙薄功名利禄。他看不惯官场的腐败，辞官不做，隐居到雷公坡下，劳作为生。因为他知书达理，人们叫他"罗永秀才"。

一年冬天，罗永上雷公坡挖蕨。蕨不但味道鲜美，而且有很好的药用价值，而且，是不用钱买的，需要的只是气力和时间罢了。罗永就是喜欢这种自食其力的感觉。这个时候，突然下起瓢泼大雨。别说在大树底下，就是有一把雨伞，肯定也是全身湿透。大雨来势凶猛，罗永根本没有地方躲雨。一会儿，就把他淋得浑身透湿，冷得像筛糠，嘴唇渐渐发白变紫。更何况劳作了一个上午，饥肠辘辘，怎么办呢？还是升一堆火吧，哪怕是暖暖身子也好呀。

说干就干，罗永就割了些柔软的茅草来烧火取暖。好不容易用火镰打着火了，可是茅草因为刚淋过大雨，根本点燃不起来，他只得趴在地上用嘴巴吹。烟尘又大，呛得他鼻涕眼泪一齐来。他脾气犟，不吹燃决不甘心，直吹得浓烟滚滚往上冲，这一冲，就冲到玉皇大帝的灵霄宝殿那儿。

这时玉皇大帝正在早朝，文武大臣，都在汇报各自的公务呢。只见下界冲上一股浓烟，大为惊异，忙派值日官去查看。那值日星官立在云端，手搭凉篷朝下一望，只见罗永两手撑在地上，头像捣蒜一样，以为是在向天界的神仙磕头拜谢呢！便连忙转来向玉皇大帝报告："报告玉皇大帝，罗永感激上天的恩德，正在泪流满面地向您磕头。那股浓烟，也是他烧的香呀！"

玉皇大帝一听，心里好不得意：想不到呀，想不到你罗永被贬谪到凡尘后，也变乖巧了，晓得向我求情讨饶了。我何不宽大为怀，以显示皇恩的浩荡、宽容和威严？于是遣人降旨道："罗永如今既有悔改的诚意，仍旧封他为仙罢！"但转念一想，觉得欠妥：要是他还是那样犟，岂不是还要给自己惹麻烦？便急忙改口道："但是，他只能在下界为仙，天庭永不录用。"

值日星官连忙问玉皇大帝："那您看，应该封他做下界的哪路仙人？"

玉皇大帝平时，只晓得吃喝玩乐，弄不清下界究竟缺哪路神仙，要问一下旁边的侍从吧，又感觉有失自己的尊严和天庭的体统，只好把手一挥说："赠天书一本，随他自己挑去！"

那罗永正在死命吹火，猛听得"啪"的一声振聋发聩的声响，抬头一看，只

见烟云缭绕中，金光闪闪，掉下一本天书来。罗永本来嗜书如命，赶紧起身双手接住，见书面上写着："念你有诚心，赠给书一本，愿做哪路仙，只管喊三声。"他知道这是天书，心里想：我隐居高山，自食其力，不图名声显赫，不贪万贯家财，要这天书何用？就是当上神仙，又会如何？到最后，还不是得罪玉皇大帝？但一看到这光秃秃的山岭无遮无盖，狂风肆虐，雨雪逞威，害人不浅，猛一转念：要是山上长一些茂密的参天大树，来为过路的行人和渔夫、樵夫等人遮风挡雨，岂不好么？既然有这天书何不求助于它，于是对着天书连喊三声："我要当树神！"刚一喊完，书面上的字就变成了"树神要诀"几个大字。罗永连忙翻开一看，满本都写着各种树的名称、用途、习性和生长秘诀。罗永越看越高兴，一口气把它读完，马上将秘诀念动起来。每念一句，地上就"喇"地长出一种树来。罗永对哪一种树都喜爱，天书上的口诀全被他念完了。一下子，山上长满了各种各样的

树，喜得鸟雀高唱，乐得野兽狂舞……

从此以后，人们砍树立屋，砍柴取暖，摘果子充饥，扎火把照明，再也不受风雨之欺、长夜之苦了。罗永呢，仍旧和大家一起务农，其乐融融地过日子。

有一年三伏天，罗永上山去田间翻红薯的藤，太阳火辣辣的，晒得真难受，他就到桐子树下去歇凉。那大张大张的桐子叶，密密地将阳光挡住，树下一片阴凉。山风吹来，罗永浑身舒服极了。他不禁夸赞道："桐子树，像把伞，不高不矮好遮荫。"因为罗永是被封了神的，所以，他的话也变成金科玉律，一讲就灵验，桐子树从此就不再长高了。罗永话音刚落。忽然"啪"地一声，一颗桐子掉在他的脚边。拣起一看，见那桐子嘴上流出一滴泪来，他知道是桐子在叹息自己无用，请求封赠。罗永想：如今人们晚上烧柴火，点火把照明，多不方便啊！就立即封桐树道："桐子未老落地，为求对人有用，不怕粉身碎骨，死后化作光明。"后来人们将桐子送进榨坊碾碎榨油，用来点灯照明，桐树真的是"粉身碎骨"地化作光明了！

又有一天，罗永和几个同伴去山里砍柴，大家一边说笑，一边劳作，不一会儿，就砍了满满一筐的干柴。走了一段山路，大家都挑不动了，罗永就建议大伙儿放下柴担，坐在一棵大枞树下休息。罗永把背往树上一靠，架起二郎腿和大家聊天。大家天南地北地瞎聊一通，哪知越聊越有味，太阳偏西了，大家才想到回家。罗永刚一起身，只听得"哗"的一声，背上的衣衫被撕去了一大片。他回头一看，原来是枞树流出来的树浆，黏黏的，把自己的衣服牢牢粘住了，他正要去揭那块布，又听得旁边的伙伴"哎哟！哎哟！"地呻吟，侧身一望，见一个打赤膊的同伴背上被树浆粘掉了一块皮。

罗永心里的火一下子冒起来，气愤地骂道："枞树真可恨，根根都砍绝！"另一个同伴听见了，就插嘴说："这么好的树，绝了种多可惜呀！"罗永抬头一看，只见这棵树有一抱多粗，郁郁葱葱，确实可爱，也觉得有点不忍心，于是灵机一动，补上一句："枞树多结子，风吹满坡生。"他又想，这枞树刚才伤了人，应该将功补过才行，接着又加封一句："烧火烘烘燃，下水千年不烂。"从那以后，枞树只要砍了，树蔸蔸就会朽掉，真是"砍一根绝一根"，幸亏它的种子结得多，经风一吹，满山飞散，生命力又强，几年工夫就长得满坡满岭了。

罗永特别喜欢杉树，因为它又高又直用途广。因此，对它的封赠也格外不同："杉树长满针，野兽怕挨身，树蔸永不腐，砍一根发十根！"……

据说山上的树木，大都是经过罗永封赠过的。它们各有各的用处。后人为了感谢罗永，当真把他奉为"树神"，常年祭祀。

◎ **拓展阅读**

文曲星

文曲星是星宿名之一。中国神话传说中，文曲星是主管文运的星宿，文章写得好而被朝廷录用为大官的人是文曲星下凡。一般民间认为民间出现过的文曲星包括：比干、范仲淹、包拯、文天祥、许仙的儿子许仕林。真正的文曲星指的是文昌帝，原是晋朝人，姓张名育字亚子，居于四川梓潼县七曲山。他生性孝顺，是位教书先生。东晋宁康二年(374年)自称蜀王，起义抗击前秦苻坚时战死。唐玄宗入蜀时，途经七曲山，有感于张亚子英烈，遂追封其为左丞相。

第八章　八仙过海

蓬莱仙境，各显神通

仙姑得道

对中国传统文化有了解的人，对"八仙"的说法一定不会陌生。所谓"八仙"是指张果老、汉钟离、铁拐李、曹国舅、韩湘子、吕洞宾、蓝采和、何仙姑八位仙人。他们都是普普通通的凡人，只不过是因为苦修积善，再加上神仙的指引点拨，才修炼成仙。八仙之中有一位唯一的女性，就是何仙姑，她在八仙中好似万绿丛中一点红，因而也就格外地引人注目。

据说，在何仙姑出世那天，一团鲜艳祥瑞的紫气笼罩在何家茅屋的上方，一群仙鹤在紫气中上下飞舞，不一会儿，一只硕壮的梅花鹿驮着一个扎小辫、身系红肚兜的女童飞奔入何家，就在这时何母生下了一个白白胖胖的女婴。

据说何仙姑一生下来，头上就长有六根闪闪发亮的金毛，和一般的小孩子不同，长大后，也就比一般同年龄的小孩聪明、灵巧。由于家境非常富裕，所以，她不愁吃不愁穿，更因为从小被父亲出钱帮助穷人的行为影响，也就培养出一副好心肠，随时随地帮助困苦的人。

何仙姑的家乡零陵，可是一个山清水秀的风水宝地。据《史记》记载，先圣舜帝就葬在零陵的九嶷山。零陵郡西有一座云母山，山上盛产五色云母石，云母石是古代服食求仙的上等佳药。一条清澈蜿蜒的小溪由山上潺潺而下，人们一般称之为云母溪，何仙姑的家就在秀美的云母溪畔。

喝云母水长大的何仙姑，出落得美丽灵秀，自小就喜欢一个人在云母溪边嬉戏漫游。十四岁那年，何仙姑梦见仙人教他："你具有当神仙的资质，如果你每天服下这云母粉，相信不久便可以长生不死，而且还会身轻如燕，羽化升天，成为仙人了。"何仙姑醒来后，觉得世间充满了怨忿和争夺，回想梦中仙境仙人的悠闲和一团和气，她真是打心底喜欢上仙境了。

十六岁时她和同伴在云母溪畔玩耍嬉闹，遇见了一位白发苍苍的长胡子老翁，老翁向她询问了一些当地山水的情况，何仙姑都伶俐地一一作答，老翁非常高兴，从自己的背囊里取出一枚水灵灵的蟠桃送给何仙姑，何仙姑接过，谢了谢老翁，然后三下五除二地把蟠桃吃下了肚，老翁看着何仙姑吃完，满脸笑容地点点头，转身就不见了。回家后，何仙姑一连几天都不感饥饿，因而也就不想吃东西，精神却比以往更旺盛。一个月之后，何仙姑又在云母溪边遇到了那位老翁，这次老翁把她带到云母山上，教她如何采集云母以及怎样服食云母。何仙姑按照他的话，每天到云母山上采食云母，渐渐感觉到自己身轻如燕，往来山顶，行走如飞。此外，她还能辨识和采摘山中的各种仙草灵药，为附近的百姓治疗各种疾病，且能预测人事。何仙姑得道成仙的消息一传十，十传百，越传越远，最后竟传到京城里武则天的耳中。

当时武则天是唐高宗的皇后，却把持着朝庭实权。武则天自小受母亲的影响信仰佛教，想达到物我两忘，能白昼飞升、腾云驾雾、长生不老的境界。当武则天听说零陵地方出了一个何仙姑，能够不食人间烟火，自由往来于山岳之巅，感到十分有兴趣，特地派人前往探视，并赐予何仙姑一身朝霞服。何仙姑接受了朝霞服，兴致勃勃地穿戴起来，周围的百姓闻讯从四面八方赶来观瞻，只见何仙姑身上霞光万道，十分夺目，好像神仙下凡；乡亲们见状大惊，不由自主地齐齐跪倒在地，朝何仙姑顶礼膜拜。何仙姑心中颇感自得，然而她母亲却大感恐慌，心想："这样的女儿，谁家还敢娶她呀！"

果然不出何母所料，何仙姑十八岁时，她母亲急急地请媒人为她择婿，虽然何仙姑出落得鲜花一样漂亮，但因本事太大，竟没有谁家敢娶。何母忧心忡忡，何仙姑自己却若无其事，整天出没于山野乡村，忙着给人采药治病，过得十分充实。父亲催她，可是她却坚持说："爹！女儿不想嫁人，只希望能专心修道。"可是，她的父母亲并不答应她，依然每天为她做媒。但是，何仙姑总是不出面，反而更勤快地吃斋打坐，最后，父母亲拿她没有办法，只得放弃让她出嫁的念头了。

一天，何仙姑进入云母山密林深处采药，遇到两位神奇的人，他们中有一个瘸腿的老汉，手里拿着一根铁制的拐杖，身后背着一个硕大的酒葫芦，衣衫褴褛，好像一个乞丐似的；另一个则恰恰相反，穿一身整洁的蓝布衫，手持药锄，肩背药筐，神态甚是俊逸。这两人在何仙姑前面不远的地方，一搭一唱，口中念念有词，不一会儿，竟腾空而去，倏忽不见踪影。这两人乃是八仙中的铁拐李和蓝采和。何仙姑留意着他们的样子，念叨着偷学的口诀，想能够像他们一样，凌风驾云，飞越山谷。从此后，她常常一人悄悄来到深山中修炼，身法愈来愈熟练，也越来越飞得远。她利用这种功夫时常飞到遥远的大山中，朝去暮回，带回一些奇异的山果给家人品尝，家人吃了觉得香甜可口、精神倍增，但终究不知是何种果实。

见她每日早出晚归，她的母亲心生疑虑，盘问她到何处去干何事了，何仙姑拗不过母亲，就说每日往名山仙境与仙佛谈论佛道去了。渐渐地，何仙姑通晓佛道的消息又传开了。武则天听说后，派使者前往零陵，备妥銮舆，请何仙姑前往东都洛阳论佛道。众官员与何仙姑一同跋山涉水来到洛阳城外，在等船渡洛水时，众人突然不见了何仙姑的踪影，使臣大起恐慌，连忙命人四处寻找，却没找到一点蛛丝马迹。众人吓得坐在洛河边发呆，薄暮时分，何仙姑翩然凌空而降，不急不忙地告诉使者："我已前往禁宫见过天后，你们可以回朝复命了。"

使臣将信将疑地回到洛阳宫中，一打听，果然何仙姑当天来拜见过武后，并和她在宫中作了半日长谈，使臣们为之惊讶不已。

据说何仙姑在宫中与武后大谈长生不老之术。她劝说武后，要长寿首先要做到清心寡欲，摒绝声色犬马，看破名利。其次则要多行善事，施行仁政，修德积福。同时何仙姑还论及治国安邦之道，叮嘱武后务必要亲近贤臣、疏远小人，万万不可以异姓人为皇嗣。武后是个聪明人，何仙姑一番入情入理的话，她听在心里后，也渐渐地付诸行动。

武则天为了酬谢何仙姑的一番美意，特地下令零陵的地方官吏在零陵城南的凤凰台，建造了一座富丽堂皇、气势雄伟的会仙馆，作为何仙姑讲道布法之处。何仙姑在讲道之余，常坐在馆前的石阶上，剥食一种圆形的仙果，并随手将果核四下抛去，后来，会仙馆的四周长出一株株荔枝树，这些树上结出的荔枝竟都是翠绿的青皮荔枝。

唐中宗景龙元年的某一天，二十六岁的何仙姑坐在凤凰台上，仰望着苍远的天空出神，忽然看见铁拐李站在远处的云端、舞动着他的铁拐，似乎是在招呼她。不知不觉中，何仙姑的身体像彩凤一般冉冉升起，凌空而上，追随着铁拐李而去。她脚上的一只珠鞋这时掉落在地上。第二天，珠鞋坠落的地方忽然出现一口水井，井水清澈甘甜，阵阵异香扑鼻，四周井栏形状恰似一只弓鞋的模样，当地的人们在井旁建了一座何仙姑庙，日日香火鼎盛，因为那水井里的水，不但清凉解渴，而且能治愈各种顽疾，因而为远近的人们津津乐道。

有一天，她一大早回到家，带着一些野果到父母亲的房里说："爹，娘！你们对我这么好，女儿没有别的可以孝敬你们，只有摘一些鲜果让您们尝尝。"父母亲看了这些鲜果之后，心里非常喜欢。因为他们活到这把年纪，从来没有看过这种水果，而且这种水果有一种淡淡的香味，所以特别喜欢。只是父母问到鲜果是怎么来的，她都笑而不答。其实，何仙姑早已经成仙了，这些鲜果都是她从天上摘下来的。说完这些，何仙姑突然不见，从此云游四海去了。

成仙后的何仙姑念念不忘人间的疾苦，经常在南方一带行云布雨、消除疫灾、解救苦难，凡是善良人需要她帮助，只需默默向天空祈祷，她就能像"及时雨"一样赶到，给人们以神奇的力量。

何仙姑

◎ 拓展阅读

零陵

芝山、永州、零陵，一地三名。地处潇湘二水汇合处。历史悠久，是湖南省四大历史文化名城之一。零陵东连郴州，西接广西桂林，北邻衡阳、邵阳。南北相距最长245千米，东西相距最宽144千米。据资料记载，大约五千年前，零陵属炎帝势力范围，原始社会末期，属三苗国的江南地。司马迁的《史记·五帝本纪》载：舜"南巡狩，崩于苍梧之野，葬于江南九嶷，是为零陵"。零陵之名自此始见于典籍，迄今是全国36个最古老的地区名之一。

拐李成仙

我们经常说"八仙过海"，八仙就是铁拐李、汉钟离、张果老、吕洞宾、蓝采和、何仙姑、韩湘子、曹国舅，而以铁拐先生为首。说起铁拐李成仙的事情，还是很久很久以前的远古时代。

铁拐李本名李玄，是一个眉清目秀、文质彬彬的读书人。因考场失利，多次科举考试都名落孙山，从此他灰心丧气，看破红尘，离家出走，去学道访仙。

李玄学道心切，在深山幽谷中寻找茅庵道舍。经历数月的风餐露宿，涉水登山，终于在一个山林幽僻的山洞里居住下来。几年过去，李玄自感收效甚微，离成仙的日子差得很远。有一天，他终于悟出不长进的原因：修行道业没有名师的指点，靠自己的一己之见，事倍功半，道业难成。他猛然想起华山上的太上老君李耳，乃是同姓的仙人，去拜他为师，得到他的指点，自己一定能得道成仙。

李玄想到这，就直奔华山。历尽千辛万苦，李玄终于来到华山。登上莲花峰，他正想休息一会，想不到前面走来两个道童对他说："请问先生您是李玄吗？"

李玄觉得很奇怪："在下正是李玄。可是，两位道兄怎么知道我的姓名？"两个童子微笑着说："你不是千里迢迢到华山来寻访太上老君的吗？我们是太上老君派来接你的。"李玄听了又惊又喜，暗想："看来我李玄同太上老君还大有缘分呢，不然怎么会派童子来迎接我呢！"

于是他随童子来到太上老君隐居的草堂，只见太上老君端坐堂上，在他身旁还坐着另一位仙人。李玄上前拜见太上老君后，太上老君问明李玄的来意，说："学道没有老师，没有天生缘分，而要靠自己。你只管专心去修行，总会有成功的一天。"

李玄聆听过太上老君的教诲，拜别两位仙祖，回到原处，潜心修研秘籍宝典。他经常一打坐就是一天，还时时到高旷之处呼吸，吐故纳新。久而久之，他修炼到了形神分离、出神入化的境地。

一日李玄修炼已毕，在山上漫步游赏，骤听仙乐嘹亮，抬头一看，空中祥云缥缈，霞光万丈，仙鹤飞近，只见是太上老君和宛丘这两位仙祖，慌忙跪拜。老君说："你的道术大有长进，实属不易。我和宛丘要到各地出游，想带你同去。你如果想同行，可以在十天后神游到我的住处，不可失约。"言罢，驾仙鹤而去。

不觉光阴易过，十天的约期已到。李玄对他最心爱的徒弟杨子说："我现在准备灵魂出窍，去华山赴太上老君的约会，然后到各地游历一番，增加点道行。我的灵魂赴约去了，留魄在此。如果我的游魂过了七日还不回来，你就可以将我的尸体烧了，但是，如果未满七日，你一定要为我守好此魄，不要让它毁坏了。切记！切记！"杨子答应了他，他便静坐神游而去了。

杨子受命看守师父的身体，加意防护，日日夜夜，不敢闭一下眼睛。到了第

六天，忽然看见家人火速赶来，对杨子说："母亲的病
十分沉重，原来死了过去，又醒转过来了，唯一未完之
心愿就是见你一面，你马上回去一趟吧！"

杨子大哭着说："母病危急，可是，我老师的灵魂
还没有回来，这叫我如何是好呢？如果我走了，谁来帮
我看守师父的身体呢？"

家人说："人一旦死了，断断没有重活的道
理。何况你师父已经死了六日，里面的肺肝一
定腐烂了。你还希望他能够生还，就像守着一
条胶柱要让胶柱活过来一样，真是愚不可及
呀！师以我合，亲以天合，孝道与友道本来就不
能两全，而亲情与师谊又怎么可能一样重要
呢？虽然师父有栽培你成才之恩，与生你者
并重，其中并无缓急之分。我认为你为师
守魄六日，虽然还不到最后期限，失信
之罪，还是情有可原的。万一母亲一旦
告终，你送终不及，你一定会抱恨终生
的。不如现在就烧了你师父的尸身，赶快回家侍奉
母亲，这才是两全其美的做法。你可要仔细想好了。"

杨子听家人这么一说，心里实在是很犹豫。但事情既然很紧急，根本不容杨子
再做深思熟虑的计划和思考，而且，情急之下，杨子也根本不可能想到一个两全其
美的好办法。无奈之下，杨子只得听从了家人的劝告。于是，杨子准备了祭祀的东
西，朝师父的尸体拜了再拜，点燃了一堆干薪，将李玄的尸体放上去，陈列祭品和
挽幛，哭着拜祭。挽幛写道："母病不可起，师魂犹未归，师言将待践，母命安忍
违。舍鱼取熊掌，二者难兼之，涕泣辞灵魂，华山好自依。"他的意思是说：自己在
看守师父的尸体和尽孝道侍奉母亲之间，只能有一个选择，叫李玄自己找个依托。

杨子祭祀完毕，燃火抛撒干薪中。薪多火烈，李玄的尸骨须臾化为烟灰。杨
子乃望空大哭一场，接着，马不停蹄地赶回家中，他的母亲已经去世了。

却说李玄神出华山，随太上老君漫游西方各国，经历蓬莱、方丈，遍游三十
六洞天。遨游数日之间，多得太上老君之仙道，计算了一下日期，与杨子的七日
之约已到，于是准备辞别回葫芦山。太上老君送别的时候，他为李玄作了一个偈：
"辟谷不辟麦，车轻路亦熟。欲得旧形骸，正逢新面目。"李玄欲问具体所指的内

容，太上老君笑而不答，说："天机不可泄露，他日自有应验的时候。"

李玄辞别了太上老君，回到了山中。这一天，离他走的日子，正好是七日。李玄的魂回到葫芦山后，来茅斋寻魄，竟然发觉自己的尸体毛发无存，连杨子也不见了。转身看见放柴之处，暖气腾腾，幽烟寂寂，才知道自己的身体已经被火化，深怨杨子没有恪守诺言。可怜李玄的游魂到处无依，日夜对着天空号叫。

李玄不甘心这样做游魂野鬼，于是整天都在葫芦山一带游荡。一天，李玄的游魂看见一个人因为饥饿而死，尸体倒于山坡上，猛想起太上老君临别之偈："欲得旧形骸，正逢新面目。"他想，看来这个饿死的人，就是我的新面目了。看来我的天数本来就应该如此，何必怨天尤人，埋怨杨子没有恪守诺言呢？我的游魂正好没有依托，哪里还有时间选择相貌好看的尸体呢？于是他就附在饿死的那个人的尸体上而起。饿死的那个人，蓬首垢面，袒腹跛足，倚紫色拐杖而行。世传铁拐李又跛又丑，是因为他依附那个饿死的人的身体，非其本原旧质的缘故。李玄托尸而起后，顿时辟谷变化，喷一口水，将手中竹杖变成铁杖。人间多不知其姓名，唯以铁拐先生呼之，李玄自此叫作铁拐李。

却说铁拐李知道杨子的母亲已经死了，于是想道："他守我之尸而不终的原因，是迫于母亲病危。他的母亲死了，而杨子不能送终的原因是为了要给我看守尸体，看来是我连累了杨子。如果我不让他母亲起死回生，他将终身抱恨呀！"于是，铁拐李便手提铁拐，肩背葫芦，直接来到了杨子的家里。只见杨子哀号哽咽，顿足捶胸，抚棺长号，想拔剑自刎。看样子，杨子痛苦不堪。

铁拐李走上前故意问杨子说："死生有命，不可强求。作为人子的道理，就要生尽孝，死尽忠，棺椁衣衾，占卜一下坟墓的凶吉，哀戚地送走他们，就可以了，何必非要以死继之？"杨子说："我师父灵魂出游，让我看守他的尸体，和我约定，如果他游魂七日之后，不返，方可

化尸。没想到第六日，我母亲病危，势不能待，我竟然自作主张，火化师父的尸体而归。没想到等我回到家里，我母亲已死了。我内不能尽孝于母亲，外不能尽信于师父，母亲在九泉之下，一定认为我急命而且不孝；师父的在天之灵，一定认为我失信而且不忠。不孝不忠，众人耻于当时，君子羞于后事。天地罪人，世间废物，就是现在就死我还嫌晚，哪里还敢活在世上？"说完又想拔剑自刎。

铁拐李连忙把杨子的宝剑夺下，说："忠孝在于立心。你心如此，则是忠孝了。你说你不忠不孝，我却认为你是大忠大孝。"杨子问："你是谁？"铁拐李说："我就是你师父。我因出游，得仙人传授的能起死回生的灵丹几颗，但他叫我一定要等待善人方可援救。现在你是善人，你试着把这颗仙丹给你母亲服下，也许真能回生呢！"杨子闻言，急忙拜跪求药。铁拐李从身后的葫芦中取出一个小药丸给他，用水调灌，缓缓地送入杨子母亲的口中。过了一会儿，杨子的母亲开始喘气，脸色也渐渐有了血色。接着，她便长叹一声而起，就像从来没有病的人。铁拐李又给了一粒仙丹叫杨子服下去，借以延续生命，好服侍母亲安享天年。

杨子合家稽首拜谢，铁拐李忽化清风而去。杨子望空拜谢，吞服了铁拐李送的药丸，也变得青春年少了。杨子在侍奉母亲终老后，便到葫芦山寻铁拐李的住处。茅斋还在，铁拐李也还在。二百年后，铁拐李修成正道，并带着杨子一起升仙。

◎ 拓展阅读

云游参访

云游是道教修持生活的一种形式。明代朱权的《天皇至道太清玉册》称："道家出游寻真问道，谓之云游。道士，奉天之士也。谓本乎天者亲上，故曰云游。"道士离观云游，路途遥远，风餐露宿，食无定时，歇无定处，非常艰苦。云游中既寻师访道，又可以弘传道教。正乙派和全真派道士都将云游作为体现苦行励志的一种手段，也是对道士信仰和意志的磨炼。

○ 张果老　张果老在八仙中年事最高，因而被尊为「张果老」，其名实为「张果」，历史上确有其人。后人传说其为仙人。

张果老，隐居在恒州条山，经常往来于汾、晋之间。当时的人传说他有长寿的秘术。唐太宗、唐高宗多次征召他，他全不答应。武则天叫他出山，他假死在妒女庙前。当时正是大热天，尸体不一会儿便臭烂生蛆。武则天听说之后，便相信他死了。后来有人在恒州山中又见到了他。

张果老经常骑着一头毛驴，至于他为什么要倒骑毛驴，还有一个动人的故事呢。

张果老有个十分要好的朋友，是个道长，人称穆长老。穆长老住在女山东南坡上的仙姑庙内，张果老常去那里和穆长老研讨道教理学。这仙姑庙有大殿三层，耳房若干，占地近十亩。殿前古柏参天，院内花木、假山、放生池琳琅有序。每逢每月初十，香客不断，钟声悠扬，是当时远近闻名的庙宇。穆长老整日炼制驱邪丹丸赠给香客，香客也常捐些银两、敬些粮油给他们，聊以度日。

仙姑庙除了穆长老之外，还有两位道童南桃、北李。南桃负责挑水劈柴、烧锅做饭；而北李呢，则负责清扫殿堂、续香敲钟。有一阵一连三天，南桃明明早晨挑满了水缸，次日清晨烧早饭时缸内却只有小半缸，他挠挠头只好再去挑水，但心中犯嘀咕，怀疑是北李和他过不去，想找师父评理，但又苦于没有证据。

一天晚饭后，南桃悄悄藏于暗处，想看看究竟是怎么一回事。月上了柳梢，人影婆娑，南桃快要没有耐性的时候，忽见西边红光一闪，接着一个穿红色绸肚兜，胳臂犹如莲藕的雪白粉嫩的童子，三跳两跃到水缸前，伏在缸口"咕咚、咕咚"喝起水来。喝完后一抹嘴四处看了看，又一蹦一跳地穿墙而去。南桃看得目瞪口呆，不知道是怎么一回事。

第二天一大早，南桃把昨晚看到的事一五一十地告诉了穆长老，说自己看到一个穿红色绸肚兜、浑身雪白粉嫩的童子。穆长老开始不信，但南桃说的有鼻子有眼的，而且南桃一贯秉性慈厚，这事十有八九是真的，因为他这个徒儿从不说谎话。穆长老一边用手捋着胡须一边在想：难道是传说中的千年人参娃？

当天晚上穆长老和南桃一起躲在暗处。果然又是昨晚的那个时候，穿红肚兜的童子又出现了。穆长老趁娃娃伏在缸口喝水时，悄悄地将事前准备好的一团红丝线的一端系在红肚兜的后腰带上。次日一大早，穆长老领着南桃、北李顺着丝线找到了仙姑庙后一棵千年古树下，红丝线扎入树旁的泥土中。北李跑回庙中取来铁锹，顺着红丝线小心挖掘，足足挖了六尺多深，到了丝线尽头，果然是一棵约两尺多长的人形人参。穆长老高兴地说："得到这个千年的人参果，真是天助我也，吃了它可以长生不老，助道成仙。但是，这个人参果需要用文火煮三七二十一天，待人参果化为乳汁后，饮之最佳。"

师徒三人小心翼翼地将人参果用清水洗干净，放入锅中小火慢慢蒸煮。等到

○ 品画鉴宝　骑驴图·明·张路

第十九天时人参果已是香味扑鼻。穆长老十分高兴，便安排徒弟南桃和北李继续文火慢煮，他去泗州城请自己的师兄们前来一同享用。

说来实在是太巧了，第二天，张果老骑着小毛驴来到仙姑庙。他把毛驴拴在院子里的一棵大树边，连声呼喊："穆长老！穆长老！多日不见，老兄可好？"南桃见是张果老来了，便出门相迎，回答说："先生来的不巧，师父昨日去了泗州城，请大师伯前来享用千年人参汤。"

张果老一听说千年人参汤，好奇地问个究竟："我怎么没有听说过什么千年人参呀？不是骗我的吧？穆长老怎么没有想到请我也尝尝鲜？"南桃一五一十地如竹筒倒豆子般叙说了一遍，并且领着张果老到厨房去看。张果老一进入厨房就闻到一股扑鼻的清香。说来也巧，南桃见灶头没柴了，就去院里抱柴。

张果老揭开锅盖一看，浓浓的参汤已成乳白色，香味四溢，清脑提神。他心里想："既然穆长老没有想到我，而且闻起来又这么香，我就偷偷地尝一口吧。"他早听说这千年人参汤的功用，趁无人实在忍不住要偷喝一点。他顺手拿起葫芦瓢舀了半瓢喝了起来，哪知美味无穷，越喝越馋，一瓢又一瓢，一口气喝了七八瓢，铁锅见了底。

张果老舀起最后一瓢正要喝，院里的小毛驴叫了起来，张果老想：这毛驴可能口渴了，整天驮着我东走西窜，也够辛苦它了，不如让它也尝尝难得的美味。小毛驴刚喝完最后的一瓢汤，南桃抱柴回来了。张果老从树上解下毛驴说："我有事，先走了，等你师父穆长老回来，和他说一声我来了，就行过。"他知道自己做了错事，想赶快溜之大吉呢。

也许是无巧不成书，张果老刚出庙门，迎面遇上了穆长老一行人。穆长老见了张果老，自然是盛情邀请他留下来喝人参果汤，张果老哪里敢留下，推说自己有急事，赶快就走了。既然挽留不下张果老，穆长老也就只好作罢，他和师兄们一心想要喝那人参汤，直奔厨房而来。揭开锅盖一看，锅里干干的。穆长老心想人参汤肯定是张果老偷喝了，气得脸色铁青，抓过门旁一根扁担撵出门去，师兄和两个道童也各操家伙随后撵去。

这张果老自知理亏，不好解释，出了庙门就跨上毛驴。这毛驴喝了人参汤，仿佛通了人性，也理解主人的心情，不用拍打屁股就撒开四蹄，拼命奔逃。穆长老等在后面一边追赶，一边喊："张果老，你给我站住！站住！"他越是喊得紧，毛驴越是奔得急。毛驴一边跑，张果老一边回头看后面追赶的人，毛驴从山坡上往下跑，一跑一颠，张果老频频回头看，几次都差点掉下驴背，干脆调过身来，两手紧紧抓住毛驴尾巴。因为心急，慌不择路，毛驴拼命向西跑去，不料翻过山坡，前面突然出现一个大湖，挡住了他们的去路。浩淼的湖面不见一叶小舟，眼看穆长老师徒越追越近，还挥舞手中家伙大骂张果老不讲义气。张果老心里一急，狠狠打了毛驴的屁股一掌，骂道："畜牲！那么多大道你不走，偏偏往这条绝路上跑，你要不飞过去他们赶上来了不剥了你的皮才怪呢。"话音刚落，忽听毛驴一声长叫，腾空而起，四蹄生风越过大湖，落在一座小山岗上。张果老一见把穆长老师徒扔在湖对面，这才松了口气，找块石头坐下喘喘气，一边摸摸毛驴一边说："小毛驴呀，小毛驴，你可长了本事了。"

张果老偷喝了人参汤得道成仙了，他的小毛驴因喝了那瓢人参汤，也成了神驴。张果老一辈子虽没做过亏心事，但为偷喝了人参汤被穆长老师徒撵而留下了怪癖，只要一骑上毛驴就觉得穆长老师徒在后面追赶，就得调过身子，时间一长，他就倒骑毛驴了。

得道之后，许多公卿都来拜访他，有的人向他打听世外的事，他总是诡诈地回答说："我是尧帝时丙子年生的人。当时的人无法推测以后的事情。"又说："尧帝时我是侍中。"张果老可以长年累月地不吃东西，吃饭的时候只喝美酒。

有一次，唐玄宗把他留在内殿，赐他美酒，他推辞说自己连二升也喝不了，他有一个弟子，倒是能喝一斗美酒。唐玄宗听说之后很高兴，让人把这个弟子叫来。

不大一会儿，一个小道士从大殿的屋檐上飞下来，年纪有十六七岁的样子，姿容清秀，神情雅淡，上前来拜谒皇上。小道士言词清爽，很有礼貌。

唐玄宗让他坐，张果老说："我这弟子常常站在我的身边，不应该赐他座位。"唐玄宗看过之后，更加喜欢这位小道士，就赐酒给他。小道士喝够了一斗美酒，也没有推辞，张果老推辞说："皇帝不能再赐酒了，喝多了一定会有过失的，那要让皇上见笑了。"唐玄宗又硬逼小道士喝，酒忽然从小道士的头顶上涌出来，他的帽子掉到地上，变成了一个酒盒子盖儿。唐玄宗和嫔妃侍者都吃惊、大笑。一看，小道士已经不见了，只见一个金色酒盒子扣在地上。这个盒子正好是盛一斗的盒子。

唐时，有一位叫夜光的法师善于查看鬼神。唐玄宗就把张果老找来，让张果老坐在自己面前，而让夜光法师看着张果老。夜光来到唐玄宗面前奏道："不知张果老现在在哪里，我愿意去视察一番。"其实张果老坐在皇帝面前好长时间了，夜光不能看见他。另外，有一个叫邢和璞的人，他有算命的法术。他每次给人算命，就把一些竹签摆放在面前，不一会儿，已经能详细地说出那人的姓名是什么，是穷困还是显达，是好还是坏，是短命还是长寿。他前后给一千多人算命，没有不分析得很详细的，唐玄宗惊奇已久。唐玄宗让他给张果老算命，他却摆弄了老半天竹签，殚思竭虑，神色沮丧，不能确定张果老的年龄。唐玄宗对宫中贵人高力士说："我听说成了神仙的人，寒冷和炎热都不能使他的身体生病，外物不污染他的内心。现在的张果老，善算的人算不出他的年龄，善视鬼神的看不到他的形貌。神仙的行动是极迅速的，莫非他就是真正的神仙？然而我听说喝了谨斟酒的人会死。如果他不是神仙，喝了这酒就一定会败坏了他的身体。可以让他喝这酒试试。"

当时，天下大雪，冷得很厉害，唐玄宗就让人把酒拿进来，赐给张果老。张果老举杯就喝，喝了三杯之后，醉醺醺地看着左右说："这酒不是什么好酒！"于是他就倒在地上睡了，一顿饭的时间他才醒来，忽然拿起镜子看他的牙齿，他的牙齿全都变得斑驳焦黑。他急忙让身边的侍童取来一个铁如意，把牙齿打掉，收放到衣袋里。他慢慢地解开衣带，取出一帖药剂来。这药颜色微红，光亮晶莹。张果老把药敷到牙床上，接着再睡。睡一会儿忽然又醒，再拿镜子自己看看，他的牙齿已经长出来了，新长的牙齿坚硬光白，比以前还坚硬。唐玄宗这才相信他的神奇，对高力士说："大概他是真正的神仙吧。"于是唐玄宗下诏书说："恒州张果老，是云游世外的仙人。他的形迹先进高尚，他的心进入深远的幽冥之中，能把光荣和尘浊同样看待，应召进宫来。却不知道他有多大岁数，自己说是在羲皇以前的人。向他请教道术，他的道术完全达到高深完满的程度。现在就要举行朝礼，于是申明这加恩特赐的任命，授他'银青光禄大夫'之职，另赐号'通玄先生'。"

不久，唐玄宗到咸阳的郊外打猎，捕捉到一头大鹿。这头鹿与平常的鹿稍微有一些不同。随行的厨师正要杀鹿做菜，张果老看见了，便说："这是一头仙鹿，它已经活了一千多年。以前，汉武帝元狩五年的时候，我曾经跟从汉武帝在上林打猎，当时活捉了这头鹿，然后又把它放了。"唐玄宗说："鹿多了，时代又变换了，那头鹿难道不能被猎人捕去？"张果老说："汉武帝放鹿的时候，把一块铜牌放在鹿的左角下为记号。"于是唐玄宗让检验那鹿，果然找到一块二寸长的铜牌，但文字已经残损了。唐玄宗又对张果老说："元狩年是什么年？到现在有多少年了？"张果老说："那一年是癸亥年，汉武帝开始开凿昆明池。现在是甲戌年，已经八百五十二年了。"唐玄宗让史官校对这段历史，一点没有差错。对于张果老的神异的功能，唐玄宗更加惊奇。

当时还有一个叫叶法善的道士，也善道术。唐玄宗问他道："张果老是什么人？"他回答说："我知道，但是我说完就得死，所以不敢说。如果陛下能脱去帽子，光着脚走路去张果老那求情救我，我就能活。"唐玄宗答应了他。叶法善说："张果老是盘古开天辟地、混沌初分时的一只白蝙蝠精。"说完，他果然七窍流血，僵卧在地上。唐玄宗急忙跑到张果老那里，脱去帽子和鞋子，自己说自己有罪。张果老慢慢地说："这小子口不严，不惩罚他，恐怕他坏了天地间的大事呢！"唐玄宗又哀求了好久，张果老用水喷了喷叶法善的脸，叶法善立刻就活了过来。

从这以后，张果老多次说自己又老又病，请求回恒州去。唐玄宗派人把他送到恒州。天宝年初，唐玄宗又派人征召张果老，张果老听了之后，忽然死去。弟子们把他埋葬了。后来打开棺材一看，只是一口空空如也的棺材。从此，人间再也没有人看见过张果老的行踪。

◎ **拓展阅读**

仙道贵生

"仙道贵生"是道教教义内容之一。道教把对人类生命的关怀放在重要位置，所谓"仙道贵生，无量度人"。正因如此，从古及今产生出许许多多专门针对人类身体修养锻炼，探讨人之后天性命长久延续的方术方法，主张人们"重生乐生"，修持养生。在形体修持方面，道教挖掘开辟了许多途径和修养的方式方法，有动功、静功，以及按摩、服食、丹道、符秉等，具有丰富的内容和深厚的教义内涵。

钟离权，复姓钟离，单名权，燕台人。有人说他生活在汉朝，所以，一般就叫他汉钟离；但是也有人说他出生于五代。传说他的母亲生他时，有一道令人睁不开眼睛的强烈光线照射进来，照得满屋子通亮。因为根本不知道强光是哪里发出来的，因此，大家都很担心会有事情发生。

过了一会儿，华光渐渐消失，屋内顿时一片漆黑，等大家适应过来，竟然发现一个白白胖胖的男孩子已经出生了！全家人围着他瞧来瞧去，七嘴八舌地讨论起来。这个孩子的额头很大，鼻子很高，更奇怪的是他的手臂长过膝盖，是一个长相非常奇特的人。汉钟离刚刚出世的时候，就像三岁的孩子，圆圆的脑袋、宽宽的额头、深深的眼窝、长长的眉毛、高高的鼻子、厚厚的耳朵、大大的嘴巴、红红的脸蛋。到了第七天，他就跟大孩子一样吃饭，跑起路来飞快，没有一个孩子赶得上他。大伙都说："这孩子，长大只怕是不凡！"原只是一句奉承的话，却没想到他日后长大会成为被世人高高供养的神仙。

汉钟离长大之后，练成了一身好武艺；他的父亲原是一位王侯，在当时很有势力，所以，汉钟离从小就生长在富裕的家庭里，也因为父亲的关系，使得他有在朝廷表现的机会。后来，汉钟离更受到皇帝的重用当上了大将军。

有一次，皇上命令汉钟离率领一支军队去讨伐吐蕃。可是，他被上司梁翼妒忌，只配给他老弱残兵三万人，刚到达目的地就被吐蕃军劫营，军士落荒而逃。汉钟离也逃到一个小山谷，但是，因为对路径不熟悉，使他在被追赶的途中，不知不觉地迷了路。他心想："这下可糟了，说不定要葬身于此了！"

汉钟离一直骑着马，在山里绕来绕去，可就是一直找不到出路。这时候，突然出现了一位吐蕃人模样的老和尚。汉钟离便走过去向和尚拱手说道："老人家您好，请您指点一下出路好吗？"那吐蕃和尚仿佛早就知道汉钟离会这样问路一般，只对他一笑，便说："施主不要慌张，请随老衲来。"说完，和尚转身就走，汉钟离也跟了上去，大约走了两三里路，在一栋豪华的大庄园前停下来，吐蕃和尚又对他说："这里是东华先生住的地方，你可以暂时在这里休息一晚，明天再离开吧！"说完，和尚就翩然离开了。

汉钟离不敢惊动他人，爬进墙内想找个地方睡觉。可是听到屋子里有人说话的声音，于是就停下脚步靠近去听，是一个老者在嘟嘟囔囔地说："这吐蕃和尚真是多嘴，今天晚上我可又有得忙啰！"话说完，这个老人披着白色的鹿裘，拄着黛青色的藜杖，推门走出来，刚好看到汉钟离。汉钟离吓了一大跳，老人却大声对他说："你不就是汉朝的大将军汉钟离吗？怎么会跑到这里来呢？"

汉钟离虽然感到很惊讶，但还是老实回答了："是的，在下正是汉钟离。刚才有一个老师父对我说您在这里居住，多有打扰，还望海涵。"

老人便说："你能来到这里也算是缘分，这样好了，我看你长得非比寻常，就教你一些道法。"

汉钟离一听，才知眼前之人竟是仙道中人，心里十分欢喜。原来，汉钟离早就有离世求道的意念，如今听东华子一讲，自然高兴地对仙人拜了又拜，说："谢谢仙人，请受弟子一拜。"于是汉钟离诚心学道，向老人哀求，想学习救世之道。老人传授汉钟离"长真诀"、金丹火候和青龙剑法。老人谆谆教导，汉钟离虚心求教。结果，只

锺離權

花了十天，汉钟离就学会了长生不老的秘诀，学成之后，他依依不舍地向仙人道别，但等他跨出庄园，再回头一看，只见遍地野草，什么都没有了。

汉钟离回到中原后，在一个偶然的机会里又遇到了华阳真人，而华阳真人也就是当初吐蕃和尚口中的东华先生。华阳真人除了正式收他为徒之外，并且传授他一些更高深的道法，又赐给他一柄太乙刀圭和火符内丹。

后来，汉钟离为朝廷立下汗马功劳，也该是功成身退的时候，再加上晚年他对道法的着迷，于是辞官退隐，云游四海。最后他在山东的崆峒山紫金四皓峰居住，得到"玉匣秘诀"，修成真仙，玉皇大帝封他为"太极左宫真人"。

汉钟离当官时，为百姓做了很多事情。汉钟离还是一个爱打抱不平的人，直到现在，人间还流传着汉钟离因为打抱不平，和曹国舅相识的故事呢。

据说，有一年夏天，天气炎热难耐，汉钟离祖胸露腹还热得不行，听说桂林的七星岩山洞里不但好玩，而且特别凉快，他就云游到了桂林。汉钟离兴冲冲地来到七星岩，他和好多游客一起正要进岩洞，却被一群侍卫拦在外边。已经在洞里玩的老百性，也被赶了出来。听说是二国舅爷要来玩，平民百姓都得回避让开。大家听了，全都憋着一肚子气。汉钟离心想：什么二国舅爷，我得为大伙儿出出气，叫你摆不成威风反而丢脸！

原来，这位"国舅爷"是当地曹家的老二，大家都管他叫曹二，这曹二有个姐姐，当上了皇妃，他就自称二国舅爷了。这会儿，他神气活现地要进洞游玩，汉钟离举起手里的大葵扇，对准他就轻轻一扇。"呼！"一阵大风，只见曹二"蹬蹬蹬"地倒退了十几步，摔了个屁股蹲儿，四肢朝天，老百姓都哈哈大笑起来。侍卫们飞快地搀扶起曹二，更多的人担心汉钟离，不知道曹二会怎么报复他。正在这个时候，忽然有个眼尖的说："瞧，大国舅爷也来了。"

远远就看见大国舅在规劝弟弟："二弟，你来玩就玩呗，怎么可以把老百姓全赶走呢？"汉钟离一听，这个大国舅说话跟曹二大不相同，看来心眼还不错。曹二可火了："哥，平民百姓臭气满身，我怕熏！"说着，他又往前走，汉钟离又轻轻一扇，曹二"蹬蹬蹬"地又倒退十来步，又摔了个屁股蹲儿。这回他可看清了，是一个胖子在捣乱，就指着汉钟离大骂："臭讨饭的，你敢跟我二国舅爷过不去，不要命了？"

汉钟离笑嘻嘻地说："你玩你的，我玩我的，井水不犯河水呀。""那，那你为什么用破扇子把我扇得连跌两跤？""怪啦！我扇我的扇子，你怎么会跌跤呢？"曹二更生气了："我，我来玩，你，还有你们，滚开！我二国舅爷特来游山玩水。今天玩七星岩、南溪山、穿山；明天看独秀峰、叠彩山、象鼻山；后天游画山、碧莲峰、月亮山。三天内，这些地方你们都不准玩！"

游客们听了心里很气愤。汉钟离说："那可不行！你也太霸道了！"曹二说："霸道？哼，来人呀，抓住他，夺下扇子！"大国舅立刻高声阻拦他的这个恶少弟弟说："不准抓人，不准欺负百姓！"曹二真是气不打一处出来，骂道："你是什么破哥哥，没有良心！是你串通这个胖子来出我的丑？"

就在这当儿，汉钟离往前一站，说道："桂林山水，人人可玩。大家别害怕，进山洞吧，有我呢！"老百姓的胆子大了，全往里走去。侍卫们想拦，汉钟离扇了几下，他们就跌出老远老远。曹二怒气冲天，就顾不上什么威风和脸面了，自己来抓汉钟离。

汉钟离迈开大步进了山洞，曹二追他，大国舅又在后面追曹二："二弟，站住！你快给我站住！"曹二哪里肯听。汉钟离越往洞里走，越觉凉快。他随手一甩，手里的扇子飞了出去，贴在了石壁上。汉钟离停下了脚步，转过身子说："曹二，你要能把我这扇子揭下来，我们大家就全出去，由你一个人玩。"

曹二阴阴地一笑，暗想，这还不容易？本少爷我不费吹灰之力，就能拿下这个破扇子，到时候，别怪我翻脸不认人了，我要好好收拾你这个胖子！

他走上前去，使劲儿地抠，手指都抠出了血，也没有用，那大葵扇还紧贴着石壁。大国舅劝道："二弟，别抠了，惹人笑话！""你，就是你，胳膊肘朝外弯！"曹二在大家的哄笑声中，无可奈何，带着侍卫们溜走了。

汉钟离和游客们这才快快活活地在山洞里玩了一阵，而且跟那个大国舅谈得挺亲热的。后来这大国舅也成了八仙当中的一个，人们管他叫曹国舅。汉钟离的那把大葵扇，他自己上前轻轻一碰，就取了下来。直到如今，大葵扇的印痕还留在桂林七星岩的石壁上呢。不信你什么时候到桂林去旅游，到了七星岩去找"出米臼"对面的石壁，就准会看到葵扇的印痕，印痕乌黑乌黑，像油漆过似的。

◎ 拓展阅读

道体无本

"道体无本"是道教重玄派经典《本际经》的核心思想。意指道体本身是空寂纯一的，没有任何具体的规定性，因而不是"本"或"根"，也不能作为事物复归的终极目标。《本际经》中说："若法性空寂，云何说言'归根返本'？有本可返，非谓无法。"他们强调道体本来空净，无本可返。这种思想受到了佛教般若学的深刻影响，与道教传统的"道生"观念有一定矛盾。

吕洞宾，道教八仙之一，本名岩，自号"纯阳子"，唐朝浦县永乐乡人。

吕洞宾的祖父和父亲都是读书人，世代都在朝廷当官，因此吕洞宾从小就是在书香气浓厚的家庭长大，出口即能成章，写文章更是轻而易举的事。

吕洞宾出生的时候，屋里异香扑鼻，空中仙乐飘飘，一只白鹤从天而降，飞入他母亲的床帐中就消失了。不久就生下吕洞宾。吕洞宾一出生果然气度不凡，当他还在襁褓中时，让一位马祖禅师相命，马祖禅师一见吕洞宾，便称赞说："这孩子相貌不凡，只怕不是个凡人呢。有朝一日，必当会出家求取仙道，并能得道成仙。"家里的人一听，很是高兴。吕洞宾自小聪明过人，日记万言，过目成诵，出口成章，长大后身长八尺二寸，喜欢戴华阳巾，到了二十岁还没有娶老婆。他也曾想要做官，但是连考了两次进士，都没有考中。

吕洞宾学富五车，才高八斗，为什么屡试不第呢？这就是所谓"仙文不入俗人眼，非是朱衣不点头"。六十四岁那年，吕洞宾又去赴试，他游访长安时，在酒店遇见一位羽士，青衣白袍，在墙壁上题诗，这个人就是汉钟离。吕洞宾见他状貌奇古，诗意飘逸，问他姓名。汉钟离对他说："我是云房先生，居于终南山鹤岭，你可愿意抛弃荣华富贵，随我四处云游，求访仙道吗？"吕洞宾凡心未已，没有答应。

到了晚上，汉钟离和吕洞宾便在酒店的客房中休息。汉钟离独自为他做饭，吕洞宾则卧床睡觉，没一会儿，就入睡了。睡梦中，吕洞宾梦到自己考中进士，官场得意，一直高升做到大学士的职位，又当上了朝廷宰相，子孙满堂，极尽荣华。可是因为权位太高，引起了奸臣的忌妒，不久就遭到陷害，被判了重罪，家产都被充公，妻子儿女也分散了，到老后只剩自己一人，穷困潦倒，骑着马站立在风雪中，正感到凄凉的时候，突然一觉醒来。这时汉钟离饭还没煮好。

汉钟离看他醒来，笑着说："我的米饭还没煮好，你已经梦到神仙国了。"吕洞宾感到非常惊讶，连忙说："先生知道我刚才做的什么梦吗？"汉钟离则说："真真假假，假假真真。我怎么不知道你刚才做的什么梦？沉浮不定，一生的荣华富贵转眼间就过去了。得到了什么，不要觉得高兴；失去了什么，也不要感到悲伤。只有看透世间红尘的人，才知道人生只是一场梦而已。"吕洞宾顿时彻悟到，高官厚禄，富贵荣华，只不过转瞬间的事。

吕洞宾听完这番话，感到非常惭愧，立刻跪下来求先生收他为徒，传授道法。但是汉钟离怕他意志不坚定，想试试他求道的决心，就说："你只要通过十项考验，我就收你为徒弟。"

汉钟离想考考吕洞宾是否真心诚意地学道，于是亲自导演了"十试洞宾"的精彩剧目。

第一次，吕洞宾一日外出回来，突然看见全家人都暴病身亡，吕洞宾既不悲伤，也不悔恨，只管找人置办寿衣棺木，准备料理后事。不一会儿，家人忽然又全都活过来，他又无所谓。有一次，吕洞宾上街卖货，买主讨价还价后，说好了价钱，但货主又反悔变卦，只付给一半价钱，吕洞宾不争也不恼，让买主大摇大摆地把货物拿走。有一次，大年初一，吕洞宾正欲出门，遇到一个乞丐倚门乞讨，吕洞宾急忙施予财物，但乞丐却没完没了，还想要更多的东西和钱财，并且口吐脏言，辱骂吕洞宾，吕洞宾只是满脸堆笑，一个劲地赔不是。还有一次，吕洞宾牧羊山中，忽遇一饿虎追捕羊群，吕洞宾保护羊群下坡躲避，自己上前以身挡虎，老虎见之悻悻而去。还有一次，吕洞宾居山中茅舍读书，忽然来了一个漂亮女子，声称自己是迷了路前来求宿。继而，这女子百般挑逗吕洞宾，晚上还共处一室，吕洞宾始终坐怀不乱。女子反复折腾了三天，才无奈地离去。还有一次，河水泛滥，吕洞宾与众人乘舟渡河，行至中游，狂风大作，波涛汹涌，众人惊惧，唯吕洞宾神态自若，端然不动，置生死于度外。

这样，经过几年的时间，汉钟离一共对吕洞宾进行了十次考验，吕洞宾都以平常心态对待，把世间的繁华看得很平淡。汉钟离就对他说："我试了你十来次，你都能毫不动心，由此可见，你一定可以得道的，不过你还得立三千功，八百德才能成仙。"

自此吕洞宾就用从汉钟离那里学来的仙术和火龙真人的剑法，不断地四处济世助人，行侠仗义，斩妖除害，为民造福。关于他的传说中，除了江淮斩蛟、岳阳弄鹤、客店醉酒之外，还有戏牡丹花仙之说。

相传，吕洞宾云游天下，来到山色奇秀，九峰回环的桐柏山，发现大地颤抖，房屋倒塌，九峰欲崩。他定睛一看，原来是一只巨大的穿山甲在作怪。

吕洞宾气恼之下，迅速召集各路山神，共商擒拿穿山甲、拯救百姓的大计。众山神纷纷说："此怪有五千年的道行，炼就了翻山倒海之术，我们就是联手也斗它不过，还望大仙禀告玉帝，速派天兵天将捉拿此怪，拯救百姓，保护山林。"

吕洞宾嘿嘿一笑说："一个小小的穿山甲作怪，不必惊动天兵天将，我一个人就可以治服它了。"众山神一齐称谢而去。

众山神走后，吕洞宾暗想："这个妖怪的妖术这么厉害，我怎能降服了它？也是我一时说出大话，如若不把此妖镇住，大家岂不是要讥笑我说大话、吹牛皮了？这可怎么办才好呀！"

正在吕洞宾绞尽脑汁沉思之际，太白金星神秘地对吕洞宾贴耳小声说道："要

想降服穿山甲，非用定山神针不可。这神针乃是王母娘娘头上的一根玉簪，若能借得，便可马到成功。"

　　吕洞宾面露愁容说："那怎么能行啊，玉簪本是王母娘娘心爱的贴身之物，恐怕谁也借不出来啊！"

　　太白金星笑一笑道："既然你打下了保票，就试试看吧。但是，要拿王母娘娘的玉簪并不是很难的一件事。王母娘娘身边有一名贴身侍女——牡丹仙子，她早有思凡之意，你若能打动她的心，这件事情定能办妥。"

次日，王母娘娘在西天瑶台举行蟠桃盛会，请各路大仙赴宴。吕洞宾和太白金星驾起祥云，同赴蟠桃会。

蟠桃会上，众侍女琴声悠扬，舞姿翩翩。各路大仙开怀痛饮。酒过三巡，菜上九道，王母娘娘就命侍女牡丹仙子给各路大仙斟酒。当牡丹仙子给吕洞宾斟酒时，太白金星用胳膊将吕洞宾碰了一下。吕洞宾心里知道机会来了，于是趁接酒杯之机，将牡丹仙子的手轻轻地捏了一下，牡丹仙子心一动，不觉脸上一红，低着头退了下去。

过了一会儿，王母娘娘又命牡丹仙子向大仙赐赠蟠桃。牡丹仙子迟迟疑疑地来到吕洞宾面前。太白金星用脚尖踢踢吕洞宾，吕洞宾就在取蟠桃时，将桃盘重重地往下一按，牡丹仙子手腕一软，羞得面如桃花。她低着头，顺后门向瑶池边急急走去。吕洞宾看在眼里，就紧跟而去。

牡丹仙子径直走到瑶池边，两眼凝视着池边开放的牡丹花沉思起来。吕洞宾悄悄地站在牡丹仙子背后，轻声说："牡丹仙子，你在赏花吗？"

牡丹仙子回头一看，见是吕洞宾，急忙拂袖掩面怒斥吕洞宾说："你，你可知道天庭的严规？"

吕洞宾嘿嘿一笑，说："我不但知晓仙规，而且还能看透你的心思。"

牡丹仙子摇了摇头。吕洞宾上前几步说："你很羡慕人间，是吗？"牡丹仙子又慢慢地低下了头。吕洞宾充满感情地说："人间真美好啊！山清水秀，鸟语花香。夫妻恩爱，琴瑟和谐。我在人间云游各地，见过不少名山大川，风光园林，像苏杭美景，泰山奇峰，蓬莱仙境，曹州牡丹……真是美不胜收，要胜过天堂百倍千倍呢！"

牡丹仙子慢慢地抬起头，轻轻说："真的吗？"吕洞宾用手一指，说："牡丹仙子，你往那里看，有一对年轻夫妇，他们在欢欢乐乐地耕地撒种。你再往那边看，那是一对情人正在园里赏花。"吕洞宾回头一看，见牡丹仙子还站在那儿呆望着那一对情人，于是说："牡丹仙子，你现在年轻韶华，假如不去享受一番人间的幸福，真是最大的憾事了。"

牡丹仙子有些迟疑地说："要想下凡，谈何容易。仙规如此森严，怎么会如愿以偿呢？"

吕洞宾微微一笑："牡丹仙子，你果有此意，我愿助一臂之力。不过，我也要请你帮个忙。"

牡丹仙子说："我能帮你做什么呢？"

"王母娘娘头上的玉簪，借我一用。"

"哎呀，那哪行呀？玉簪是王母娘娘的心爱之物，谁也借不得。再说，她要是发现玉簪不见了，还不严惩于我？"牡丹仙子为难地说。

吕洞宾上前几步说："请你往这儿看！"牡丹仙子透过云层，只见桐柏山一带，到处是房倒屋塌、男哭女嚎的凄惨景象。

牡丹仙子急忙闭上眼睛说："哎呀，百姓真是太可怜了。这是怎么一回事呀？"

吕洞宾说："这桐柏山一带，过去山河秀丽，林茂粮丰，政通人和，人们安居乐业，只因这穿山甲作怪，才使这里变成如此惨景！我想借王母娘娘玉簪，除掉这兴妖作怪的穿山甲。"

牡丹仙子焦急地说："我愿帮忙，可是怎么做呢？还烦请大仙指点一二。"

吕洞宾见牡丹仙子答应帮忙，不胜欢喜。他如此这般地嘱咐了一番，又将一只假玉簪交给了牡丹仙子。

次日清晨，王母娘娘沐浴完毕，让牡丹仙子给她梳头时，牡丹仙子便趁机将玉簪偷换下来，把假的戴在了王母娘娘的发髻上，王母娘娘可是一点也没有觉察出来。牡丹仙子把真的玉簪藏在袖内，出来交给了吕洞宾。

吕洞宾带着定山神针，来到桐柏山，很快把那作恶多端的穿山甲擒住了。

吕洞宾惩处了穿山甲之后，就和太白金星一同赶赴西天瑶台归还定山神针，并请求王母娘娘宽恕牡丹仙子盗玉簪之罪。

王母娘娘得知，又喜又惊又气，虽说为民除害，应该奖，但牡丹仙子常在身边，竟如此目无法纪，天规难容！王母娘娘见二位大仙讲情，便说："看在二位仙人的面上，免牡丹一死，但要赶出西天，降为凡俗！"

就这样，桐柏山人民又过上了安居乐业的生活，牡丹仙子也实现了前往人间的愿望。

吕洞宾立下了三千功，积了八百德，后来终成八仙之一。吕洞宾后被全真教奉为北方五祖之一，世称吕祖、纯阳祖师，成为八仙中最为出名的神仙。

◎ **拓展阅读**

琴剑笛

琴剑笛指青龙剑、无孔笛、无弦琴。阴阳派丹法首先将其筑基功夫中的一些手法称"铸青龙剑"，"吹无孔笛"，又称"敲竹唤龟"。将调鼎功夫的一些手法称"弹无弦琴"，又叫"鼓琴引凤"。清净丹法沿袭了这些术语，解释完全不同，将青龙剑改称无影剑或慧剑。剑之取义，为守护；琴之取义，为调摄；剑喻刚，琴喻柔。张三丰《洞天清唱六叠》说："俺把那没弦琴怀中抱。"（二叠），"俺只待伏慧剑将白雪培。"（四叠）

曹大国舅

曹国舅,道教八仙之一。相传为宋仁宗时期的大国舅,是宋朝时曹太后的弟弟,名佾,还有一个名字叫景休。他身为皇亲国戚,仗势欺人,到处吃喝嫖赌,无恶不作。由于是皇亲国戚,所以连当地的官吏也怕他三分,不敢说他不是,真是一个十足的大坏蛋。

一天,他的弟兄们听说有个珠宝商经过,商人身边有颗世上稀有的宝珠——还魂珠。于是,他们便纠集了当地的一伙地痞流氓,带着兵器埋伏在半路上。当商人走来的时候,他们忽然从路边闪出,三拳两脚将商人活活打死,连人带珠埋在一棵树下,想等过三两天,风声小了之后,再来挖取宝珠。

也真是无巧不成书,有一只野狗经过树下,它闻到了血腥的味道,刨开了新挖填平的泥土,见到尸体露天,没有什么好吃的,"汪汪"地狂叫着逃走了。随后有人路过此地,发现这里出了人命案件,立即投奔开封府向包公报案。

包公随即派张龙、赵虎跟随报案人前往现场,果真发现人尸体和宝珠,一摸,尸体还有温度,就抱着一线希望,把还魂珠放进了那个商人的嘴里。过了一顿饭的工夫,商人苏醒了过来,向包公述说了自己的冤情。

包公听那商人陈述了冤情,弄清了四个抢劫杀人犯的形体面貌,心中已经有数,他气得拍案大叫:"好哇,曹国舅胆大包天!"曹氏四弟兄被衙役押到大堂,在人证物证面前,再也无法抵赖,只好磕头领罪。包公作出断决:"你等谋财害命,按法该斩。幸而人已救活,劫宝未遂,姑免死罪。今后若再犯法,定斩不饶!"吓得曹氏弟兄泪如雨下,磕头如捣蒜,谢恩而去。

大国舅悔恨不已,发誓出家修行,永不杀生害命,就背井离乡,走往他方。这个逃跑的曹国舅出得城来,还是心惊胆战,老是觉得后面有兵马追赶,惶惶不可终日,所以一直跑了一天一夜。

你想,这位国舅爷,在府中是锦衣玉食,珠围翠绕,衣来伸手,饭来张口的贵公子,每次出行,不是坐轿,就是骑马,前呼后拥,好不威风。说句夸张的话,他的靴底比百姓的毡帽都干净。这么风餐露宿地走了几天,脚底板下起的燎泡像葡萄串子,迈一步得咬一下牙关;再说身无分文,宿店、吃饭也成问题。他只好把身上的锦袍、玉带卖了当盘缠,朝靴换了老百姓平常穿的布鞋,图个轻便。

这一天,他来到了秦中富水地面,钱已花完了,也没有什么东西可卖了。曹国舅腹中饥饿,神倦腿软,就靠在一家铺店的檐墙上打起盹来。忽然觉得有人摇他的肩膀,迷迷糊糊地半睁眼一看,原来是一位宫中常常见面的张太监。张太监一见曹国舅醒来,慌忙行礼,毕恭毕敬地对他说:"国舅爷,您让我们找得好苦呀!自您离京后,您的姐姐娘娘想您茶不思,饭不想,玉体欠安,我们奉了御旨来接

上界八僊

您回京来了。"说毕,朝后一摆手:"快来呀,国舅爷在这里!"只见一顶八抬的黄缎大轿已抬到了他的面前。曹国舅被那位太监拉起,连搀带推地到了轿门口,正想抬脚进去,这时,国舅忽然清醒起来,立即使了一股劲,挣脱了太监的纠缠。他心里明白,自己是断断不能再回到京师汴梁城了。

但是,曹国舅仍然是饥渴难忍,就走到一个村子里讨饭吃,人家一盘问,原来是曹国舅,就咬牙切齿地说:"我这饭宁愿喂狗,也不给你吃!"他越想越气,心里想,要不是包公的陷害,我怎么会落到这一地步?他想着想着,不由怒火中烧,恶狠狠地说:"包黑子,你等着,有朝一日我要把你包家斩尽杀绝,一个不留!"

"曹国舅啊,曹国舅,事到如今,你还心生恶念,不思改悔!难道你真的就这样了却余生吗?"曹国舅一看,见汉钟离、吕洞宾二位神仙站在眼前,慌忙下跪,叩头恳求说:"大仙救我,刚才弟子饿得头晕眼花,失去了理智,才会发泄怨气,哪敢再有害人的歹心呢?求大仙指点迷津,从今以后,弟子决心抛弃一切人世间的私心杂念,悔过自新。还请二位仙人指点迷津。弟子看破红尘,撇下皇家厚禄,扔掉御赐金牌,庶可表明心迹,就请带弟子上终南山修行学道好了!"

吕洞宾微微一笑,说:"这样才好,你闭上眼睛。"曹国舅顺从地闭了眼睛,只觉身子像一片鹅毛一样轻轻飘起,耳边呼呼有风,好似腾云驾雾一般。过了一会

355

儿，又听吕洞宾说："睁开眼吧！"曹国舅睁眼一看，发现自己已经在一座山岗上。汉钟离说："跪在这里，三拜九叩，向天悔过，向地自新，向民请罪。你的吃穿用度，自有寿圣送来，你要好自为之，三年后，我们再来看你。"

曹国舅朝空拜了三拜，说："弟子一心求仙学道，纵受千磨百难，粉身碎骨，誓无反悔！"他按照两位大仙的指点，每天到后山砍九根擀面杖粗细的青藤针棍，铺在山岗，跪在上面三拜九叩，忏悔过去，修身养性，就这样尝尽了修炼的苦辣酸甜，了却了人间的恩恩怨怨，整日清心寡欲，毫不动摇。

三年过去了，青藤针棍已经在山顶上铺了千层，叠了二十多丈高。这天，汉钟离和吕洞宾来到他眼前说："三年来你在此叩拜参禅，还算虔诚，现在你要接受更大的考验，你必须点火自焚，彻底了却凡间的恩怨。"说罢，扔下一个火种，驾起云走了。

曹国舅拿起火种，心乱如麻。他看看火种，看看身下经过三年的厚厚的青藤针堆，心里说不清是什么滋味。停了好一会，突然喊出了撕心裂肺的声音："苍天啊苍天，我曹国舅纵有悔过自新的决心，可是，到头来还落得个如此下场，报应啊，报应啊！"说完，紧闭双目，颤颤地把火种抛了下去，然后无望地闭上眼睛。

只听见"轰"的一声，在他的身边顿时燃起了漫天大火。曹国舅就等着经受那撕心裂肺般的被大火烧焦的痛苦，谁想，天空中霞光万道，紫气霭霭。曹国舅从冲天大火中，冉冉升上天空。

天空中响起一阵哈哈大笑，"曹国舅，欢迎！欢迎！我们恭候你多时了！"曹国舅睁眼一看，只见铁拐李、汉钟离、吕洞宾、何仙姑、蓝采和、韩湘子、汉钟离等七位大仙都在向自己招手呢。铁拐李说："你三年没白费，炼就了这块无价宝，你可要为民造福呀！"曹国舅低头一看，见自己踩了一块像玉石一样的板，上面写着"云阳板"三个光芒四射的大字。他笑了笑，踏着祥云，随众大仙云游去了。

◎ **拓展阅读**

三魂七魄

古人认为人身上有三魂七魄，也有说三魂六魄的，三魂又叫三精。这种说法来源于道家，如道书《云笈七签》云："夫人有三魂，一名胎光，一名爽灵，一名幽精。"七魄是：尸狗、伏矢、雀阴、吞贼、非毒、除秽、臭肺，皆"身中之浊鬼也"。《抱朴子·地真》中说："欲得通神，宜水火形分，形分则自见其身中之三魂七魄。"《玄怪录》、清袁枚《续子不语》都载有三魂七魄的故事。

采和化仙

蓝采和是道教八仙之一，别名养素，唐代开元天宝时人。人们都不知道他是什么地方的人。传说他是赤脚大仙转世，是一位玩世不恭、行为怪诞、爱唱爱跳、行乞讨饭的道士。

蓝采和经常穿着一件破破烂烂的蓝色衣衫，腰间系着一条用黑木头雕成的官带，腰带上有六块黑色的木质装饰物，腰有三尺多宽。他一只脚穿着靴子，另一只脚光着走路。夏天，他就在单衣里塞上棉絮，却不觉得热；冬天，他就时常穿着短袖衣服躺在雪地上，呼出的气像蒸出的气一样，也不觉得寒冷。更奇怪的是，许多年来，在他身边嬉戏玩耍的小孩子都成了老公公，他依然很年轻，一点也没有改变。

蓝采和很喜欢喝酒，而且每次喝酒，总是喝得酩酊大醉。蓝采和的手里，经常拿着一副长三尺余的大拍板，一面唱歌，一面打着拍子，想到什么就唱什么，每到一个地方，都能吸引很多人，不管老少都喜欢听他唱歌。其实，他唱的歌并没有人听得懂，只是他很聪明机灵，说话风趣，常常让大家捧腹大笑、前俯后仰。别人问他问题，蓝采和的回答总充满着高深莫测的仙道，吸引着大家的心。

蓝采和是个淡泊名利的人，人人看他衣服穿得破烂，一副可怜的样子，时常施舍钱给他，但是他并没有收起来，只是用绳子将钱串起来，拖在地上走，拖着拖着，就散落在地上，他也不弯腰去捡。在他看来，钱财实实在在是身外之物，不值得为了它而徒生烦恼。他有时把钱拿去救济穷人，如果有剩余的钱，就去喝酒，因此他常常对人说："什么东西都是身外之物，生不带来，死不带去，何必计较这些呢？"所以，他的身上常常没有钱，可是却能云游四方，逍遥自在。

初看起来，蓝采和似乎疯癫，但他一点也不傻、不呆。行路时，他一面蹬着靴子，一面吟唱着那首自编的名为《踏歌》的曲子："踏歌蓝采和，世上能几何？红颜一椿树，流年一抛梭。古人混混去不返，今人纷纷来更多。朝骑鸾凤到碧落，暮见桑田生白波。长累明晖在空际，金银宫阙高嵯峨。"蓝采和的歌特别多，而且都带有仙人物我两忘的意境，世上的凡人是无法体会其中真意的。

蓝采和还经常进山寻访道中高人，饿了吃山里甜甜的野果，渴了喝溪涧清澈的泉水，生活也是清闲自在的。这一天，他走进山中，走到一个荷花池畔，放眼处，池塘里的莲花在明媚的日光映照下，显得十分清朗、圣洁，风吹去，莲叶晃动着肥圆翠绿的叶子，小雨滴残留在叶上，沿着叶子的摇摆而滚动着。这些晶莹的水珠折射着月光，呼吸着莲叶的清香。莲茎有刺，兀自窜出莲叶，亭亭玉立，撑开一朵莲花或者托住一颗莲蓬，花或粉红，或淡黄，或雪白，与青绿的莲蓬互相衬托，个个显出她们清丽的风姿来。

○ 品画鉴宝　蓝采和像·元　蓝采和传说为唐代隐者，常一边唱歌一边行乞，在八仙中排第六位。

可是，与这个良辰美景形成极端对比的是，在池塘的旁边，一个曲眉大眼、方脸大肚的老者，躺在塘边低声呻吟，黑糊糊的肚脐边一块疮已烂得流脓，还流淌着许多暗黑色的淤血。蓝采和心中不忍，忙奔到他身边，用口和手吸挤那脓疮，弄得蓝采和手上、嘴边、身上都是血污。脓血吸净了，蓝采和就站起身来，准备到别处给这个人找个郎中看看，到底是怎么回事。哪晓得一会儿，那老者肚子上竟哗哗流出血来，比刚才还要厉害，而且随着流血过多，老人的脸色立刻由黑变白，危在旦夕。蓝采和顿时傻了眼，心想，这可如何是好？一时呆呆地立在地上，手足无措。

过了一会儿，那老者突然睁开眼睛，使劲儿地盯着蓝采和，突然大声说："你这个傻瓜，还不赶快用篮子去提一篮子水来，这里还流血呢！"蓝采和看见老人的身边有一个竹篮，都说竹篮打水一场空，蓝采和心里明白，却又无奈，也就飞快地去提水。到了老者身边，篮子里肯定是滴水全无。蓝采和见老者苦笑两声，又听他数落道："你可是我见过的最笨的一个人了，用那塘里的黏泥糊在篮子的空格上，不就行了！"说完叹了一口气。蓝采和脸一红，照老者的话做了。提了一篮水，可是等到提着来到老者的身边的时候，清水早已经变成了浑浊汤！那老者瞪了他一眼，发了怒："痴货！还不快把它倒掉，换一篮子清水来！"

蓝采和心中上了火，却又不能言，毕竟那是个可怜的老人呀。他正在一筹莫展的时候，忽然看见旁边一位年轻俏丽的二八女子，捂着嘴笑他呢！这么一来他就更加窘迫尴尬了。那女人说："大哥，咋不想想法子呀？"蓝采和望望荷塘，又看看竹篮，搜肠刮肚还是一点办法没有。女人看了老者一眼，老者也看了她一眼，女人就嗤嗤地笑着说："你看那翠绿的荷叶和黑黑的泥巴，哪个糊篮子更好？"

蓝采和看看清绿滴翠、宽大的荷叶，心有所悟，拍了一下脑门子，就去摘了几张，叠在篮子里，提了一篮子清澈的水来。老者仰倒在地，蓝采和自然会意，将一篮水"噗、噗、噗、噗"地泼在那一滩黑肉上。老者的肚子立时就光光的如同平常一般。蓝采和惊异至极，瞪着眼，张着嘴巴，百思不得其解。"真是个楞头青！这水出奇得很，喝一口看看是什么味道？"那老者翻身站起来，指着荷塘。

蓝采和也正要尝尝，于是就依老者，用双手掬了一捧水喝了下去，一股清香沁入肺腑，而且他的身子也突然变得轻轻松松，飘飘然起来。那女人捡起篮子，嫣然一笑，"恭喜大哥，你成仙了。"说时迟，那时快，就见那老者提了蓝采和一把，顿时他和他手提的竹篮子就离开了地面，听老者说："我们去蓬莱岛玩玩去！"蓝采和腾空而起，膝下萦绕着蘑菇状彩云，追随着老者和那手持荷花的女人而去。

你知道那老者和那女人是谁吗？原来正是全真二祖汉钟离和荷花仙子何仙姑。后来，元代的文人还根据他的趣闻逸事，撰写了杂剧《汉钟离度脱蓝采和》呢。

◎ 拓展阅读

游仙枕

游仙枕是传说中的枕头名。五代王仁裕《开元天宝遗事·游仙枕》中记有："龟兹国进奉枕一枚，其色如玛瑙，温温如玉，制作甚朴素。枕之寝，则十洲、三岛、四海、五湖尽在梦中所见，帝因立名为游仙枕。"宋刘克庄《和季弟韵》中说："俗中安得游仙枕，世上原须使鬼钱。"元张可久《阅金经·访道士》曲也有："寻洞天深又深，游仙枕，顿消名利心。"

韩湘子，字清夫，是道教八仙之一。据说，他是唐朝大文豪韩愈的侄儿。

韩湘子在很小的时候，父亲就去世了，家里只靠母亲做些针黹刺绣之类的女工活儿来维持生活。虽然日子过得很困苦，可是他母亲无论如何，也会尽量筹钱来供他们兄弟读书，希望他们能够求得功名，光宗耀祖。但是韩湘子生性放荡不羁，不好读书，只是整天花天酒地、寻欢作乐，把母亲的话当成耳边风，每天四处游荡，不务正业，使母亲非常烦恼。

韩湘子在二十岁时去洛阳城探亲，立刻被当地的秀丽山川所吸引，一去不返，二十多年音讯全无。元和年间，他忽然回到长安，衣衫破旧，行为怪异，韩愈让他入学校和学生们读书，但韩湘子和其他的学生讨论的时候，一言不发，只跟底下的仆人赌博，喝醉了就在马房中睡个三天五日的，要不就是露宿街头，和乞丐没有什么分别。

韩愈看到他这个样子，十分为他担心。有一次，韩愈问韩湘子："人生在世，每个人都要有所长，就算小摊小贩、挑夫走卒也有一技之长，你如此胡闹，将来能做什么呢？我们全家都为你担心呀，这样下去，也不是一个事呀！"韩湘子说："我当然也有一门别人都没有的技巧，只是你不知道罢了。"韩愈问："那你能做什么？"当时正当初冬季节，韩湘子就叫家人从花房里搬来几盆牡丹，说："叔叔，你看见了吗？咱们家的牡丹花是什么颜色？"韩愈哭笑不得，说："当然是红色的呀！"韩湘子不说话了，一会儿，嘴中念念有词，重新给牡丹培土、施肥、浇水，过了一会儿，大家再看，牡丹已经是五颜六色、形态各异，而且还在风中摇曳。大家看了，都啧啧赞叹不已。

过了几天，韩愈看他还是整天不务正业，一副游手好闲的样子，便又劝诫他要用功读书，可是韩湘子却回答他说："我和你的志向不同，凡世间的功名利禄，我都没有兴趣。"韩愈听了很生气地对他说："你既然有自个儿的志向，我倒想听听有什么特别之处。"

韩湘子不说一句话，拿起笔，就在纸上写下一首诗来，诗的意思不离求道成仙的话。韩愈看了，非常惊讶地问："神仙是无所不能的，你想求道，到底想学些什么呢？"于是韩湘子又当场写了一首诗，韩愈不知道他写的意思是什么，不过看了诗之后，才发觉他的文笔并不坏。于是又问了韩湘子，师承何人。韩湘子答道："早在几年前，我在街上遇到了纯阳先生，从那时候起，就跟他学习仙道直到现在。"韩愈点点头说："既然你有自己的志向，叔父我也不会改变你，你就专心求道吧！"

不久之后，韩愈因为反对皇帝迎佛骨进宫，而遭到降级，被外调到潮州当刺

史。当他前往潮州上任时，遇到了大风雪，马车陷在积雪里动弹不得。这时候，突然有一个人冒雪走过来，韩愈仔细一看，原来是自己的侄儿韩湘子。

韩愈好久没看到韩湘子了，这次见到侄儿，心中非常高兴，韩湘子一见到叔父就问："你还记得以前我写的那首诗吗？"韩愈想了一下，点点头表示记得。于是韩湘子告诉他说："叔父，这里就是蓝关。"这时韩愈才恍然大悟，原来韩湘子写的那首诗是一首谶语诗。

韩湘子看到叔父一脸沮丧的样子，立即安慰说："叔父不必担心，不久之后，您还会回到京城里当大官，为百姓服务的。"当大雪停后，韩湘子向叔父辞行，并说："以后，要见面就得看天帝的安排了。"韩愈这时才知道侄儿其实已经成仙了。

韩湘子手中的神器名为紫金箫，是用南海紫竹林里的一株神竹做的。据说，韩湘子这支神箫，还是东海龙王的七公主送他的呢！

有一年，韩湘子漫游了名山大川，到东海之滨，听说东海有一个龙女，善于音律，精于歌舞，很想会她一会。因此，他天天到海边去吹箫。这一日，三月初三，正是东海龙女出海春游的日子。夜里，龙女听见海边传来一阵悠扬悦耳的长箫声，惊呆了。这是她从来也没有听到过的音乐，如泣如诉，幽幽怨怨，余音袅袅，不绝于缕。韩湘子的箫声扰乱了龙女的心，那声声妙曲好像把她的灵魂勾去了似的，她身不由己地向海边走来，化作一条银鳗来听吹箫。

韩湘子一曲吹罢，大潮退去十里远。这时，他发觉滩头上有一条误了潮的搁浅银鳗，正泪光莹莹地抬头望着他。看她的神情似乎还陶醉在乐曲声中，韩湘子又好气又好笑地说："鳗儿呵鳗儿，难道你也懂得其中的奥妙？你若是个知音，请把我的情意传到水晶龙宫去吧！"鳗儿听了，连连点头。

韩湘子十分惊异，出于好奇心，他又吹起了玉屏箫。想不到，银鳗深通人性，居然在明媚的月光下跳起神奇的舞蹈。舞姿之优美，神态之奇异，世上罕见，连闯荡江湖、游遍名山的韩湘子也愣住了。那银鳗在月光下不停地闪腰，盘舞，旋转……速度越来越快，节奏越来越紧，突然银光一闪，鳗儿不见了，只见月影中站立着一个天仙般的龙女，柳叶眉，杏花脸，玉笋手，细柳腰，金纱披身，莲花镶裙，舒腰好似嫦娥舞，起步赛过燕掠水，把个韩湘子也弄糊涂了。龙女边舞边唱："寂寞龙宫呵闻箫声，伴君一曲呵凤求凰，妾应伴舞呵到天明。"歌舞声中，月儿渐渐西坠，潮水慢慢回涨，天快亮了。忽然，一个浪头打来，鳗儿、龙女都不见了。这样的情景，一连发生了三个晚上。

这一天，韩湘子又来到海边吹箫。不知什么缘故，吹了大半天，龙女就是不出海来。难道玉屏箫失灵了？气得他把心爱的玉箫摔断，龙女还是没有上来。韩湘子正沮丧地往回走，忽闻背后有人喊他。回头一看，却是个陌生的老渔婆。

老渔婆朝韩湘子道个万福说："相公，公主感谢你的美意，特地差我出来传话。实不相瞒，前几夜在月下歌舞的乃是东海龙王的七公主。因前日和先生伴舞的事情暴露，被龙王关在深宫，不能前来相会。今天她叫我奉献南海普陀神竹一枝，以供相公制仙箫之用。望相公制成仙箫，谱写神曲，以拯救龙女脱离苦海！"说罢，老渔婆递上神竹一枝，便化作一阵清风不见了。

韩湘子将神竹制成紫金箫，走进了深山古洞，日夜吹箫谱曲，果然练出了超凡绝俗的本领。后来，八仙过海，韩湘子吹神箫制服蛇妖、妙曲镇鳌鱼，大显神通。而东海龙女呢，仅仅因为偷偷送韩湘子一枝神竹，就被观音大士罚为侍女，永远不得脱身。传说，东海渔民至今还常常听到海上有悠扬的箫声，那是韩湘子想念龙女，心中烦躁，在天上吹箫呢！

◎ 拓展阅读

《三洞群仙录》简介

《三洞群仙录》共二十卷。南宋江阴静应庵道士陈葆光撰集。收入《正统道藏》正一部。据《三洞群仙录·序》称，该书网罗九流百氏之书，下逮稗官俚语之说，凡载神仙事者，皆汇集入编。全书搜集神仙故事一千五十四则，始自盘古，迄于北宋。所集神仙之故事，皆自注其来源，引书多达二百余种。称其所"集仙之行事"，乃"扬高真之伟烈，以明示向道者，使开卷洞然，知神仙之可学"。

八仙过海

蓬莱阁，坐落在陡峭险峻的丹崖山顶，以其壮丽秀美的身姿，吸引着国内外无数游客。人们来到这里，不仅为仙阁的雄姿发出声声赞叹，也会被"八仙过海"的美丽传说所陶醉。八仙是中国古代神话里的八位神仙，他们是汉钟离、张果老、铁拐李、韩湘子、曹国舅、吕洞宾、蓝采和还有何仙姑，传说八仙分别代表着男、女、老、幼、富、贵、贫、贱。人们称八仙所持的檀板、扇、拐、箫、剑、葫芦、拂尘、花篮等八物为"八宝"，代表八仙之品。这八位神仙各有道术，法力无边。"八仙过海，各显神通"，就是关于他们的一段家喻户晓的故事。

那是很久很久以前的一天，吕洞宾、铁拐李、汉钟离、蓝采和、韩湘子、张果老、曹国舅、何仙姑八位神仙，在丹崖山下的仙人洞里坐得无聊，便起身到仙阁上饮酒作乐。酒过三巡，铁拐李禁不住游兴大发，对众仙人说："都说蓬莱、方丈、瀛州三座神山景致极好，我等何不前去游玩一番！"众仙点头称是，八仙之首吕洞宾提议说："我们既然都是神仙了，那么这一次渡海，都不能乘船，咱们不如用自家的拿手本领，要只凭个人的道法，踏浪过海，各显神通，你们看好不好？"众仙听了，欣然赞同，都说："好！"说罢，一齐弃座动身而去。

铁拐李第一个过海。只见他把手中的拐杖抛入东海，拐杖就像一叶小舟，浮在水面上，载着铁拐李平平安安地到达了对岸。

这时，汉钟离拍了拍手里的响鼓说："看我的。"随后，也把响鼓扔进了海里，就像是一个救生圈，他盘腿坐在鼓上，稳稳当当地渡过了东海。

张果老笑咪咪地说："还是我的招数最高明。"只见他掏出一张纸来，折成了一头毛驴，纸驴四蹄落地后，仰天一声长叫，驮着张果老踏浪而去。张果老倒骑在驴背上，向众仙挥挥手，一会儿就到了对岸。

接着，吕洞宾、韩湘子、何仙姑、曹国舅也都用身边带的东西作渡船，一个个平平稳稳地渡过了东海。

七位仙人到了对岸，左等右等、翘首以盼，可是，还是看不见蓝采和的人影。原来，他被东海龙王敖广抓进了海里去了。也是无巧不成书，原来刚才八仙过海时，正赶上东海龙王敖广酒后兴起，带着虾兵蟹将出海游玩。刚到渤海海面，龙王见八仙各显神能，不由心生歹意，下令让虾兵蟹将抢走蓝采和的竹篮。蓝采和与之争斗，终因寡不敌众，被敖广抓住关进了水晶宫。

众人找不到蓝采和，又急又恼，他们对着东海大声喊道："敖广听着，赶快把蓝采和交出来，要不，当心我们的厉害！"

敖广一听，便勃然大怒，冲出海面大骂这七个人。这一回，大仙们可大动肝火了，个个咬牙切齿，杀气腾腾，直奔龙宫。八仙各自使出自己的看家本领，个个奋勇上前解救，打起了一场恶战，敖广一下子潜入了海底。

敖广知道七仙不会善罢甘休，早在半路上伺候着。他见大仙们来势凶猛，慌忙挥舞着大旗，催动虾兵蟹将，掀起漫海大潮，向七仙淹来。汉钟离挺着大肚子，飘飘然降落潮头，轻轻扇动蒲扇。只听"呼呼"一声，一阵狂风把万丈高的大潮和虾兵蟹将都扇到九霄云外去了，吓得四大天王连忙关了南天门。敖广见汉钟离破了他的阵势，忙把脸一抹，大喝了一声"变"，海里突然蹿出一头巨大的鲸，张开闸门似的大口来吞汉钟离。

汉钟离急忙扇动蒲扇，不料那巨鲸毫无惧色，嘴巴越张越大。这下，汉钟离可慌了神了。正在危急中，忽然传来韩湘子的仙箫声。那箫声悠扬悦耳，鲸听了，斗志全无，竟然朝韩湘子歌舞参拜起来，渐渐浑身酥软，瘫成一团。吕洞宾挥剑来斩鲸，谁知一剑劈下去火星四溅，锋利的宝剑斩出个缺口。仔细一看，眼前哪儿有什么鲸，分明是块大礁石。

吕洞宾恼得火冒头顶，铁拐李却在一旁笑眯眯地说："莫恼！莫恼！待我来收拾它！"只见铁拐李向海中一招手，他的那根拐杖"唰"地飞出海面。铁拐李拿在手中，一杖打下去，不料打在一堆软肉里。原来，海礁已变成一只大章鱼，拐杖被章鱼的腕足缠住了。要不是蓝采和的花篮罩下来，铁拐李早被章鱼吸到肚皮里去了。原来这巨鲸和章鱼都是敖广变的。这时，他见花篮当头罩来，慌忙化作一条海蛇，向东逃窜。张果老拍手叫驴，撒蹄追赶。眼着就要追上，不料毛驴被蟹精咬住脚蹄，一声狂叫把张果老抛下驴背。幸亏曹国舅眼明手快，救起张果老，打死了蟹精。

敖广输红了眼，现出本相，闪耀着五颜六色的龙鳞，摆动着横七竖八的龙角，舞动着尖利的龙爪，向大仙们猛扑过来。七位大仙各显法宝，一齐围攻敖广。最后，众仙连斩敖广两个龙子，虾兵蟹将大败而归。

敖广斗不过七仙，又子丧兵折，非常恼怒，急忙请来南海、北海、西海龙王，不拿下众仙誓不罢休。于是四海龙王催动三江、五湖、四海之水，掀起滔天巨浪，杀气腾腾地直奔众仙而来。正在危急之时，忽见金光一闪，浊浪中闪出一条路来，

○ 品画鉴宝　八仙图·清·苏长春

原来曹国舅的云阳板天生具有避水神力，他怀抱云阳板前头开路，众仙后面紧紧跟随，任凭巨浪排山倒海，却奈何不了他们。四海龙王见此情景，便又调动了四海兵将准备再战。正要大动干戈的时候，惊动了南海观世音菩萨，她急忙喝住双方，并出面调停，直至东海龙王敖广释放蓝采和，双方罢战。

　　八位仙人拜别菩萨，便各持宝贝，踏波踩浪，直奔三座神山而去。他们究竟过海到哪里去了呢？有人说就在对面的长山岛上。有的说去了大连，还有的说去了日本。

◎ **拓展阅读**

《东游记》简介

《东游记》是我国流传很广、影响较大的一部长篇神魔小说。作者为清无垢道人。该书以道教祖师八仙得道始末为主线，串以神龙出世、嫦娥奔月、张天师治鬼、东方朔偷桃、二郎神惩妹等古代著名神话故事和传说，着力塑造了铁拐李、汉钟离、蓝采和、张果老、何仙姑、吕洞宾、韩湘子、曹国舅八位仙人形象及从善修炼、成仙得道、惩恶扬善的离奇情节。作者以深邃丰富的想象力，别具匠心地把跨度数千年的八位仙人缀联在一起，从一个侧面反映了民众的理想和愿望，表达了对当时社会的愤懑。

图书在版编目（CIP）数据

中华神话故事 / 金敬梅主编 . -- 北京：世界图书
出版公司 , 2016.5（2021.4 重印）
　　ISBN 978-7-5192-0907-0

　　Ⅰ . ①中… Ⅱ . ①中… Ⅲ . ①神话—作品集—中国
Ⅳ . ① I277.5

中国版本图书馆 CIP 数据核字 (2016) 第 049095 号

书　　　名	中华神话故事
（汉语拼音）	ZHONGHUA SHENHUA GUSHI
编　　　者	金敬梅
总 策 划	吴　迪
责 任 编 辑	邰迪新
装 帧 设 计	刘　陶
出 版 发 行	世界图书出版公司长春有限公司
地　　　址	吉林省长春市春城大街 789 号
邮　　　编	130062
电　　　话	0431-86805551（发行）　0431-86805562（编辑）
网　　　址	http://www.wpcdb.com.cn
邮　　　箱	DBSJ@163.com
经　　　销	各地新华书店
印　　　刷	唐山富达印务有限公司
开　　　本	720 mm×1000 mm　1/16
印　　　张	23
字　　　数	300 千字
印　　　数	1—5 000
版　　　次	2019 年 6 月第 1 版　　2021 年 4 月第 3 次印刷
国 际 书 号	ISBN 978-7-5192-0907-0
定　　　价	46.00 元

阅读国学经典·品鉴古今智慧

领悟先贤哲思·创造人生辉煌